UN ANGE
DIABOLIQUE

Retrouvez toutes les collections **J'ai lu pour elle**
sur notre site :

www.jailu.com

Julie Garwood

UN ANGE
DIABOLIQUE

Traduit de l'américain par Eliane Rizo

J'AI
LU

POUR elle

À Elizabeth

Titre original :
Guardian Angel

Pour la traduction française :
© Éditions J'ai lu, 1991

1

Le chasseur attendait patiemment sa proie.

La machination que le marquis de Cainewood avait imaginée était dangereuse mais astucieuse. Nul doute que l'infâme Lucifer ne tardât pas à apprendre que quelqu'un usurpait son nom; il sortirait de sa cachette, car son orgueil était tel, au dire de chacun, qu'il ne laisserait personne s'attribuer le mérite de ses propres forfaits. Le scélérat chercherait alors à se venger. Tout le plan de Caine reposait sur cette hypothèse. Lorsque Lucifer se montrerait, il le tiendrait à sa merci.

Et c'en serait fini de la légende du pirate.

Le marquis n'en était pas à sa première tentative. Hélas, aucune n'avait abouti, jusqu'à présent. Caine n'avait pourtant pas lésiné sur les moyens; il avait même promis une importante récompense à quiconque l'aiderait à capturer Lucifer mais aucun marin n'avait voulu jouer les Judas, ce qui était surprenant de la part de ces hommes qui en temps ordinaire n'auraient pas hésité à vendre père et mère. Il avait commis une grossière erreur de calcul. Les marins avaient tous refusé en arguant de leur loyauté. Caine, cynique de nature et rendu plus cynique encore par d'amères expériences passées, supposa que le véritable motif de leur refus était la peur. La peur et la superstition.

Le pirate s'entourait d'un épais voile de mystère. A vrai dire, personne n'avait jamais rencontré Lucifer. Son navire, l'*Émeraude*, avait été vu un nombre incalculable de fois, ricochant au fil de l'eau comme un caillou lancé par la main du Tout-Puissant. C'est du moins ainsi que le décrivaient ceux qui se vantaient de l'avoir aperçu. Le spectacle de ce grand oiseau noir voguant sur les flots semait l'épouvante parmi les gentilshommes à la bourse bien garnie, arrachait des cris de jubilation aux fieffés coquins et des prières aux plus démunis car Lucifer avait la réputation de partager son butin avec les moins fortunés.

Personne n'avait jamais remarqué le moindre homme d'équipage à bord de ce vaisseau fantôme, ce qui frappait les imaginations, imposait le respect et même forçait l'admiration.

Hélas, les talents de Lucifer ne s'exerçaient pas seulement en mer. C'était un homme qui de toute évidence aimait la diversité. Il sévissait également sur terre, où les victimes de ses exactions ne se comptaient plus. Il avait d'ailleurs coutume de sélectionner celles-ci avec le plus grand soin, s'en prenant exclusivement aux membres de la haute société. Pour éviter que quelqu'un d'autre ne revendique la paternité de ses expéditions nocturnes, le pirate laissait en guise de carte de visite une rose blanche à longue tige. Le lendemain matin à son réveil, la victime avait la surprise de trouver la fleur posée sur son oreiller. En général, à la vue de la rose, le malheureux passait de vie à trépas.

Inutile de dire que le sort du pauvre homme accroissait encore le prestige du pirate. Celui-ci devenait un véritable héros, une sorte de preux chevalier dont le panache allait jusqu'à faire excuser les forfaits. Le clergé lui-même n'était pas le moins indulgent. En effet, Lucifer se montrait plus que généreux avec lui, abandonnant dans les églises des coffres remplis de pièces d'or et de bijoux, sans oublier d'y ajouter la rituelle rose blanche afin que les hommes de Dieu sachent pour le salut de quelle âme ils étaient censés prier. L'évêque était embarrassé. S'il ne condamnait pas le pirate, il se gardait pourtant bien de l'encenser, car c'eût été s'attirer à coup sûr les foudres de quelques membres les plus influents de la haute société. Il avait donc pris le parti, quand il parlait de Lucifer, de le désigner par le terme de « vaurien », qu'il accompagnait toujours d'un petit clin d'œil et d'un sourire entendu.

Au ministère de la Guerre, on ne partageait pas l'attitude ambiguë de l'évêque. On avait promis une récompense à quiconque aiderait à la capture du pirate. Caine en offrait le double. La raison qu'il avait de retrouver le brigand était toute personnelle, et il pensait que la fin justifiait les moyens.

Il était décidé à appliquer la loi du talion : œil pour œil, dent pour dent. Il ne ferait pas de quartier au pirate, il le tuerait, un point c'est tout.

Par une étrange ironie du sort, les deux adversaires étaient de force égale. Le marquis était craint de tout son entourage. Il s'était acquis une réputation d'homme impitoyable en travaillant pour le compte du gouvernement. Si les circonstances avaient été différentes, si Lucifer n'avait pas provoqué le courroux de Caine, celui-ci aurait sans doute laissé le pirate en paix. Mais le crime que Lucifer avait commis avait tout changé du jour au lendemain.

Chaque soir, Caine se rendait à l'auberge du Chat Noir, une taverne située dans les quartiers des docks et fréquentée par des marins en bordée. Le marquis s'asseyait toujours à la table du fond, le dos au mur pour se prémunir contre une éventuelle agression, et il restait là, attendant patiemment que Lucifer vienne à lui.

Le marquis évoluait dans les bas-fonds londoniens avec l'aisance d'un homme qui a un passé chargé. Dans cette partie de la ville, les titres ne comptaient pas. Les chances de survie dépendaient avant tout de sa taille, de sa capacité à se défendre des agressions et de son indifférence face à la violence et à la grossièreté qui régnaient ici en maîtresses.

En moins d'un jour, Caine avait fait de la taverne son quartier général. Grand et musclé comme il l'était, sa carrure suffisait à elle seule à décourager la plupart de ceux qui auraient eu la velléité de se frotter à lui. Il avait les cheveux noirs, le teint légèrement basané et des yeux d'un gris aussi sombre qu'un ciel d'automne. Il y avait d'ailleurs eu un temps où ces yeux avaient le pouvoir d'émouvoir le cœur des femmes de la haute société. Mais maintenant, ces mêmes femmes reculaient devant l'expression de froideur et l'absence d'émotion qui s'y lisaient. Elles murmuraient que la haine avait changé le marquis de Cainewood en pierre. Caine en convenait.

A partir du moment où il décida de se faire passer pour Lucifer, il n'eut aucun mal à entretenir l'illusion. Tout le monde racontait que Lucifer était un gentilhomme qui avait choisi de devenir pirate pour continuer à mener grand train. Caine sut tirer parti de cette rumeur. La première fois qu'il entra dans la taverne, il portait ses plus beaux atours. Il avait pris soin d'ajouter à sa tenue une note personnelle en épinglant ostensiblement une petite rose blanche au revers de son habit. Ce détail ne manqua pas d'attirer immédiatement l'attention sur lui.

On lui chercha aussitôt noise et il dut sortir son couteau pour se tailler une place parmi les habitués de la taverne. Caine était habillé comme un gentilhomme mais il se battait comme un ruffian. Il fut adopté sur-le-champ par ces rudes gaillards. En un rien de temps, il avait su éveiller chez eux respect et crainte. Il gagna leur loyauté grâce à sa taille et à sa force herculéennes. Un des plus téméraires lui demanda en bégayant si ce qu'on racontait était vrai. Était-il réellement Lucifer ? Caine ne répondit pas, mais le marin comprit au petit sourire qu'il esquissa que la question lui plaisait. Et lorsque le gentilhomme se retourna vers l'aubergiste pour lui dire que le marin ne manquait pas de perspicacité, celui-ci n'eut plus aucun doute sur son identité.

La semaine n'était pas terminée que la nouvelle selon laquelle, chaque soir, Lucifer honorait de sa présence l'auberge du Chat Noir s'était répandue comme une traînée de poudre dans toute la ville.

Monk, l'Irlandais au crâne chauve qui était devenu propriétaire de cette taverne en trichant aux cartes, s'asseyait fréquemment à côté de Caine avant la fermeture. Il était le seul à être dans la confidence. Quand le marquis lui avait raconté les atrocités commises par Lucifer envers sa famille, il avait approuvé sans réserve le plan de Caine. Jamais ses affaires n'avaient été aussi florissantes que depuis que Caine se faisait passer pour Lucifer. Tout le monde se pressait dans son établissement pour voir le pirate, et Monk, en commerçant avisé qui ne perdait pas une occasion de se remplir les poches, en avait profité pour augmenter considérablement le prix de l'infâme breuvage qu'il vendait sous le nom de bière.

Si l'aubergiste était chauve depuis longtemps déjà, la nature l'avait doté d'épais sourcils roux et frisés qui couvraient la moitié de son front parsemé de taches de son. A présent, Monk se grattait le sommet du crâne en signe de contrariété. Il était presque trois heures du matin et voilà déjà une bonne heure qu'il aurait dû fermer. Il n'y avait plus dans la salle que deux clients qui sirotaient leur bière. Lorsqu'ils consentirent enfin à se lever en chancelant et prirent congé d'une voix pâteuse, Monk se tourna vers Caine.

— Quelle patience d'ange vous avez, de venir attendre ici chaque soir ! J'espère que vous n'êtes pas trop découragé, ajouta-t-il.

Il s'interrompit pour servir un verre de brandy au marquis, puis en but lui-même une bonne rasade au goulot.

— Vous verrez, Caine, poursuivit-il, vous allez le faire sortir de sa tanière. J'en suis sûr et certain. D'après moi, il va charger deux de ses comparses de vous tendre une embuscade. C'est pour cela que chaque soir, je vous dis de vérifier que personne ne vous suit quand vous sortez d'ici.

Monk avala une deuxième gorgée de brandy avant de continuer.

— Lucifer tient à sa réputation comme à la prunelle de ses yeux. Il doit être malade à l'idée que vous ayez usurpé son identité. A mon avis, il ne va pas tarder à se montrer. Je parie que ce sera demain soir.

Caine approuva d'un signe de tête. Ce n'était pas la première fois qu'il entendait ces paroles pleines d'optimisme. Chaque jour, le regard étincelant d'espoir, Monk achevait sa tirade nocturne par la même prophétie.

— A ce moment-là, Caine, vous n'aurez plus qu'à vous jeter sur lui et à écraser cette punaise.

Caine vida d'un trait son verre de brandy, le premier de la soirée, puis il pencha sa chaise en arrière de telle sorte que ses épaules prennent appui contre le mur.

— Je l'aurai, dit-il.

Il prononça ces mots sur un ton si dur que Monk en eut la chair de poule. L'aubergiste allait acquiescer quand la porte s'ouvrit brusquement. Il se tourna à demi sur son siège pour annoncer que la taverne était fermée, mais à la vue de la silhouette qui se découpait dans l'encadrement de la porte, il demeura bouche bée. Lorsqu'il retrouva enfin l'usage de la parole, ce fut pour murmurer :

— Seigneur ! il semblerait que nous ayons la visite d'un ange.

Caine faisait face à l'entrée. Bien qu'il ne laissât rien paraître de ses sentiments, sa surprise n'en fut pas moins grande que celle de Monk. Son cœur se mit à battre plus fort et il retint sa respiration.

Elle ressemblait à un ange. Caine s'efforça de ne pas cligner des yeux, convaincu qu'il s'agissait d'une hallucination et que cette céleste apparition allait s'évanouir s'il fermait les paupières l'espace d'une seconde.

C'était une femme d'une beauté prodigieuse. Il fut subjugué par ses yeux. Ils étaient d'un vert magnifique. D'un vert si lumineux qu'il aurait pu soutenir la comparaison avec l'émeraude la plus pure, songea-t-il.

Elle le regardait fixement. Il lui rendit son regard. Ils restèrent de longues minutes à se dévisager. Puis elle s'avança vers lui. Dès qu'elle bougea, le capuchon de sa cape noire retomba sur ses épaules. Caine en eut le souffle coupé. La céleste apparition était dotée d'une épaisse chevelure d'un roux ardent qui, à la lueur des chandelles, étincelait de mille feux.

Quand elle arriva à proximité de sa table, Caine ne manqua pas de remarquer dans quel piteux état étaient ses vêtements. Sa cape était coupée dans une étoffe de première qualité, mais le tissu était déchiré de haut en bas sur tout un côté. On eût dit que quelqu'un s'était acharné dessus avec un couteau. La doublure en satin vert était en lambeaux et dépassait de l'ourlet. Cela piqua la curiosité de Caine qui leva les yeux vers elle. C'est alors qu'il aperçut une légère ecchymose sur sa pommette droite, une petite coupure au-dessus de sa lèvre inférieure et une traînée noire sur son front.

Si la céleste apparition était bien un ange, se dit Caine, en tout cas, elle avait été contrainte de faire un détour par le purgatoire. Pourtant, même si elle donnait l'impression d'avoir perdu la bataille contre Satan, elle était toujours aussi séduisante. Beaucoup trop séduisante pour la tranquillité d'esprit de Caine. Les nerfs tendus, il attendit qu'elle prenne la parole.

Elle s'arrêta quand elle atteignit la table ronde où était assis Caine. Son attention se porta alors sur la rose épinglée au revers de sa veste.

Visiblement, l'ange était effrayé. Ses mains tremblaient. Elle serra contre sa poitrine une petite pochette en tissu blanc. Le marquis remarqua que ses mains étaient écorchées.

Il ne savait pas comment réagir. Mais il savait qu'il ne voulait pas qu'elle ait peur de lui. Cette constatation le contraria vivement et ses traits se durcirent.

— Vous êtes toute seule ? lui demanda-t-il avec brusquerie.

— Oui.

— A cette heure de la nuit et dans cette partie de la ville ?

— Oui, répéta-t-elle. Vous êtes Lucifer ?

Sa voix, nota-t-il, n'était guère qu'un murmure au timbre rauque.

— Regardez-moi quand vous me posez des questions, intima-t-il sèchement.

Au lieu d'obtempérer, elle continua à fixer obstinément la rose.

— Je vous en prie, monsieur, répondez-moi. Êtes-vous Lucifer ? J'ai absolument besoin de lui parler. Il s'agit d'une affaire de la plus haute importance.

— Oui, je suis Lucifer, déclara Caine.

Elle hocha la tête.

— On dit que vous acceptez n'importe quelle mission, pourvu qu'on y mette le prix. Est-ce vrai, monsieur ?

— Oui, affirma Caine. Qu'attendez-vous de moi ?

En guise de réponse, elle jeta sa petite pochette blanche sur la table. Le cordon s'ouvrit et plusieurs pièces d'or s'échappèrent. Monk eut un sifflement d'admiration.

— Il y a trente pièces en tout, annonça-t-elle, les yeux toujours baissés.

A ces mots, Caine haussa les sourcils.

— Trente pièces d'or ?

Elle acquiesça d'un petit signe de tête.

— Cela vous suffira ? ajouta-t-elle. C'est tout ce que j'ai.

— Qui désirez-vous trahir ?

Elle eut l'air surprise.

— Oh, vous vous méprenez, se récria-t-elle. Je ne veux trahir personne. Je ne suis pas un Judas, monsieur.

Caine comprit que sa réflexion l'avait offensée.

— Je ne voulais pas vous insulter, expliqua-t-il pour ménager sa susceptibilité.

Il vit à l'expression de son visage qu'elle ne paraissait pas convaincue. Caine, quant à lui, était bien décidé à garder son sang-froid.

— Qu'attendez-vous de moi alors ?

— Je voudrais que vous tuiez quelqu'un.

— Ah ! s'exclama-t-il.

Il eut du mal à dissimuler sa déception. Jamais il ne se serait douté qu'elle allait lui demander froidement d'assassiner quelqu'un. Elle avait l'air si innocente, si vulnérable... Décidément, il ne fallait jamais se fier aux apparences. Derrière ce visage d'ange se cachait un cœur de pierre.

— Et qui est la victime ? Votre mari, peut-être ? fit-il avec cynisme.

Elle ne sembla pas prêter attention au ton grimaçant sur lequel Caine avait lancé ces mots.

— Non.

— Non ? Vous n'êtes donc pas mariée ?

— Cela a-t-il de l'importance ?

— Oh oui ! Cela a beaucoup d'importance.

— Eh bien non, je ne suis pas mariée.

— Qui voulez-vous tuer, dans ce cas ? Votre père ? Votre frère ?

Elle secoua négativement la tête.

Caine se pencha lentement en avant. Il commençait à bouillir d'impatience.

— Cessez ce petit jeu. J'en ai assez d'être obligé de vous tirer les vers du nez. Dites-moi de qui il s'agit, qu'on en finisse une bonne fois pour toutes.

Il avait pris un ton autoritaire, persuadé que cela l'intimiderait et qu'elle se déciderait enfin à parler. Mais le regard de défi qu'elle lui décocha lui fit comprendre qu'il avait fait une erreur de calcul. S'il ne l'avait pas observée aussi attentivement, il n'aurait certainement pas vu la lueur de crainte qui brillait au fond de ses yeux. Ce petit chaton effarouché avait donc une âme...

— J'aimerais que vous acceptiez cette mission avant que je vous donne de plus amples explications, déclarat-elle.

— Vous appelez cela une mission ? Vous me payez pour tuer quelqu'un et vous appelez cela une mission ? répéta-t-il avec incrédulité.

— Parfaitement, répondit-elle avec un hochement de tête.

Elle refusait toujours de croiser son regard. Cela agaça Caine.

— D'accord, mentit-il. J'accepte.

Le marquis vit les épaules de la jeune femme s'affaisser soudain, sans doute sous l'effet du soulagement, songea-t-il.

— Et maintenant, dites-moi qui est la victime, ordonna-t-il une fois de plus.

Elle leva lentement les yeux vers lui. La détresse que Caine lut sur son visage lui déchira le cœur. Il fut un instant tenté de tendre la main vers elle et de la prendre dans ses bras pour la réconforter, mais cette idée lui parut aussitôt saugrenue. Ne venait-elle pas de lui demander de tuer quelqu'un ?

Tous deux restèrent longtemps à se fixer en silence avant que Caine réitère sa question :

— Eh bien ? Qui voulez-vous tuer ?

Elle prit une longue inspiration avant de répondre :

— Moi.

2

— Seigneur ! murmura Monk. Vous n'êtes pas sérieuse, mademoiselle.

— Je suis on ne peut plus sérieuse, répliqua-t-elle à l'aubergiste, sans quitter Caine des yeux. Croyezvous, sinon, que je me serais aventurée jusqu'ici en pleine nuit ?

— Ce que je crois, quant à moi, c'est que vous avez perdu la tête, rétorqua Caine.

— Absolument pas, lança-t-elle. Si c'était le cas, les choses seraient beaucoup plus simples pour moi.

— Je vois.

Il essayait de garder son calme, mais la gorge lui brûlait tellement il luttait contre l'envie d'exploser.

— Quand voulez-vous que cette... cette...

— Mission ?

— Oui, c'est ça, mission. Quand voulez-vous que cette mission soit exécutée ?

— Tout de suite.

— Tout de suite ?

— Si cela ne vous dérange pas, monsieur.

— Si cela ne me dérange pas ?

— Ô mon Dieu, je suis vraiment désolée, murmura-t-elle. Je ne voulais pas vous mettre en colère.

— Pourquoi pensez-vous que je suis en colère ?

— Parce que vous criez.

Il se rendit compte qu'elle avait raison. Il avait crié. Caine poussa un long soupir. Il y avait très longtemps qu'il n'avait pas perdu son sang-froid. Pour justifier son attitude à ses propres yeux, il se dit que n'importe qui aurait réagi de la même façon à sa place. Il eût fallu être un monstre pour rester de marbre face à une demande aussi ahurissante. Elle semblait si sincère et si fragile, avec son charmant petit nez couvert de taches de rousseur. A l'heure qu'il était, elle aurait dû être chez elle, parmi les siens, et non pas dans cette sordide taverne, en train d'organiser froidement son propre assassinat.

— Je regrette de vous avoir bouleversé autant. Excusez-moi, Lucifer. Vous n'avez jamais tué de femme ? fit-elle.

Sa voix était pleine de compassion. La voilà qui s'apitoyait sur son sort, à présent. C'était le monde à l'envers, songea Caine.

— Non, je n'ai jamais tué de femme. Mais il faut un début à tout, n'est-ce pas ?

Il avait fait exprès d'adopter un ton sarcastique. Elle fut touchée au vif.

— C'est ça, dit-elle, avant d'ajouter avec un grand sourire : Vous ne devriez pas avoir trop de difficultés. Vous verrez, je vous aiderai.

— Vous m'aiderez ? s'étrangla-t-il.

— Bien sûr.

— Vous avez vraiment perdu la tête !

— Pas du tout, rétorqua-t-elle. Mais je suis désespérée. Plus vite ce sera terminé, mieux ce sera. Dépêchez-vous de finir votre verre, je vous en prie.

— Pourquoi est-ce donc si urgent ?

— Parce qu'ils ne vont pas tarder à me retrouver, peut-être cette nuit, qui sait ? Et puisque de toute façon je serai tuée — par eux ou par vous, Lucifer —, je préfère décider de ma propre fin. C'est compréhensible, non ?

— Qu'est-ce qui vous empêche de vous donner vous-même la mort ? intervint Monk. Ce serait plus simple que de payer quelqu'un pour le faire à votre place, ne croyez-vous pas ?

— Pour l'amour du ciel, Monk, ne l'encouragez pas.

— Je ne cherche pas à l'encourager, répliqua celui-ci. Je cherche seulement à connaître les raisons qui poussent une petite demoiselle aussi jolie à choisir de mourir.

— Jamais je ne pourrais me donner la mort, expliqua-t-elle. Ce serait un péché. C'est quelqu'un d'autre qui doit s'en charger. Vous comprenez ?

Caine était à bout de nerfs. Il bondit sur ses pieds, en renversant sa chaise dans sa précipitation, puis il posa les deux mains sur la table et planta son regard dans celui de la jeune femme.

— Non, je ne comprends pas, déclara-t-il, mais je vous promets que j'aurai tout compris d'ici le lever du jour. Nous allons reprendre les choses depuis le début. Et d'abord, vous allez commencer par me dire votre nom.

— Pourquoi ?

16

— C'est une petite règle à laquelle je tiens, répliqua-t-il. Je ne tue jamais quelqu'un que je ne connais pas.

— C'est une règle stupide.

— Répondez-moi.

— Jade.

— C'est votre vrai nom que je veux, bon sang ! lança-t-il avec véhémence.

— C'est mon vrai nom ! rétorqua-t-elle en s'échauffant à son tour.

— Vous êtes sérieuse, j'espère ?

— Bien sûr que je suis sérieuse. Je m'appelle Jade, affirma-t-elle avec un haussement d'épaules.

— C'est un prénom peu ordinaire, observa-t-il. Mais il vous va bien — vous-même me paraissez être une femme peu ordinaire.

— L'idée que vous vous faites de moi n'a aucune espèce d'importance, monsieur. Je vous ai engagé pour accomplir une mission, un point c'est tout. Vous interrogez toujours vos victimes avant de les supprimer ?

Il ne se laissa nullement impressionner par le regard furibond qu'elle lui lançait.

— Donnez-moi aussi votre nom de famille, exigea-t-il, ou il se pourrait bien que je vous étrangle.

— Ah non, vous ne m'étranglerez pas, répliqua-t-elle d'un ton catégorique. Je ne veux pas mourir de cette manière. N'oubliez pas que c'est moi qui vous ai engagé.

— De quelle manière voulez-vous mourir, alors ? Oh et puis, après tout, je m'en fiche, je préfère ne pas le savoir.

— Mais il faut que vous le sachiez, pourtant, fit-elle. Comment voulez-vous me tuer si vous n'avez pas la moindre idée de la façon dont je veux que les choses se passent ?

— Nous verrons cela plus tard. Vous me donnerez tous les détails en temps utile. Commençons par le commencement, Jade. Vos parents vous attendent-ils en ce moment chez vous ?

— J'en doute fort.

— Et pourquoi ?

— Ils sont morts.

Il ferma les yeux et compta jusqu'à dix.

— Vous êtes toute seule alors ?

— Non.

— Non ?

Cette fois, ce fut au tour de la jeune femme de soupirer.

— J'ai un frère, répondit-elle. Je ne vous dirai rien de plus, Lucifer. Ce serait beaucoup trop risqué, voyez-vous.

— Pourquoi « trop risqué », mademoiselle ? demanda Monk.

— Plus il en saura sur moi, plus la mission dont je l'ai chargé sera difficile pour lui. J'imagine que cela doit être impossible de tuer quelqu'un qu'on aime bien. Ne croyez-vous pas, monsieur ?

— Je n'ai jamais tué quelqu'un que j'aime bien, reconnut Monk. D'ailleurs, pour être franc, je n'ai jamais tué personne. Mais je partage quand même votre point de vue.

Caine se força à ne pas hausser le ton.

— Jade, rassurez-vous, il n'y aura aucun problème car je n'éprouve pas la moindre sympathie pour vous.

A ces mots, elle eut un mouvement de recul.

— Ah bon ? Et pourquoi donc ? demanda-t-elle d'un air indigné. Jamais on ne m'a offensée comme vous venez de le faire. Vous êtes toujours aussi odieux avec les gens, Lucifer ?

— Ne m'appelez pas Lucifer, dit-il.

— Pourquoi ?

— Si quelqu'un vous entendait, cela pourrait s'avérer très dangereux, mademoiselle, se hâta d'expliquer Monk en voyant la colère gagner Caine.

Il avait remarqué les légers tremblements qui agitaient sa mâchoire, signe infaillible que le marquis était à deux doigts d'exploser. Caine était d'un tempérament vif et la malheureuse était en train de le pousser à bout, le plus innocemment du monde. S'il perdait patience, il risquait d'exaucer ses vœux pour de bon et de la faire mourir de peur.

— Comment dois-je l'appeler, alors ? demanda-t-elle à l'aubergiste.

— Caine, répondit Monk avec un hochement de tête. Appelez-le Caine.

Elle laissa échapper un petit cri indigné.

— Et il trouve que j'ai un prénom peu ordinaire ? Quel toupet !

Caine la saisit par le menton pour la forcer à croiser son regard.

— Quel est le prénom de votre frère ?

— Nathan.

— Où est Nathan, en ce moment ?

— Il a dû s'absenter pour régler des affaires urgentes.

— Quel genre d'affaires ?

Elle enleva la main de Caine avec brusquerie avant de lui répondre.

— Des affaires de navigation.

— Quand sera-t-il de retour ?

Elle le foudroya du regard.

— Dans deux semaines, lança-t-elle d'un ton sec. Voilà, j'ai répondu à toutes vos questions, je crois. Alors, maintenant, cessez de me harceler et revenons-en à votre mission.

— Où habitez-vous, Jade ?

— Écoutez, monsieur, votre interrogatoire me donne mal à la tête. Je ne suis pas habituée à ce qu'on crie après moi comme vous n'arrêtez pas de le faire.

Caine jeta un coup d'œil exaspéré à Monk.

— Cette femme est complètement folle. Elle me demande de la tuer, et maintenant, elle vient se plaindre d'avoir mal à la tête à cause de moi.

Soudain, elle s'approcha de Caine, le saisit par le menton et planta ses yeux dans les siens. Elle était bien décidée à lui rendre la monnaie de sa pièce. Le marquis fut si surpris par l'audace de ce geste qu'il resta sans réaction.

— A présent, annonça-t-elle, c'est à mon tour de vous poser des questions. Et vous allez me répondre, car n'oubliez pas, monsieur, c'est moi qui paie. En premier lieu, je veux être sûre que vous êtes vraiment prêt à me tuer. Je vous sens plein d'hésitation et cela m'inquiète. Comme m'inquiète votre questionnement sans fin.

— Simple curiosité de ma part. Je veux en savoir le maximum avant de me décider.

— Vous n'en saurez pas davantage, rétorqua-t-elle.

— Alors, je ne vous tuerai pas.

— Misérable ! s'écria-t-elle. Vous m'aviez promis de le faire avant de connaître l'identité de la victime. Vous m'aviez donné votre parole.

— J'ai menti.

Elle suffoqua d'indignation.

— Vous me décevez énormément. Un homme d'honneur ne manque pas à sa parole. Vous devriez avoir honte.

— Mais, Jade, je n'ai jamais prétendu être un homme d'honneur.

— C'est vrai, mademoiselle, intervint Monk.

Un éclair passa dans les yeux verts de la jeune femme. De toute évidence, elle était furieuse. Elle s'appuya sur la table et se pencha en avant en murmurant :

— On m'avait dit que Lucifer ne manquait jamais à sa parole. Vous m'entendez ? Jamais !

— On vous a induite en erreur, mademoiselle.

Ils étaient presque nez à nez. Caine s'efforçait de se concentrer sur la conversation, mais le parfum qui émanait de la jeune femme, à la fois subtil et suave, l'en empêchait.

A présent, elle le fixait en secouant la tête énergiquement. Caine était sans voix. C'était la première fois qu'une personne du beau sexe osait lui résister. En général, les femmes du monde rentraient sous terre au moindre signe de contrariété de sa part. Celle-ci, non seulement lui résistait, mais elle le bravait du regard.

20

Il eut soudain envie d'éclater de rire. Apparemment, la folie de cette jeune effrontée était contagieuse.

— Vous mériteriez d'être pendu. Vous avez bien caché votre jeu, car à vous voir, jamais on ne vous croirait capable de vous conduire comme un malpropre.

Elle voulut s'écarter de la table mais Caine la retint en posant les mains sur les siennes. Il se pencha de nouveau vers elle, si près qu'il n'aurait eu qu'à tendre les lèvres pour l'embrasser.

— Je suis un pirate, mademoiselle, murmura-t-il. Et les pirates n'ont pas, que je sache, la réputation d'être des enfants de chœur.

Il s'attendait à une verte réplique de sa part, mais au lieu de cela, elle éclata brusquement en sanglots. Il n'était absolument pas préparé à de tels débordements.

Pendant qu'il cherchait son mouchoir, Monk bondit sur ses pieds et se précipita vers la jeune femme pour la consoler, en lui tapotant l'épaule avec gaucherie.

— Allons, allons, mademoiselle, ne pleurez pas.

— C'est sa faute, sanglota-t-elle. La seule chose que je lui demandais, c'était de me rendre un petit service. Un simple geste qui ne lui aurait pas pris de temps et qui ne lui aurait coûté aucun effort. Mais c'était trop lui demander, apparemment. Je lui ai même proposé des pièces d'or, ajouta-t-elle entre deux reniflements.

Quand elle eut achevé sa litanie, Monk fusilla Caine du regard.

— Regardez dans quel état vous avez mis cette petite, lança-t-il au marquis. Vous lui avez brisé le cœur.

L'aubergiste arracha le mouchoir des mains de Caine et entreprit maladroitement d'essuyer les larmes de la jeune femme qui ruisselaient le long de ses joues.

— Voilà, ça va mieux, maintenant, dit-il pour la réconforter.

— Mais non, cela ne va pas du tout mieux, protesta-t-elle d'une voix assourdie par le mouchoir que Monk lui avait fourré sous le nez. Vous vous rendez compte ? Moi qui n'ai jamais rien voulu demander à quiconque, eh bien, la première fois que je me tourne vers quelqu'un, je me heurte à un refus. Plus personne ne veut vivre honnêtement. Les gens préfèrent voler plutôt que gagner leur vie à la sueur de leur front. Vous ne trouvez pas cela scandaleux ?

Caine assistait à la scène en silence. Il ne savait pas comment réagir. Il hésitait entre l'envie de la serrer dans ses bras pour la consoler et celle de la prendre par les épaules et de la secouer pour lui faire entrer un peu de bon sens dans le crâne. Pourtant une chose était sûre. Si Monk continuait à le regarder ainsi, il allait lui envoyer son poing à travers la figure.

— Mais c'est criminel de soutirer de l'argent à une demoiselle et de la tuer ensuite, observa Monk en tapotant l'épaule de la jeune femme pour atténuer l'effet de sa remarque.

— Ah non, il n'y a rien de criminel à cela, rétorqua-t-elle, à partir du moment où la demoiselle en question insiste pour qu'on la tue. Où est le problème si elle est consentante, Monk ?

L'aubergiste se gratta le crâne en silence.

— Ce qu'elle dit n'est pas faux, non ?

— Pour l'amour du ciel, que faites-vous ? demanda Caine en voyant Jade ramasser ses pièces d'or.

— Je m'en vais, annonça-t-elle. Je suis vraiment désolée de vous avoir dérangé, Lucifer, Caine... ou ce que vous voulez.

Elle referma le cordon de son petit sac, le remit dans sa poche et tourna les talons. Quand le marquis la vit se diriger vers la porte, il l'interpella.

— Où allez-vous ?

— Cela ne vous regarde pas. Sachez simplement que je vais chercher quelqu'un de plus coopératif. N'ayez crainte, je ne renoncerai pas à mon projet. Et d'ici le lever du jour, j'aurai trouvé une bonne âme pour me venir en aide, soyez-en sûr.

Il la rattrapa alors qu'elle s'apprêtait à ouvrir la porte et la força à se retourner pour lui faire face.

Au simple contact de sa main, elle fondit à nouveau en larmes. Cette réaction agaça Caine mais l'émut en même temps. Et, cédant à son impulsion, il l'attira contre lui et la serra dans ses bras.

Elle s'abandonna alors à son chagrin, tout en s'excusant, entre deux sanglots, de se laisser aller à de tels débordements.

Comprenant qu'il était inutile de chercher à la raisonner maintenant, Caine décida d'attendre qu'elle ait repris ses esprits. D'ailleurs, elle pleurait si bruyamment qu'elle eût été incapable d'entendre ce qu'il avait à lui dire. Elle continuait à déverser sur lui son amertume et à l'accuser de tous ses maux.

C'était assurément la femme la plus déroutante qu'il eût jamais rencontrée.

Mon Dieu, comme elle était douce ! Elle était parfaitement à son goût, en vérité. Généralement, il fuyait comme la peste les femmes qui pleurent ; mais celle-ci, il n'avait pas envie de la perdre.

A présent que l'orage était passé, il fallait tenter de la ramener à la raison.

— Jade, vous dramatisez, je suis certain que ce n'est pas aussi grave que vous le pensez, dit-il doucement. Vous verrez, quand le jour se lèvera, vous me remercierez de n'avoir pas cédé à votre insistance.

— Quand le jour se lèvera, je serai morte, gémit-elle.

— Mais non, vous ne serez pas morte, assura-t-il en la pressant affectueusement sur sa poitrine. Je ne permettrai pas qu'il vous arrive quoi que ce soit, je vous le promets. C'est impossible que vous vouliez mourir.

— Mon frère aura beaucoup de peine en apprenant ma mort, dit-elle.

— J'imagine...

— Mais je ne suis pas assez forte pour me battre contre eux. Ce sont des hommes cruels. C'est à peine s'ils méritent le nom d'hommes. J'ai peur qu'ils n'abusent de moi avant de me tuer. Je ne veux pas mourir de cette façon. Ce serait une mort indigne.

— Bon sang ! s'écria-t-il, vous parlez comme un soldat qui part à la guerre.

— Je ne veux pas qu'on se souvienne de moi comme de quelqu'un de lâche.

— Votre frère pourra-t-il vous venir en aide quand il sera de retour ?

— Oh oui, répondit-elle en appuyant sa joue contre la poitrine de Caine. Lorsque Nathan est là, je ne risque rien. Depuis la mort de père, c'est lui mon protecteur. Mon frère est un homme fort et courageux.

— Alors je veillerai sur votre sécurité jusqu'à ce qu'il revienne. Je vous en donne ma parole.

Une longue minute de silence s'écoula avant qu'elle ne réagisse. Caine crut qu'elle était si émue par sa promesse et si éperdue de reconnaissance qu'elle ne trouvait pas les mots pour le remercier. Il s'écarta d'elle et la regarda. C'est alors qu'il constata qu'elle n'avait nullement l'air éperdue de reconnaissance. Une lueur de colère brillait au fond de ses yeux.

— Vous m'aviez donné votre parole, monsieur. Et vous ne l'avez pas tenue. Vous m'aviez promis de me tuer, puis vous avez changé d'avis.

— Cette fois, c'est différent.

— Vous pensez vraiment ce que vous dites ?

— Oui, répondit-il. Vous m'avez expliqué que vous ne risqueriez plus rien lorsque votre frère serait de retour dans deux semaines. C'est bien deux semaines, n'est-ce pas ?

Le visage de Jade devint grave.

— Peut-être même moins. Mais vous ne pourriez pas veiller sur ma sécurité pendant deux semaines d'affilée. Vous êtes recherché. Votre tête est même mise à prix. Je ne veux pas que vous vous fassiez tuer à cause de moi.

— Vous doutez de mes capacités, semble-t-il.

— Je n'ai pas la moindre confiance en vos capacités, devriez-vous dire. N'avez-vous pas reconnu vous-même que les bruits qui couraient à votre sujet n'étaient absolument pas dignes de foi ? Vous n'avez sans doute jamais déposé de rose blanche sur l'oreiller de vos victimes, n'est-ce pas ?

Caine se sentait de nouveau gagné par l'exaspération.

— A vous entendre, on dirait que je vous ai déçue. C'est un comble !

— Mais oui, vous m'avez déçue ! rétorqua-t-elle avec véhémence. Le pire dans tout cela, c'est que vous n'avez même pas le sens de l'honneur. Et en plus, je ne suis pas sûre que vous soyez de taille à affronter mes ennemis. Par contre, vous feriez une cible parfaite, Caine. Vous êtes si grand qu'on aurait du mal à vous rater. Non, vraiment, je suis désolée, mais je crains que vous ne soyez pas l'homme de la situation.

Il lutta contre l'envie de lui tordre le cou.

En finissant sa diatribe, elle esquissa un pas vers la porte. Caine était si estomaqué qu'il resta sans réaction et faillit la laisser partir. Il se ressaisit au dernier moment et l'empoigna fermement par le bras, avant de se retourner vers l'aubergiste :

— Je vous demande de ne raconter à personne ce qui s'est passé cette nuit. Donnez-moi votre parole, Monk.

— Pourquoi vous donnerait-il sa parole alors que vous-même manquez si allégrement à la vôtre ? observa la jeune femme. Un gentleman digne de ce nom est le premier à appliquer les règles qu'il impose à autrui. Votre mère ne vous a pas appris les bonnes manières ?

Il baissa les yeux sur elle et lui effleura la joue du bout des doigts.

— Je ne suis pas un gentleman, Jade. Vous semblez oublier que je suis un pirate. Il y a une différence, non ?

Quand il la caressa, l'expression de la jeune femme se figea et elle resta un long moment sans rien dire. Elle semblait abasourdie.

— Oui, il y a une différence, murmura-t-elle enfin.

Répondez-moi franchement, Caine. Si je vous poussais suffisamment à bout, est-ce que dans un accès de rage, vous en arriveriez à me tuer ?

— C'est une question qui ne manque pas d'intérêt.

— Lâchez-moi, maintenant, dit-elle. Vous n'avez pas le droit de me toucher.

— Je n'ai pas le droit ?

— Non. Je n'aime pas qu'on me touche.

— Comment pourrais-je vous tuer, alors ?

Elle ne semblait pas s'apercevoir qu'il la taquinait.

— Vous vous serviriez d'un pistolet, répliqua-t-elle.

Elle lui lança un regard soupçonneux.

— Vous en possédez un, j'espère ?

— Oui. Et où devrais-je...

— En plein cœur, répondit-elle. Vous me frapperiez en plein cœur. Bien sûr, il faudrait viser avec précision pour me tuer sur le coup. Je n'aimerais pas mourir dans d'atroces souffrances.

— Cela va de soi, approuva-t-il. Rassurez-vous, je ne suis pas un débutant, et je vous éviterais une mort lente. Ce serait du beau travail.

— Je ne vois pas ce qu'il y a d'amusant dans tout cela, s'écria la jeune femme, s'avisant soudain qu'il était en train de se moquer d'elle.

— Oh, mais je ne m'amuse pas du tout. Au contraire, je sens la moutarde me monter au nez. Dites-moi, est-ce que vous voulez que je commence par abuser de vous ?

— Certainement pas !

— Dommage, fit-il, indifférent à l'expression outragée qui se peignait sur le visage de la jeune femme.

— Je commence à douter sérieusement de vos facultés mentales, monsieur. Vous vous comportez comme un simple d'esprit. De deux choses l'une, ou vous êtes un idiot, ou vous êtes l'individu le plus insensible que j'aie jamais rencontré. En tout cas, votre conduite est inqualifiable.

Les yeux de Jade étincelaient d'indignation. Caine n'avait jamais vu un vert aussi lumineux. On eût dit qu'un millier d'émeraudes s'étaient mises à scintiller au fond des iris de la jeune femme.

— Je ne suis absolument pas convaincu que vous soyez réellement en danger, Jade. Qui me dit que tout cela n'est pas le fruit d'une imagination trop fertile ?

— Je vous déteste, maugréa-t-elle entre ses dents. Quant à ce ce que vous pensez, alors là...

— Oh ! je vous en prie, gardez vos insultes pour plus tard. Je ne suis pas d'humeur à cela. Écoutez-moi bien, Jade : à partir de maintenant, je ne veux plus que vous me demandiez de vous tuer. Et si vous continuez à me lancer ces regards noirs, je vous jure que je vous embrasse sur-le-champ.

— M'embrasser ? fit-elle avec stupéfaction. Et pourquoi m'embrasseriez-vous ?

— Je n'en ai pas la moindre idée.

— Vous embrasseriez quelqu'un que vous n'aimez pas ?

— Je crois que j'en serais fort capable, répliqua-t-il avec un petit sourire.

— Il ne vous suffit pas d'être grossier, vous êtes arrogant... suffisant... vous...

— Vous bafouillez, mon cœur.

Elle manqua de repartie. Sans quitter la jeune femme des yeux, Caine s'adressa de nouveau à Monk.

— Eh bien, Monk, vous me donnez votre parole ?

— Bien entendu, acquiesça l'aubergiste. Vous pouvez compter sur ma discrétion. Mais vous connaissez votre ami Lyon aussi bien que moi. Il sera sûrement au courant de toute l'histoire avant demain matin. Il aura vite fait de me tirer les vers du nez. Je préfère vous prévenir à l'avance.

Caine hocha la tête. Le marquis de Lyonwood était un de ses plus proches amis. Caine avait une confiance totale en lui. Ils avaient effectué ensemble plusieurs missions officielles.

— Je sais, reconnut-il, il ne tardera pas à découvrir la vérité. Cela ne m'inquiète pas. Quand il apprendra ce que je manigance, il le gardera pour lui. S'il vous questionne, vous pouvez lui parler librement. Mais à personne d'autre, pas même à Church, ajouta Caine, en mentionnant le meilleur ami de Lyon. Il est beaucoup trop bavard.

Monk approuva d'un signe de tête.

— C'est d'accord. Mais expliquez-moi ce que vous comptez faire de la petite demoiselle.

— Dites-moi, Monk, interrompit Jade, vous n'auriez pas un pistolet, par hasard ?

Sa curiosité s'était ravivée, un peu trop au goût de Caine. Il était facile de deviner à quoi elle pensait.

— Non, il n'en a pas et il ne fera rien, affirma-t-il fermement.

— De quoi parlez-vous au juste ? demanda Monk d'un air ahuri.

— Vous ne possédez pas de pistolet et vous ne la tuerez pas, répliqua Caine d'un ton sec.

— Bien sûr que non, s'écria l'aubergiste. A propos, Caine, vous n'avez pas oublié votre plan ? demanda-t-il quand il put enfin s'arracher à la contemplation de la jeune femme.

— Absolument pas, répondit le marquis, avant de se retourner vers Jade. Avez-vous une voiture pour vous ramener chez vous ?

Elle ne put dissimuler son agacement devant une question aussi stupide.

— J'ai pris un fiacre, dit-elle en haussant les épaules. Figurez-vous qu'en venant ici, je ne pensais pas rentrer chez moi.

D'un mouvement brusque, elle se dégagea de l'étreinte de Caine, et alla ramasser un grand sac gris qui se trouvait dehors.

— Tout ce que je possède est là-dedans. J'arrive directement de la campagne, ajouta-t-elle après coup.

— Vous aviez laissé vos affaires sur le trottoir ? Quelqu'un aurait pu vous les voler.

— Mais c'est justement ce que j'espérais ! J'aurais été trop contente que mes vêtements fassent le bonheur de quelque pauvre hère. Je n'étais plus censée en avoir besoin une fois que vous...

Elle s'exprimait comme un professeur expliquant quelque chose à un élève à l'esprit particulièrement obtus.

— Ça suffit ! Je ne veux plus vous entendre parler de cela. Compris ? rugit-il en lui tirant violemment les cheveux.

Elle poussa un cri perçant. C'est alors qu'il remarqua une meurtrissure au-dessus de son oreille.

— Grand Dieu, Jade, comment vous êtes-vous fait cela ?

— N'y touchez surtout pas, supplia-t-elle quand il avança la main pour tâter la bosse. Cela me fait encore mal.

— Je m'en doute, dit-il. Racontez-moi ce qui vous est arrivé.

— C'est un accident stupide qui s'est produit chez mon frère. Je me suis pris les pieds dans le tapis et je suis tombée dans l'escalier. Ma tête a heurté au passage la boule de la rampe. Je vous assure que le choc a été si rude que j'ai vu trente-six chandelles.

— Vous auriez pu vous tuer, observa-t-il. Vous êtes toujours aussi maladroite ?

— Détrompez-vous, je ne suis absolument pas maladroite. Vous, par contre, vous êtes d'une rare grossièreté, maugréa-t-elle entre ses dents.

— Que s'est-il passé après cette chute ? continua-t-il sans tenir compte de l'agressivité de sa dernière phrase.

Elle haussa les épaules.

— Je suis allée me promener pour reprendre mes esprits. Et ils en ont profité pour me poursuivre, bien sûr.

— Pourquoi « bien sûr » ? fit Monk.

— Qui ça « ils » ? demanda Caine au même moment.

Elle s'immobilisa et jeta aux deux hommes un regard exaspéré.

— Mais les individus que j'avais surpris en train d'assassiner ce gentilhomme si élégamment vêtu !

Pour l'amour du ciel, écoutez-moi un peu plus attentivement. Je suis certaine que j'ai déjà mentionné ce fait tout à l'heure.

Monk secoua la tête négativement.

— Non, mademoiselle, vous ne nous en avez jamais parlé. Sinon, je m'en souviendrais.

— Vous avez été témoin d'un assassinat ? Je vous assure que vous ne nous en avez pas touché un seul mot, renchérit Caine. Je suis absolument formel, Jade.

— Vous avez peut-être raison. En tout cas, j'en avais bel et bien l'intention, bougonna-t-elle en croisant les bras sur sa poitrine d'un air renfrogné. Si vous n'étiez pas sans cesse en train de m'interrompre, je vous aurais tout expliqué depuis longtemps. C'est votre faute. Vous me faites perdre le fil de mes pensées.

— Vous avez assisté à ce meurtre avant ou après vous être cogné la tête ? s'enquit Caine sans répondre aux invectives de la jeune femme.

— A vous entendre, on dirait que je me suis donné un coup exprès, se récria-t-elle. Et le meurtre a eu lieu avant... non, je me trompe, c'était après... Après ma chute dans l'escalier. Enfin, je ne me souviens plus très bien, à présent. J'ai la tête qui tourne. Je vous en prie, cessez de me harceler avec vos questions.

Caine se tourna vers l'aubergiste.

— Je commence à comprendre, maintenant, dit-il, avant de s'adresser à nouveau à Jade : Est-ce que vous portiez cette cape quand vous êtes tombée ?

— Oui, répondit-elle en le fixant avec perplexité. Mais quel rapport cela a-t-il...

— Vous avez déchiré votre cape et vous vous êtes blessée au visage à ce moment-là ? C'est ça, non ?

Le ton sur lequel il s'adressait à elle était un peu trop condescendant au goût de la jeune femme.

— Je serais curieuse de savoir ce que vous commencez au juste à comprendre, lança-t-elle avec un froncement de sourcils.

— C'est très simple, Jade. Vous avez subi un traumatisme, si bien que vous ne raisonnez plus logiquement — si tant est que les femmes possèdent une once de logique. Dans quelques jours, avec un peu de repos, vous vous rendrez compte que votre cerveau vous a joué des tours et vous aurez oublié toutes vos craintes. Cette histoire ne sera plus qu'un mauvais souvenir et le seul souci qui vous occupera l'esprit sera la toilette que vous porterez pour votre prochain bal.

— Vous insinuez que j'ai le cerveau malade ? C'est ça ? s'indigna-t-elle.

— Mais non. Vous avez les idées brouillées.

— De quel droit osez-vous affirmer ?...

— Cessez de crier ! ordonna-t-il. Et donnez-vous la peine de réfléchir un instant à ce que je...

En la voyant secouer la tête avec véhémence, il renonça à poursuivre.

— Vous avez l'esprit trop confus pour entendre raison maintenant. Nous reparlerons de tout cela plus tard, quand vous vous sentirez mieux.

— C'est vrai, murmura Monk. Si un gentilhomme s'était fait assassiner ces jours derniers, cela se saurait. Les coupables n'auraient pas manqué de se vanter de leur exploit. Écoutez Caine, mademoiselle, il est de bon conseil.

— Si le danger que je cours est purement imaginaire, comme vous l'affirmez, il n'y a plus de raison de me protéger, alors ?

— Bien sûr que si, répondit Caine. Seulement, maintenant, je sais de qui je dois vous protéger.

Il ne lui laissa pas le temps de répliquer et poursuivit son raisonnement :

— Que cela vous plaise ou non, tant que vous n'avez pas entièrement retrouvé vos esprits, vous représentez une menace pour votre propre personne. C'est pourquoi je n'ai pas le droit de vous laisser toute seule. Je vous protège contre vous-même, en quelque sorte, ajouta-t-il avec un sourire. Et maintenant, Jade, donnez-moi votre sac, je vais vous le porter.

Elle voulut soulever son sac, mais il le lui arracha des mains.

— Que diable avez-vous donc mis dans ce sac ? s'écria-t-il. Il pèse au moins une tonne.

— Il contient tout ce que je possède au monde. S'il est trop lourd pour vous, je me ferai un plaisir de le porter moi-même.

Caine secoua la tête et la prit par la main.

— Allez, venez. Ma calèche attend à deux pas d'ici. Vous devriez être au lit depuis longtemps.

Elle s'arrêta brusquement.

— Dans quel lit, Caine ?

Elle poussa un soupir si profond en prononçant ces mots que Caine la regarda d'un air interloqué.

— Mais votre lit, voyons ! s'exclama-t-il. N'ayez aucune crainte pour votre vertu, je ne mets jamais de vierges dans mon lit. En outre, vous n'êtes pas du tout mon type.

Il pensait que la véhémence de sa réponse serait de nature à rassurer la jeune femme sur la pureté de ses intentions. De fait, il mourait d'envie de l'embrasser, et il n'était pas certain que ce soit uniquement pour savourer enfin quelques minutes de silence.

— Est-ce encore une de vos petites règles, de ne jamais mettre de vierges dans votre lit, pour reprendre votre expression ? demanda-t-elle, l'air offusqué.

— Tout à fait. J'ai également pour règle de ne pas mettre dans mon lit les femmes pour lesquelles je n'éprouve pas de sympathie particulière, surtout quand elles ont un grain de folie dans la tête. Vous voyez donc que vous ne risquez absolument rien avec moi, ma jolie.

Il accompagna ces paroles d'un sourire en coin qui ne fit qu'ajouter encore à l'offense.

— Je crois que pour ma part, je commence à vous détester cordialement, maugréa-t-elle. Alors, tranquillisez-vous, Caine, vous non plus ne risquez rien avec moi. Je ne vous laisserai jamais me toucher.

— Parfait.

— Oui, c'est parfait, répliqua-t-elle, bien décidée à avoir le dernier mot. Et si vous ne me lâchez pas immédiatement, je me mets à hurler jusqu'à ce que les autorités arrivent et vous emmènent. Vous entendez, Lucifer ?

— Je ne suis pas Lucifer.

— Comment ?

Elle faillit tomber à la renverse. Caine la rattrapa juste à temps.

— Je ne suis pas Lucifer, répéta-t-il en détachant chaque syllabe.

— Mais alors, qui êtes-vous donc ?

Ils avaient atteint la calèche de Caine, mais Jade n'avait pas l'intention d'y monter avant d'avoir la réponse à sa question. Quand il lui offrit son bras, elle le repoussa avec brusquerie.

Il n'insista pas et tendit le sac de Jade au cocher, puis se retourna vers la jeune femme.

— Mon nom est vraiment Caine, annonça-t-il. Je suis le marquis de Cainewood. Et maintenant, voulez-vous monter ? Ce n'est ni l'endroit ni l'heure pour discuter. Je vous expliquerai tout en chemin.

— Vous me le promettez ?

— Je vous le promets, grommela-t-il.

Jade avait l'air abasourdie, comme si elle hésitait encore à croire à ce qu'elle venait d'entendre. Elle croisa les bras sur sa poitrine.

— Vous devriez avoir honte, Caine ! Quand je pense que vous vous êtes fait passer pour ce noble pirate...

— Ce vaurien est tout ce qu'on voudra, Jade, mais il n'a rien de noble, je vous l'assure.

— Comment pouvez-vous affirmer une chose pareille ? Je parie que vous ne l'avez jamais rencontré. Êtes-vous donc si mal dans votre peau pour préférer vous mettre dans celle...

Le regard de Caine devint aussi dur que la poigne d'acier qui se referma sur le bras de Jade. Elle laissa sa phrase en suspens. Pendant qu'elle gardait les yeux fixés sur lui, il arracha la fleur qu'il portait au revers de son habit et la jeta par terre. Puis il poussa sans ménagement la jeune femme dans la calèche.

Dès que la voiture s'ébranla, l'intérieur fut plongé dans l'obscurité. Jade en fut soulagée. Elle ne voyait plus la mine renfrognée de Caine.

Et lui ne voyait pas le sourire de Jade.

Ils restèrent un long moment sans parler. La jeune femme en profita pour reprendre ses esprits et Caine, pour calmer ses nerfs.

— Pourquoi vous êtes-vous fait passer pour Lucifer ? demanda-t-elle enfin.

— Pour mieux le traquer.

— Mais pour quelle raison ? insista-t-elle.

— Plus tard ! Je vous raconterai tout plus tard.

Il s'imaginait que le ton de sa voix la dissuaderait de lui poser d'autres questions. Il se trompait.

— Vous êtes en colère parce que vous avez été obligé d'interrompre votre chasse à l'homme à cause de moi ?

Il eut un soupir d'impatience.

— Je ne l'ai pas interrompue à cause de vous, rétorqua-t-il. Simplement, il se pourrait bien que j'aie échoué pour l'instant. Mais lorsque nous aurons réglé votre problème, je reprendrai ma *chasse à l'homme*, comme vous dites. Ne vous inquiétez pas, Jade, je ne baisserai pas les bras.

Elle n'était absolument pas inquiète, mais elle ne pouvait pas le lui dire. En vérité, Caine n'avait nullement échoué. Il était entré dans la taverne pour en faire sortir Lucifer.

Et c'est exactement ce qui s'était passé.

Jade avait rempli sa mission avec brio. Son frère serait très content.

3

Les larmes avaient été un joli succès. Jade elle-même en avait été aussi surprise que Caine. Elle n'avait absolument pas prévu de recourir à ce stratagème pour le faire sortir de la taverne. Cependant, lorsqu'elle s'était aperçue à quel point le spectacle d'une femme donnant libre cours à son chagrin le bouleversait, elle s'était mise à sangloter de plus belle. Jade ne soupçonnait pas qu'elle possédait un tel don. Pleurer sur commande exigeait beaucoup de concentration, mais elle avait vite su s'adapter aux circonstances et s'était découvert des talents de comédienne tout à fait exceptionnels.

Elle ne ressentait aucune honte de sa conduite. Les situations désespérées exigeaient des mesures désespérées. C'est du moins ce que Black Harry se plaisait à répéter. Son oncle bien-aimé se serait tordu de rire s'il avait été témoin de cette scène. Il ne l'avait jamais vue pleurer une seule fois, pas même lorsque McKindry, son ennemi juré, l'avait fouettée jusqu'au sang. Elle avait enduré ce supplice sans une plainte jusqu'à l'arrivée de Harry. Son oncle était entré dans une telle rage qu'il avait bondi sur McKindry et l'avait envoyé par-dessus bord avant de sauter lui-même à l'eau pour lui régler son compte. Mais celui-ci était bien meilleur nageur que Harry et il avait réussi à s'enfuir et à gagner les côtes françaises.

Black Harry aurait été furieux s'il avait su ce que sa nièce manigançait. Il aurait vu rouge. Mais il avait été impossible à Jade de lui expliquer son plan. Elle n'avait pas eu le temps d'aller trouver son oncle dans leur île pour l'informer de sa décision. Car le temps était compté. Il y allait de la vie de Caine.

Jade n'ignorait rien du marquis de Cainewood. Sa personnalité ne manquait pas de contradictions. C'était un grand gaillard, amateur de plaisirs, mais aussi un homme d'honneur. Elle avait parcouru son dossier de la première à la dernière page et chaque détail était resté gravé dans son esprit. Elle avait une mémoire prodigieuse qui lui rendait souvent de précieux services.

Se procurer le volumineux dossier de Caine au ministère de la Guerre n'avait pas été une mince affaire. Toutes les informations confidentielles étaient scellées et sous clé. Mais c'était pour Jade une question de fierté de venir à bout de n'importe quelle serrure et à la troisième tentative, elle avait réussi à mettre la main sur ces documents tant convoités.

Elle regrettait que nulle part n'ait été mentionné le fait, gênant à bien des égards, que cet homme soit aussi diaboliquement beau. Tout au long de ces pages qui décrivaient ses activités, le terme « impitoyable » revenait comme un leitmotiv, mais jamais Jade n'avait rencontré le mot « séduisant » ou « attirant ». Pas plus que n'était évoquée sa stature imposante.

Jade se rappelait combien elle s'était sentie mal à l'aise en découvrant son pseudonyme. Ses supérieurs l'appelaient le Chasseur. Ce n'est qu'après avoir lu le dossier en entier qu'elle comprit pourquoi on lui avait donné ce surnom. Caine n'abandonnait jamais. Quelque difficiles que soient les circonstances, il continuait à traquer son adversaire avec patience et ténacité. Et sa persévérance était toujours récompensée.

Caine avait quitté ses fonctions du jour où il avait appris la mort de son frère Colin. D'après ce qu'affirmait dans le dossier son supérieur hiérarchique, un homme du nom de Sir Michael Richards, la démission de Caine avait été approuvée par son père. Le duc de Williamshire venait de perdre un fils et il n'avait aucune envie de voir le second risquer sa vie. Richards précisait également que Caine avait ignoré jusqu'à ce jour que son frère cadet travaillait lui aussi pour le gouvernement.

Caine et Colin appartenaient à une grande famille, dont Caine était l'aîné. Il y avait en tout six enfants : deux filles et quatre garçons.

Ils étaient très unis, veillant les uns sur les autres et se portant secours dès que l'un d'eux était en difficulté. Cet instinct protecteur apparaissait nettement dans le dossier de Caine. Sans se soucier de savoir si ce trait de caractère était une qualité ou un défaut, Jade décida de l'utiliser pour arriver à ses fins.

Certes, elle s'attendait à ce que Caine lui soit

d'emblée sympathique. N'était-il pas le frère de Colin, qui était devenu son ami dès l'instant où, alors qu'elle le sauvait de la noyade, il avait supplié la jeune femme de porter d'abord secours à son frère à elle ? Mais elle ne s'attendait pas à trouver Caine aussi séduisant. C'était une surprise et aussi une source d'inquiétude, car elle savait que cela risquait de lui compliquer singulièrement la tâche.

Aussi fit-elle tout son possible pour lui déplaire. Quand elle ne pleurait pas à chaudes larmes, elle se mettait à geindre ou à l'invectiver. La plupart des hommes détestent les femmes qui ont mauvais caractère. Elle espérait que sa stratégie réussirait à le tenir à distance. Elle allait rester auprès de Caine durant les deux semaines à venir, puis chacun partirait de son côté ; elle reprendrait ses habitudes et lui recommencerait probablement à courir les jupons.

Il était impératif de lui laisser croire qu'il la protégeait. La sécurité de Caine était à ce prix. Sans doute la tâche de Jade serait-elle facilitée par le léger mépris qu'il nourrissait à l'égard des femmes — ces êtres faibles et sans défense. Mais il fallait se garder de crier victoire trop vite. Car Caine était perspicace et son expérience passée avait affiné ses instincts de prédateur. C'est pour cette raison que Jade avait donné ordre à ses hommes de l'attendre dans la gentilhommière de Caine. Ils se dissimuleraient dans les bois alentour et quand elle arriverait, ils se chargeraient de veiller sur Caine.

Toute cette sombre machination reposait en fait sur les lettres. Jade aurait préféré ne pas avoir découvert le pot aux roses. Mais ce qui est fait est fait, se dit-elle. Les regrets ne servaient à rien, c'était de l'énergie gâchée et Jade n'aimait pas le gâchis. Les choses étaient claires pour elle : en montrant les lettres de leur père à Nathan, elle avait mis tout le monde dans une situation inextricable. C'était donc à elle et à elle seule de les sortir de ce mauvais pas.

Jade s'efforça de penser à autre chose. Sans le vou-

loir, elle avait donné à Caine un peu de temps pour
réfléchir. Le silence risquait à présent de se retourner
contre elle. Elle devait à tout prix endormir la vigilance de Caine... et l'occuper.

— Caine, avez-vous...

— Chut, ordonna Caine. Vous avez entendu...

— Ce craquement bizarre ? C'est justement ce que
je voulais vous signaler.

— Cela ressemble plutôt à un crissement... Miller !
cria soudain Caine par la fenêtre. Arrêtez-vous tout de
suite.

Avant que le cocher ait eu le temps de réagir, le véhicule stoppa net. La roue arrière gauche venait de se
casser. Caine se précipita pour retenir Jade. Il la tint
serrée contre lui un long moment, puis murmura :

— Ça tombe mal ! Qu'en dites-vous ?

— C'est sûrement un acte de malveillance.

Caine s'abstint de tout commentaire.

— Restez à l'intérieur, Jade, pendant que je regarde
ce que l'on peut faire.

— Soyez prudent, l'avertit-elle. Ils sont peut-être
dans les parages.

Elle l'entendit soupirer en ouvrant la porte.

— Je serai prudent, promit-il.

Dès qu'il se fut éloigné, elle sauta à bas du véhicule.
Le cocher accourut vers son maître.

— Je ne comprends pas, monsieur, je vérifie réguliè-
rement les roues pour m'assurer qu'elles sont en bon
état.

— Je ne vous accuse pas, Miller, répliqua Caine.
Heureusement que la voiture est sur le bord de la
chaussée, nous allons pouvoir la laisser ici pour la
nuit. Détachez le cheval, Miller. Je...

A ce moment, il aperçut Jade, un couteau à la main.
Il faillit éclater de rire.

— Rangez-moi ça, Jade. Vous allez vous blesser.

Elle glissa l'arme dans la poche de sa robe.

— Nous sommes des cibles idéales, là où nous sommes, Caine, en pleine rue.

— Alors remontez dans la calèche.

Elle fit comme si elle n'avait rien entendu.

— Miller ? Est-ce que quelqu'un a touché à la roue, d'après vous ? s'enquit-elle auprès du cocher.

Celui-ci s'accroupit pour examiner l'essieu de plus près.

— On dirait, murmura-t-il. Monsieur, regardez ! Il y a des traces bizarres sur le côté.

— Qu'allons-nous faire ? demanda Jade à Caine.

— Nous allons continuer à cheval, annonça-t-il.

— Et le pauvre Miller ? Ils risquent de le tuer quand nous serons partis.

— Ne vous inquiétez pas pour moi, mademoiselle, intervint le cocher. J'ai avec moi une flasque de brandy pour me réchauffer. J'attendrai tranquillement à l'intérieur de la calèche que Broley vienne me chercher.

— Qui est ce Broley ?

— Un des tigres, répondit Miller.

Jade ouvrit de grands yeux.

— Vous avez un fauve pour compagnon ? fit-elle.

Caine sourit.

— Broley travaille pour moi, dit-il. Je vous expliquerai plus tard.

— Nous ferions mieux de prendre un fiacre, suggéra Jade en croisant les bras sur sa poitrine. Nous serions tous les trois ensemble et je n'aurais plus à me tracasser au sujet de Broley.

— Je doute fort que nous trouvions un fiacre à cette heure de la nuit, observa Caine.

— Et la taverne de Monk ? Pourquoi ne pas retourner là-bas ?

— Non. Nous trouverions porte close. Monk est certainement rentré se coucher. Et il n'y a aucune autre auberge alentour.

Pendant que le cocher allait détacher le cheval, Jade saisit la main de Caine.

— Caine ? chuchota-t-elle.

— Oui ?

— Je crois deviner ce qui est arrivé à la roue de votre calèche. Ce sont probablement les hommes qui...

— Taisez-vous, chuchota-t-il à son tour, et ne vous inquiétez pas. Tout va bien se passer.

— Comment pouvez-vous savoir que tout va bien se passer ?

Elle avait l'air si effrayée... Caine voulut la rassurer.

— Question d'instinct. Allons, ma colombe, ne vous laissez pas emporter une fois de plus par votre imagination. C'est...

— Trop tard, lança-t-elle. Ô Seigneur, voilà que mon imagination refait des siennes !

Quand le coup de feu retentit, elle se jeta sur Caine avec une telle brusquerie qu'il tomba à terre.

La balle manqua le marquis de justesse. Il l'entendit siffler à ses oreilles. Jade lui avait bel et bien sauvé la vie, même s'il était sûr que son geste n'avait rien d'intentionnel.

Saisissant la jeune femme par la main, Caine l'entraîna en courant, après avoir crié un avertissement à Miller.

Le coup de feu fut suivi de plusieurs détonations. Jade n'eut pas besoin de se retourner pour comprendre que des hommes étaient à leurs trousses. On eût dit un troupeau de chevaux sauvages fondant sur eux pour les piétiner.

Bientôt, Jade perdit toute notion de l'endroit où ils se trouvaient. Caine, en revanche, semblait familier des lieux. Il l'entraîna dans un dédale de ruelles tortueuses jusqu'à ce que, hors d'haleine et les jambes chancelantes, elle bute contre lui. Alors, sans s'arrêter ni même ralentir, il la souleva dans ses bras.

Il continua sa course effrénée longtemps après que l'écho de ses pas fut seul à résonner dans le silence de la nuit et qu'il y eut de bonnes chances pour que les malfaiteurs aient enfin perdu leur trace. Il ne consentit à s'arrêter qu'après avoir atteint le vieux pont qui franchissait la Tamise.

Caine s'appuya contre le garde-fou en tenant toujours la jeune femme dans ses bras.

— Eh bien, nous l'avons échappé belle ! dit-il. Bon sang ! Mon instinct m'a fait sacrément défaut, ce soir. Je n'ai rien vu venir.

Jade constata avec stupéfaction qu'il ne paraissait nullement essoufflé. Tant d'endurance avait de quoi surprendre. La jeune femme n'avait toujours pas repris sa respiration et son cœur battait à tout rompre.

— Vous avez l'habitude de ce genre de courses à travers la ville ? demanda-t-elle.

— Pourquoi cette question ?

— Parce que vous n'avez absolument pas l'air fatigué. Et vous vous dirigez dans ce labyrinthe sans jamais vous perdre. A croire que vous connaissez la ville comme votre poche.

— En effet, admit-il avec un haussement d'épaules qui faillit envoyer Jade par-dessus le garde-fou.

Elle se cramponna au cou de Caine. C'est alors qu'elle s'aperçut qu'il la tenait toujours dans ses bras.

— Vous pouvez me lâcher, maintenant. Je suis certaine que nous les avons semés.

— Pas moi, répondit-il.

— Je vous ai déjà expliqué que je n'aimais pas qu'on me touche. Lâchez-moi.

Elle s'interrompit pour lui jeter un regard sévère, puis ajouta :

— Vous n'allez pas me rendre responsable de ce que votre instinct vous a trahi, j'espère ?

— Non, Jade, je ne vous reproche rien. Simplement, vous avez le don de poser des questions oiseuses.

— Je ne suis pas d'humeur à discuter avec vous, Caine. Excusez-vous et je vous pardonnerai.

— M'excuser ? demanda-t-il en la fixant avec des yeux ronds. Mais de quoi ?

— De m'avoir accusée de trop d'imagination, d'avoir dit que j'avais l'esprit confus et autres gentillesses de la même veine et, surtout, de m'avoir asséné toutes ces amabilités sur un ton d'une rare grossièreté.

Il sourit sans répondre et une fossette apparut sur

sa joue gauche. Jade la remarqua aussitôt. Son cœur se mit à battre à coups redoublés.

— Nous voilà tous les deux sur ce pont, dans le quartier le plus malfamé de Londres, avec une bande de malfrats à nos trousses, et votre premier souci est d'obtenir des excuses. Vous êtes vraiment folle, ma colombe.

— Je n'oublie jamais de m'excuser quand je me suis mal conduite, observa-t-elle.

Cette fois, il avait l'air excédé. Elle ne put s'empêcher de lui sourire. Comment résister à tant de charme ? C'était un vaurien, mais un vaurien bien séduisant. Le clair de lune adoucissait ses traits et c'est à peine si elle distinguait les plis soucieux qui barraient son front.

Elle avait hâte qu'il retrouve son sourire.

— Jade ? Savez-vous nager ?

Elle se disait en contemplant sa bouche qu'elle n'avait jamais vu des dents d'une blancheur aussi éclatante.

Il la secoua.

— Savez-vous nager ?

Sa voix était pressante.

— Oui, répondit-elle en bâillant à s'en décrocher la mâchoire. Je sais nager. Mais pourquoi me demandez-vous cela ?

En guise de réponse, il fléchit les genoux et d'un coup sec, il jucha la jeune femme sur son épaule, comme un vulgaire sac de pommes de terre, puis entreprit d'escalader le garde-fou.

Les longs cheveux de Jade effleuraient les bottes de Caine. Sur le moment, elle resta sans réaction, mais ne tarda pas à se ressaisir.

— Qu'est-ce que vous fabriquez, bon sang ? s'écriat-elle en s'agrippant à la veste de Caine. Reposez-moi immédiatement par terre.

— Ils ont bloqué toutes les issues. Respirez à fond, ma colombe. Je vous suis.

Elle eut à peine le temps de protester qu'il la lançait

42

de toutes ses forces par-dessus le garde-fou. Elle fut soudain propulsée dans les airs et poussa un hurlement qui résonna dans les ténèbres.

Son corps s'enfonça dans l'eau noire. Puis elle remonta à la surface en toussant et en crachant. Une odeur nauséabonde régnait autour d'elle et elle referma aussitôt la bouche.

Impossible de mourir dans une telle puanteur. Jade se jura de rester en vie le temps de retrouver son drôle de protecteur et de le noyer de ses propres mains.

C'est alors qu'elle sentit quelque chose lui frôler la jambe.

Caine surgit brusquement à ses côtés, passa son bras autour de sa taille et laissa le courant les emporter.

Elle ne cessait de gesticuler en essayant de s'accrocher désespérément aux épaules de Caine.

— Restez tranquille, lui ordonna-t-il.

Jade enroula ses bras autour de son cou.

— Les tueurs, les tueurs..., murmura-t-elle. Ils vont nous rattraper.

A en juger par son ton épouvanté, elle semblait sur le point de perdre le contrôle d'elle-même.

— Il n'y a pas le moindre tueur ici, la rassura-t-il. Personne ne pourrait survivre dans cette eau putride.

— Vous en êtes sûr ?

— Sûr et certain, répliqua-t-il. Tenez bon, ma colombe. Nous allons bientôt sortir de ce cloaque.

La voix apaisante de Caine réussit à calmer quelque peu l'angoisse de Jade. Elle s'agrippait toujours à son cou, mais avec nettement moins de vigueur qu'auparavant.

Quand ils eurent descendu la Tamise pendant un bon kilomètre, il l'aida à gagner la rive. Jade avait trop froid et se sentait trop mal en point pour faire une scène à Caine. Elle n'arrivait pas à articuler un seul mot, tellement elle claquait des dents.

— Je sens... je sens le poisson crevé, finit-elle par bredouiller, d'une voix à peine audible.

— En effet, approuva Caine d'un ton amusé.

— Vous aussi, espèce de... espèce d'imposteur.

— Imposteur ? répéta-t-il tandis qu'il se débarrassait de sa veste mouillée et la lançait derrière lui. Qu'entendez-vous par là ?

Jade était en train de tordre le bas de ses jupes. Ses cheveux retombaient sur ses yeux. Elle s'interrompit un instant pour les rejeter en arrière.

— Je vous en prie, épargnez-moi vos airs innocents, grommela-t-elle en le regardant droit dans les yeux.

Elle enroula ses bras autour de sa taille afin de se réchauffer un peu. Elle grelottait tellement que sa voix était presque inaudible.

— N'est-ce pas se comporter en imposteur que de se faire passer pour le pirate Lucifer ? En tout cas, lui n'aurait jamais jeté une demoiselle dans la Tamise.

— C'était malheureusement la seule solution en de telles circonstances.

— J'ai perdu ma cape !

Jade annonça cette nouvelle comme s'il s'agissait d'une catastrophe.

— Je vous en rachèterai une autre.

— Mais mes pièces d'or étaient dedans, rétorqua-t-elle. Allez-y !

— Où voulez-vous que j'aille ?

— Allez me la chercher.

— Quoi ? fit-il, interloqué.

— Allez me la chercher, répéta-t-elle. J'attends ici.

— Vous n'êtes pas sérieuse ?

— Tout ce qu'il y a de plus sérieuse. Nous avons parcouru à peine un kilomètre, Caine. Cela ne devrait pas vous prendre beaucoup de temps.

— Non.

— Pardon ?

— J'ai dit : non. Je ne la retrouverai jamais. C'est absolument impossible. A l'heure qu'il est, elle est probablement au fond de la Tamise.

Elle s'essuya le coin des yeux avec la main.

— C'était toute ma fortune, gémit-elle. Me voilà maintenant sans un sou, par votre faute.

— Ah ! je vous en prie, ne recommencez pas, s'écria-t-il.

Il savait qu'elle était au bord des larmes.

— Ce n'est pas le moment de se plaindre ou de pleurer, encore qu'il semble que ce soient les deux seules choses que vous sachiez faire, ajouta-t-il.

Elle laissa échapper un petit cri d'indignation. En voyant que la colère s'emparait à nouveau d'elle, il sourit.

— Avez-vous encore vos chaussures ou faut-il que je vous porte ? demanda-t-il.

— Comment le saurais-je ? Je suis tellement transie que je ne sens même plus mes pieds.

— Regardez, bon sang !

— Oui, je les ai encore, grommela-t-elle. Eh bien, avez-vous l'intention de vous excuser ou non ?

— Non, répondit-il sèchement. Je n'en n'ai nullement l'intention. Et ne parlez pas si fort. Voulez-vous que nous ayons à nos trousses tout ce que Londres compte de malandrins ?

— Non, murmura-t-elle.

Elle se rapprocha de Caine.

— Caine, que se serait-il passé si je n'avais pas su nager ?

— La même chose. Simplement, nous aurions sauté ensemble.

— Mais je n'ai pas sauté, objecta-t-elle. Enfin peu importe. J'ai tellement froid ! Qu'allons-nous faire, à présent ?

Il la prit par la main et tous deux se mirent en marche.

— Nous allons nous rendre chez un de mes amis qui habite tout près d'ici.

— Caine, vous oubliez votre veste, s'écria-t-elle soudain.

Avant qu'il ait eu le temps de lui dire de la laisser, elle revint en courant sur ses pas, ramassa la veste trempée, la tordit autant que ses doigts gourds le lui permirent, et rejoignit Caine. Au moment où elle écartait de nouveau les mèches de cheveux qui lui tombaient dans les yeux, il passa son bras autour des épaules de la jeune femme.

— Je ne dois pas être belle à voir ?

— Oh, ce n'est rien à côté de votre odeur ! s'écria-t-il sur le ton de la plaisanterie, avant d'ajouter, en la pressant affectueusement contre lui : Mais j'ai l'impression que cela tient davantage de la viande avariée que du poisson crevé.

Elle réprima un haut-le-cœur. Caine plaqua sa main sur la bouche de la jeune femme.

— Je vous préviens, si vous vomissez votre dîner, je me mettrai en colère pour de bon. Vous m'avez causé assez de problèmes comme cela. Ne vous avisez pas, en plus, d'être malade. Ce serait le bouquet !

Elle lui mordit la main, s'attirant un juron de la part de Caine.

— Je n'ai pas dîné, répliqua-t-elle. Je voulais mourir l'estomac vide.

— Cela pourrait bien arriver encore, murmura-t-il entre ses dents. Et maintenant, cessez de parler et laissez-moi réfléchir. Mais pourquoi diable vouliez-vous mourir l'estomac vide ? ne put-il s'empêcher de demander.

— Il y a certaines personnes à qui la peur donne la nausée. Je craignais que ce ne soit mon cas... Je ne voulais pas me présenter devant notre Seigneur avec une robe maculée, c'est tout.

— Je regrette, je n'aurais pas dû vous poser cette question, Jade. Quand nous serons arrivés chez Lyon, vous pourrez prendre un bain chaud. Vous vous sentirez mieux, ensuite.

— Ce Lyon n'est-il pas cet ami affreusement indiscret dont parlait Monk ?

— Lyon n'est pas indiscret.

— Monk a dit qu'il ne tarderait pas à découvrir tout ce qui s'était passé cette nuit. Ce sont ses propres mots. Si ça, ce n'est pas être indiscret, alors je donne ma langue au chat.

— Vous verrez, Jade, quand vous connaîtrez Lyon, vous l'aimerez.

— S'il est votre ami, je n'en suis pas sûre. En tout cas, j'essaierai.

Ils marchèrent sans échanger un mot pendant un long moment. Si Caine était sur ses gardes, Jade était loin d'être aussi inquiète qu'elle feignait de l'être.

— Caine, que ferons-nous une fois que nous aurons pris un bain ?

— Vous vous installerez confortablement dans un fauteuil et vous me raconterez tout ce qui vous est arrivé.

— Mais je vous ai déjà tout raconté. Vous ne me croyez pas, n'est-ce pas ?

— Non, avoua-t-il. Je ne vous crois pas.

— Cela ne m'étonne pas, vous avez un a priori contre moi.

— Vous vous trompez, je n'ai aucun a priori contre vous, répliqua-t-il, sans dissimuler son agacement.

Elle ne semblait pas le moins du monde convaincue. Mais Caine se jura de ne pas se laisser entraîner dans une nouvelle discussion et ils continuèrent leur chemin en silence à travers le lacis de ruelles qui conduisait au domicile de Lyon.

Quand ils se retrouvèrent enfin devant l'imposante maison de brique rouge où vivait l'ami de Caine, la jeune femme était si épuisée, physiquement et nerveusement, qu'elle eut envie de pleurer pour de bon.

Caine frappa à la porte un long moment avant qu'un géant au front barré d'une grande balafre vienne ouvrir. Il était manifestement furieux d'avoir été réveillé en pleine nuit. Jade se serra contre Caine.

L'homme qui, supposa-t-elle, devait être Lyon ne portait qu'une paire de hauts-de-chausses. Dès qu'il reconnut son visiteur, la surprise effaça toute trace de contrariété sur son visage.

— Caine ! s'écria-t-il. Quel bon vent vous amène ? Mais entrez donc, ajouta-t-il.

Il s'avança dans l'intention de serrer la main de Caine, mais se ravisa, sans doute incommodé par l'odeur infecte que dégageait le couple.

Jade était très gênée. Elle se tourna vers Caine, lui adressant un regard lourd de reproches, puis elle pénétra dans le vestibule. Une très belle jeune femme dévalait l'escalier quatre à quatre. Ses longs cheveux blonds flottaient sur ses épaules. Elle était si jolie que Jade se sentit encore plus mal à l'aise.

Caine donna quelques rapides explications tandis que Jade gardait les yeux baissés.

— Jade, je vous présente Lyon, et voici sa femme, Christina.

— Que vous est-il arrivé à tous les deux ? demanda Lyon.

Jade pivota brusquement sur elle-même, puis elle écarta les mèches de cheveux qui couvraient la moitié de son visage et déclara :

— Caine m'a jetée dans la Tamise.

— Que dites-vous ? demanda Lyon.

Un léger sourire se dessina au coin de ses lèvres, car il venait de remarquer dans les cheveux de la jeune femme ce qui ressemblait fort à un os de poulet.

— Caine m'a jetée dans la Tamise, répéta-t-elle.

— Ce n'est pas possible ! s'exclama Christina.

La femme de Lyon avait l'air abasourdie. Jade se retourna vers elle.

— Si, affirma Jade. Et il ne s'est même pas excusé.

A ces mots, Jade fondit en larmes.

— Tout est sa faute, bredouilla-t-elle entre deux sanglots. C'est d'abord une roue de sa calèche qui s'est brisée, puis il a perdu toute prudence. S'il m'avait écoutée, nous n'en serions pas là. Mon plan était bien meilleur que le sien. Mais il n'a rien voulu entendre.

— Ah, je vous en prie, Jade, ne recommencez pas, lança Caine.

— Pourquoi avez-vous jeté cette pauvre enfant dans la Tamise ? s'enquit Christina.

Elle s'élança vers Jade, les bras tendus.

— Vous devez être morte de froid, dit-elle avec compassion.

Quand elle fut à deux pas de Jade, Christina s'arrêta soudain et esquissa un pas en arrière.

— C'était nécessaire, répondit Caine en feignant de ne pas voir le regard furibond de Jade.

— Je le déteste, confia Jade à Christina. Peu m'importe que ce soit votre ami ou non, ajouta-t-elle, un sanglot dans la gorge. Cet homme est un misérable.

— Certes, il est capable de se conduire comme un misérable, confirma Christina. Mais il est aussi plein de qualités.

— Je n'ai pas encore eu l'occasion de m'en apercevoir, maugréa Jade.

Christina plissa le nez, prit une longue inspiration et passa son bras autour de la taille de la jeune femme.

— Venez avec moi, Jade. Il est grand temps de vous laver. Lyon ! Vous feriez bien de réveiller les domestiques, nous allons avoir besoin d'aide pour faire chauffer l'eau. Vous avez un prénom qui n'est pas courant. Je le trouve très joli.

— Il s'est moqué de mon prénom, chuchota Jade, assez fort toutefois pour que Caine l'entende.

Caine ferma les yeux, en priant le ciel de ne pas perdre patience.

— Je ne me suis pas moqué de votre prénom, cria-t-il. Si vous saviez, Lyon ! Depuis que je l'ai rencontrée, cette femme n'a cessé de pleurer et de se lamenter.

Jade s'étrangla d'indignation, puis se laissa entraîner par Christina dans les profondeurs de la maison. Caine et Lyon suivirent les deux femmes des yeux.

— Vous rendez-vous compte, madame, de quelle façon cet homme me traite ? Il n'arrête pas de m'insulter. Moi qui ne lui demandais qu'une toute petite faveur...

— Il a refusé ? s'étonna Christina. Cela ne lui ressemble pourtant pas. Il est très serviable, en général.

— Je lui ai même proposé tout l'or que j'avais, poursuivit Jade. A cause de lui, j'ai tout perdu maintenant. Il a jeté ma cape dans la Tamise et les pièces étaient dans ma poche.

Christina secoua la tête en fronçant les sourcils et se retourna vers Caine pour lui signifier qu'elle désapprouvait son attitude.

— En effet, ce n'était guère galant de sa part, murmura-t-elle à l'adresse de Jade.

Puis les deux femmes disparurent au bout du couloir.

— Quelle est cette faveur dont elle parlait ? demanda Lyon.

— Pas grand-chose, en vérité, marmonna Caine entre ses dents. Elle voulait simplement que je la tue. C'est tout.

Lyon partit d'un énorme éclat de rire, mais s'arrêta net quand il s'aperçut que son ami ne plaisantait absolument pas.

— Elle voulait que tout soit terminé avant l'aube, continua Caine.

— C'est incroyable !

— Elle était quand même d'accord pour que je finisse d'abord mon verre de brandy.

— Quelle prévenance !

Les deux hommes échangèrent un sourire.

— Et dire que maintenant, votre femme est persuadée que je suis un monstre !

Lyon s'esclaffa de nouveau.

— Christina ignore de quelle faveur il s'agissait.

Caine lança ses bottes et ses chaussettes à travers le vestibule.

— Quelle misère ! se lamenta-t-il. C'était ma plus belle paire de bottes. Elles sont complètement fichues.

Lyon s'appuya contre le chambranle de la porte et, les bras croisés sur sa poitrine, regarda Caine enlever sa chemise.

— Qu'est-ce que c'est que cette histoire ? dit-il. Elle n'était pas sérieuse, n'est-ce pas ? Elle semble si craintive. Je n'arrive pas à imaginer...

— Elle a été témoin d'un meurtre. Et depuis, elle est traquée par une bande de types qui veulent sans doute la réduire au silence. Pour l'instant, c'est tout ce que je sais, Lyon, mais je vais tâcher d'en savoir davantage le plus rapidement possible. Plus vite cette affaire sera réglée, plus vite je serai débarrassé d'elle.

Devant le regard féroce de Caine, Lyon retint un sourire.

— Elle vous a mis hors de vous, apparemment, observa-t-il.

— Et comment ! s'exclama Caine furieux. Mais qu'est-ce qui vous fait penser une chose pareille ?

— Vous avez enlevé vos hauts-de-chausses au beau milieu du vestibule. Il faut vraiment que vous soyez hors de vous pour vous donner ainsi en spectacle.

— Un verre de brandy me ferait le plus grand bien, Lyon, murmura-t-il d'une voix sourde.

Puis il ramassa ses vêtements et entreprit de se rhabiller. Christina arriva sur ces entrefaites et se dirigea vers l'escalier en adressant un sourire complice à son mari. Elle s'abstint de tout commentaire sur la tenue de Caine.

L'embarras qui se lisait sur le visage de son ami amusait fort Lyon. Jamais il n'avait vu Caine dans un tel état.

— Attendez-moi dans la bibliothèque, suggéra-t-il. Le brandy se trouve sur un des rayonnages à droite. Vous n'avez qu'à vous servir pendant que je m'occupe de votre bain. Vous sentez bigrement mauvais, mon pauvre ami.

Caine suivit le conseil de Lyon. Le brandy l'envahit d'une bienfaisante chaleur et le feu qu'il alluma dans la cheminée acheva de le réchauffer.

Après avoir aidé Jade à laver ses longs cheveux dans une bassine d'eau parfumée avec une goutte d'essence de rose, Christina attendit que la baignoire soit remplie. Puis elle laissa Jade prendre son bain.

Celle-ci ôta ses vêtements trempés et sortit le couteau qu'elle avait dissimulé dans la poche de sa robe. Elle posa l'arme sur la chaise à côté de la baignoire, au cas où quelqu'un s'introduirait dans la pièce sans faire de bruit, puis elle pénétra dans l'eau chaude en poussant un long soupir de volupté.

51

Elle frotta chaque parcelle de son corps jusqu'à ce qu'elle se sente à nouveau propre. Christina revint dans la cuisine au moment où Jade sortait du tub. Elle lui tournait le dos et Christina remarqua aussitôt la longue cicatrice en dents de scie sur les reins de la jeune femme. Elle laissa échapper une exclamation de surprise.

Jade attrapa la serviette posée sur la chaise et s'en enroula prestement avant de se retourner vers Christina.

— Que se passe-t-il ? demanda-t-elle tranquillement.

Elle savait que Christina avait vu la cicatrice.

Embarrassée, cette dernière secoua négativement la tête. C'est alors qu'elle aperçut le couteau. Elle s'avança pour l'examiner et Jade se sentit rougir de confusion. Comment expliquer à son hôtesse pourquoi une demoiselle comme elle portait une arme aussi redoutable ? Elle se sentait incapable d'inventer le moindre mensonge convaincant : elle était trop fatiguée.

— Le mien est beaucoup plus tranchant.

— Pardon ? fit Jade, pensant avoir mal entendu.

— Mon couteau a une lame beaucoup plus tranchante, répéta Christina. J'utilise une pierre spéciale pour l'aiguiser. Voulez-vous que j'affûte le vôtre ?

Jade eut un hoquet de surprise.

— Quand vous dormez, vous le posez à côté de vous ou sous l'oreiller ? poursuivit Christina avec le plus grand naturel.

— Sous mon oreiller.

— Moi aussi. Je préfère le garder à portée de la main.

— Mais pourquoi est-ce que vous...

— Je vais monter votre couteau dans votre chambre et le mettre sous votre oreiller, proposa Christina. Et demain matin, je vous l'affûterai.

— C'est très gentil de votre part, remercia Jade. Je ne me doutais pas que d'autres femmes pouvaient porter un couteau.

— C'est quand même assez rare, répliqua Christina avec un léger haussement d'épaules.

Elle tendit à Jade une chemise de nuit blanche ainsi qu'un déshabillé assorti.

— Cela fait longtemps que je ne dors plus avec un couteau sous mon oreiller. A présent, Lyon me protège. D'ici peu, je pense que vous aussi vous pourrez vous passer de votre arme. J'en suis même certaine.

— Vraiment ? demanda Jade. Et pourquoi ?

— Le destin..., chuchota Christina. Bien sûr, vous devrez d'abord apprendre à avoir confiance en Caine.

— Impossible ! Je n'ai confiance en personne.

Les yeux de Christina s'écarquillèrent et Jade comprit qu'elle avait répondu avec un peu trop de véhémence.

— Je crains de ne pas comprendre ce que vous voulez dire, madame, ajouta-t-elle avec plus de pondération. Je connais à peine Caine. Pourquoi devrais-je apprendre à lui faire confiance ?

— Vous pouvez m'appeler Christina. Et maintenant, proposa la jeune femme, venez vous asseoir auprès du feu. Je vais démêler vos cheveux.

Elle alla chercher la chaise à l'autre bout de la pièce et l'installa près de la cheminée.

— Je n'ai guère d'amies en Angleterre, déclarat-elle.

— Pourquoi ? s'étonna Jade.

— C'est ma faute, expliqua Christina. Je manque de patience. Les femmes, ici, sont futiles et prétentieuses. Cela m'exaspère. Mais vous êtes différente, vous.

— A quoi le voyez-vous ?

— Au fait que vous portez sur vous un couteau. Voulez-vous être mon amie, Jade ?

La jeune femme hésita un long moment avant de répondre.

— Je serai votre amie aussi longtemps que vous souhaiterez que je le sois, murmura-t-elle enfin.

Christina la regarda dans le blanc des yeux.

— Vous croyez que je changerai d'avis sur vous

quand je vous connaîtrai mieux ? C'est ça, n'est-ce pas ?

Jade haussa les épaules. Christina remarqua qu'elle serrait convulsivement ses mains.

— Je n'ai guère eu le temps de me faire des amies, jusqu'à présent, dit Jade.

— J'ai remarqué la cicatrice que vous avez dans le dos, chuchota Christina. Je n'en parlerai pas à Caine, évidemment, mais il s'en apercevra quand vous partagerez sa couche. La vie a marqué votre corps de son sceau, Jade.

Celle-ci aurait bondi de sa chaise si Christina ne l'avait pas prise par les épaules et obligée à rester assise.

— Je ne cherchais pas à vous insulter, ajouta-t-elle. Vous ne devriez pas avoir honte de...

— Je ne partagerai jamais la couche de Caine, se récria Jade. Je n'éprouve pas la moindre attirance pour cet homme.

Christina sourit.

— Nous sommes amies, maintenant, n'est-ce pas ?

— Oui.

— Alors ne me mentez pas, Jade. Caine vous plaît. Cela m'a tout de suite frappée. Il n'y avait qu'à voir la façon dont vous le regardiez. Vous aviez beau rouler des yeux furibonds, on ne pouvait pas s'y tromper. Reconnaissez au moins qu'il a de l'allure. Toutes les femmes s'accordent à le trouver très séduisant.

— C'est vrai qu'il l'est, soupira Jade. Et c'est sans doute un fameux coureur de jupons. Je me trompe ?

— En vérité, Lyon et moi ne l'avons jamais vu deux fois en compagnie de la même femme, admit Christina. Je pense donc qu'il mérite ce qualificatif. Mais n'est-ce pas le cas de la plupart des hommes avant qu'ils ne s'assagissent ?

— Je ne sais pas, répliqua Jade. Je n'ai guère eu d'amis hommes dans ma vie.

Christina se décida enfin à aller chercher la brosse et commença à lisser les longues boucles de Jade.

— C'est la première fois que je vois des cheveux aussi magnifiques, s'écria-t-elle. Ils ont de merveilleux reflets cuivrés.

— Oh, les vôtres sont cent fois plus beaux. Et d'ailleurs, les hommes ont une préférence pour les blondes.

— N'oubliez pas, Jade : le destin ! répliqua Christina sur un ton énigmatique. J'ai l'impression que vous venez juste de rencontrer le vôtre.

Jade n'eut pas le cœur de contredire Christina — elle avait l'air si sincère.

— Puisque vous le dites..., rétorqua-t-elle.

Christina remarqua la marque qu'avait Jade au-dessus de l'oreille. Celle-ci lui expliqua ce qui lui était arrivé en lui donnant la même version des faits que celle qu'elle avait fournie à Caine. A l'idée d'abuser ainsi de la crédulité de Christina, elle éprouva un sentiment de culpabilité, mais elle soulagea sa conscience en se disant que ses motivations étaient pures. La vérité n'aurait eu pour effet que de se mettre à dos sa nouvelle amie.

— Il a dû vous falloir un sacré courage, observa Christina d'une voix compatissante.

Elle avait entrepris de tresser les cheveux de Jade, mais elle y renonça bientôt, jugeant qu'ils étaient encore trop mouillés. Elle reposa la brosse et attendit la réponse de Jade.

— Vous avez été seule au monde pendant un bon bout de temps, poursuivit-elle quand elle vit que la jeune femme restait silencieuse. C'est sans doute la raison pour laquelle vous n'avez confiance en personne.

Jade eut un haussement d'épaules.

— Peut-être, murmura-t-elle.

— C'est le moment d'aller rejoindre nos hommes, maintenant, annonça Christina.

— Lyon est votre homme, mais Caine n'est pas le mien, protesta Jade. Je préférerais monter me coucher tout de suite, si vous le permettez.

Christina secoua la tête.

— A l'heure qu'il est, Caine a probablement fini de se laver, et il doit se sentir tout ragaillardi. Je les connais tous les deux assez pour savoir qu'ils voudront vous poser quelques questions avant de vous laisser dormir. Les hommes sont parfois extrêmement têtus, Jade. Il faut leur céder de temps en temps — c'est la meilleure manière de s'y prendre avec eux. Croyez-moi, j'en parle d'expérience.

Jade noua la ceinture de son déshabillé et suivit Christina. Elle essayait de se préparer mentalement à l'inévitable interrogatoire qui l'attendait. En pénétrant dans la bibliothèque, elle aperçut Caine, appuyé au rebord du bureau de Lyon. Il l'observait d'un œil noir. Elle lui rendit son regard.

Si seulement il n'avait pas été aussi beau, songea-t-elle. Il avait pris un bain et portait des vêtements prêtés par Lyon, qui semblaient avoir été taillés pour lui. Le pantalon marron, parfaitement ajusté, le moulait d'une façon presque indécente, tandis qu'une chemise en coton blanc mettait en valeur ses larges épaules.

Jade s'assit au milieu d'un sofa en velours vieil or. Christina lui tendit un verre de brandy.

— Buvez, ordonna-t-elle, cela vous réchauffera.

Jade avala d'abord quelques timides gorgées, puis quand la sensation de brûlure se fut apaisée dans sa poitrine, elle vida son verre d'un trait.

Christina hocha la tête avec satisfaction. A présent, Jade se sentait bien mieux et une douce torpeur commençait à l'envahir. Elle s'adossa contre les coussins et ferma les yeux.

— Ne vous avisez pas de vous endormir, s'écria Caine. J'ai des questions à vous poser.

Elle ne se donna même pas la peine d'ouvrir les yeux pour lui répondre.

— Soyez tranquille, je ne m'endormirai pas, mais je préfère garder les yeux fermés, cela m'évite de voir votre mine renfrognée, Caine. C'est beaucoup plus agréable pour moi. Pourquoi vous êtes-vous fait passer pour Lucifer ?

Elle avait glissé cette question sur un ton si naturel que, sur le coup, personne ne réagit.

— Il s'est fait passer pour qui ? demanda enfin Lyon.

— Pour Lucifer, réaffirma Jade. Je ne sais pas pour combien d'autres personnages illustres il s'était déjà fait passer auparavant, ajouta-t-elle, mais votre ami me semble atteint d'une bien curieuse manie.

Caine regardait Jade comme s'il voulait lui arracher les yeux. Christina s'efforça de conserver son sérieux.

— Lyon, je crois que je n'ai jamais vu notre ami dans une telle fureur, observa-t-elle.

— Moi non plus, répliqua son mari.

Caine leur lança un regard exaspéré, pour qu'ils cessent tout commentaire.

— Les circonstances sont loin d'être banales, maugréa-t-il entre ses dents.

— Malgré tout, je doute qu'il ait tenté de se faire passer pour Napoléon, lança Jade. Il est beaucoup trop grand pour qu'on s'y trompe. Et puis, tout le monde connaît le visage de Napoléon.

— Ça suffit ! hurla Caine.

Il prit une profonde inspiration, puis poursuivit sur un ton radouci :

— Je vous expliquerai pourquoi je me suis fait passer pour Lucifer quand vous m'aurez dit ce qui s'est passé avant cette funeste nuit.

— A vous entendre, on croirait que tout est ma faute !

Il ferma les yeux.

— Je ne vous accuse absolument pas.

— Si, vous m'accusez. Vous êtes vraiment exaspérant. J'ai traversé des moments terribles et vous m'avez manifesté moins de compassion qu'au premier chien errant rencontré en chemin.

Caine se força à compter jusqu'à dix pour ne pas exploser.

— Et si vous nous racontiez tout depuis le début ? suggéra Lyon.

Jade ne tint aucun compte de cette suggestion. Toute son attention était concentrée sur Caine. Il gardait son sang-froid, ce qui n'était pas tout à fait du goût de la jeune femme.

— Si vous ne me témoignez pas un peu plus de compréhension et de sympathie, je vous préviens que je recommence à crier.

— Vous criez déjà, dit-il avec un petit sourire.

Cette remarque la désarçonna. Elle prit une profonde inspiration, puis décida de changer de tactique.

— Ces individus ont tout saccagé, annonça-t-elle. Mon frère venait juste de terminer la remise à neuf de sa maison. J'ose à peine imaginer la fureur de Nathan quand il sera de retour. Oh, je vous en prie, Caine ! Cessez donc de me fixer avec ces yeux-là. Que vous me croyiez ou non m'est parfaitement égal.

— Maintenant Jade...

— Ne me parlez pas.

— Vous semblez avoir perdu le contrôle de la conversation, Caine, observa Lyon.

— Je ne l'ai jamais contrôlée, répliqua Caine avant de s'adresser à la jeune femme : Jade, il faut absolument que nous ayons un entretien en tête à tête. Je sais, ajouta-t-il quand il vit qu'elle s'apprêtait à l'interrompre, vous avez traversé de durs moments. Je ne le nie pas.

Il s'imaginait avoir prononcé ces derniers mots avec beaucoup de bienveillance. Il voulait à tout prix apaiser Jade mais il comprit, à son regard courroucé, que sa tentative avait échoué.

— Vous qui êtes si galant, pourquoi adoptez-vous avec moi ce ton supérieur ? lui demanda-t-elle.

Caine se retourna vers Lyon.

— J'ai pris un ton supérieur ?

Lyon haussa les épaules. Christina hocha la tête.

— C'est bien possible, si Jade l'a perçu ainsi, dit-elle.

— Vous me traitez comme la dernière des imbéciles, poursuivit Jade. N'est-ce pas, Christina ?

— Vous êtes mon amie, répondit celle-ci, je ne peux qu'être d'accord avec vous.

— Merci, répliqua Jade, avant d'ajouter, à l'adresse de Caine : Je ne suis pas une enfant.

— Je l'ai remarqué.

Le fin sourire dont Caine assortit sa réplique exaspéra la jeune femme. Sa tentative pour le faire sortir de ses gonds était loin d'être gagnée, songea-t-elle.

— Et le pire dans tout cela, voyez-vous, c'est que ces individus ont osé mettre le feu à la calèche de mon frère. Parfaitement, ajouta-t-elle avec véhémence, pour donner plus de poids à cette révélation.

— C'est ça pour vous le pire ? demanda Caine.

— Il se trouve qu'à ce moment-là, j'étais à l'intérieur, monsieur !

— Vous voulez me faire croire que vous étiez à l'intérieur de la calèche de votre frère quand elle a pris feu ?

— Pris feu ?

Elle bondit sur ses pieds et vint se planter devant Caine, les poings sur les hanches.

— Vous vous fichez de moi ! s'exclama-t-elle. Elle n'a pas pris feu. On y a mis le feu. Volontairement.

Puis se souvenant de la présence de Lyon et de Christina, elle pivota sur elle-même pour leur faire face.

— Pardonnez-moi d'avoir perdu mon sang-froid. Ce n'est pas dans mes habitudes de hurler comme une mégère.

Elle regagna sa place sur le sofa et ferma les yeux.

— Ce qu'il pense m'est bien égal, continua-t-elle. En tout cas, je me sens hors d'état de poursuivre cette conversation. Caine, vous devrez attendre demain pour me poser vos questions.

Il n'insista pas. Cette femme avait d'indéniables talents de comédienne. Elle porta la main à son front et poussa un soupir à fendre l'âme. Il savait qu'il ne réussirait pas à lui faire entendre raison maintenant.

Caine s'assit sur le sofa à côté d'elle. Il posa son bras

autour de ses épaules et l'attira doucement contre lui, sans toutefois quitter son air maussade.

— Je me rappelle clairement vous avoir précisé que je ne supportais pas qu'on me touche, bougonna-t-elle en se blottissant contre lui.

Christina se tourna vers son mari avec un sourire aux lèvres.

— Le destin..., murmura-t-elle. Je crois que nous ferions mieux de les laisser seuls. Jade, ajouta-t-elle, votre chambre est la première à gauche, en haut de l'escalier. Caine, la vôtre se trouve juste à côté.

Christina prit son mari par la main pour le forcer à se lever. Mais celui-ci semblait peu disposé à la suivre.

— Ma chérie, j'ai envie de savoir ce qui est arrivé à Jade. Accordez-moi encore quelques minutes.

— Ne me dites pas que vous ne pouvez pas patienter jusqu'à demain pour satisfaire votre curiosité, déclara Christina. Il ne nous reste plus que quelques heures de sommeil avant que Stephen ne nous réveille. Vous avez besoin de repos.

— Qui est Stephen ? demanda Jade.

Elle était tout attendrie par le spectacle de ce couple heureux : il y avait tant d'amour dans leurs yeux quand ils se regardaient. Elle se sentit soudain gagnée par un sentiment d'envie qu'elle chassa aussitôt. Cela ne servait à rien de convoiter un bonheur qui, de toute façon, lui était interdit.

— Stephen est notre fils, répondit Lyon. Il aura bientôt six mois. Vous ferez la connaissance de ce petit fripon demain matin.

La porte se referma sur cette promesse, et Jade et Caine se retrouvèrent seuls. La jeune femme tenta de s'écarter de Caine, mais il resserra son étreinte.

— Vous savez, Jade, je n'ai jamais eu l'intention de me moquer de vous, murmura-t-il. Je cherche simplement à comprendre votre situation. J'en ai le tournis. Avouez que la nuit a été... comment dire... éprouvante. Je n'ai pas l'habitude de rencontrer des femmes qui me demandent, le plus gentiment du monde, de les tuer.

Elle leva les yeux vers lui en souriant.

— J'ai été si gentille que cela ? fit-elle.

Il hocha lentement la tête. Les lèvres de la jeune femme étaient si proches, si tentantes. Avant qu'il ait pu retenir son geste, il se pencha vers elle. Sa bouche effleura la sienne, dans un baiser à la fois tendre et chaste.

Elle fut trop abasourdie pour opposer la moindre résistance.

— Pourquoi avez-vous fait cela ? susurra-t-elle quand elle eut repris tous ses esprits.

— Cela me démangeait, répondit-il avec un petit sourire qu'elle lui rendit aussitôt.

Il la repoussa afin de ne pas succomber à l'envie de l'embrasser à nouveau, puis déclara :

— Vous avez vécu des moments affreux, n'est-ce pas ? Nous attendrons demain pour parler de tout cela. Quand vous serez fraîche et dispose, nous tenterons de résoudre ensemble votre problème.

— C'est très gentil de votre part, dit-elle, visiblement soulagée. Maintenant, j'aimerais que vous m'expliquiez pourquoi vous vous êtes fait passer pour Lucifer. Vous m'avez confié que vous vouliez l'obliger à se montrer au grand jour, mais je ne comprends pas comment vous...

— En vérité, la coupa-t-il, mon intention était de le blesser dans son amour-propre. Suffisamment pour que, fou de rage, il se lance à mes trousses. Voyez-vous, Jade, si quelqu'un se faisait passer pour moi, eh bien, je... Enfin, tout a échoué jusqu'à présent. J'ai tout essayé, j'ai même offert une récompense à qui m'aiderait à le capturer, mais rien n'a marché.

— Mais pourquoi tout cela ? Vous vouliez le connaître ?

— Je veux le tuer.

Elle eut une exclamation de stupeur. Il énonçait cela si calmement, en lui caressant les cheveux...

— Et s'il envoyait quelqu'un d'autre à vos trousses, vous le tueriez aussi ?

— Oui.

— C'est votre métier de tuer les gens ? C'est ainsi que vous gagnez votre vie ?

Bien qu'elle regardât fixement le feu qui pétillait dans la cheminée, il pouvait voir des larmes dans ses yeux.

— Non, je ne tue pas pour gagner ma vie, répliqua-t-il.

— Mais vous avez déjà tué ?

Jade avait tourné la tête vers lui pour poser cette question. La peur se lisait sur son visage.

— Seulement lorsque c'était nécessaire.

— Moi, je n'ai jamais tué personne, affirma-t-elle.

Il sourit.

— Je n'en ai jamais douté un seul instant.

— Et vous pensez vraiment que c'est nécessaire de tuer ce pirate ?

— J'en suis convaincu.

Il avait fait exprès de prononcer ces mots d'une voix dure, espérant qu'ainsi elle mettrait fin à ses questions.

— Et je tuerai aussi tous ses acolytes, s'il n'y a pas d'autre moyen de le capturer, ajouta-t-il.

— Ô Caine, je souhaite de tout mon cœur que vous ne tuiez personne.

Elle était au bord des larmes. Caine s'appuya contre les coussins, ferma les yeux et déclara :

— Vous êtes une douce et tendre demoiselle, Jade, vous ne pouvez pas comprendre.

— Aidez-moi à comprendre, supplia-t-elle. Lucifer a fait tant de choses merveilleuses. Cela semble monstrueux de vouloir...

— Des choses merveilleuses ? Comment cela ? l'interrompit Caine, interloqué.

— Vous n'ignorez sûrement pas qu'il donne l'essentiel de ses butins aux déshérités. Si notre église a pu s'offrir un clocher tout neuf, c'est uniquement grâce à sa générosité.

62

— Vous appelez cela de la générosité ? fit Caine. Ce n'est qu'un vulgaire brigand. Il vole les riches...

— Évidemment qu'il vole les riches...

— Comment ça ?

— A qui s'en prendrait-il sinon aux riches ? Ce qu'il leur dérobe est infime au regard de leur fortune — c'est à peine s'ils s'en aperçoivent. Quant aux pauvres, ils ne possèdent rien qui vaille la peine d'être dérobé.

— Vous avez l'air d'en savoir long sur ce pirate, observa Caine.

— Qui ne s'intéresse pas aux aventures de Lucifer ? C'est un personnage si romantique.

— A vous entendre, on croirait qu'il mérite le titre de chevalier.

— Peut-être le mérite-t-il, en effet, reconnut-elle.

Elle frotta sa joue contre l'épaule de Caine.

— Certains affirment que Pagan n'a jamais fait de mal à une mouche, poursuivit-elle. Alors pourquoi cet acharnement contre lui ?

— Si vous êtes persuadée qu'il n'a jamais tué personne, comment se fait-il que vous soyez à sa recherche ? Souvenez-vous, vous vouliez qu'il vous tue, non ?

— En effet, répliqua-t-elle, soudain embarrassée. Si je vous explique ce que j'avais vraiment en tête, vous me promettez de ne pas vous moquer de moi ?

— Je vous le promets.

— J'espérais secrètement, commença-t-elle timidement, que, dans l'hypothèse où il refuserait de me tuer, eh bien... il accepterait peut-être... qui sait... de m'emmener sur son vaisseau fantôme et de me prendre sous sa protection jusqu'au retour de mon frère.

— Remerciez le ciel que votre vœu n'ait pas été exaucé ! s'exclama Caine. Ah ! Jade, vous avez l'esprit trop romanesque. Et vous vous faites des illusions sur cet individu. La vérité, c'est que ce misérable est un assassin.

— Qui a-t-il tué ? demanda-t-elle.

Il resta silencieux pendant un long moment, les yeux

fixés sur les flammes qui dansaient dans l'âtre. Quand il se décida enfin à répondre, sa voix était glaciale.

— Pagan a tué mon frère Colin.

4

— Ô Caine, je suis désolée, murmura-t-elle. Quelle perte affreuse cela a dû être pour vous ! Il était plus âgé que vous ?

— Non, plus jeune.

— Il y a longtemps qu'il est mort ?

— Quelques mois à peine.

— Votre famille a dû être très éprouvée par ce malheur. Vos parents sont encore en vie ?

— Oui. Des deux, c'est mon père qui a eu le plus de mal à accepter la mort de Colin. Il a renoncé à tout ce qui donnait un sens à sa vie.

— C'est-à-dire ?

— Père était un homme politique influent. Il était considéré comme l'avocat des pauvres et il a réussi à imposer bien des mesures en leur faveur.

— Quel genre de mesures ? s'enquit Jade.

En disant ces mots, elle avait pris la main de Caine et la tenait pressée contre sa taille. Il ne pensait pas qu'elle en fût consciente. Ce n'était sans doute pour elle qu'une simple marque de sympathie, supposa-t-il, une façon instinctive de lui manifester sa compassion. En tout cas, quelle que fût la signification de ce geste, il n'avait rien de déplaisant, loin de là.

— Vous étiez en train de m'expliquer comment votre père venait en aide aux pauvres, rappela-t-elle à Caine, voyant qu'il restait silencieux.

— Oui. Il avait réussi à freiner l'augmentation des impôts, par exemple.

— Et il a quitté des fonctions aussi importantes ?

— Plus rien ne l'intéresse : ses responsabilités politiques, sa famille, ses amis, son club. Il ne lit même plus les journaux. Il reste toute la journée enfermé dans son bureau. Je me surprends parfois à penser que, lorsque Pagan aura payé pour son crime, mon père reprendra peut-être goût à la vie... Mais je ne sais pas, je ne sais plus, murmura-t-il d'un ton las. C'est un homme brisé, maintenant.

— Est-ce que vous ressemblez à votre père ? Est-ce que vous êtes, vous aussi, l'avocat des pauvres ? J'ai l'impression que vous êtes d'un naturel protecteur, non ?

— Qu'est-ce qui vous fait penser cela ?

Elle ne pouvait pas lui dire qu'elle l'avait lu dans son dossier.

— La manière dont vous m'avez tout de suite prise sous votre aile, répondit-elle. Je pense que vous auriez offert votre aide à n'importe quelle personne pauvre et sans défense qui se serait trouvée sur votre chemin. Certes, ajouta-t-elle, je n'étais pas pauvre quand je vous ai rencontré.

— Vous avez l'intention de remettre vos pièces d'or sur le tapis ?

Elle comprit au sourire qu'il arborait en prononçant ces mots qu'il n'était pas en colère contre elle.

— Non, non, soyez sans crainte, je n'en parlerai plus, j'évoquais cela juste en passant. Répondez-moi maintenant : vous ressemblez à votre père, n'est-ce pas ?

— Je pense en effet lui ressembler sur ce point, reconnut-il.

— Mais alors que votre père s'est retiré du monde, vous, vous avez décidé de venger la mort de votre frère. On peut difficilement imaginer deux façons de réagir plus différentes, non ?

— Sans doute.

— Je crois comprendre pourquoi votre père a renoncé à tout.

— Vraiment ?

— Voyez-vous, Caine, il n'est pas dans l'ordre des choses qu'un père voie mourir son fils.

— Non. En principe, c'est au père de partir le premier.

— Après une vie heureuse et bien remplie, évidemment, ajouta-t-elle.

Elle avait l'air si sincère qu'il ne chercha même pas à discuter avec elle.

— Évidemment, répéta-t-il en écho.

— Et vous êtes absolument certain que c'est Lucifer qui a tué Colin ?

— Oui. Je le tiens de source sûre.

— Comment ?

— Comment quoi ?

— Comment Pagan l'a-t-il tué ?

— Pour l'amour du ciel, Jade, grommela-t-il, changeons de sujet. J'en ai déjà dit beaucoup plus que je n'aurais dû.

— Je suis désolée d'avoir remué le couteau dans la plaie, Caine. Pardonnez-moi.

Devant l'expression de sincérité qui se lisait sur le visage de Jade, Caine regretta de lui avoir parlé sèchement.

— Colin a été tué en mer, répondit-il.

— Et il s'est trouvé quelqu'un d'assez serviable pour ramener son corps à terre ? s'étonna-t-elle.

— Non.

— Non ? Alors qu'est-ce qui vous permet d'affirmer avec certitude qu'il est mort ? Il a pu échouer sur une île déserte, ou que sais-je encore...

— Nous avons reçu une preuve de sa mort.

— Quel genre de preuve ? Et qui l'a envoyée ?

Caine ne comprenait pas pourquoi Jade portait tant d'intérêt à ce sujet et décida de couper court à la conversation.

— Elle venait du ministère de la Guerre, déclara-t-il. Et maintenant, je vous en prie, cessez de me questionner.

— Bien sûr, Caine, murmura-t-elle. Excusez-moi encore une fois d'avoir évoqué des souvenirs si douloureux.

Puis elle réprima un bâillement.

— Caine, nous ne pouvons pas rester dans cette maison. Je crains que notre présence ici ne mette la vie de vos amis en danger.

— Je suis d'accord avec vous. Nous ne resterons qu'une nuit.

Puis, les yeux fixés sur le feu qui flambait dans la cheminée, il réfléchit à un plan d'action. Jade se pelotonna contre lui et s'endormit d'un seul coup. Caine bénit le silence qui s'était soudain abattu sur la pièce, il recula le moment de monter se coucher, savourant trop le plaisir de tenir cette créature impossible dans ses bras pour avoir envie de bouger.

Il l'embrassa sur le front une première, puis une deuxième fois.

Ce n'est que lorsqu'il n'y eut plus que des braises rougeoyantes dans l'âtre et que l'atmosphère de la pièce se fut nettement rafraîchie qu'il se décida à se lever.

Jade se réveilla en sursaut. Elle bondit aussitôt sur ses pieds, mais elle était si désorientée qu'elle se trompa de direction et aurait marché droit sur la cheminée si Caine ne l'avait arrêtée à temps. Il voulut la soulever dans ses bras, mais elle le repoussa. Il soupira, puis la prit par les épaules et la guida vers l'escalier. Il s'efforçait d'oublier à quel point elle était ravissante, maintenant que ses cheveux étaient presque secs et cascadaient à nouveau sur ses épaules en lourdes boucles. Il s'efforçait également d'oublier qu'elle n'était vêtue que d'une chemise de nuit et d'un léger déshabillé.

Il lui ouvrit la porte de sa chambre, puis tourna les talons pour rejoindre la sienne.

— Caine ? l'appela-t-elle d'une voix ensommeillée. Vous n'allez pas me quitter, n'est-ce pas ?

Il se retourna. C'était une question insultante, à laquelle il faillit répliquer vertement, mais en voyant la lueur de crainte qui brillait dans les yeux de la jeune femme, son cœur se radoucit.

— Non, murmura-t-il, je ne vous quitterai pas.

Elle hocha la tête, eut l'air de vouloir ajouter quelque chose, puis lui claqua brusquement la porte au nez.

Christina avait préparé la chambre voisine pour Caine. Les couvertures avaient été soigneusement rabattues sur le lit et un grand feu flambait dans l'âtre.

Si accueillant que fût le lit, Caine n'arrivait pas à trouver le sommeil. Il se retourna dans tous les sens pendant près d'une heure, en maudissant son manque de volonté. Malgré tous les efforts qu'il déployait, il était incapable de chasser de son esprit l'image ensorcelante de cette jeune sylphide aux yeux d'émeraude.

Il brûlait de désir pour elle. C'était vraiment à n'y rien comprendre. Elle avait tous les défauts qu'il détestait chez une femme : elle pleurnichait et récriminait sans arrêt. De plus, tous ses raisonnements étaient parfaitement ineptes. Et pourtant, elle lui plaisait.

Il se sentait trop fatigué pour réfléchir à ce mystère. En outre, cela n'avait aucune importance. Il avait l'habitude de céder à tous ses caprices, surtout en ce qui concernait les femmes. D'ailleurs, elles se jetaient littéralement à son cou. Ces dernières années, il avait mené une vie des plus dissolues. Ses conquêtes ne se comptaient plus, il n'avait même pas besoin de les courtiser. Caine prenait ce que chacune avait à lui offrir sans éprouver le moindre remords. Il était toujours honnête avec ses maîtresses et ne passait jamais une nuit entière avec elles, car il savait que le matin amenait inévitablement son cortège de faux espoirs.

Aussi inconcevable que cela lui parût, il avait follement envie de Jade. Soudain, il l'entendit éternuer à travers la cloison, et bondit aussitôt de son lit. Il enfila ses hauts-de-chausses et son pantalon, sans prendre la peine de les ajuster convenablement. A présent, il avait une excuse pour entrer dans la chambre de la jeune femme : elle avait probablement besoin d'une couverture supplémentaire. La nuit était fraîche. Et puis, un incendie aurait pu se déclarer dans la pièce. En effet, un filet de lumière filtrait sous la porte, indiquant qu'elle s'était endormie en laissant les bougies allumées.

Il ne s'attendait absolument pas au spectacle qu'il découvrit en pénétrant dans la chambre. Jade reposait sur le ventre. Son visage, à demi caché par sa somptueuse chevelure, était tourné vers lui. Ses yeux étaient clos et, à en juger par sa respiration régulière, elle dormait d'un profond sommeil.

Caine contemplait la scène avec émerveillement. Sa sylphide était entièrement nue. Elle avait enlevé sa chemise de nuit et rejeté les couvertures au pied du lit.

Cette petite demoiselle devait cacher au fond d'elle-même un tempérament bien sensuel, se dit-il, pour dormir ainsi, dans le plus simple appareil.

Elle était d'une beauté presque surnaturelle. Ses jambes étaient longues et fuselées. Il les imagina soudain autour de lui et, à cette pensée, il laissa presque échapper un soupir de volupté.

Il s'approcha du lit. Son désir se faisait si impérieux qu'il en était douloureux. C'est alors qu'il remarqua la longue et mince cicatrice en dents de scie qu'elle avait dans le dos. Il n'eut aucun mal à reconnaître l'objet qui l'avait causée, car lui-même portait exactement la même marque à la cuisse. Il n'y avait qu'une seule arme qui laissait ce genre de traces : la lanière d'un fouet.

Quelqu'un l'avait frappée avec un fouet. Caine était à la fois abasourdi et scandalisé. La cicatrice remontait à plusieurs années, à en juger par ses contours à moitié effacés, ce qui n'en rendait le crime que plus ignoble : Jade n'était qu'une enfant quand elle avait subi ces sévices.

Il eut envie de la réveiller pour lui demander le nom du scélérat qui avait osé faire une chose pareille.

Elle se mit soudain à gémir puis à s'agiter dans son sommeil. Caine supposa qu'elle était en proie à un cauchemar. Elle éternua à nouveau, puis poussa une faible plainte.

Avec un soupir de frustration, il alla chercher la chemise de nuit qui était posée sur la chaise à côté du lit et revint vers cet ange à qui il avait eu le malheur de promettre aide et protection. Il était conscient de l'absurdité de la situation. C'était bien la première fois qu'il s'apprêtait à remettre ses vêtements à une femme dont il avait envie.

Il se penchait vers elle quand tout à coup, il vit miroiter l'éclat d'une lame d'acier. Instinctivement, il bondit en avant et d'un mouvement puissant du bras gauche, tenta de neutraliser la jeune femme. Elle commençait à lâcher prise quand il lui assena un violent coup de poing sur le poignet. A ce moment, le couteau vola à travers la pièce avant d'atterrir, dans un grand fracas, au pied de la cheminée.

L'ange était devenu un démon.

Jade était maintenant à genoux et faisait face à Caine. Sa respiration était haletante et son regard jetait des étincelles. Elle était furieuse.

— Ne vous avisez plus jamais de vous introduire par surprise dans ma chambre, s'écria-t-elle. J'aurais pu vous tuer, malheureux !

Caine était tout aussi furieux qu'elle.

— Et vous, ne vous avisez plus jamais de faire usage de votre arme contre moi, rugit-il.

Elle ne semblait nullement intimidée par cette menace. Caine pensa qu'elle n'avait vraisemblablement aucune conscience du danger, sinon, elle n'aurait pas eu cette morgue insolente. Sans doute avait-elle aussi oublié qu'elle était nue.

Lui, en tout cas, ne pouvait l'oublier. Ses seins ronds et fermes n'étaient qu'en partie dissimulés par ses longues boucles rousses. Ses mamelons étaient fièrement dressés. Sous l'effet de la colère, elle haletait et sa poitrine se soulevait en cadence.

Caine, fasciné, éprouva quelque honte à remarquer ces détails.

— Vous ? Me tuer ? Vous ne le ferez pas, lança-t-elle. Souvenez-vous, nous avons déjà abordé la question.

Il la considéra, médusé. Un tel aplomb avait de quoi déconcerter.

— Vous n'avez absolument pas peur de moi, n'est-ce pas ?

Elle fit signe que non. Ses mèches oscillèrent gracieusement autour de sa tête.

— Pourquoi aurais-je peur de vous ? demanda-t-elle. Vous êtes mon protecteur, monsieur.

Le ton de défi sur lequel elle prononça ces mots était plus qu'il n'en pouvait supporter sans réagir. Il la saisit par les poignets et la renversa sur le lit. Puis il immobilisa ses cuisses avec son genou pour l'empêcher de lui envoyer des coups de pied dans le bas-ventre. Cette diablesse était capable de tout.

— Je pense qu'il est temps que vous vous mettiez dans la tête quelques règles fondamentales, déclara-t-il sèchement.

Elle poussa un petit cri de surprise quand le torse de Caine frôla sa poitrine. Elle avait dû finir par s'apercevoir qu'elle était nue.

Mon Dieu, comme sa peau était douce, merveilleusement douce ! Il mourait d'envie d'enfouir sa tête dans le creux de son cou et de lui faire l'amour lentement, tendrement, le plus tendrement possible. Un jour, il la posséderait, se promit-il, mais il attendrait pour cela qu'elle soit brûlante de désir et non pas en train de déverser un flot d'insultes comme elle le faisait en ce moment.

— Qui vous a appris de pareilles horreurs ? demanda-t-il.

— Vous, mentit-elle. Voulez-vous me laisser tranquille, maintenant, espèce de brute !

Elle le défiait, et pourtant il y avait dans sa voix un tremblement imperceptible qui n'échappa pas à Caine. Un tremblement de peur.

Il s'écarta lentement d'elle, les mâchoires serrées. Des gouttes de sueur perlaient sur son front. La poitrine de Jade effleura son torse et il sentit ses mamelons se durcir. Le pouls de Caine s'accéléra et un gémissement s'étrangla au fond de sa gorge. Les seins de Jade semblaient prêts à s'abandonner à ses caresses et à ses baisers.

— Caine ?

Il se redressa sur les coudes pour observer l'expression de son visage et regretta aussitôt son geste. En effet, le regard furibond qu'elle lui décocha eut pour seul effet de ranimer sa colère.

Jade était en proie à des sentiments contradictoires. Alors qu'elle aurait dû, logiquement, être outrée, elle était obligée de reconnaître que la réalité était tout autre. Le torse de Caine chatouillait agréablement la pointe de ses seins et le contact de sa peau contre la sienne la faisait frissonner. Son corps était si chaud, et si dur aussi, songea-t-elle en contemplant ses bras musclés. Il se dégageait de toute sa personne une telle impression de force et de virilité. Elle se garda bien cependant de montrer à Caine à quel point elle était sensible à son charme. Outrée, se rappela-t-elle. Il faut que je fasse semblant d'être outrée, et aussi effrayée.

— Est-ce de cette façon que vous comptez me protéger ? demanda-t-elle, en adoptant un ton à la fois indigné et anxieux.

— Non, Jade, répondit-il d'une voix rauque.

— Caine ?

— Oui ?

— On dirait que vous avez envie de m'embrasser. Vous en avez envie ?

— Oui, avoua-t-il.

Elle se mit à secouer la tête, mais il interrompit son geste en prenant son visage entre ses mains.

— Vous n'avez pourtant aucune sympathie pour moi, murmura-t-elle dans un souffle. Souvenez-vous, c'est ce que vous m'avez dit. Vous avez changé d'avis ?

Caine ne put s'empêcher de sourire devant l'expression médusée qu'arborait Jade.

— Pas le moins du monde, répliqua-t-il, dans le seul but de la piquer au vif.

— Pourquoi voulez-vous m'embrasser, en ce cas ?

— C'est une chose que je ne m'explique pas. Peut-être est-ce dû simplement au fait que vous êtes toute nue et que je sens la douceur de votre peau contre la mienne. Peut-être...

— Pas plus qu'une fois, alors, déclara-t-elle.

Il ne comprit pas ce qu'elle voulait dire, mais il devina son embarras à ses joues en feu.

— Pas plus d'une fois quoi, Jade ?

— Vous pouvez m'embrasser, précisa-t-elle, mais pas plus d'une fois. Ensuite, vous sortirez de ma chambre.

— Et vous, Jade, voulez-vous que je vous embrasse ?

La voix de Caine avait des inflexions si tendres, à présent, qu'elle résonna à ses oreilles comme une caresse. Elle contempla ses lèvres, en se demandant quel effet cela ferait d'être embrassée par lui. Sa bouche serait-elle aussi dure que le reste de sa personne ?

La curiosité l'emporta sur la prudence.

— Oui, Caine, murmura-t-elle. Je veux que vous m'embrassiez.

Il prit possession de sa bouche et entrouvrit impérieusement ses lèvres pour caresser ses dents de sa langue. C'était un baiser long et sensuel, qui bouleversa Jade. Elle ignorait jusqu'à ce jour que les hommes embrassaient de cette façon-là. Elle s'abandonna bientôt à ce baiser lascif avec volupté, non sans en éprouver quelque honte. Mais c'était si bon, se dit-elle, si excitant... Elle sentait la pression du membre de Caine contre ses cuisses, sa bouche se faisait plus vorace. Un long frisson la parcourut.

Elle se laissait emporter par ce baiser, se serrant langoureusement contre Caine, toute frémissante de désir. Il avait enroulé ses cheveux autour de son poignet pour la retenir prisonnière, mais, à vrai dire, cette précaution s'avérait bien inutile.

Il jugea qu'il était temps d'arrêter, sous peine de perdre le contrôle de lui-même, et s'arracha à contrecœur des bras de la jeune femme. Mais elle se cramponna à ses épaules en lui enfonçant ses ongles dans la peau. Stoïquement, il résista à cette invitation muette.

Pendant un long moment son regard resta rivé à celui de Jade. Ce qu'il y lut le combla d'aise et il ne put réprimer un sourire de mâle satisfaction.

— Savez-vous que vos lèvres ont un goût de sucre et de miel ? dit-il.

— Ah bon ?

Sa bouche effleura à nouveau celle de Jade.

— Oui, vraiment, confirma-t-il. Et de brandy, aussi.

Elle se frotta contre lui.

— Cessez donc de remuer les hanches ainsi, ordonna-t-il.

Il serrait les mâchoires, mobilisant toute son énergie pour ne pas répondre à cette provocation involontaire.

— Caine ?

— Oui ?

— Pas plus de deux fois, murmura-t-elle. D'accord ?

Il comprit. Elle l'autorisait à l'embrasser à nouveau. Il ne put résister. Ce fut un long baiser, encore plus ardent que le premier. Lorsque enfin il se détacha d'elle pour la regarder à nouveau, il constata avec une immense satisfaction que toute résistance s'était brisée en elle. Jade avait perdu toute retenue. Le feu qui la dévorait n'était pas moins violent que celui qui le consumait.

— Caine ?

— Arrêtons cela, je vous en prie.

— Vous n'avez pas aimé ? demanda-t-elle d'une voix anxieuse.

— Trop, répliqua-t-il.

— Alors pourquoi...

Elle caressait doucement les épaules de Caine qui avait de plus en plus mal à résister à ses avances.

— Je ne suis pas sûr d'être capable de m'arrêter à temps si je vous embrasse encore, déclara-t-il. Êtes-vous prête à en prendre le risque ?

Il s'écarta d'elle, sans lui laisser le temps de répondre.

— Le moment est fort mal choisi pour vous poser une telle question, ajouta-t-il. Vous n'êtes pas en état d'y répondre.

Elle revint à elle.

— Je ne suis pas en état d'y répondre ? répéta-t-elle en le fixant avec des yeux ronds. Comment cela ? Expliquez-vous.

Il soupira.

— Eh bien, je pense que tôt ou tard, nous ferons l'amour ensemble, murmura-t-il. Mais je veux que vous vous décidiez la tête froide et non sous l'empire de la passion.

Elle se débattit entre les bras de Caine, qui l'immobilisa contre lui. Le contact des seins de la jeune femme contre sa poitrine ralluma ses sens.

— Si vous ne cessez pas de gigoter immédiatement, je vous préviens, fit-il, c'est tout de suite que les choses vont avoir lieu. Je ne suis pas de glace, ma colombe.

Il se releva à regret et l'aida à remettre sa chemise de nuit. En revanche, il refusa de lui rendre son couteau, malgré la promesse de Jade de ne plus jamais s'en servir contre lui.

— Je dormais à poings fermés, argua-t-elle. Et vous vous êtes introduit dans ma chambre comme un voleur. Il fallait bien que je me protège.

Caine la saisit par la main et l'entraîna vers sa chambre.

— Vous faisiez un cauchemar, n'est-ce pas ? demanda-t-il.

— C'est possible. Je ne m'en souviens plus. Qu'est-ce que vous avez à me tirer comme cela ?

— Vous allez dormir avec moi. Ainsi, vous n'aurez pas à craindre que quelqu'un ne s'introduise dans votre chambre.

— Vous me jetez à la mer sans bouée, rétorqua-t-elle. C'est ça, non ? Merci, je crois que je serai plus en sécurité toute seule.

— Vous vous sentez incapable de ne pas poser la main sur moi ?

— Exactement, soupira-t-elle. Je devrai me retenir si je ne veux pas être envoyée au gibet. Le meurtre est sévèrement puni dans ce pays, non ?

Caine éclata de rire.

— Je ne crois pas que vous penserez à me tuer quand je vous toucherai. Je vous l'assure.

Elle poussa un petit cri indigné.

— Vous ne me toucherez pas ! Je suis sous votre protection, ne l'oubliez pas. Vous ne sauriez désirer votre protégée. Ce serait un péché.

— Et vous ? demanda-t-il. Est-ce que vous désirez votre protecteur ?

— Je ne sais pas. Je vous trouve extrêmement séduisant, Caine, mais je ne me suis jamais donnée à un homme et je ne suis pas sûre que vous me plaisiez assez pour que j'aie envie de vous céder. Par contre, l'attirance que j'éprouve pour vous risque de devenir une source de complications. Je crains que vous ne soyez pas la personne qu'il me faut.

Elle tenta de s'écarter de Caine. Mais avec la rapidité de l'éclair, il la souleva de terre, la jeta par-dessus son épaule puis se dirigea vers la porte qui communiquait avec sa propre chambre. Elle éructait :

— Comment osez-vous me traiter de cette façon ? Lâchez-moi immédiatement, espèce de débauché ! Vous n'êtes qu'un vulgaire trousseur de jupons, un mâle en rut !

— Un mâle en rut ? Voilà un drôle de vocabulaire pour une demoiselle de bonne famille.

Caine déposa Jade en plein milieu du lit. Il s'attendait à ce que la jeune femme se lève d'un bond et tente de prendre la fuite mais il eut l'agréable surprise de la voir s'enrouler aussitôt dans les couvertures. Après s'être réfugiée à l'autre extrémité du lit, le plus loin possible de Caine, elle cala l'oreiller sous sa tête et ramena ses cheveux sur sa poitrine. Les reflets cuivrés de ses boucles étaient rehaussés par la blancheur immaculée de sa chemise de nuit, et son visage resplendissait. La jeune furie qui l'avait traité de « mâle en rut » était redevenue un ange.

Caine soupira si profondément que la bougie placée près du lit s'éteignit.

— Je suis une demoiselle de bonne famille, maugréa-t-elle quand il se fut allongé auprès d'elle. Mais vous m'avez poussée à bout, Caine, c'est ce qui explique mon...

— Votre langage imagé ? suggéra-t-il, voyant qu'elle ne finissait pas sa phrase.

— C'est ça, dit-elle, avant d'ajouter sur un ton lugubre : Dois-je m'excuser ?

Il se retint pour ne pas éclater de rire.

— Je ne suis pas sûr que vous en ayez vraiment envie, répondit-il.

Il roula sur le côté et essaya de la prendre dans ses bras. Mais elle le repoussa. Sans insister, il se remit alors sur le dos et, les mains croisées sous la tête, fixa l'obscurité en pensant à la jeune personne étendue auprès de lui. C'était vraiment la femme la plus déconcertante qu'il eût jamais rencontrée. Elle était capable de provoquer son hilarité et, la seconde suivante, de le plonger dans une colère noire. Il ne parvenait pas à s'expliquer ses réactions face à elle. La seule chose qu'il savait avec certitude, c'est qu'il la désirait. Le baiser qu'ils avaient échangé lui en avait apporté la preuve.

— Jade ? murmura-t-il.

Le timbre rauque de sa voix la fit frissonner.

— Oui ?

— C'est bizarre, non ?

— Qu'est-ce qu'il y a de bizarre ?

Elle souriait. Caine le perçut à son intonation.

— Le fait que vous et moi partagions le même lit sans nous toucher. Vous vous sentez bien avec moi, n'est-ce pas, Jade ?

— Oui, répondit-elle dans un souffle. Caine ?

— Oui ?

— Est-ce qu'on a mal quand on fait l'amour ?

— Non. Par contre, avoir envie de faire l'amour et ne pas pouvoir est très douloureux.

— Ah. Alors je ne dois pas vous désirer tant que cela, Caine, car je n'ai absolument pas mal.

Elle avait prononcé ces paroles d'un ton enjoué qui irrita Caine.

— Jade ?

— Oui ?

— Dormez, maintenant.

Quand elle sentit Caine se tourner vers elle, tout son corps se tendit dans l'espoir d'un autre baiser. Après avoir attendu en vain un long moment, elle comprit qu'il n'avait nullement l'intention de l'embrasser à nouveau. Elle en fut terriblement déçue.

Il se redressa sur un coude et la regarda fixement. Jade arbora un visage serein, au cas où il aurait la faculté de voir dans le noir — on ne sait jamais, avec ce diable d'homme !

— Jade ? Qu'est-ce que ce coup de fouet dont vous avez la trace dans le dos ?

— Un coup de fouet, dit-elle.

Puis, luttant de toutes ses forces contre l'envie de se blottir dans les bras rassurants de Caine, elle se retourna sur le côté.

— Répondez-moi, Jade.

— Comment savez-vous qu'il s'agit d'un coup de fouet ?

— J'ai la même cicatrice à la cuisse.

— Ah oui ? Et comment cela vous est-il arrivé ?

— Vous comptez répondre à chacune de mes questions par une autre question ?

— Pourquoi pas ? C'est une technique qui a fort bien réussi à Socrate, non ?

— Dites-moi ce qui vous a valu ce coup de fouet, insista Caine.

— C'est une affaire personnelle. Écoutez, Caine, l'aube va bientôt se lever, et j'ai eu une journée éprouvante.

— Très bien. Vous me parlerez de cette affaire personnelle plus tard.

Avant qu'elle ait eu le temps de s'écarter, il passa son bras autour de sa taille et l'attira doucement contre lui. Leurs deux corps s'ajustaient parfaitement l'un à l'autre, les cuisses de Caine enserrant étroitement les fesses de la jeune femme.

— Vous avez assez chaud ? demanda-t-il.

— Oh oui. Vous serez sage, n'est-ce pas ? le taquina-t-elle.

— Je vais essayer. Jade ? fit-il, en reprenant son sérieux.

— Oui ?

— Je ne ferai jamais rien qui soit contraire à votre volonté, déclara-t-il.

— Mais si vous pensiez que j'étais... que j'étais consentante et qu'en réalité je ne le sois pas, bredouilla-t-elle.

— Je ne vous toucherai jamais sans que vous m'ayez donné votre approbation, Jade, votre approbation sans réserve. Je vous le promets.

C'était la plus belle promesse de sa vie, songea-t-elle. Il semblait si sincère. Elle savait qu'il pensait vraiment ce qu'il disait.

— Caine, je viens de découvrir quelque chose : vous êtes un gentleman.

Il dormait déjà. Jade décida de suivre son exemple. Elle se retourna vers lui, enroula ses bras autour de sa taille et sombra bientôt dans le sommeil.

Caine se réveilla une heure plus tard quand Jade se mit à crier. Elle articula quelques mots inintelligibles, puis poussa un véritable hurlement. Il la secoua. En écartant les cheveux qui cachaient son visage, il sentit des larmes sur ses joues.

— Ma chérie, ce n'est qu'un cauchemar. Tout va bien. Vous êtes en sécurité.

Il lui massa doucement les épaules et le dos pour relâcher la tension de son corps.

— De quoi rêviez-vous ? demanda-t-il à Jade quand

la respiration de la jeune femme eut retrouvé son rythme régulier.

— De requins, murmura-t-elle d'une voix chargée d'angoisse.

— De requins ? répéta-t-il, croyant avoir mal entendu.

Elle enfouit sa tête dans le creux de l'épaule de Caine.

— Oh, je suis si fatiguée. Je ne me souviens plus de ce cauchemar. Serrez-moi contre vous, Caine, et laissez-moi me rendormir.

Sa voix était encore tremblante d'émotion. Caine savait qu'elle mentait. Elle se souvenait parfaitement de son cauchemar, dans ses moindres détails. Mais ce n'était pas le moment de la harceler de questions.

Il l'embrassa doucement et la serra dans ses bras, comme elle le lui avait demandé.

Jade guetta l'instant où il s'endormit. Alors, avec mille précautions, elle se dégagea et se retourna de l'autre côté. Son cœur battait à tout rompre dans sa poitrine. Ce n'était qu'un mauvais rêve, avait-elle dit à Caine. Mais était-ce rêver que de revivre en pensée un événement réel ? Pourrait-elle oublier ce drame horrible qui la hantait nuit et jour ? Et serait-elle un jour capable de vaincre sa peur de l'eau ?

Elle sentit les larmes lui monter aux yeux et dut rassembler toute son énergie pour ne pas céder à l'envie de pleurer. Elle reprit sa position initiale, pelotonnée contre Caine. C'était quelqu'un sur qui l'on pouvait compter. Oui, se répéta-t-elle, mais c'était aussi un homme qui pouvait briser le cœur d'une femme.

Ses propres sentiments étaient si contradictoires qu'elle se sentait déconcertée. Au fond d'elle-même elle savait qu'elle pouvait faire confiance à Caine.

Mais alors, pourquoi son frère ne partageait-il pas ce point de vue ?

Cette question la taraudait.

5

Caine se réveilla affamé. Il avait faim de Jade. Sa chemise de nuit, entortillée autour d'elle, découvrait largement ses cuisses. Dans son sommeil, elle s'était blottie contre lui et avait enroulé une jambe autour des siennes. Il sentait la pression de son genou sur son membre palpitant de désir. Pour ménager la pudeur de la jeune femme, il avait gardé son pantalon pour dormir, mais c'était une bien frêle protection contre la douceur et la tiédeur de ce corps offert qui embrasait ses sens.

La tête de Jade reposait sur la poitrine nue de Caine. La jeune femme avait les lèvres légèrement entrouvertes et sa respiration était régulière. Elle avait de longs cils noirs et son nez était parsemé de taches de rousseur. C'était la féminité même, songea Caine. Il resta à contempler le beau visage de Jade jusqu'à ce que la tension de son corps devînt insupportable.

Il eut beaucoup de mal à s'arracher des bras de la jeune femme. Elle lui tenait la main et ne semblait guère disposée à la lâcher. Il dut détacher ses doigts un à un. C'est alors qu'il se souvint qu'elle l'avait traité de « mâle en rut ». Et voilà que maintenant, elle était tendrement lovée contre lui... Une fois réveillée, sans doute retrouverait-elle toutes ses préventions à son égard, mais dans son sommeil, son abandon était total. Caine en fut ému.

Le désir de protéger cet être sans défense l'envahit soudain et il se surprit à faire le vœu de veiller sur elle, fût-ce au péril de sa propre vie. Tant qu'il serait son garde du corps... à moins qu'il ne décide de rester à ses côtés plus longtemps, beaucoup plus longtemps..., songea-t-il. D'ici deux semaines, Nathan serait de retour et ce serait à lui d'assurer la sécurité de Jade. Caine n'aurait plus alors qu'à partir. Mais en serait-il capable ?

Il n'avait aucune réponse à cette question. Il savait seulement qu'à chaque fois qu'il pensait à elle, son cœur bondissait dans sa poitrine et un frisson parcourait tout son être.

C'était la seule chose qu'il était prêt à reconnaître, la seule chose qu'il voulait bien concéder.

Il lui était strictement impossible de raisonner dans la situation présente. La vue de ce corps de déesse à moitié nu lui brouillait l'esprit. Il réfléchirait plus tard, décida-t-il en se penchant vers Jade pour déposer un baiser sur son front.

Il se lava et s'habilla, puis donna une petite tape sur l'épaule de la jeune femme pour la réveiller. Instinctivement, elle tendit le bras et il s'en fallut de peu qu'il ne reçoive un coup de poing en pleine figure.

— Tout va bien, Jade, chuchota-t-il. Il est l'heure de se lever.

Elle se redressa sur son séant en rougissant et remonta la couverture jusqu'au menton, sous le regard amusé de Caine. Ce réflexe de pudeur était bien inutile, puisqu'elle lui était apparue dans le plus simple appareil la nuit précédente, mais il préféra s'abstenir de tout commentaire à ce sujet.

— Excusez-moi, murmura-t-elle d'une voix encore ensommeillée. Vous savez, je n'ai guère l'habitude d'être tirée du lit par un homme.

— Je l'espère bien, répliqua-t-il.

Elle le regarda avec perplexité.

— Pourquoi ?

— Attendez d'être un peu plus réveillée pour jouer les Socrate avec moi, dit-il avec un petit sourire.

Jade fixa sur lui des yeux ahuris. Caine ne put alors résister à la tentation. Il inclina la tête et, avant même qu'elle ait eu le temps de réagir, il lui vola un baiser.

Quand il s'écarta, elle avait l'air abasourdie.

— Pourquoi avez-vous fait cela ?

— Parce que j'en avais envie, tout simplement, répondit-il.

82

Puis il se dirigea vers la porte.

— Où allez-vous ? demanda-t-elle alors qu'il avait la main sur la poignée.

— En bas. Je vous attends dans la salle à manger. Je pense que Christina a dû vous apporter des vêtements dans la chambre d'à côté.

— Ô mon Dieu... elle doit s'imaginer que nous...

La porte se referma sur cette exclamation horrifiée.

Jade entendit Caine descendre l'escalier en sifflotant. Elle se laissa aller contre les oreillers, toute tremblante. Elle était autant secouée par le baiser qu'il lui avait donné que par l'idée que ses hôtes puissent la prendre pour une femme aux mœurs légères.

Mais en quoi lui importait l'opinion que les amis de Caine avaient d'elle ? se dit-elle. Une fois que toute cette comédie serait terminée, elle ne les reverrait plus. Soudain elle repensa à Christina avec un pincement au cœur. La jeune femme lui avait proposé de devenir son amie. Au fond d'elle-même, Jade avait la désagréable impression de l'avoir trahie.

— Je n'aurai qu'à lui expliquer qu'il ne s'est rien passé entre nous, murmura-t-elle pour elle-même. Elle comprendra. Une véritable amie comprendrait sûrement.

Comme elle n'avait jamais eu de véritable amie, elle n'était pas absolument sûre de ce qu'elle avançait.

Elle se leva et regagna sa chambre. Caine ne s'était pas trompé : Christina avait apporté une ravissante tenue d'amazone bleu foncé. Des bottes marron étaient posées par terre à côté de la chaise.

Jade ne cessa de songer à Caine en s'habillant. Cet homme allait lui rendre les choses plus difficiles que prévu. Il avait un charme redoutable. Elle repensa à l'adorable fossette qui rendait son sourire si irrésistible, à ses cuisses musclées, moulées dans le pantalon que lui avait prêté Lyon... qui ne dissimulait rien de son anatomie. Black Harry lui arracherait les yeux s'il savait qu'elle avait pris le temps de remarquer ce genre de choses. Mais il était difficile d'ignorer la virilité de Caine. Et Jade avait beau ne rien connaître des hommes, elle n'était pas aveugle pour autant.

A peine un quart d'heure plus tard, elle était prête. Le chemisier en soie blanche était légèrement trop étroit mais sous la veste, cela ne se voyait pas. Quant aux bottes, elles étaient, elles aussi, un tout petit peu trop justes, bien que cela ne la gênât pas pour marcher.

Elle avait essayé de se tresser les cheveux. Malheureusement, le résultat était si désastreux qu'elle avait préféré renoncer. Jade manquait de patience et n'avait aucun talent en matière de coiffure. Jusqu'à présent, cela avait été le cadet de ses soucis, mais dans la situation actuelle, elle le déplorait amèrement. Tant que cette affaire n'était pas finie, elle était censée être une demoiselle de la bonne société, et la moindre négligence risquait de tout compromettre.

Les portes de la salle à manger étaient grandes ouvertes. Caine était assis à l'extrémité d'une longue table en acajou. Un serviteur était en train de lui servir une tasse de thé. Mais Caine n'avait pas un regard pour le domestique. Il semblait plongé dans la lecture de son journal.

Jade se demanda si elle devait le saluer d'un signe de tête, puis elle jugea que cela n'avait pas d'importance dans la mesure où il ne s'occupait pas d'elle. Elle se trompait, car lorsqu'elle tendit la main vers la chaise qui se trouvait à côté de lui, il se leva aussitôt pour lui offrir son aide.

Jamais personne auparavant ne lui avait avancé ainsi sa chaise, pas même Nathan. En vérité, il lui aurait été très difficile de dire si être l'objet de tant d'égards lui plaisait ou non.

Caine se replongea dans son journal tandis que Jade déjeunait. Quand il en eut terminé avec ce qu'elle supposa être chez lui un véritable rituel, il replia le journal et lui accorda enfin toute son attention.

— Alors ? lança-t-elle.

— Alors quoi ? fit-il en souriant de l'impatience qui se lisait dans les yeux de la jeune femme.

— Est-ce qu'il y est question du meurtre d'un gentilhomme élégamment vêtu ? demanda-t-elle en désignant le journal du doigt.

— Absolument pas.

Elle laissa échapper une exclamation consternée.

— Je parie qu'ils ont jeté le corps dans la Tamise, déclara-t-elle. Vous savez, Caine, à un moment donné, j'ai senti quelque chose me frôler la jambe. N'avez-vous pas dit que personne ne pourrait survivre dans ce cloaque ? Ce doit être ce pauvre...

— Jade, vous vous laissez emporter par votre imagination, soupira Caine. Non seulement il n'y a pas la moindre allusion au meurtre d'un gentilhomme élégamment vêtu, mais aucun meurtre n'est signalé.

— Alors, c'est qu'on n'a pas encore retrouvé le corps.

— Écoutez, s'il s'agissait d'un gentilhomme, quelqu'un aurait remarqué sa disparition. Cela fait deux jours que vous avez vu...

— Oui, deux jours, deux jours exactement, le coupat-elle.

— Ce qui nous ramène à ma première question. Qu'avez-vous vu au juste ?

Jade s'appuya contre le dossier de sa chaise.

— Vous savez où sont Lyon et Christina ?

— Vous esquivez ma question ?

Elle secoua la tête.

— Non, simplement, je ne veux pas avoir à répéter deux fois la même chose, expliqua-t-elle, tout en se creusant la tête pour trouver quelque histoire plausible à raconter.

— Lyon s'est absenté un instant et Christina s'occupe de Stephen. S'il vous plaît, Jade, répondez-moi.

Les yeux de la jeune femme s'agrandirent.

— Qu'est-ce qu'il y a ? s'impatienta Caine.

— Vous venez de me dire « s'il vous plaît ». Si vous

n'y prenez pas garde, vous allez bientôt me présenter les excuses que vous me devez.

Il jugea inutile de lui demander de quoi elle voulait qu'il s'excuse, supposant qu'elle connaissait par cœur la liste de ses « fautes ». En outre, elle avait accompagné ses paroles d'un si beau sourire qu'il avait le plus grand mal à suivre le fil de sa pensée.

— Ils l'ont jeté du haut du toit.

Ces mots ramenèrent brutalement Caine à leur sujet de conversation antérieur.

— Vous étiez sur un toit ? s'étonna-t-il.

— Bien sûr que non. Qu'est-ce que je serais allée faire sur un toit, voyons ?

— Jade...

— Oui ? fit-elle, attendant qu'il se décide à parler.

— Si je comprends bien, vous n'étiez pas sur un toit, mais vous avez vu des individus « jeter » cet homme...

— C'était un gentilhomme très élégamment vêtu, l'interrompit-elle.

— D'accord, dit-il avant de récapituler. Vous n'étiez donc pas sur un toit, mais vous avez vu plusieurs individus jeter ce gentilhomme du haut d'un toit. C'est bien ça ?

— Ils étaient trois.

— Vous en êtes certaine ?

Elle hocha la tête.

— J'étais morte de peur, Caine, mais j'ai quand même réussi à les compter.

— Où étiez-vous à ce moment-là ?

— En bas, dans la rue.

— Je m'en doute, grommela-t-il. Si vous n'étiez pas sur le toit, cela signifie que vous étiez...

— J'aurais pu me trouver dans une maison voisine, ou en train de me promener à cheval avec Nathan, ou encore...

— Jade, cessez vos divagations et dites-moi où vous étiez et ce que vous avez vu.

— Ce que j'ai entendu est tout aussi significatif, Caine.

— Vous avez décidé de me pousser à bout ?
Elle lui décocha un regard furibond.

— J'allais pénétrer dans l'église quand, soudain, j'ai entendu du bruit. Ils n'étaient pas en haut de l'église. Non, ils tiraient le pauvre homme d'un bout à l'autre du toit du presbytère. C'est un peu moins haut. De là où je me trouvais, je voyais tous les efforts que déployait le malheureux pour leur échapper. Il se débattait et appelait au secours. C'est comme ça que j'ai su ce qui se passait, Caine. Je n'ai pas rêvé.

— Et ensuite ? insista-t-il.

— Eh bien, ensuite, ils l'ont poussé dans le vide. Si je n'avais pas été sur le côté, vous n'auriez pas eu besoin de me prendre sous votre protection. A l'heure qu'il est, je serais morte comme ce pauvre gentilhomme.

— Où est cette église ?

— Dans le village où habite Nathan.

— C'est-à-dire ?

— Au nord, à trois heures de route d'ici.

— Je vous dérange ? demanda Christina depuis la porte.

Jade se retourna vers elle.

— Pas du tout, répondit Jade. Merci pour ce délicieux petit déjeuner, ainsi que pour la jolie tenue d'amazone que vous m'avez si gentiment prêtée. J'en prendrai le plus grand soin, ajouta-t-elle.

Lyon rejoignit sa femme quelques minutes plus tard. Il lui enlaça la taille et, sous le regard amusé de Caine et de Jade, se mit à lui chatouiller le sommet du crâne avec le nez.

— Je vous ai manqué ? fit-il.

— Bien sûr, répliqua Christina.

Elle leva la tête vers son mari et lui adressa un tendre sourire. Puis elle se retourna vers Jade.

— Je suis montée dans votre chambre..., dit-elle.

Jade la coupa aussitôt.

— Il ne s'est rien passé, se hâta-t-elle d'expliquer. Tout est ma faute, en fait. Mais il ne s'est absolument rien passé, Christina. J'ai tenté de le frapper avec mon couteau. C'est tout. Et il est entré dans une colère noire, ajouta-t-elle en pointant un doigt accusateur vers Caine. Il était si furieux qu'il m'a traînée de force dans sa chambre. Ô mon Dieu, quelle histoire, je ne sais plus où j'en suis ! Je vous en prie, Caine, dites quelque chose. Ma nouvelle amie va penser que je...

Elle s'arrêta net quand elle vit l'expression stupéfaite de Caine. Elle comprit qu'il ne lui serait d'aucune aide. Il pensait sans doute qu'elle était folle.

Elle se sentit rougir de confusion.

— Je suis montée dans votre chambre pour prendre votre couteau, annonça Christina. Vous avez vraiment essayé de frapper Caine avec une lame aussi émoussée ?

Jade aurait voulu disparaître sous terre.

— Non, répondit-elle avec un soupir.

— Mais vous venez de dire...

— Tout d'abord, j'ai effectivement essayé de le frapper avec mon couteau. Il m'avait réveillée en me remettant ma chemise de nuit...

— Vous avez fait cela ? demanda Lyon en souriant d'un air moqueur.

— Lyon, ne vous mêlez pas de cela, je vous en prie, lança Caine.

— Naturellement, je me suis arrêtée lorsque je l'ai reconnu. Si vous saviez comme il m'a fait peur. Je croyais que c'était un voleur.

Lyon semblait sur le point de prendre la parole, mais le regard que lui lança Caine à ce moment-là l'en dissuada.

— Avez-vous découvert quelque chose ? lui demanda Caine à brûle-pourpoint.

Lyon hocha la tête, puis s'avança dans la pièce.

— Christina ? Voulez-vous accompagner Jade au salon ?

— Elle ira toute seule, répondit Christina. Je lui ai promis d'affûter son couteau. Jade, je ne l'ai pas trouvé sous votre oreiller. C'est ce que je cherchais à vous expliquer tout à l'heure.

— C'est lui qui l'a pris, rétorqua Jade avec un geste de la main en direction de Caine. Je crois l'avoir vu le poser sur le dessus de la cheminée, mais je n'en suis pas sûre du tout. Voulez-vous que je vous aide à le chercher ?

— Non merci, je le trouverai moi-même. Allez plutôt tenir compagnie à Stephen, pendant ce temps-là. Il est en train de jouer à plat ventre sur la couverture. Je vous rejoins dans quelques instants.

Jade emboîta le pas de Christina et quitta la pièce. Quand elle entendit Lyon pouffer de rire, elle s'arrêta un instant devant la porte du salon et sourit à la pensée que Caine était probablement en train de dire à son ami qu'elle était vraiment la reine des imbéciles.

Elle était très fière d'elle. Il lui avait fallu beaucoup de concentration pour débiter toutes ces balivernes avec une telle conviction, mais finalement, elle s'était assez bien débrouillée. Elle n'avait jamais imaginé qu'elle possédait à ce point l'art de l'improvisation, même si elle avait l'honnêteté de reconnaître qu'à un moment donné, elle n'avait absolument pas joué la comédie. Elle haussa les épaules. Comédie ou pas, savoir improviser était incontestablement un atout quand on avait affaire à un homme comme Caine.

Jade pénétra dans le salon et referma la porte derrière elle. C'est alors qu'elle aperçut, étalée devant le sofa, la courtepointe blanche. Si elle s'en était bien sortie avec Caine, cela risquait d'être une autre paire de manches avec le fils de Christina. En effet, elle ne le trouva nulle part.

Elle allait donner l'alarme quand elle remarqua derrière le sofa un petit pied qui dépassait. Elle s'élança aussitôt et s'agenouilla par terre. Elle s'apprêtait à tirer le pied, convaincue que le reste viendrait avec. Mais elle se dit qu'il valait sans doute mieux d'abord trouver le reste et elle se baissa jusqu'à ce que sa joue touche le tapis.

Ses yeux rencontrèrent deux magnifiques yeux

bleus. C'était Stephen. Jade s'attendait qu'il soit effrayé par sa soudaine apparition. Il n'en fut rien. Ses yeux s'arrondirent, mais il ne pleura pas. Il resta un long moment à la fixer, puis sa bouche s'étira en un large sourire édenté.

C'était un bébé bien extraordinaire, songea-t-elle. Une fois que Jade lui eut rendu son sourire, il revint à ce qui semblait être son occupation précédente et se mit à mâchouiller consciencieusement le pied en bois sculpté du sofa.

— Je ne crois pas que cela soit très bon pour toi, mon petit, déclara Jade.

Il ne lui accorda pas le moindre regard et continua à mâchouiller comme si de rien n'était.

— Veux-tu arrêter, Stephen ! ordonna-t-elle. Ta maman ne serait pas contente si elle te voyait manger ses meubles. Allez ! Sors d'ici.

Il était incontestable qu'elle n'avait aucune expérience des enfants. De même qu'il était évident qu'elle n'avait pas remarqué qu'elle avait un public attentif.

Caine et Lyon se tenaient appuyés contre la porte du salon et l'observaient. Ils essayaient de garder leur sérieux.

— Vas-tu te décider à te montrer un peu plus coopératif, Stephen ?

Le bébé accueillit ces paroles par un joyeux gazouillis.

— Elle ne manque pas d'idées, en tout cas, murmura Caine à l'oreille de son ami quand il vit Jade soulever le sofa et le déplacer légèrement sur le côté.

Puis elle s'assit par terre auprès du petit garçon. Aussitôt, il rampa jusqu'à elle. Jade était perplexe. Elle n'était pas sûre de savoir comment il fallait tenir un bébé dans ses bras. Elle avait entendu dire que jusqu'à l'âge d'un an environ, leur cou n'était pas assez solide pour soutenir le poids de leur tête.

Stephen produisait les sons les plus charmants qui soient. C'était un bébé qui respirait la santé et la joie de vivre. Jade ne put résister à la tentation de le toucher. Elle lui tapota doucement le sommet du crâne, puis le souleva par les aisselles et le déposa délicatement sur ses genoux.

Elle avait envie de le bercer dans ses bras.

Mais Stephen voulait autre chose. Il lui attrapa une grosse touffe de cheveux, tira dessus avec vigueur, tandis qu'il cherchait avidement son sein.

Jade ne fut pas longue à comprendre ce qu'il réclamait.

— Non, non, Stephen, murmura-t-elle quand il se mit à pleurer en s'arc-boutant contre elle. C'est à ta maman de te donner la tétée. Tu veux que nous allions la retrouver, mon trésor ?

Jade se leva avec mille précautions, en tenant le bébé bien serré contre elle. Il se cramponnait toujours à ses cheveux, mais elle ne sentait pas la douleur, tout émerveillée qu'elle était par ce nourrisson qui se pressait sur son cœur. Il sentait si bon. Et il était si mignon. Il avait les yeux bleus de sa mère, mais ses boucles brunes lui venaient de son père. Jade se mit à chantonner en caressant doucement le dos du bébé. Elle était en adoration devant ce petit être tout palpitant de vie.

C'est alors qu'elle se retourna et aperçut les deux hommes. Aussitôt, ses joues s'empourprèrent.

— Vous avez un fils adorable, dit-elle à Lyon en bredouillant.

Caine resta près de la porte tandis que Lyon s'approchait pour prendre Stephen. Il dut détacher un à un les doigts du bébé afin de l'obliger à lâcher les cheveux de Jade. Celle-ci regardait Caine, tout en s'interrogeant sur l'étrange expression de son visage. Il y avait de la tendresse dans son regard, mais aussi autre chose, que Jade n'arrivait pas à déchiffrer. La jeune femme se demanda à quoi il pouvait bien penser.

— C'est la première fois que je tiens un bébé dans mes bras, dit-elle à Lyon après que celui-ci eut récupéré son fils.

— Vous semblez faite pour cela, répliqua Lyon. Qu'en penses-tu, Stephen ?

Il souleva le bébé à bout de bras et le fixa droit dans les yeux. Stephen sourit immédiatement.

A ce moment-là, Christina entra en coup de vent dans la pièce. Elle tendit à son amie son couteau qu'elle venait d'affûter. L'arme était rangée dans une pochette en cuir souple.

— Je crois que la lame est bien aiguisée, maintenant, dit-elle à Jade. Je vous ai confectionné un petit sac pour que vous ne vous coupiez pas.

— Je vous remercie.

— Quel besoin avez-vous d'un couteau ? fit Caine, sortant soudain de son mutisme et s'avançant vers Jade. Donnez-le-moi, je vais le garder. Vous risquez de vous blesser avec.

— Certainement pas, rétorqua-t-elle. C'est un cadeau de mon oncle et je lui ai promis de ne jamais m'en séparer.

Il n'insista pas.

— Nous devons partir, annonça-t-il alors. Lyon, vous n'oublierez pas de...

— Non, non, répliqua celui-ci. Dès que je...

— Entendu, l'interrompit Caine.

— Ne trouvez-vous pas qu'ils ont une bien curieuse façon de s'exprimer ? chuchota Christina à l'oreille de Jade.

— Ils ne veulent pas m'inquiéter, c'est tout, expliqua celle-ci.

— Vous avez compris ce qu'ils ont dit ?

— Bien sûr. Lyon est censé commencer ses recherches tout de suite. Et aussitôt qu'il aura découvert quelque chose d'intéressant, il se mettra en contact avec Caine.

Les deux hommes fixèrent sur la jeune femme des yeux stupéfaits.

— Vous avez deviné tout cela à partir de...

Jade eut un hochement de tête affirmatif avant même que Caine ait eu le temps de terminer sa phrase. Puis elle se tourna vers Lyon.

— Vous allez essayer de vous renseigner pour

savoir si quelqu'un a récemment disparu, n'est-ce pas ?

— Oui, reconnut Lyon.

— Vous allez avoir besoin de son signalement, non ? Évidemment, le pauvre homme avait eu le nez un peu écrasé dans sa chute. Mais enfin, je peux vous dire qu'il n'était pas tout jeune. Il avait bien une quarantaine d'années, les cheveux gris, des sourcils broussailleux et des yeux marron. Je me souviens aussi qu'il avait un peu de ventre. C'est une raison supplémentaire de penser qu'il appartenait à la haute société.

— Pourquoi cela ? demanda Caine.

— Parce qu'il semblait bien nourri, répliqua-t-elle. Et il n'avait pas non plus les mains calleuses. Ce n'était pas un homme du peuple, ça, je peux vous l'assurer.

— Asseyez-vous, suggéra Lyon. Nous aimerions avoir également le signalement des autres individus.

— Je n'ai pas grand-chose à en dire, je le crains. C'est à peine si je les ai vus. Je ne sais même pas s'ils étaient grands ou petits, gros ou minces...

Elle soupira, puis ajouta :

— Ils étaient trois, c'est la seule chose que j'ai eu le temps de remarquer.

Elle semblait bouleversée. Caine se dit qu'elle était sans doute encore secouée par le drame dont elle avait été témoin. Après tout, un homme était tombé mort à ses pieds et c'était un spectacle auquel une jeune femme si douce ne devait guère être accoutumée.

En effet, Jade avait le cœur serré, et quand Caine la prit par les épaules, cela ne fit qu'ajouter à son sentiment de culpabilité. Pour la première fois de sa vie, elle se sentait honteuse d'avoir menti. Elle eut beau essayer de se justifier à ses propres yeux en se rappelant que ses motivations étaient pures, cela ne servit à rien. Elle savait qu'elle trompait trois êtres délicieux.

— Il faut partir, lança-t-elle. En nous attardant ici, Caine, nous mettons cette famille en danger. Il faut partir immédiatement.

Et elle se précipita vers la porte d'entrée sans laisser à quiconque le temps de répliquer quoi que ce soit.

— Caine ? Avez-vous une maison de campagne ? demanda-t-elle, feignant d'ignorer qu'il en avait une.

— Oui.

— Je pense que nous devrions aller là-bas. J'y serai plus en sécurité qu'à Londres.

— Alors allons à Harwythe, Jade.

— Harwythe ?

— C'est le nom de mes terres, répondit-il. Vous vous installerez chez mes parents. Leur propriété jouxte la mienne. Vous ne vous souciez peut-être pas de votre réputation, mais moi si. J'irai vous voir chaque jour pour m'assurer que tout va bien. Je posterai des hommes tout autour... mais pourquoi me regardez-vous en secouant la tête, Jade ?

— Vous viendrez me rendre visite ? s'écria-t-elle. Comment, Caine, vous avez déjà oublié votre promesse ? Vous vous êtes engagé à veiller sur moi et il n'est pas question que vous me quittiez d'une semelle jusqu'à ce que toute cette affaire soit terminée.

— Elle a l'air de savoir ce qu'elle veut, observa Lyon.

— Elle a raison, intervint Christina.

Caine secoua la tête.

— Je pensais à votre sécurité, Jade, quand je vous ai suggéré de vous installer chez mes parents.

— J'en doute fort.

— Croyez-vous sincèrement que vous seriez mieux protégée avec moi ?

— Absolument, répondit-elle sur un ton catégorique.

— Écoutez, je me sens incapable de rester deux semaines avec vous sans vous toucher. C'est au-dessus de mes forces. Vous voyez, Jade, je suis honnête avec vous.

La jeune femme se troubla.

— Caine, murmura-t-elle, vous ne devriez pas dire ces choses-là devant nos hôtes.

— C'est nous qui sommes leurs hôtes, rétorqua-t-il en haussant les épaules.

— Cet individu ne cesse de tenir des propos outrageants, comme s'il prenait un malin plaisir à m'offenser, lança Jade à l'adresse de Christina. Et il ne s'excuse jamais.

— Jade ! rugit Caine. Ce n'est pas la peine d'essayer de changer de sujet. Je ne suis pas dupe.

— Vous ne devriez pas crier après elle, Caine, intervint Christina.

— C'est plus fort que lui, expliqua Jade. Il a mauvais caractère.

— Je n'ai pas mauvais caractère, répliqua Caine en s'efforçant de parler posément. Je suis franc, c'est tout. Je n'ai nullement l'intention de vous mettre mal à l'aise.

— C'est trop tard, dit Jade.

Christina et Lyon assistaient, médusés, à cette passe d'armes. Caine s'adressa à son ami.

— Vous n'avez nulle part où aller ?

— Non.

— Alors allez où bon vous semble, ordonna Caine.

Lyon haussa un sourcil, puis préféra ne rien ajouter.

— Venez, Christina. Laissons-les. Nous attendrons dans la salle à manger. Caine ? Vous devriez demander encore quelques précisions à Jade avant de partir, j'aurais besoin d'éclaircissements...

— Plus tard, plus tard, déclara Caine.

Christina sortit de la pièce en même temps que son mari. En passant devant Jade, elle prit la main de son amie et la pressa dans la sienne.

— Inutile de ferrailler, chuchota-t-elle. Le destin a déjà tranché.

Jade ne prêta pas attention à cette remarque sibylline. Elle hocha la tête pour faire plaisir à Christina, puis ferma la porte et se retourna vers Caine, les poings sur les hanches.

— C'est complètement ridicule de vous inquiéter de

savoir si vous serez capable de résister à la tentation de me toucher. Vous n'abuserez pas de moi, je le sais. J'ai confiance en vous. De tout mon cœur, ajouta-t-elle d'une voix grandiloquente, en portant la main à son corsage.

— Vous ne devriez pas.

Le ton cassant avec lequel il prononça ces mots la fit tressaillir. Elle se ressaisit aussitôt.

— Je ne peux faire autrement, Caine. Ma confiance vous est déjà acquise. Vous veillerez sur ma sécurité et je vous empêcherai de me toucher. C'est un pacte facile à respecter, non ? Alors, je vous en prie, ne compliquez pas les choses avec vos craintes absurdes. Tout se passera bien, je vous le promets.

Soudain leur attention fut attirée par des voix dans l'entrée. Caine reconnut sur-le-champ le visiteur.

— C'est Perry, dit Caine à Jade. C'est un de mes valets. Restez ici pendant que je vais voir ce qu'il veut.

Comme à son habitude, la jeune femme ne tint aucun compte de cet ordre et suivit Caine.

Quand elle aperçut le visage sombre de Lyon, elle comprit que quelque chose de grave était arrivé. Puis toute son attention se porta sur le domestique. Le jeune homme avait de grands yeux noisette et des cheveux noirs et crépus, tout ébouriffés. Il semblait à bout de souffle, et faisait de grands mouvements circulaires avec son chapeau qu'il serrait convulsivement dans ses mains.

— Tout est perdu, monsieur, annonça Perry. Merlin m'a dit de vous dire que c'était un miracle que tout le pâté de maisons n'ait pas pris feu. La demeure du comte de Haselet a été à peine touchée.

— Perry, qu'êtes-vous en train de me...

— Il y a eu un incendie chez vous, Caine, intervint Lyon. C'est bien ce que vous essayez de nous faire comprendre, n'est-ce pas, Perry ?

Le domestique acquiesça d'un hochement de tête.

— En tout cas, cela n'est pas dû à une négligence, dit-il précipitamment. Nous ignorons tous comment cela s'est produit, monsieur, mais je peux vous assurer qu'il n'y avait pas de bougies allumées et que nous n'avons pas laissé de feu brûler sans surveillance dans les cheminées. Dieu m'en soit témoin, cela n'est absolument pas dû à une négligence.

— Je n'accuse personne, répliqua Caine d'une voix égale, s'efforçant de dissimuler sa colère. Les accidents, cela arrive.

— Ce n'était pas un accident.

Tous les yeux se tournèrent vers Jade. Elle regardait fixement le plancher, les mains serrées l'une contre l'autre. Elle avait l'air si bouleversée que la fureur de Caine retomba quelque peu.

— Allons, Jade, ce n'est pas si grave que cela, la rassura-t-il. Ce que j'ai perdu peut aisément se remplacer.

Puis il demanda à Perry :

— Il n'y a personne de blessé ?

Pendant que le valet racontait comment les domestiques avaient réussi à sortir à temps, Lyon observait Jade à la dérobée.

Caine était soulagé. Il était en train de donner des instructions à son valet quand Lyon l'interrompit.

— Laissez-moi faire, je m'occuperai des autorités et des domestiques à votre place. Vous n'avez pas de temps à perdre, Caine. Il faut emmener Jade loin de Londres le plus vite possible.

— Vous avez raison, rétorqua Caine.

Il ne voulait pas alarmer Jade mais il se doutait que l'incendie avait quelque chose à voir avec les hommes qui étaient à ses trousses.

— Perry, dit Lyon, allez donc vous chercher quelque chose à boire dans la cuisine. Vous trouverez de la bière et du brandy.

Le domestique ne se le fit pas dire deux fois.

Lyon et Caine se retournèrent alors vers Jade, impatients d'entendre ce qu'elle avait à dire.

La jeune femme fixait le plancher en se tordant nerveusement les mains.

— Jade ? demanda Caine, voyant qu'elle gardait le silence. Pourquoi croyez-vous qu'il ne s'agit pas d'un accident ?

Elle poussa un long soupir avant de répondre.

— Parce que ce n'est pas la première fois qu'ils mettent le feu, Caine. C'est la troisième fois. Apparemment, ils ont un faible pour ce genre de méthode.

Elle releva la tête. Il y avait des larmes dans ses yeux.

— Ils vont recommencer, Caine, jusqu'à ce qu'ils finissent par mettre la main sur vous... et sur moi, bien sûr, s'empressa-t-elle d'ajouter. Et par nous coincer à l'intérieur.

— Vous voulez dire qu'ils ont l'intention de vous tuer par... ? s'écria Lyon.

Jade secoua la tête.

— Ce n'est pas seulement moi qu'ils ont l'intention de tuer.

Elle regarda Caine et se mit à pleurer.

— Lui aussi.

6

Jade s'essuya les yeux avec le dos de la main.

— Ils ont dû apprendre d'une manière ou d'une autre votre véritable identité, murmura-t-elle. Quand je suis entrée dans la taverne, je croyais que vous étiez Lucifer... mais eux devaient savoir la vérité depuis le début, Caine. Sinon, pourquoi auraient-ils voulu mettre le feu à votre maison ?

Caine alla vers elle et la prit par les épaules. Puis il la reconduisit jusqu'au salon.

— Monk ne leur aurait jamais rien dit, déclara-t-il. Je ne vois vraiment pas comment ils ont pu... oh ! et puis peu importe. Vous allez tout m'expliquer maintenant, Jade. J'ai besoin de tout savoir.

— Je vous dirai tout.

Lyon suivit le couple dans le salon. Il referma la porte derrière lui, puis s'installa dans un fauteuil. Caine fit asseoir Jade à ses côtés sur le sofa.

Jade regarda Lyon.

— Je pense qu'ils ont perdu notre trace au moment où nous avons sauté dans la Tamise, affirma-t-elle. Si vous demandiez à Perry de faire semblant de continuer à chercher Caine, peut-être s'imagineraient-ils que vous ignorez où il est, non ?

Lyon trouva l'idée excellente et alla immédiatement rejoindre le domestique dans la cuisine.

Dès qu'il eut quitté la pièce, Jade se retourna vers Caine.

— Je ne peux pas rester avec vous. J'en suis convaincue, maintenant. Ils vous tueront quand ils s'apercevront que vous me servez de garde du corps. J'ai eu beau essayer de ne pas m'attacher à vous, monsieur, je n'y suis pas parvenue. Et j'aurais beaucoup de peine s'il vous arrivait quelque chose.

Après avoir prononcé ces mots, elle voulut se lever, mais il la retint.

— Moi aussi, j'ai essayé de ne pas m'attacher à vous, murmura-t-il.

Il l'embrassa sur le sommet du crâne, avant de poursuivre :

— Mais moi non plus je n'y suis pas parvenu. Nous sommes soudés l'un à l'autre, en quelque sorte.

Ils se regardèrent un long moment sans parler. Ce fut Jade qui rompit le silence la première.

— Cela ne vous semble pas bizarre, Caine ?

— Quoi ?

— Vous venez de perdre votre maison, nous sommes tous les deux en grand danger, et savez-vous de quoi j'ai envie, en ce moment ? Que vous m'embrassiez. C'est quand même bizarre, non ?

Il secoua la tête et saisit le menton de Jade entre le pouce et l'index.

— Non, ce n'est pas bizarre, répliqua-t-il. Moi aussi j'ai envie de vous embrasser.

— Ça alors ! s'écria-t-elle en écarquillant les yeux. C'est bien la pire des...

— La pire des offenses ? susurra-t-il en se penchant vers elle.

— Oui, soupira-t-elle contre la bouche de Caine. C'est la pire des offenses.

Il s'empara alors de ses lèvres, mettant ainsi fin à la conversation. Jade enroula ses bras autour de son cou et s'abandonna à l'étreinte de Caine. Il prolongea longuement ce baiser, comme si la soif d'elle qui le brûlait était inextinguible.

— Pour l'amour du ciel, Caine, ce n'est pas le moment..., s'exclama Lyon depuis la porte.

Il vint s'asseoir en face d'eux, en notant que Caine mettait bien peu d'enthousiasme à s'arracher des bras de Jade.

Jade se retourna vers Lyon, rouge comme une pivoine. Voyant qu'il la regardait en souriant, elle s'examina de la tête aux pieds. C'est alors qu'elle s'aperçut que la main de Caine était pressée contre sa poitrine. Elle l'enleva d'un geste brusque.

— Vous vous oubliez, lança-t-elle à Caine.

Celui-ci s'abstint de lui faire remarquer que c'est elle qui lui avait suggéré de l'embrasser.

— Je crois qu'il est grand temps d'écouter ses explications, dit Lyon d'une voix tonitruante qui fit sursauter la jeune femme. Jade, si vous nous parliez des autres incendies ? suggéra-t-il, en changeant de ton pour ne pas l'effaroucher.

— Je vais essayer, répondit-elle, les yeux baissés. Mais cela réveille en moi des souvenirs qui me donnent le frisson, aujourd'hui encore. N'allez surtout pas vous imaginer que je suis une faible femme. Ce n'est absolument pas le cas, ajouta-t-elle en levant la tête et en plongeant son regard dans celui de Caine.

— Avant de nous parler de ces incendies, Jade, peut-être ne serait-il pas inutile de nous dire un mot de vos antécédents, demanda Lyon.

— Mon père était comte de Wakerfield. C'est

Nathan, mon frère, qui porte maintenant ce titre, parmi beaucoup d'autres, bien sûr. Père est mort lorsque j'avais huit ans. La dernière fois que je l'ai vu, il allait voir quelqu'un à Londres. J'étais dans le jardin et il est venu me dire au revoir. Je me le rappelle comme si c'était hier.

— Vous étiez pourtant bien jeune ? s'étonna Caine.

— Père était dans tous ses états. C'est la raison pour laquelle, je crois, je m'en souviens si bien. Il faisait les cent pas dans l'allée, les mains derrière le dos, en me répétant que si jamais il lui arrivait quelque chose, il nous faudrait, Nathan et moi, aller vivre chez son ami Harry. Il tenait tellement à ce que je ne perde pas un mot de ce qu'il était en train de m'expliquer qu'il m'a soudain prise par les épaules et m'a secouée vigoureusement. D'habitude, lorsqu'il partait, j'étais surtout préoccupée par les colifichets et autres broutilles que je voulais qu'il me ramène de Londres. J'étais si jeune, ajouta-t-elle avec une pointe de nostalgie dans la voix.

— Vous êtes encore jeune, observa Caine.

— Au fond de moi, je me sens déjà vieillie, soupira Jade.

Puis elle redressa le buste et poursuivit son récit.

— Quant à ma mère, elle est morte alors que je n'étais encore qu'un bébé, si bien que je n'ai aucun souvenir d'elle.

— Qu'est-il arrivé à votre père ? demanda Caine.

— Il est mort dans un accident de fiacre.

— Il avait un pressentiment, alors ? intervint Lyon.

— Non, rectifia-t-elle. Il avait un ennemi.

— Et vous croyez que l'ennemi de votre père est maintenant à vos trousses ? C'est à cause de cela que vous avez peur ?

— Mais non, vous n'y êtes pas du tout, rétorqua-t-elle avec véhémence. J'ai été témoin du meurtre d'un homme. Or les auteurs de ce crime ont eu le temps de me voir. Voilà pourquoi j'ai peur. Je vous ai parlé de mon père uniquement parce que vous m'avez interrogée sur mes « antécédents ». Oui, Lyon, c'est bien le mot que vous avez employé. *Antécédents*.

— Je suis désolé de vous avoir blessée, Jade. Je voulais simplement avoir le maximum d'éléments pour comprendre la situation actuelle.

Caine n'était pas mécontent de voir son ami se confondre en excuses embarrassées devant Jade. Il lui était agréable de constater qu'il n'était pas le seul à subir les rebuffades de la jeune femme. Bigrement agréable, même.

— Que s'est-il passé après la mort de votre père ? demanda-t-il.

— Après les obsèques, Harry est venu nous chercher. Quand les vacances d'été ont été terminées, il a envoyé Nathan à l'université. Il savait que notre père aurait voulu que mon frère finisse ses études. Je suis restée avec mon oncle. Je dis « mon oncle » bien qu'il ne le soit pas et que je le considère davantage comme un père. Quoi qu'il en soit, il m'a emmenée dans son île, une sorte de paradis terrestre où il fait toujours beau et où la vie s'écoule paisiblement. Oncle Harry était très bon pour moi. Voyez-vous, il ne s'était pas marié et je lui tenais lieu de fille. Nous nous entendions très bien. Mais mon frère me manquait. Tout au long de ces années, Nathan ne nous a rendu visite qu'une seule fois.

Elle s'interrompit et regarda Caine d'un air interrogateur.

— Que s'est-il passé ensuite ? fit-il.

— Je suis venue en Angleterre pour retrouver Nathan. J'étais également très impatiente de revoir la maison de mon père. Mon frère avait fait quelques transformations.

— Et après ? demanda Lyon, lorsque la jeune femme se fut de nouveau arrêtée de parler.

— J'ai rejoint Nathan à Londres. Puis il m'a emmenée dans le petit manoir qu'il possède à la campagne et nous avons passé là-bas une semaine ensemble. Ce fut une semaine merveilleuse où nous nous sommes efforcés de rattraper toutes ces années perdues. Puis il a été obligé de s'absenter pour une affaire urgente.

— Savez-vous de quel genre d'affaire il s'agissait ? demanda Caine.

Elle secoua la tête.

— Pas du tout. Un messager est arrivé avec une lettre pour Nathan. En la lisant, le visage de mon frère a changé de couleur. Ensuite, il m'a annoncé qu'il devait absolument partir pour Londres mais qu'il serait de retour dans deux semaines. Son meilleur ami avait des problèmes. C'est la seule explication qu'il m'a donnée, Caine. Nathan est un homme d'honneur. Il n'abandonnerait jamais un ami dans la détresse et d'ailleurs, je n'aurais pas eu l'idée de lui demander une chose pareille.

— Il vous a donc laissée toute seule ? demanda Lyon.

— Ô grand Dieu non ! D'abord, il y avait tout le personnel qui vit là-bas. Ensuite, Lady Briars... c'était une amie dévouée de mon père... eh bien, c'est Lady Briars qui s'est occupée d'engager des domestiques. Elle a beaucoup aidé Nathan, elle lui a même donné un coup de main pour l'aménagement de la maison. Elle aurait aimé nous élever, voyez-vous, elle avait d'ailleurs l'intention d'engager les démarches nécessaires pour obtenir notre garde, mais Harry nous a emmenés avec lui et elle nous a perdus de vue. J'irai lui rendre visite dès que toute cette affaire sera terminée. Ce ne serait pas prudent d'y aller avant. Ils seraient capables de mettre le feu à sa maison s'ils...

— Jade, vous vous écartez du sujet, lança Caine.

— Vous en êtes sûr ?

Il hocha la tête.

— Je suis désolée. Où en étais-je ?

— Au moment où Nathan est parti pour Londres, lui rappela Lyon.

— Ah oui, se souvint-elle. Je me rends compte à présent que j'ai fait une bêtise. Sur mon île, je pouvais aller et venir comme je voulais, et je n'ai jamais eu

103

besoin d'escorte pour m'accompagner. J'avais complètement oublié qu'en Angleterre, les choses étaient différentes. Ici, tout le monde ferme sa porte à double tour. J'avais tellement hâte de sortir dehors que je n'ai pas regardé où je marchais, si bien que je me suis pris les pieds dans le tapis et que je suis tombée dans l'escalier. Ah ça, on peut dire que j'ai fait une belle culbute, ajouta-t-elle. J'ai bien failli me rompre le cou ! En tout cas, je me suis cogné la tête contre la boule de la rampe.

Elle s'interrompit, s'attendant qu'ils s'apitoient sur son sort, mais elle comprit que ni l'un ni l'autre n'avait l'intention de dire un mot et qu'ils étaient pressés d'entendre la suite. Indignée par tant d'insensibilité, elle leur décocha un regard noir, puis poursuivit son récit.

— Environ une heure plus tard, après que je me fus plus ou moins remise de ma chute, j'ai décidé d'aller faire un tour. Il faisait si beau, ce jour-là, que je n'ai pas tardé à oublier ma mésaventure.... ainsi que l'heure. Je m'apprêtais donc à entrer dans la charmante église quand j'ai entendu un grand bruit. C'est à ce moment-là que j'ai vu ces assassins précipiter le pauvre homme dans le vide.

Elle prit une profonde inspiration.

— J'ai poussé un cri et je me suis enfuie à toutes jambes, sans demander mon reste. Mais j'ai perdu mon chemin et me suis retrouvée sur la petite colline qui surplombe le cimetière où sont enterrés mes parents. C'est alors que j'ai aperçu les auteurs de ce crime horrible.

— Vous êtes certaine que c'étaient bien eux ? fit Lyon.

Il se tenait penché en avant, les coudes sur les genoux.

— Oui, sûre et certaine, répondit Jade. Ils avaient dû juger inutile de me poursuivre et semblaient très... comment dire... très occupés.

— Qu'est-ce qu'ils faisaient ? s'enquit Caine.

Elle ne lui répondit pas sur-le-champ. Un vague pressentiment naquit soudain dans l'esprit de Caine. Jade lui serrait la main gauche à la meurtrir, d'un geste machinal.

— Ils donnaient des coups de pioche, dit-elle enfin.

— Quoi ? Ils retournaient les tombes ? demanda Lyon avec incrédulité.

— Oui.

Caine n'eut aucune réaction. Quant à Lyon, il arborait un air perplexe ; manifestement, il ne la croyait pas. Jade trouva l'attitude des deux hommes pour le moins étrange. Voilà que maintenant qu'elle disait la stricte vérité, ils mettaient en doute sa parole alors qu'ils avaient accepté pour argent comptant tous ses mensonges.

— Mais c'est vrai, insista-t-elle. Je sais que cela peut paraître bizarre, mais c'est pourtant ce que j'ai vu.

— Parfait, parfait, déclara Caine, coupant court aux protestations de la jeune femme. Que s'est-il passé ensuite ?

— J'ai poussé un hurlement, répondit-elle. Ah ! si seulement je m'étais retenue, car cela n'a servi qu'à attirer une fois de plus leur attention sur moi. Mais j'étais trop bouleversée, sur le moment, pour penser aux conséquences de mes actes. Toujours est-il que les trois malfrats se sont retournés vers moi comme un seul homme. L'un d'eux, qui était déguisé, tenait un pistolet à la main. Curieusement, je suis restée pétrifiée jusqu'à ce que le coup parte. Là, j'ai détalé comme un lapin. Quand je suis arrivée, Hudson, le majordome de Nathan, était en train de travailler dans la bibliothèque. Je l'ai aussitôt mis au courant, mais le temps que je reprenne mes esprits et que je lui raconte toute l'histoire, il faisait trop sombre pour partir à la recherche des malfaiteurs. Nous avons dû attendre le lendemain matin.

— Vous avez averti les autorités ?

Elle secoua la tête.

— C'est là où les choses se compliquent, avoua-t-elle. Le lendemain, Hudson est allé avec plusieurs hommes essayer de retrouver le corps du malheureux que j'avais vu tomber dans le vide. Hudson ne m'a pas laissée les accompagner, car j'étais encore sous le choc.

— Je veux bien vous croire, fit Caine.

— Et quand ils sont revenus, ils se sont montrés aussi gentils avec moi que vous l'êtes en ce moment, Caine. Mais il leur a bien fallu finir par me dire la vérité.

— Quelle vérité ?

— Non seulement ils n'avaient pas retrouvé le corps, mais les tombes n'avaient pas été touchées.

— Ils ont dû en déduire que vous...

— Que mon imagination m'avait joué un mauvais tour, c'est ça, Lyon ? le coupa-t-elle. Je crois que oui. Comme ils étaient au service de Nathan, ils n'ont pas osé me dire que j'avais eu une hallucination mais il n'y avait qu'à les regarder pour lire le fond de leur pensée. En tout cas, je suis retournée aussitôt voir les tombes. Je voulais me rendre compte par moi-même. Le vent et la pluie avaient fait rage la nuit précédente, et pourtant, la terre ne semblait pas avoir été remuée à cet endroit-là. Tout était intact.

— Peut-être venaient-ils juste de commencer à creuser quand vous les avez surpris ? suggéra Caine.

— En effet, ils venaient de commencer, confirma Jade. Je n'oublierai jamais leurs visages.

— Racontez-nous la suite, dit Caine.

— J'ai passé le reste de la journée à tenter de comprendre quelles pouvaient être leurs motivations. Puis je suis allée trouver Hudson et lui ai demandé de ne pas embêter Nathan avec tout cela. Je lui ai alors expliqué que j'avais été victime d'une illusion des sens, que ce que j'avais pris pour des formes humaines n'était vraisemblablement que des ombres projetées par le soleil couchant, un mirage en quelque sorte. Inutile de préciser que Hudson a eu l'air soulagé, même s'il était encore inquiet à cause de ma chute dans l'escalier.

— Jade, ne serait-ce pas tout simplement le fruit de votre...

— Imagination ? acheva Caine à la place de Lyon. Je ne crois pas. Il y avait au moins cinq hommes à nos trousses la nuit dernière. Non, je vous assure, Lyon, ce n'était pas le fruit de son imagination.

Elle jeta un regard soupçonneux à Lyon.

— Vous ne me croyez pas, n'est-ce pas ?

— Si, maintenant, je vous crois, répliqua Lyon. Si des hommes vous poursuivent, c'est que vous avez réellement vu quelque chose. Qu'est-il arrivé ensuite ?

— J'ai décidé de persévérer.

Elle voulut croiser les mains sur ses genoux. C'est alors seulement qu'elle s'aperçut qu'elle serrait toujours celle de Caine. Elle la lâcha brusquement.

— Vous savez, je suis une femme très obstinée dans certains cas, ajouta-t-elle. C'est ainsi que le surlendemain, je suis repartie, avec la ferme intention de revenir avec des preuves, cette fois.

Lyon regarda Caine en souriant.

— J'aurais fait la même chose, avoua-t-il.

— Quel jour était-ce ? demanda Caine.

— Hier matin. J'ai enfourché le cheval de Nathan et je suis retournée là-bas. Mais je n'ai pas pu atteindre l'endroit où reposent mes parents. Ils ont tiré sur mon cheval.

— Que dites-vous ? s'écria Caine.

Jade n'était pas mécontente de l'effet de surprise qu'elle provoquait.

— Ils ont tué le cheval de mon frère, déclara-t-elle en hochant la tête pour souligner ses propos. Je n'ose imaginer quel sera le désespoir de mon frère quand il apprendra que son cheval préféré est mort. Il en aura le cœur brisé.

Croyant qu'elle allait se mettre à pleurer, Caine chercha son mouchoir.

— Et ensuite, que s'est-il passé ? demanda-t-il.

— J'ai fait un vol plané, évidemment. J'aurais pu me rompre le cou, mais je ne sais par quel miracle je m'en suis sortie avec quelques bleus, c'est tout. Sans doute avez-vous remarqué les ecchymoses que j'avais aux bras et aux épaules lorsque vous vous êtes faufilé dans ma chambre la nuit dernière ?

A ces mots, elle se tourna vers Caine.

— Je n'ai rien remarqué, affirma celui-ci. Et je vous signale que je ne me suis pas « faufilé » dans votre chambre la nuit dernière.

— Vous n'avez rien remarqué ? Comment est-ce possible ?

— Je ne regardais pas vos épaules.

— Eh bien, c'est un tort, vous auriez dû les regarder, bredouilla-t-elle. Un gentleman digne de ce nom aurait tout de suite vu mes bleus.

Caine sentait la moutarde lui monter au nez.

— Bon sang, Jade, même un eunuque n'aurait pas...

— Voulez-vous entendre la suite ? le coupa-t-elle.

— Oui.

— Après qu'ils eurent abattu mon cheval, j'ai pris mes jambes à mon cou et je suis rentrée tout droit à la maison. Je ne sais même pas s'ils m'ont suivie. J'étais dans tous mes états. Ce genre de chose ne m'était jamais arrivé, j'avais toujours mené une existence très calme.

Elle fit une pause. Ses yeux semblaient quêter une approbation.

— J'en suis persuadé, dit Caine, impatient qu'elle poursuive son récit.

— Quand j'ai retrouvé Hudson, je lui ai raconté ce qui s'était passé. Je peux vous assurer qu'il a eu le plus grand mal à me croire. Il me faisait avaler tasse de thé sur tasse de thé, s'imaginant sans doute que la chute m'avait dérangé l'esprit. Mais cette fois, j'avais une preuve.

— Laquelle ? demanda Caine.

— Eh bien, le cheval mort, voyons ! s'écria-t-elle avec une pointe d'agacement dans la voix. Écoutez-moi avec attention, je vous en prie.

— Évidemment, dit-il. Le cheval mort. Et est-ce

que Hudson vous a présenté ses excuses lorsque vous le lui avez montré ?

Elle resta un long moment à fixer Caine en se mordillant la lèvre.

— Pas vraiment, répondit-elle enfin.

— Que voulez-vous dire ?

C'est Lyon qui avait posé cette question. Jade tourna la tête vers lui.

— Je sais que cela va vous paraître difficile à croire, annonça-t-elle, mais figurez-vous que lorsque nous sommes arrivés à l'endroit où le cheval s'était écroulé mort, eh bien... il avait disparu.

— Non, non, cela ne me paraît pas difficile à croire, déclara Lyon. Et vous, Caine ?

Celui-ci eut un sourire.

— Moi non plus. C'est tout aussi logique que le reste.

— Hudson a alors insisté pour que nous allions aux écuries, continua Jade. Il était convaincu que le cheval serait rentré tout seul.

— Et son hypothèse s'est révélée exacte ? demanda Caine.

— Absolument pas. Les hommes ont passé toute la matinée à explorer les environs sans trouver la moindre trace du cheval. Par contre, ils ont remarqué des marques de roues sur la route, en direction du sud. Savez-vous ce que je pense, Caine ? Ils ont dû mettre le cheval dans un chariot et l'emmener. Qu'en dites-vous ?

Elle avait l'air si contente d'elle que Caine eut un petit pincement au cœur à l'idée de la décevoir.

— Apparemment, Jade, vous n'avez pas idée du poids que pèse un cheval. Il aurait fallu plus de trois hommes pour le hisser sur un chariot.

— Cela me semble difficile, en effet, intervint Lyon, mais pas impossible.

— Peut-être le cheval n'était-il que superficiellement blessé et s'est-il égaré ? suggéra Caine.

— Il a été touché entre les deux yeux. Ce n'est pas

ce que j'appelle une blessure superficielle, rétorqua Jade sèchement. Nathan sera effondré quand il apprendra ce qui est arrivé à sa maison et à sa calèche, ajouta-t-elle en soupirant.

— Que diable est-il arrivé à sa maison ? maugréa Caine. Bon ! j'aimerais que vous nous racontiez les choses dans l'ordre, Jade.

— Je crois que nous en venons enfin à ces fameux incendies, dit Lyon.

— Eh bien, la maison a entièrement brûlé, répondit Jade.

— Quand cela a-t-il eu lieu ? demanda Caine. Avant ou après que le cheval eut été tué ?

— Juste après. Hudson avait donné ordre de préparer la calèche. J'avais décidé d'aller retrouver Nathan à Londres. J'en avais assez de la façon dont les domestiques se conduisaient avec moi. Ils m'évitaient et me regardaient d'un drôle d'air. J'étais persuadée que mon frère m'aiderait à percer ce mystère.

Jade avait haussé le ton sans s'en apercevoir. Caine lui tapota gentiment la main.

— Ne vous énervez pas, mon petit, et finissez votre récit.

— Vous me regardez de la même manière que Hudson, observa-t-elle. Bon, je continue, puisque vous êtes pressé. J'étais donc en route pour Londres quand le valet de pied me cria soudain que la maison de Nathan était en feu. Il avait vu, de l'autre côté de la colline, une colonne de fumée monter dans le ciel. Bien sûr, nous avons aussitôt fait demi-tour, mais le temps que nous arrivions, c'était trop tard, hélas. J'ai alors demandé aux domestiques de rejoindre le domicile londonien de Nathan.

— Et ensuite, vous êtes repartie pour Londres ?

Caine caressait machinalement la nuque de Jade, qui trouvait cela si agréable qu'elle le laissa faire sans protester.

— Oui, confirma-t-elle. Nous roulions sur la grand-route quand, à un tournant, nous nous sommes retrou-

110

vés nez à nez avec les hommes du cimetière. Ils nous avaient tendu une embuscade. Le cocher a eu une telle frayeur qu'il s'est enfui.

— Le gueux !

Cette exclamation était sortie de la bouche de Lyon. Caine approuva d'un hochement de tête.

— Oh, je ne lui en veux pas, déclara Jade. Il a été pris de panique, c'est tout. Les gens se conduisent parfois... comment dire... curieusement, quand ils ont peur.

— Certains seulement, pas tous, déclara Caine.

— Racontez-nous ce qui s'est passé ensuite, Jade, dit Lyon.

— Ils ont bloqué les portes et mis le feu à la calèche, répondit-elle. J'ai réussi à m'extirper du véhicule par la fenêtre, dont le châssis a cédé sans difficulté. Je n'ai eu qu'à donner quelques coups de pied dedans pour arracher les gonds. Cette voiture avait coûté une véritable fortune à mon frère, mais elle n'était guère robuste, en vérité. Je ne mentionnerai pas tous ces détails à Nathan, car cela le rendrait furieux... à moins, évidemment, qu'il n'ait l'intention de s'adresser à la même compagnie pour louer un autre véhicule.

— Vous vous écartez du sujet, lança Caine.

Lyon sourit.

— Elle me rappelle Christina, confia-t-il. Jade, si vous alliez trouver ma femme de ma part ? Elle doit être en train de préparer quelques affaires pour vous.

Jade accueillit la suggestion de Lyon avec soulagement. L'évocation de ces souvenirs terribles était pour elle un véritable calvaire. Aussi se hâta-t-elle de quitter la pièce.

— Alors, Caine, que pensez-vous de tout cela ? fit Lyon d'un air perplexe quand ils furent seuls.

— N'oubliez pas que des hommes nous ont poursuivis la nuit dernière.

— Vous croyez à son histoire ?

— Elle a vu quelque chose, c'est indéniable.

— Ce n'est pas ce que je vous ai demandé.

Caine secoua lentement la tête.

— Je ne crois pas un traître mot de ce qu'elle raconte. Et vous ?

— C'est l'histoire la plus abracadabrante que j'aie jamais entendue, mais nom d'un chien ! si elle dit la vérité, alors nous devons l'aider.

— Et si ce n'est pas le cas ? demanda Caine, qui devinait déjà la réponse de son ami.

— Vous feriez fichtrement bien d'ouvrir l'œil.

— Lyon, vous ne pensez pas...

Lyon ne le laissa pas finir.

— Je ne sais que deux choses, Caine. Premièrement, vous n'êtes pas objectif. Ce n'est pas moi qui vous jetterai la pierre, vous réagissez avec Jade de la même façon que je réagis avec Christina. Deuxièmement, elle est en danger, et elle vous a mis en danger par la même occasion. Ce sont les deux seuls faits sur lesquels nous puissions nous appuyer, à l'heure qu'il est.

Caine savait qu'il avait raison. Il s'adossa contre le sofa.

— Maintenant, Lyon, j'aimerais connaître le fond de votre pensée.

— Eh bien, tout cela a peut-être quelque chose à voir avec son père. Je vais enquêter sur le comte de Wakerfield. Avec l'aide de Richards, ajouta-t-il.

Caine s'apprêtait à exprimer son désaccord, mais au dernier moment il changea d'avis.

— Cela ne peut pas faire de mal, dit-il en haussant les épaules. D'ailleurs, je commence à me demander si son frère ne serait pas derrière tout cela. Souvenez-vous, Nathan est parti pour Londres afin de porter secours à un ami. C'est ainsi que toute cette affaire a démarré.

— Si nous tenons son récit pour véridique.

— Évidemment, répondit Caine.

Lyon poussa un long soupir.

— J'ai une question à vous poser, Caine, annonça-t-il avec gravité. Avez-vous confiance en elle ?

Caine fixa son ami pendant un long moment.

— Si nous faisons appel à la logique la plus rigoureuse pour tenter d'expliquer la situation, alors...

— Oublions la logique, mon ami. C'est votre instinct qui m'importe, présentement.

— Alors je vous réponds oui, murmura Caine.

Puis il sourit. C'était la première fois de sa vie qu'il mettait la raison de côté.

— J'ai totalement confiance en elle. Mais je serais bien incapable de vous dire pourquoi. Vous voyez qu'il n'y a pas beaucoup de logique dans tout cela.

Lyon eut un grand sourire.

— Moi aussi, j'ai confiance en elle. Mais j'ai l'impression que vous n'avez pas la moindre idée de la raison pour laquelle vous avez confiance en elle.

Caine jugea le ton de son ami un peu trop condescendant à son goût. Il haussa un sourcil réprobateur.

— Où voulez-vous en venir ?

— En ce qui me concerne, j'ai une bonne raison, rétorqua Lyon. Je lui fais confiance parce que vous lui faites confiance. Votre instinct ne se trompe jamais. J'en sais quelque chose. En maintes circonstances, je n'ai eu la vie sauve que parce que je vous avais écouté.

— Vous ne m'avez toujours pas dit le fond de votre pensée, lui rappela Caine.

— J'ai toujours eu confiance en Christina. Depuis que je la connais. Au début, c'était pur aveuglement de ma part. Et je vous jure qu'elle m'en a fait voir de toutes les couleurs. En tout cas, maintenant, je ne peux qu'être du même avis que Christina. Dieu sait si elle a souvent de drôles d'idées, mais cette fois, elle a mis dans le mille.

— Comment ça ?

— Je crois, mon ami, que vous venez de rencontrer votre destin.

Il eut un petit rire, avant d'ajouter, en secouant la tête :

— Dieu soit avec vous, car vous n'êtes pas au bout de vos peines.

7

Les deux jeunes femmes attendaient Caine et Lyon dans le vestibule. Un grand sac gris et blanc était posé par terre devant elles.

Caine essaya de le soulever, puis renonça.

— Pour l'amour du ciel, Jade, aucun cheval ne sera capable de porter un pareil poids. C'est beaucoup trop lourd !

Il s'accroupit, desserra la courroie d'un coup et jeta un coup d'œil à l'intérieur. Il émit alors un long sifflement et se tourna vers Lyon.

— Il y a un véritable arsenal là-dedans. Qui a préparé tout cela ?

— C'est moi, répondit Christina. Il n'y a pas grand-chose, juste quelques armes dont Jade pourrait avoir besoin pour vous protéger tous les deux.

— Jade pourrait avoir besoin d'armes pour me protéger ? s'écria-t-il, interloqué. Qu'est-ce que c'est que cette histoire, Lyon ? Votre femme cherche à m'offenser ?

Lyon hocha la tête en souriant.

— Sans doute, Caine. Allez, excusez-vous et oubliez tout cela. C'est ce qu'il y a de mieux à faire.

— Pourquoi diable m'excuserais-je ?

— Cela fera gagner du temps, expliqua Lyon.

Il avait du mal à garder son sérieux devant l'air abasourdi de son ami.

— Le mariage vous a rendu bien laxiste, grommela Caine.

Puis il se mit à vider le sac de tout ce qui lui paraissait superflu.

Sous le regard indigné des deux jeunes femmes, Caine jeta par terre plusieurs couteaux, deux pistolets ainsi qu'un gros chaînon.

— Croyez-moi, Jade, vous n'aurez absolument pas

besoin de tout cet attirail. D'ailleurs, vous êtes beaucoup trop timorée pour vous en servir.

Jade s'empressa de ramasser les armes.

— Laissez-les là, petit guerrier.

— Ecoutez, faites ce que vous voulez, s'écria-t-elle,
mais cessez de me donner des surnoms. Gardez ces ter-
mes affectueux pour vos innombrables conquêtes. Je
ne suis ni votre colombe ni votre ange, et encore moins
votre guerrier. Oh, ne prenez pas cet air faussement
étonné, Caine ! Votre réputation de don Juan n'est plus
un secret pour moi. Christina m'a tout raconté.

Caine ne comprenait toujours pas ce qu'elle entendait par là.

— Vous pensez vraiment, dans votre esprit confus,
que « guerrier » est un terme affectueux ?

— Parfaitement, espèce de grossier personnage. Et
sachez que si je n'exige pas de vous des excuses immé-
diates pour m'avoir taxée de confusion mentale, c'est
uniquement parce que vous êtes sans doute incapable
de vous contrôler depuis que vous avez appris que
votre maison avait brûlé. Vous n'avez plus toute votre
tête.

Caine sentit la colère monter en lui mais réussit à
se dominer. Il finit d'enlever les armes qui encom-
braient le sac de Jade, puis le referma.

— Merci de vous être donné tant de mal, dit-il à
Christina, mais il vaut mieux que vous gardiez ces
armes, elles peuvent vous être utiles à vous et à Lyon.
Venez, Jade, ordonna-t-il.

A ces mots, il prit le sac d'une main et empoigna
Jade de l'autre. Il la serrait à lui broyer les os.

Mais elle s'en moquait, elle avait obtenu ce qu'elle
voulait. Elle avait réussi non seulement à convaincre Caine mais aussi à le mettre hors de lui. Le
léger tremblement qui agitait sa mâchoire indiquait
assez qu'il était à deux doigts de perdre son sang-froid.
Elle se laissa tirer sans un mot jusqu'à la porte de derrière. Le valet de Lyon avait préparé deux chevaux
pour eux. Au moment où Jade allait franchir la porte,

Christina se jeta dans ses bras et l'étreignit avec effusion.

— Dieu vous garde, murmura-t-elle.

Caine fixa le sac sur son cheval, puis aida Jade à monter en selle. Elle suivit Caine en agitant la main en signe d'adieu.

Quand ils arrivèrent devant le portail, elle se retourna une dernière fois pour regarder Lyon et Christina et essaya de graver dans sa mémoire le sourire de la jeune femme, le froncement de sourcils de son mari, car elle était certaine de ne plus jamais les revoir.

Christina avait invoqué plusieurs fois le destin devant Jade. Elle avait l'air persuadée que Caine était l'homme de sa vie. Mais il manquait à Christina beaucoup trop d'éléments pour comprendre la situation. Et quand elle apprendrait la vérité, il était à craindre qu'elle ne se détourne de Jade.

Ces réflexions plongèrent la jeune femme dans une tristesse infinie. Pour échapper à sa mélancolie, elle se força à penser à la seule et unique raison pour laquelle elle se trouvait ici. Son devoir était de protéger Caine jusqu'au retour de Nathan, voilà tout. Son destin était fixé depuis longtemps.

— Rapprochez-vous, Jade, ordonna Caine par-dessus son épaule.

Aussitôt, elle accéléra l'allure.

Ils sortirent de Londres en faisant de multiples détours et en revenant à plusieurs reprises sur leurs pas pour s'assurer que personne ne les suivait. Caine ne se décida à prendre la direction du nord que lorsqu'ils furent à une heure de route de la ville.

Dans des conditions normales, le trajet aurait dû durer environ trois heures. Mais en raison de toutes ces précautions dictées par la prudence, il leur restait encore la moitié du chemin à parcourir lorsqu'ils se retrouvèrent enfin sur la grand-route.

Jade reconnut aussitôt l'endroit.

— S'ils ne l'ont pas déplacée, annonça-t-elle, la calèche de Nathan doit se trouver à deux pas d'ici.

Au bout d'une demi-heure, comme ils n'avaient toujours pas rencontré la moindre calèche, elle en conclut que le véhicule avait été emmené ailleurs.

Ils continuèrent à chevaucher en silence. Puis la route fit un crochet. C'est alors qu'ils virent la voiture. Elle gisait, éventrée, sur le bas-côté.

Caine ne prononça pas un mot. Mais quand ils passèrent devant la carcasse défoncée du cabriolet, ses traits se durcirent.

— Eh bien ? demanda-t-elle.

— C'est un véritable carnage, en effet, lança-t-il.

Elle perçut de la colère dans sa voix et craignit, l'espace d'un instant, qu'il ne la tienne pour responsable de ces déprédations.

— C'est tout ce que vous avez à dire ? s'écria-t-elle. Vous ne m'avez pas crue, n'est-ce pas ? C'est pour cela que vous êtes furieux.

— A présent, je vous crois.

Jade attendit un long moment, puis voyant qu'il gardait le silence, elle reprit la parole.

— Et alors ? fit-elle, pensant qu'il allait se répandre en excuses.

— Et alors quoi ?

— Vous n'avez rien d'autre à ajouter ?

— Si. Dès que j'aurai mis la main sur les scélérats qui ont osé faire cela, je les truciderai, répliqua-t-il en détachant bien les syllabes. Et quand ils seront morts, je mettrai le feu à leurs cadavres, juste pour le plaisir de les voir rôtir sous mes yeux. Voilà ce que j'aurais pu ajouter, mais cela vous aurait mise dans tous vos états, j'imagine.

Jade avait écouté cette déclaration véhémente en écarquillant les yeux. Au ton de Caine, il ne faisait aucun doute que ce n'étaient pas des mots en l'air. Un frisson d'effroi lui parcourut l'échine.

— Vous avez raison, Caine, cela ne m'aurait pas plu du tout. Vous ne pouvez pas vous amuser à tuer des êtres humains comme ça, si ignobles fussent-ils.

Il stoppa net. Puis il tendit le bras vers elle et la

117

saisit par la nuque. Sous le coup de la surprise, elle n'eut aucune réaction.

— Je protège ce qui est à moi, rétorqua-t-il.

Elle jugea préférable de ne pas engager de controverse avec lui. Il n'avait pas l'air d'humeur à discuter. Elle se contenta de le regarder fixement et d'attendre qu'il veuille bien la lâcher.

— Est-ce que vous avez compris ce que je viens de dire ? demanda-t-il.

— Oui. Vous avez décidé de protéger ce qui vous appartient. J'ai parfaitement compris.

Caine secoua lentement la tête. Il n'était pas dupe. Cette innocente agnelle essayait de le calmer par tous les moyens. Cédant soudain à une impulsion, il la tira brusquement vers lui, au risque de la déséquilibrer, se pencha en avant et l'embrassa. Sauvagement. Avidement.

Elle était abasourdie. Caine se redressa et plongea son regard dans les yeux de Jade.

— Il est temps que vous compreniez qu'un jour vous m'appartiendrez, Jade, déclara-t-il.

— Je n'appartiendrai jamais à aucun homme, Caine, et il est grand temps que vous le compreniez.

Un éclair de colère enflamma le visage de Caine. Puis soudain, comme par enchantement, son expression se radoucit. Jade réprima un soupir de soulagement. Elle avait enfin retrouvé son ange gardien.

— Pour l'instant, Jade, il est plus que temps de quitter la grand-route, dit-il en changeant délibérément de sujet.

— Caine, je voudrais que vous vous rendiez compte...

— Ne discutez pas, l'interrompit-il.

Elle hocha la tête et s'apprêtait à descendre le talus pour couper à travers bois lorsque Caine lui prit les rênes des mains et la souleva dans ses bras. Puis il assit la jeune femme devant lui.

— Pourquoi me faites-vous monter avec vous ? demanda-t-elle.

— Parce que vous êtes fatiguée.

— C'est ce que vous diriez ?

Pour la première fois depuis longtemps, il sourit.

— Oui, c'est ce que je dirais.

— C'est vrai, je suis lasse, reconnut-elle. Caine, est-ce que la monture de Lyon va nous suivre ? Votre ami serait furieux si sa jument se perdait.

— Bien sûr qu'elle va nous suivre.

— Très bien.

Elle enroula ses bras autour de sa taille et appuya la tête contre l'épaule de Caine.

— Vous sentez bon, murmura-t-elle.

— Vous aussi.

Il avait l'air soucieux. Il semblait également décidé, en passant par la forêt, à emprunter l'itinéraire le plus éprouvant qui soit.

Jade endura sans broncher les divers désagréments du trajet pendant un bon quart d'heure, puis elle ne put s'empêcher de demander :

— Pourquoi avez-vous choisi ce chemin ?

Caine écarta une branche basse qui leur bloquait le passage avant de répondre :

— Nous sommes suivis.

Cette déclaration, faite sur un ton parfaitement neutre, lui coupa le souffle. Un passant lui aurait pincé les fesses qu'elle n'aurait pas été plus scandalisée.

— Mais non, nous ne sommes pas suivis, se récria-t-elle aussitôt. Je l'aurais remarqué.

Elle voulut s'écarter légèrement de Caine afin de regarder par-dessus son épaule, mais il resserra son étreinte, lui interdisant le moindre mouvement.

— Tout va bien, la rassura-t-il. Ils sont encore loin derrière nous.

— Comment le savez-vous ? fit-elle. Ils nous suivent depuis que nous avons quitté Londres ? Non, bien sûr. Je m'en serais rendu compte. Combien sont-ils, à votre avis ? Ô Caine, je n'arrive pas à y croire. Vous en êtes vraiment certain ?

Il n'avait qu'une hâte, c'est qu'elle en finisse avec ses questions.

— J'en suis certain, répondit-il. Ils nous suivent depuis cinq kilomètres, peut-être même six maintenant. Pour être plus précis, depuis que nous avons pénétré sur mes terres. J'ai l'impression qu'ils sont au nombre de six ou sept.

— Mais...

— Je les ai aperçus la dernière fois que je suis revenu sur mes pas, expliqua-t-il patiemment.

— Nous étions ensemble, si vous vous souvenez bien. Et moi je n'ai vu personne.

Jade avait l'air sincèrement outrée. Caine ne savait que penser de cette réaction.

— Est-ce que nous sommes encore loin de chez vous ? demanda-t-elle.

— Nous ne sommes plus qu'à un quart d'heure de route.

Quelques instants plus tard, ils débouchèrent dans une clairière. Jade se crut transportée au pays des merveilles.

— Oh, mais c'est magnifique ! s'écria-t-elle, éblouie par le paysage qui s'offrait à ses yeux.

La clairière était bordée par un ruisseau qui serpentait à travers ce paisible îlot de verdure. Au bord de l'eau, s'élevait une modeste cabane en rondins. Les rayons du soleil filtraient à travers les grands arbres qui délimitaient ce petit coin de paradis, perdu au cœur de la forêt.

— Le garde-chasse est peut-être dans la cabane, dit-elle. Il acceptera sans doute de nous aider à capturer ces brigands.

— Plus personne n'habite là depuis longtemps.

— Alors, nous devrons les capturer seuls. Vous n'avez pas laissé tous les pistolets chez Lyon, au moins ?

Il ne répondit pas.

— Caine, nous n'allons pas nous arrêter ici ?

— Non, nous allons prendre un raccourci.

— Avez-vous choisi un endroit pour leur tendre une embuscade ?

— Je vous emmène d'abord à la maison, Jade. Il n'est pas question que je vous fasse courir le moindre danger. Et maintenant, appuyez-vous contre moi et taisez-vous. Vous allez être soumise à rude épreuve.

Voyant que Caine avait repris son ton autoritaire, elle obtempéra sans discuter.

— J'aimerais beaucoup revenir ici, un jour.

Il ne fit aucun commentaire.

Caine n'avait nullement exagéré en disant qu'elle allait être soumise à rude épreuve. Dès qu'ils sortirent de la clairière et se retrouvèrent en rase campagne, il lança sa monture au triple galop. Jade se sentit soudain propulsée en l'air comme une flèche. Mais cela n'avait rien de comparable avec ce qu'elle avait éprouvé quand Caine l'avait poussée dans la Tamise, car, cette fois, elle était dans ses bras. En sécurité.

Celui qui était à l'origine de cette terrible machination avait envoyé des hommes à la propriété de Caine pour l'y attendre. Quand ils arrivèrent à proximité du parc qui entourait le manoir, Jade craignit une embuscade. Elle pria le ciel que ses hommes fussent là pour leur prêter main-forte en cas de besoin.

Ils allaient atteindre le sommet de la côte et se retrouver de nouveau sous le couvert des arbres quand, soudain, des coups de feu retentirent. Jade ne savait pas comment protéger les arrières de Caine, à présent. Elle se tortilla dans ses bras afin de voir d'où venait la menace, en essayant tant bien que mal de se servir de ses mains comme d'un bouclier.

Les coups de feu venaient du sud-est. Jade heurta la cuisse de Caine au moment où une nouvelle détonation trouait le silence.

— Restez donc tranquille, ordonna Caine.

Au même instant, elle ressentit une douleur fulgurante lui déchirer le côté droit. Jade poussa un cri et se pencha pour voir ce qu'elle avait. On eût dit qu'un fauve avait planté ses griffes dans sa chair. Mais cette sensation de brûlure ne tarda pas à se dissiper, laissant place à une irritation diffuse. Elle en conclut qu'une branche avait dû l'érafler au passage.

Bientôt, elle ne sentit plus rien et cessa de penser à ce qui n'était sans doute qu'une simple égratignure.

— Nous sommes presque arrivés, annonça Caine.

Elle était si soucieuse qu'elle en oublia de simuler la peur.

— Regardez bien derrière vous quand nous serons près des bâtiments, recommanda-t-elle.

Caine ne répondit rien. Il remonta l'allée qui menait aux écuries. Ses hommes devaient les avoir entendus, car à leur approche, une dizaine de mains brandissant des armes surgirent de la forêt.

Caine donna ordre à l'écuyer d'ouvrir les portes, puis entra. La monture de Jade les suivit. L'écuyer s'empara des rênes et poussa la jument à l'intérieur pendant que Caine aidait Jade à mettre pied à terre.

Le seul fait de la prendre par la taille suffit à réveiller la douleur de la jeune femme. Elle se mordit la lèvre pour se retenir de crier.

— Kelley ! appela Caine.

Aussitôt, un homme entre deux âges accourut. Il était blond, trapu et portait la barbe.

— Oui, monsieur.

— Restez ici avec Jade, dit-il, et laissez les portes fermées jusqu'à ce que je revienne.

Caine s'apprêtait à remonter sur son cheval quand Jade l'attrapa par un pan de sa veste et le secoua vigoureusement.

— Vous êtes fou ? s'écria-t-elle. Vous n'allez pas ressortir !

— Allons, mon ange, soyez sans crainte, je n'en ai pas pour longtemps.

Il se dégagea et la repoussa doucement. Mais Jade n'était pas femme à renoncer. Elle le saisit par les revers de sa veste.

— Voyons, Caine, l'implora-t-elle tandis qu'il essayait de se libérer de ces mains qui se cramponnaient à lui. Ils ont l'intention de vous tuer !

— Et moi de les tuer avant.

Il comprit qu'il n'aurait pas dû lui faire part de ses projets quand elle enroula ses bras autour de sa taille et se serra contre lui avec une force qui l'étonna.

Il avait enfin réussi à s'arracher à son étreinte quand ils entendirent deux autres coups de feu.

Caine en conclut que ses hommes avaient engagé le combat. Jade pria le ciel que ses hommes à elle soient déjà intervenus et aient chassé les malfrats.

— Fermez les portes derrière moi, Kelley! cria Caine, puis il remonta en selle et éperonna son cheval.

Un autre coup de feu retentit une minute ou deux après que Caine fut parti. Bousculant l'écuyer sur son passage, Jade s'élança vers la petite lucarne qui donnait sur le parc.

Comme elle n'apercevait rien qui ressemblât au corps de Caine gisant dans une mare de sang, elle respira.

— Vous feriez mieux de vous éloigner de la fenêtre, déclara Kelley dans son dos.

Jade ne tenant aucun compte de cette recommandation, l'écuyer vint lui tapoter le bras.

— Mademoiselle, je vous en prie, ne restez pas là. Venez vous asseoir. Vous serez plus en sécurité pour attendre M. le marquis. Il ne va pas tarder à rentrer.

Jade se sentait incapable de rester assise. Dans son for intérieur, elle espérait que Matthew et Jeff s'étaient occupés des intrus. Parmi tous ses hommes, c'étaient ceux en qui elle avait le plus confiance. Aucune situation ne pouvait les effrayer. Black Harry avait personnellement veillé à leur éducation.

Tout cela était la faute de Caine, songea-t-elle. Jamais elle n'aurait été aussi fébrile s'il avait été conforme à l'image qu'elle s'en était faite à la lecture de son dossier. Il semblait avoir deux personnalités complètement différentes. Elle savait que les informations contenues dans ce rapport étaient exactes. Les supérieurs de Caine le décrivaient tous comme un être froid et méthodique quand il s'agissait d'accomplir une tâche délicate.

Pourtant l'homme dont elle avait fait la connaissance n'était pas insensible. Elle avait eu beau miser sur son instinct protecteur, elle s'attendait malgré tout qu'il soit d'un abord difficile. Mais il n'en avait rien été. Caine s'était montré chaleureux et compréhensif.

Pour Jade, le problème résidait précisément dans cette contradiction. Cela rendait Caine imprévisible. Et ce qui est imprévisible peut s'avérer parfois extrêmement dangereux.

Soudain, les portes s'ouvrirent en grand. Caine apparut, suivi de son cheval couvert d'écume qui soufflait bruyamment.

Elle était si soulagée de le voir sain et sauf que ses jambes se dérobèrent sous elle. Tous les muscles de son corps devinrent douloureux et elle dut s'asseoir avant de se sentir en mesure de parler.

— Vous n'avez rien ? réussit-elle à articuler au bout d'un moment.

Caine crut qu'elle allait fondre en larmes. Il lui adressa un sourire pour la rassurer, puis conduisit sa monture à l'intérieur. Après avoir donné les rênes à l'écuyer et fait un signe de la main aux hommes qui étaient revenus avec lui, il s'approcha de la jeune femme et s'appuya nonchalamment contre le mur. Il affectait la plus grande insouciance afin qu'elle croie qu'il ne s'était rien passé de particulier.

— Le temps que j'arrive dans la forêt, le combat était terminé.

— Le combat était terminé ? fit-elle, incrédule. Comment est-ce possible ? Je ne comprends pas.

— Ils avaient dû changer d'avis.

— Ne mentez pas, Caine. Et quittez cet air désinvolte, nous ne sommes pas en train de parler de la pluie et du beau temps. Allez, dépêchez-vous, racontez-moi ce qui est arrivé.

Il poussa un long soupir.

— Le temps que j'arrive là-bas, le combat était presque terminé, répéta-t-il.

— Je vous en prie, Caine, n'essayez pas de me mentir.

— Mais je ne mens pas.

— Alors soyez plus cohérent, vous qui vous targuez d'avoir l'esprit logique.

C'était la première fois qu'elle usait de ce ton impérieux avec lui. Caine eut un petit sourire amusé.

— En vérité, il s'est passé quelque chose d'extraordinaire, déclara-t-il. Après avoir réussi à capturer deux des bandits, je me suis précipité à l'endroit où je pensais que se cachaient leurs comparses, mais quand je suis revenu, les brigands avaient disparu.

— Ils s'étaient enfuis ?

Caine secoua négativement la tête.

— Il y avait des traces de combat un peu partout.

— Ce sont peut-être vos hommes...

— Mes hommes étaient avec moi, répliqua-t-il.

Jade baissa la tête. Elle craignait de ne pas être capable de dissimuler son soulagement et sa joie. Matthew et Jeff avaient fait du bon travail.

— C'est incompréhensible, en effet, murmura-t-elle.

— Il y avait des traces de combat, répéta-t-il en observant la jeune femme attentivement.

— Des traces ? demanda-t-elle dans un souffle. Quel genre de traces ?

— Des traces de pas... des gouttes de sang sur une feuille. Et d'autres signes encore, mais pas le moindre corps.

— Et s'ils s'étaient querellés entre eux ? suggéra Jade.

— Sans faire de bruit ?

— Vous n'avez rien entendu ?

— Non, répondit Caine.

Il se tenait toujours appuyé contre le mur, et observait Jade.

La jeune femme le regardait aussi. Elle était à l'affût des informations qu'il avait recueillies au cours des heures précédentes. Mais l'expression étrange qu'elle lut sur son visage l'inquiéta. Elle se souvint soudain de ce que Harry racontait à propos du grizzli, cet ours qui vivait dans les contrées sauvages du continent américain. Cet animal, aussi imprévisible que rusé, avait la réputation d'être plus intelligent que les hommes qui le traquaient. Il lui arrivait souvent d'attirer ses victimes dans un véritable piège avant de passer à l'attaque. Le malheureux chasseur mettait du temps à s'apercevoir que c'est lui qui était devenu la proie.

Caine était-il aussi rusé que le grizzli ? A cette pensée, Jade eut froid dans le dos.

— Caine ? Savez-vous que vous m'effrayez quand vous me regardez de cette façon-là, dit-elle d'une voix à peine audible. Je déteste vous voir froncer les sourcils ainsi.

Il ne broncha pas et elle décida de forcer la note.

— Vous devez regretter de vous être embarqué dans cette aventure, n'est-ce pas ? Je ne peux pas vous en blâmer, ajouta-t-elle sur un ton mélodramatique. Vous vous ferez tuer si vous restez avec moi. Je suis comme les chats noirs. Je porte malheur. Laissez-moi ici, dans cette écurie, et rentrez chez vous. Quand la nuit sera tombée, je retournerai à Londres.

— Il me semble que vous venez de m'insulter une fois de plus, gronda-t-il. Ne vous ai-je pas déjà expliqué que personne n'a le droit de toucher à ce qui m'appartient ?

— Je ne vous appartiens pas, fulmina-t-elle.

En fait, elle était contrariée qu'il se montre parfaitement insensible à ses effets de voix. N'aurait-il pas dû chercher à la tranquilliser ?

— Qu'est-ce qui vous permet de décider que je... oh et puis peu importe..., poursuivit-elle. Vous êtes abominablement possessif, voilà tout.

Il acquiesça d'un petit signe de tête.

— En effet, je suis d'un naturel possessif et quand je vous dis que vous m'appartiendrez, Jade, vous pouvez me croire.

Il avait l'air franchement en colère, à présent. La jeune femme soutint vaillamment son regard.

126

— Non seulement vous vous trompez, Caine, mais vous êtes horriblement entêté. Je parierais que vous ne partagiez pas vos jouets quand vous étiez petit. N'est-ce pas ?

Sans prendre le temps de répondre à cette allégation, Caine la fit se lever et l'entraîna vers la porte.

— Caine ?

— Oui ?

— Vous ne pouvez pas continuer à me protéger.

— Et pourquoi cela, ma belle ?

— Parce qu'un père ne doit pas perdre ses deux fils.

Décidément, songea Caine, elle n'avait pas une haute idée de ses capacités. Mais elle paraissait si épouvantée qu'il ne s'en offusqua pas.

— Non, renchérit-il. De même que votre frère ne doit pas perdre sa sœur. Maintenant, écoutez-moi. Je ne regrette absolument pas de m'être embarqué dans cette aventure — pour reprendre vos propres paroles — et n'allez pas vous imaginer un seul instant que je vais vous abandonner. Je suis votre protecteur, ne l'oubliez pas.

Jade prit un visage grave.

— Oh, vous êtes bien plus que mon protecteur, déclara-t-elle. Vous êtes mon ange gardien.

Avant qu'il ait pu répliquer quoi que ce soit, elle se haussa sur la pointe des pieds et planta un baiser sur ses lèvres.

— Je n'aurais jamais dû faire cela, se reprit-elle, confuse. Je n'ai pas pour habitude de me laisser aller à des démonstrations de tendresse, mais quand je suis avec vous... eh bien, j'aime assez que vous mettiez votre bras autour de mes épaules ou que vous me serriez contre vous. Je ne comprends pas d'où vient ce brusque changement en moi. Trouvez-vous que je me conduis comme une dévergondée ?

Il éclata de rire. La sincérité de la jeune femme était attendrissante.

— Je suis content que vous aimiez que je vous touche, dit-il.

Arrivé devant la porte, il s'arrêta et se pencha vers elle.

— Quant à moi, j'adore vous toucher, ajouta-t-il avant de l'embrasser.

Quand il s'écarta, elle faillit perdre l'équilibre.

— Vous avez tout fait pour me servir de bouclier, quand nous chevauchions ensemble, n'est-ce pas, ma colombe ?

Elle était si surprise par cette question qu'aucune réponse plausible ne lui vint à l'esprit.

— Qu'est-ce que j'ai fait ?

— Vous avez tout fait pour me servir de bouclier, répéta-t-il, lorsque vous vous êtes rendu compte que les coups de feu venaient de...

— C'est faux, le coupa-t-elle avec véhémence.

— Et l'autre nuit, vous m'avez sauvé la vie en vous jetant sur moi et en me faisant tomber, poursuivit-il, sans se laisser interrompre.

— Ce n'était nullement intentionnel de ma part. J'ai été prise de panique, c'est tout.

Jade avait beau observer Caine, elle ne parvenait pas à deviner le fond de sa pensée.

— La prochaine fois — si prochaine fois il y a, ce que je ne souhaite pas —, je vous promets que je m'écarterai, s'empressa-t-elle d'ajouter. Pardonnez-moi de m'être affolée, Caine. Voyez-vous, jamais encore on ne m'avait poursuivie ou tiré dessus... Caine... je crois que je ne me sens pas très bien. J'ai comme un malaise.

Il fallut à Caine un certain temps avant de comprendre que Jade avait changé de sujet.

— Vous avez mal à la tête, mon ange ? Vous auriez dû demander à Christina quelque chose pour votre blessure à la tempe.

— J'ai mal partout : à la tête, au cœur et à la hanche, répondit-elle tandis qu'ils sortaient de l'écurie et se dirigeaient vers le bâtiment principal.

Jade se sentit soulagée d'un grand poids en constatant que ses maux avaient réussi à capter l'attention de Caine. Elle jeta un coup d'œil autour d'elle. C'est alors qu'elle prit conscience de la beauté du paysage. Quand ils tournèrent à l'angle du bâtiment, elle s'arrêta, saisie par le spectacle qui s'offrait à elle.

L'allée qui menait au manoir semblait interminable. Elle était bordée de chaque côté par de grands arbres, dont certains, d'après ce que put en juger Jade, devaient avoir une centaine d'années au moins. Les plus hautes branches se rejoignaient, formant une voûte qui procurait un agréable ombrage.

Le bâtiment principal, tout en brique, avait trois étages. Une colonnade en stuc ornait la façade, donnant un caractère majestueux à cette élégante construction. Chacune des fenêtres était habillée de tentures blanches retenues par des embrasses noires. La porte d'entrée avait été peinte en noir également, témoignant d'un souci du détail qui n'échappa nullement à l'œil attentif de Jade.

— Vous ne m'aviez pas dit que vous étiez riche, observa-t-elle.

Il y avait dans la voix de la jeune femme une pointe d'agressivité que Caine remarqua. Il haussa les épaules.

— C'est un bien grand mot. Je mène une vie aisée, c'est tout.

— Aisée ? Mais ce n'est pas une gentilhommière que vous avez, c'est un véritable palais.

Soudain Jade se sentit aussi peu à sa place ici qu'un poisson rejeté sur la berge. Elle se dégagea du bras de Caine qui entourait ses épaules et avança toute seule.

— Je n'aime pas les hommes riches, déclara-t-elle.

— Dommage, répliqua-t-il en riant.

— Pourquoi ?

Elle s'était immobilisée en bas des marches et fixait la bâtisse comme si elle représentait une menace pour elle. Caine lisait la crainte dans son regard.

— Allons, Jade, n'ayez pas peur, tout se passera bien.

Il aurait tenu des propos infamants sur sa famille qu'elle n'aurait pas réagi avec plus de vigueur.

— Je n'ai pas peur ! s'écria-t-elle instinctivement en le foudroyant du regard, pour avoir osé imaginer une chose pareille.

A peine avait-elle prononcé ces mots qu'elle s'aperçut de sa maladresse. Allons ! elle était censée avoir peur. Voilà qu'à cause de son étourderie, Caine la dévisageait à nouveau avec cette expression étrange qu'elle aurait tant voulu pouvoir déchiffrer.

Elle n'aurait jamais commis cette erreur si elle ne s'était sentie si mal en point. Mon Dieu, elle souffrait le martyre !

— C'est vous que vous insultez en disant que j'ai peur, expliqua-t-elle.

— Comment cela ?

— Voyons, Caine, si j'avais peur, cela signifierait que je n'ai absolument pas confiance en vous, non ?

Elle accompagna cette remarque d'un petit sourire en coin.

— En effet, poursuivit-elle, j'ai dénombré pas moins de onze hommes armés jusqu'aux dents. Je suppose qu'ils sont à vos ordres, puisqu'ils n'ont pas tiré sur nous. Le fait que vous ayez déjà pris tant de précautions suffirait à dissiper toutes les craintes que je pourrais encore avoir.

Le sourire de Jade s'élargit quand elle devina à l'expression de Caine qu'il pensait qu'elle avait perdu la raison. Elle se mit alors à trébucher. C'était une nouvelle astuce pour faire diversion. Toujours est-il qu'elle trébucha pour de bon et qu'elle se serait étalée de tout son long si Caine ne l'avait pas rattrapée à temps.

— J'ai une faiblesse dans les jambes, s'empressa-t-elle d'expliquer. Vous savez, je n'ai pas l'habitude de monter à cheval. Lâchez-moi, Caine, j'ai encore un peu mal à la hanche.

— Dites-moi où vous n'avez pas mal, mon cœur, ce sera plus simple.

Il avait un ton amusé, mais une lueur de tendresse brillait dans ses yeux.

Elle feignit d'être scandalisée.

— Mais enfin, Caine, je ne suis qu'une femme ! Il me semble vous avoir entendu dire que toutes les femmes étaient des êtres faibles. Est-ce pour cela que vous arborez cet air suffisant ? Parce que j'apporte de l'eau à votre moulin ?

— Lorsque vous me regardez de cette façon, j'oublie à quel point vous pouvez être déconcertante. Je ne vois plus que vos yeux, mon cœur. Et ce sont, sans mentir, les plus beaux yeux du monde, surtout quand ils jettent des étincelles comme ils le font en ce moment.

Elle comprit qu'il cherchait à la plonger dans l'embarras. L'œillade incendiaire qu'il lui décocha le prouvait assez. Cet homme aimait jouer de son charme pour la troubler. Quand il se pencha pour l'embrasser sur le front, elle dut rassembler toute son énergie pour se retenir de pousser un soupir de volupté. Tous ses maux disparurent comme par enchantement.

La porte d'entrée s'ouvrit brusquement, attirant aussitôt l'attention de Caine. La jeune femme se retourna au moment où un homme d'un certain âge faisait son apparition.

Il était grand et absolument hideux. Jade supposa qu'il s'agissait du majordome. Il était habillé tout en noir et ses manières guindées s'accordaient parfaitement avec sa tenue austère. Il donnait l'impression d'avoir trempé toute une nuit dans un bain d'amidon.

— Voici Stern, mon bras droit, annonça Caine. Ne vous laissez pas intimider par lui, Jade, ajouta-t-il quand il vit que la jeune femme se serrait contre lui. Quand il est de mauvaise humeur, il ferait peur au diable lui-même.

La pointe de tendresse que Jade perçut dans la voix de Caine lui donna à penser qu'il n'avait absolument pas peur de son majordome.

— Si Stern se prend d'amitié pour vous, et je suis certain que ce sera le cas, alors il sera prêt à donner sa vie pour protéger la vôtre. Il n'y a pas plus loyal que lui.

Le serviteur descendit les marches d'un pas digne, puis salua son maître avec cette raideur qui semblait être sa seconde nature. Jade remarqua qu'il avait les tempes argentées et en déduisit qu'il devait approcher les soixante ans. Ses cheveux poivre et sel ainsi que son visage ingrat lui rappelaient l'oncle Harry.

Elle éprouvait déjà de l'affection pour lui.

— Bonjour, monsieur, dit-il avant de se tourner vers Jade. Vous avez fait bonne chasse ?

— Je n'étais pas en train de chasser, répondit Caine.

— Les coups de feu que j'ai entendus, c'était pour rire alors ?

En faisant cette remarque, Stern ne s'était même pas donné la peine de regarder son maître, tout occupé qu'il était à dévisager Jade.

Caine sourit. Le comportement de son majordome l'amusait. Stern n'était pas homme à se laisser facilement démonter. Or c'était manifestement le cas en ce moment. Et Caine devinait qu'il mobilisait toute son énergie pour garder un air imperturbable.

— Je traquais des hommes, pas du gibier, expliqua Caine.

— Et vous avez réussi à les capturer ?

Stern posa cette question sur un ton qui montrait que ce sujet ne l'intéressait absolument pas.

— Non, répondit Caine.

Devant le manque d'attention évident de son majordome, il soupira. Cependant, il aurait été malvenu de sa part de reprocher à Stern de succomber au charme de Jade. La même chose ne lui était-elle pas arrivée ?

— Elle est belle, n'est-ce pas, Stern ?

Le majordome approuva d'un petit signe de tête, puis se força à reporter ses regards sur son maître.

— Très belle, reconnut-il. Mais je n'ai pas encore d'opinion sur son caractère.

Il joignit les mains dans le dos, l'air sceptique.

— Quand vous la connaîtrez mieux, vous verrez que son caractère est à l'avenant, annonça Caine.

— C'est la première fois que vous amenez une femme ici, monsieur, observa Stern.

— En effet.

— Et elle est notre invitée ?

— Oui, répondit Caine.

— Est-ce que par hasard, je me ferais des fausses idées, monsieur ?

— Absolument pas, Stern.

Le majordome haussa un sourcil, puis hocha une nouvelle fois la tête.

— Eh bien, monsieur, on peut dire qu'il était temps ! Voulez-vous que l'on prépare une des chambres d'amis, ou mademoiselle partagera-t-elle vos appartements ?

Jade fut longue à réagir, non seulement à cause du ton neutre sur lequel la question avait été posée mais aussi parce qu'elle était choquée par la grossièreté de ces deux hommes qui parlaient d'elle comme si elle n'était pas là. Ce ne fut que lorsqu'elle eut pleinement saisi le sens de l'allusion de Stern que son sang se mit à bouillir. Elle s'écarta de Caine et fit un pas vers le majordome.

— Cette demoiselle veut une chambre pour elle toute seule, mon brave. Une chambre avec une serrure qui ferme bien. Ai-je été suffisamment claire ?

Stern se redressa de toute sa hauteur.

— On ne peut plus claire, mademoiselle, répliqua-t-il.

Bien que Stern s'exprimât avec une dignité quelque peu compassée, une lueur pétillait dans ses yeux marron. Jusqu'à présent, seul Caine avait eu le privilège de ce regard.

— Je vérifierai le verrou moi-même, ajouta-t-il en jetant un coup d'œil éloquent en direction de son maître.

— Merci beaucoup, Stern, répondit Jade. Voyez-vous, j'ai des ennemis à mes trousses, et je ne pourrai pas fermer l'œil de la nuit si je dois craindre à tout instant que quelqu'un ne s'introduise dans ma chambre pour me remettre ma chemise de nuit. Vous me comprenez, n'est-ce pas ?

— Jade, je vous en prie, ne recommencez pas..., s'écria Caine.

— Caine m'avait proposé de loger chez son père et sa mère, mais j'ai refusé, poursuivit-elle, sans se laisser interrompre. Je ne veux pas mêler ses parents à cette horrible histoire. Quand on est traqué comme un chien enragé, on n'a pas le temps de penser à sa réputation. Vous êtes d'accord avec moi, monsieur ?

Durant les explications de Jade, Stern avait plusieurs fois cligné des yeux, mais quand elle tourna son visage anxieux vers lui, quêtant son approbation, il hocha vigoureusement la tête.

Un coup de tonnerre retentit au loin.

— Nous allons nous faire tremper jusqu'aux os si nous restons dehors plus longtemps, dit Caine. Stern, j'aimerais que vous envoyiez Parks chercher le médecin avant que l'orage n'éclate.

— Est-ce vraiment nécessaire, Caine ?

— Oui.

— Vous êtes malade, monsieur ? demanda Stern d'un air inquiet.

— Non, répondit Caine. Je voudrais que le Dr Winters examine Jade. Il lui est arrivé un petit accident.

— Un accident ? fit le majordome en se tournant vers la jeune femme.

— Il m'a jetée dans la Tamise, expliqua-t-elle.

En entendant ces mots, Stern haussa un sourcil étonné. Jade hocha la tête, ravie de susciter autant d'intérêt.

— Ce n'est pas à cet accident-là que je pensais, maugréa Caine entre ses dents. Jade a reçu un coup sur la tête qui a failli l'assommer. Depuis, elle a des vertiges.

— Vous exagérez, s'écria la jeune femme. Cela me fait beaucoup moins souffrir que la douleur que j'ai au côté. Je ne veux pas que votre médecin me touche. Il va me faire mal.

— En aucun cas, je vous le promets, déclara Caine.

— La visite du Dr Winters me semble fort compromise pour l'instant, monsieur, intervint Stern. Il a disparu.

— Le Dr Winters a disparu ?

— Depuis plus d'un mois, répondit Stern. Dois-je envoyer chercher un autre médecin ? Votre mère fait appel au Dr Harwick depuis qu'elle n'arrive plus à joindre le Dr Winters. J'ai cru comprendre qu'elle était satisfaite de ses services.

— Pour qui a-t-on besoin d'un médecin ? demanda Caine.

— Pour votre père, bien qu'il s'y oppose avec la dernière énergie. Il a beaucoup maigri ces derniers temps, et votre mère et votre sœur se sont inquiétées.

— Il pleure la mort de Colin, répliqua Caine sur un ton brusque, mais avec une note de tristesse dans la voix. J'espère qu'il finira par surmonter cette épreuve. D'accord, Stern, demandez à Parks d'aller chercher le Dr Harwick.

— N'en faites rien, Stern, ordonna Jade.

— Jade, ce n'est pas le moment de compliquer les choses.

Stern semblait inquiet.

— Comment cet accident vous est-il arrivé, mademoiselle ? Quelqu'un vous a frappé à la tête ?

— Non. Je suis tombée. Mais je vous en prie, Stern, ne vous tracassez pas pour moi. Ce n'est pas grave. C'est juste un petit bobo de rien du tout. Vous n'avez qu'à voir par vous-même, si vous voulez, fit-elle en écartant les cheveux qui lui cachaient la tempe.

Ce simple geste suffit à réveiller sa douleur à la hanche.

Jamais Caine n'avait vu Stern s'intéresser autant à une blessure. Ce n'était plus un majordome qu'il avait sous les yeux, mais une femme de chambre. Il poussait des petits cris d'effroi, se répandait en exclamations apitoyées, et quand Jade accepta son bras et qu'ils commencèrent tous les deux à gravir les marches, Caine en resta bouche bée.

— Il faut vous mettre au lit tout de suite, mademoiselle, annonça Stern. Comment avez-vous fait pour tomber, si je puis me permettre de vous poser cette question ?

— J'ai perdu l'équilibre et dégringolé l'escalier, répondit-elle. C'était pure maladresse de ma part.

— Oh, je suis certain que vous n'êtes absolument pas maladroite, d'habitude.

— Vous êtes gentil, Stern. Vous savez, la douleur s'est beaucoup atténuée, mais par contre ma hanche... eh bien, monsieur, je ne voudrais pas vous alarmer ni que vous pensiez que je suis une enquiquineuse qui ne cesse de se lamenter... Caine dit que je ne sais rien faire d'autre que de me plaindre et de pleurnicher. Ce sont ses propres mots, monsieur. Oui, c'est exactement ça.

Caine monta l'escalier derrière eux.

— Enlevez donc votre veste et montrez-nous ce que vous avez à la hanche, dit-il.

— Non, répondit-elle en pénétrant dans l'entrée. Vous allez me faire mal, Caine.

Tous les domestiques étaient alignés en rang d'oignons pour accueillir leur maître. Jade passa devant eux en se cramponnant au bras de Stern.

— Monsieur, est-ce que ma chambre donne sur le parc ? demanda-t-elle. J'aimerais tant que ce soit le cas ! La vue doit être magnifique, avec cette allée majestueuse et la forêt que l'on aperçoit au loin.

Caine jugea au ton joyeux de Jade qu'elle ne souffrait pas autant qu'elle le prétendait. Il y avait sans doute beaucoup d'exagération de sa part.

— Stern, voulez-vous l'accompagner jusqu'à sa chambre ? J'ai deux ou trois choses à régler pendant ce temps-là.

Il tourna les talons et sortit sans attendre la réponse.

— Dites à Park d'aller chercher le médecin, cria Stern du haut de l'escalier, avant de se retourner vers Jade. Ne protestez pas, mademoiselle. Vous êtes blanche comme un linge et vos mains sont glacées.

Jade s'empressa d'enlever sa main. Elle ne s'était pas rendu compte qu'elle avait monté les marches en s'agrippant à Stern. Le majordome l'avait remarqué, bien sûr. La pauvre petite était manifestement à bout de forces. Elle tremblait comme une feuille.

— Le soleil va bientôt se coucher. Vous prendrez votre dîner au lit, ajouta-t-il. Est-ce que Monsieur vous a réellement jetée dans la Tamise ? demanda-t-il quand il vit qu'elle s'apprêtait à soulever des objections.

Elle sourit.

— Oui, répondit-elle. Et il me doit encore des excuses. Il a aussi jeté mon sac. Je n'ai plus rien, maintenant. Je suis pauvre comme Job, poursuivit-elle, sans se départir de son ton joyeux. Grâce à Dieu, Lady Christina a eu la gentillesse de me donner quelques-uns de ses ravissants vêtements.

— Cette situation n'a pas l'air de vous attrister beaucoup, en tout cas, observa Stern.

Il ouvrit la porte de la chambre de Jade, puis s'effaça pour lui laisser le passage.

— A quoi cela m'avancerait d'être triste ? Vous pouvez me le dire ? Eh bien, en voilà une bien jolie chambre ! s'exclama-t-elle en entrant. Est-ce que le dessus-de-lit est en soie ?

— En satin, précisa Stern, que l'enthousiasme de la jeune femme amusait. Puis-je vous aider à enlever votre veste, mademoiselle ?

Jade acquiesça d'un signe de tête.

— Voudriez-vous d'abord ouvrir la fenêtre ? Ça sent un peu le renfermé.

Elle alla jeter un coup d'œil dehors, tentant d'évaluer la distance qui séparait le manoir des premiers arbres du parc. Matthew et Jeff étaient dissimulés quelque part par là, attendant la tombée de la nuit et impatients d'apercevoir une bougie allumée — signal par lequel la jeune femme devait leur indiquer que tout se passait comme prévu.

Jade se retourna quand Stern commença à tirer sur sa veste.

— Je vais donner votre vêtement à nettoyer, mademoiselle.

— Oh, merci beaucoup, Stern. Je crois qu'il y a un petit accroc sur le côté. Pourriez-vous demander à quelqu'un de le raccommoder ?

Stern ne répondit pas. Jade leva les yeux vers lui.

— Vous ne vous sentez pas bien, monsieur ?

Le visage du serviteur était soudain devenu verdâtre.

— Asseyez-vous, Stern. Ne le prenez pas pour une insulte, mais j'ai l'impression que vous êtes à deux doigts de perdre connaissance.

Il secoua la tête en signe de protestation quand elle le poussa dans le fauteuil qui se trouvait près de la fenêtre. Puis il finit par retrouver sa voix et se mit à appeler son maître à grands cris.

Caine s'apprêtait à monter l'escalier quand il entendit les hurlements de son majordome.

— Qu'est-ce qu'elle a encore fait ? maugréa-t-il entre ses dents.

Il traversa en courant l'entrée où les domestiques s'étaient de nouveau alignés, les dispersa d'un geste et s'élança dans l'escalier.

Quand il ouvrit la porte, il resta en arrêt devant la scène qui se déroulait devant ses yeux. Stern se démenait comme un beau diable pour s'extraire de la profonde bergère, tandis que Jade le maintenait assis d'une main et, de l'autre, l'éventait avec un livre.

— Pour l'amour de Dieu..., s'exclama Caine. Stern ? Que se passe-t-il ? Vous êtes malade ?

— Il s'est évanoui, annonça Jade. Aidez-moi à l'allonger sur le lit, s'il vous plaît, Caine.

— Sa hanche, monsieur, sa hanche, s'écria Stern. Mademoiselle, je vous en prie, arrêtez de m'agiter ce livre sous le nez. Monsieur, jetez un coup d'œil à sa hanche.

Caine comprit avant Jade. Il se précipita vers la

jeune femme, la fit pivoter sur elle-même, et quand il vit son corsage tout imbibé de sang, il voulut s'asseoir à son tour.

— Seigneur ! murmura-t-il. Que vous est-il arrivé ?

Lorsqu'elle découvrit dans quel état elle était, Jade poussa un grand cri et la malheureuse serait tombée à la renverse si Caine ne l'avait pas retenue.

— Vous saviez que vous saigniez ? demanda-t-il.

Elle avait l'air abasourdie.

— Absolument pas, répondit-elle. Je pensais que je m'étais juste éraflé la peau avec une branche d'arbre.

— Elle a perdu beaucoup de sang, murmura Stern, qui s'était enfin levé de son siège.

— Sans doute, répliqua Caine.

Il s'efforçait de ne pas prendre un ton trop inquiet pour ne pas alarmer la jeune femme, mais ses mains tremblèrent quand il souleva délicatement son corsage. Jade le remarqua aussitôt.

— Ce n'est pas beau, n'est-ce pas ? fit-elle.

— Ne regardez pas, Jade. Vous avez mal ?

— Depuis que j'ai vu tout ce sang, je souffre le martyre.

C'est alors que Jade s'aperçut que le vêtement de Christina était déchiré.

— Oh, les misérables ! s'écria-t-elle. Un si joli corsage ! Il est complètement fichu à présent. Regardez ce trou, Caine, il a la taille de...

— D'une balle de pistolet ? suggéra Stern.

Caine avait réussi à enlever la blouse de la jeune femme et s'acharnait maintenant sur sa chemise avec son couteau.

— Elle n'est pas très solide sur ses jambes, chuchota Stern. Vous feriez mieux de l'étendre sur le lit avant qu'elle ne perde connaissance.

— Je ne perdrai pas connaissance, Stern. Vous devriez vous excuser pour avoir osé insinuer une chose pareille. Caine, lâchez-moi, s'il vous plaît. Ce n'est pas convenable de m'arracher mes vêtements de cette façon. Je suis assez grande pour m'occuper de ma blessure toute seule.

Jade fut soudain pressée de voir les deux hommes sortir de la pièce. Elle avait l'estomac barbouillé depuis qu'elle avait jeté un coup d'œil à sa hanche. La tête lui tournait et elle sentait ses genoux se dérober sous elle.

— Eh bien, Stern, fit-elle, j'attends toujours vos excuses.

Avant que le majordome ait eu le temps de répondre, Jade s'écria :

— Mon Dieu ! Je crois que je vais m'évanouir pour de bon.

8

Jade se réveilla en sursaut. Elle fut tout étonnée de constater qu'elle était couchée. Elle n'avait pas la moindre idée de la manière dont elle était arrivée dans ce lit. Ce n'est qu'au bout d'un long moment que la vérité lui apparut. Grand Dieu ! elle avait perdu connaissance.

Elle essayait tant bien que mal d'accepter cette humiliation quand elle se rendit compte que l'air frais qui pénétrait par la fenêtre ouverte soufflait sur sa peau nue.

Elle ouvrit les yeux. C'est alors qu'elle aperçut les visages de Stern et de Caine penchés au-dessus d'elle, de chaque côté du lit. Leurs mines soucieuses faillirent la faire s'évanouir une deuxième fois.

— La balle a pénétré dans les chairs, murmura Caine.

— Dieu soit loué ! répliqua Stern.

— Lequel d'entre vous a eu le toupet de m'enlever mes vêtements ? s'écria Jade sur un ton cassant.

Stern sursauta. Caine se contenta de sourire.

— Vous vous sentez mieux, mademoiselle ? demanda le majordome une fois qu'il se fut ressaisi.

— Oui, bien mieux, je vous remercie. Mais dites-moi, Stern, pourquoi me tenez-vous la main ?

— Pour que vous ne bougiez pas, mademoiselle.

— Vous pouvez me lâcher. Ne vous inquiétez pas, je n'empêcherai pas Caine de faire ce qu'il est en train de faire.

A peine Stern avait-il cédé aux instances de la jeune femme que celle-ci essaya aussitôt d'enlever la main de Caine.

— Vous appuyez sur la plaie, dit-elle.

— J'ai presque fini.

la voix de Caine était sèche, bien que ses gestes fussent extrêmement doux. Il y avait là une contradiction aux yeux de Jade.

— Vous êtes en colère contre moi, Caine ?

— Non, répondit-il brièvement, sans même se donner la peine de lever la tête.

— Vous pourriez vous arranger pour avoir l'air plus convaincant, observa-t-elle. Vous êtes en colère contre moi, j'en suis sûre et certaine. Je ne comprends pas pourquoi...

Elle laissa échapper un petit cri.

Caine en attribua la cause au bandage qu'il appliquait sur la blessure de la jeune femme.

— C'est trop serré ? demanda-t-il, en fixant sur elle des yeux pleins de sollicitude.

— Vous pensez que tout cela est ma faute, n'est-ce pas ? bredouilla-t-elle. Vous êtes persuadé que j'ai fait exprès de...

— Oh non, mademoiselle, l'interrompit Stern. M. le marquis ne vous en veut absolument pas. Comment pourrait-il vous en vouloir d'avoir reçu une balle ? Monsieur est toujours... comment dire...

— De mauvaise humeur ? suggéra-t-elle.

— Oui, c'est ça, répondit le majordome avec un hochement de tête. Il est toujours de mauvaise humeur quand il est inquiet.

Jade se tourna vers Caine.

— Je regrette de vous avoir donné tant de soucis, dit-elle. Vous êtes encore inquiet, maintenant ?

— Non.

— Alors, ce n'était pas aussi grave que cela en avait l'air ?

Caine secoua la tête. Puis il termina de fixer le bandage, avant d'accorder toute son attention à Jade.

— Une simple blessure superficielle, déclara-t-il. Vous devriez être sur pied en un rien de temps.

Il paraissait sincère. Jade éprouva un grand soulagement.

— Couvrez mes jambes, Stern, et n'en profitez pas pour les regarder, ordonna-t-elle.

La voix de Jade avait repris de son mordant, ce qui fit naître un sourire sur le visage sévère du majordome.

La jeune femme n'était vêtue que de sa fine chemise bordée de dentelle. Celle-ci avait été déchirée sur tout un côté pour soigner la plaie. Jade comprenait qu'on ait été dans l'obligation de lui ôter ses vêtements, mais maintenant que sa vie n'était plus en danger, elle tenait à ce que la bienséance soit respectée.

Stern se conforma à ce que demandait la jeune femme, puis s'éclipsa pour aller chercher le dîner de Jade. Celle-ci resta seule avec Caine.

— Peu m'importe que ce ne soit qu'une blessure bénigne. J'ai décidé de m'octroyer un peu de repos, Caine, annonça-t-elle.

Il s'assit au bord du lit, prit la main de Jade et lui adressa son sourire le plus enjôleur.

— Je ne sais pourquoi, mais j'ai le sentiment que vous ne me dites pas tout.

— Quelle intuition ! s'écria-t-elle. En effet, il y a quelque chose que je ne vous ai pas dit. Voilà : pendant que je garderai le lit, vous resterez à mon chevet. D'ailleurs, ce n'est que justice — tout ce qui est arrivé est probablement votre faute, ajouta-t-elle en hochant la tête.

En prononçant ces mots, elle dut se mordre la lèvre pour se retenir de pouffer. Caine semblait complètement désarçonné.

— Ah bon ? fit-il tandis qu'elle le regardait d'un air interrogateur. Et comment en êtes-vous arrivée à cette conclusion ?

Elle haussa les épaules.

— Oh, je ne me l'explique pas encore très bien. Maintenant, Caine, poursuivit-elle en se hâtant de changer de sujet, promettez-moi une chose. Je n'aurai pas l'esprit en paix tant que je n'aurai pas la certitude que vous ne me laisserez pas seule.

— D'accord, mon ange, répondit-il en lui décochant une œillade des plus langoureuses. Vous pouvez compter sur moi : je resterai nuit et jour auprès de vous.

Jade ne saisit que trop bien le sens de ces derniers mots.

— La nuit, vous pourrez aller vous coucher.

— Vraiment ? Je pourrai ? demanda-t-il d'un ton ironique.

Jade jugea préférable de ne pas le pousser à bout. Il y avait fort à parier qu'il se mettrait en colère pour de bon si elle continuait à lui donner des ordres. Et puis, elle avait largement de quoi se réjouir : n'avait-elle pas remporté cette première manche ?

L'inconvénient qu'il y avait à être blessée était en train de devenir un avantage certain. Elle disposait désormais d'une excellente raison de garder Caine à ses côtés. Elle n'avait plus qu'à faire traîner les choses jusqu'au retour de Nathan.

Jade ne s'était pas rendu compte à quel point elle était épuisée. Elle s'endormit tout de suite après le dîner, le plateau en équilibre sur ses genoux, et ne se réveilla qu'une seule fois durant la nuit. Deux bougies posées sur la table de chevet répandaient une douce lumière dans la pièce. Brusquement, Jade se souvint du signal par lequel elle était censée indiquer à Matthew et à Jeff que tout allait bien et elle rejeta les couvertures.

C'est alors qu'elle aperçut Caine. Il dormait à poings fermés, affalé dans la bergère, les pieds sur le lit et la chemise déboutonnée jusqu'à la taille.

Dieu sait combien de temps Jade resta à le regarder. Elle se dit pour se justifier qu'elle voulait simplement s'assurer qu'il dormait. Il était plus beau que jamais dans cette pose abandonnée. En vérité, il était bien vite devenu aux yeux de Jade beaucoup plus qu'un homme séduisant. Il était pour elle comme un havre de paix, une sorte de port au moment où la tempête faisait rage et, l'espace d'un instant, elle se sentit presque gagnée par l'envie de s'en remettre entièrement à lui.

Son ange gardien se mit à ronfler, arrachant la jeune femme à sa rêverie. Elle se laissa glisser du lit, prit une des deux bougies et alla se poster devant la fenêtre.

Il pleuvait. Jade éprouva du remords en pensant à ses hommes qui devaient être trempés jusqu'aux os à l'heure qu'il était. Si elle leur avait fait signe plus tôt, ils auraient eu le temps de se mettre à l'abri.

— Qu'est-ce que vous fabriquez ?

La bougie faillit lui échapper des mains quand elle entendit la voix tonitruante de Caine résonner à ses oreilles.

Elle pivota sur elle-même et se retrouva pratiquement nez à nez avec lui.

— Je regardais par la fenêtre, murmura-t-elle. Excusez-moi de vous avoir réveillé.

Caine avait les cheveux ébouriffés et paraissait encore à moitié endormi. Une mèche rebelle lui retombait sur le front, lui donnant un air vulnérable qui attendrit Jade. Sans réfléchir le moins du monde à son geste, elle la remit en place.

— Vous auriez pu attendre demain matin pour regarder par la fenêtre, observa-t-il, la voix enrouée par le sommeil.

Puis il lui prit la bougie des mains, la reposa sur la table de chevet et fit signe à Jade d'aller se recoucher.

— Vous avez toujours mal à la hanche ? demanda-t-il.

En le voyant bâiller en posant cette question, Jade

144

conclut qu'en ce moment, sa blessure n'était plus pour Caine un sujet de préoccupation majeur. Elle s'apprêtait à dire qu'elle n'avait presque plus mal, quand soudain elle se ravisa.

— Oui, répliqua-t-elle. J'ai encore des élancements, mais beaucoup moins que tout à l'heure, ajouta-t-elle quand elle commença à lire de l'inquiétude sur son visage. Pourquoi dormiez-vous dans le fauteuil ?

Il enleva sa chemise avant de répondre.

— Parce que vous occupiez presque toute la place dans le lit, expliqua-t-il. Je ne voulais pas vous pousser.

— Me pousser ? Quelle raison auriez-vous eue de me pousser ?

Caine souffla les bougies, rabattit les couvertures et s'allongea à côté de Jade.

— Je resterai ici jusqu'à ce que vous vous soyez rendormie, annonça-t-il.

— Mais voyons, Caine, ce n'est pas convenable...

— Dormez, mon ange. Vous en avez bien besoin.

Elle se contracta lorsqu'il passa le bras autour de son cou. Le bout de ses doigts lui frôlait la poitrine. Elle tenta d'ôter la main de Caine, mais il emprisonna la sienne.

— Voyons, Caine, ce n'est pas...

Elle laissa sa phrase en suspens, après avoir constaté que ses protestations ne servaient à rien. En effet, Caine s'était remis à ronfler.

Jade jugea qu'il n'y avait pas de mal à laisser dormir Caine quelques heures auprès d'elle. Après ce qu'elle lui avait fait endurer, le pauvre méritait bien de se reposer un peu. Elle avait déjà eu l'occasion de remarquer à quel point la fatigue le rendait grincheux. Bizarrement, elle ne pouvait s'empêcher de trouver ce trait de caractère sympathique.

Jade se blottit contre lui et ferma les yeux. Elle avait confiance en Caine, elle savait d'instinct qu'il ne profiterait pas de la situation. C'était un gentleman et il lui avait donné sa parole de ne jamais abuser d'elle.

De toute évidence, elle était aussi épuisée que Caine, car elle ne tarda pas à sombrer dans le sommeil en se laissant aller aux divagations les plus folles.

Elle se surprenait à souhaiter qu'il ne fût pas un gentleman à la conduite aussi irréprochable que cela.

Le Dr Harwick resta introuvable pendant plus de quarante-huit heures. Caine dépêcha des messagers aussi bien à son domicile londonien qu'à sa maison de campagne. On finit par retrouver le médecin chez Lady McWilliams, en train de procéder à un accouchement. Il renvoya un billet annonçant qu'il prendrait la route pour la propriété de Caine dès que sa présence ici ne serait plus nécessaire.

Caine pesta contre ce contretemps jusqu'à ce que Jade lui rappelle que ses jours n'étaient plus en danger, ce que le messager n'avait pas dû manquer de rapporter au médecin. Elle ajouta qu'elle se sentait d'ailleurs beaucoup mieux et n'avait ni besoin ni envie qu'on touche à sa plaie.

Ce repos forcé commençait à lui peser. Elle ne supportait pas de rester confinée dans sa chambre.

Le temps s'accordait à son humeur. Depuis qu'elle était chez Caine, il n'avait pas cessé de pleuvoir.

Caine était d'aussi méchante humeur que la jeune femme. Il tournait en rond comme un ours en cage. Chaque fois qu'il entrait dans la chambre de Jade pour lui parler, il se mettait à faire les cent pas, les mains dans le dos, tandis qu'il la harcelait de questions sur son passé, sur son frère et sur les événements qui avaient précédé le meurtre dont elle avait été témoin. A la fin de chacun de ces interrogatoires, Caine déclarait qu'il n'avait pas encore assez d'éléments pour en tirer des conclusions solides.

Il avait les nerfs à fleur de peau. Jade ne fut pas longue à s'apercevoir qu'éluder ses questions ne servait qu'à l'irriter davantage. Aussi prit-elle le parti de lui répondre, en veillant à doser savamment vérité et mensonge.

146

Ils passaient le plus clair de leur temps à se quereller. Jade accusait Caine de regretter amèrement de s'être laissé entraîner dans cette affaire. Lui, bien sûr, se sentait offensé par ces allégations, mais il se gardait bien de les démentir ouvertement.

Dans le fond de son cœur, Jade pensait qu'elle avait cessé de lui plaire. D'ailleurs, il ne cherchait même plus à l'embrasser ni à dormir auprès d'elle, et depuis ce matin, c'est à peine s'il avait ouvert la bouche pour lui dire un mot aimable.

Le quatrième soir de ce repos forcé, les nerfs de Jade lâchèrent. Elle arracha le bandage que Caine avait changé quelques heures auparavant, demanda qu'on lui prépare un bain et annonça qu'elle était parfaitement remise.

Le temps qu'elle finisse de se laver les cheveux, son humeur s'était nettement améliorée. Stern l'aida alors à sécher ses longues boucles rousses, puis il la fit asseoir devant la cheminée où flambait un grand feu clair.

Après avoir donné ordre aux domestiques de changer les draps et d'enlever la baignoire, le majordome insista auprès de la jeune femme pour qu'elle regagne son lit.

Dès que la nuit fut tombée, Jade se hâta d'adresser à ses hommes le signal convenu, puis alla se recoucher. Ensuite, elle ouvrit un des livres qu'elle avait pris dans la bibliothèque de Caine et s'installa confortablement pour lire, tandis que le tonnerre grondait au loin.

L'orage était d'une rare violence. Un arbre géant, aussi haut que le manoir de Caine, fut frappé par la foudre avec une telle force que les racines mises à nu rougeoyèrent pendant un long moment d'un éclat sinistre. Le coup de tonnerre ébranla la maison tout entière, suivi, aussitôt après, de crépitements et de craquements de bois qui s'embrase.

Aux écuries, on eut besoin de toutes les bonnes volontés pour calmer les chevaux apeurés. Ils avaient reniflé l'odeur du feu, affirmait Kelley, l'écuyer. On appela même Caine, son étalon refusant de se laisser mater. Dès que celui-ci pénétra dans l'écurie, sa monture obéit immédiatement aux ordres de son maître.

Il était minuit passé lorsque Caine regagna le bâtiment principal. Le temps qu'il parcourt les quelques mètres qui le séparaient des écuries, il était trempé jusqu'aux os. Il ôta ses bottes, ses chaussettes, sa veste et sa chemise dans l'entrée et monta l'escalier. Il s'apprêtait à entrer dans sa chambre quand un coup de tonnerre secoua de nouveau la maison.

Il pensa que Jade devait trembler de peur et fit demi-tour. Il voulait juste jeter un coup d'œil pour s'assurer que tout allait bien. Si elle dormait à poings fermés, il se retirerait sur la pointe des pieds. Si, par contre, elle était réveillée... eh bien alors, peut-être pourraient-ils engager une nouvelle discussion sur les injustices du monde et l'infériorité des femmes. Caine eut un sourire. Jade était tout sauf un être inférieur. Ses propres convictions relatives au sexe faible commençaient à être sérieusement ébranlées. Néanmoins, il se serait fait arracher la langue plutôt que de l'admettre devant elle, tellement c'était drôle de la voir batailler.

Il brûlait tout simplement d'envie de parler avec elle. Certes, il y avait bien d'autres choses qu'il aurait eu envie de faire avec elle, mais il se força à chasser certaines images de son esprit.

Il s'arrêta devant la porte de sa chambre pour frapper. Mais il ne donna pas à Jade le temps de lui dire de s'en aller ou de se réveiller si jamais elle dormait. Il entra aussitôt.

Il fut content de constater qu'elle ne dormait pas. Caine s'appuya alors contre le chambranle et resta un long moment à la contempler. Une douce euphorie lui dilata le cœur. Ces derniers jours, il avait commencé à reconnaître qu'il était heureux qu'elle soit là. Il se sentait bien en sa compagnie, même lorsqu'elle le dévisageait avec fureur, comme c'était souvent le cas. Il lui arrivait parfois d'être attendri par ses moues de petite fille boudeuse ou ses airs de grande dame offensée. Le fait qu'il puisse la mettre en colère si facilement indiquait qu'il ne lui était pas complètement indifférent.

Cette femme l'ensorcelait. C'était quelque chose que Caine n'admettait qu'à contrecœur, et pourtant c'était la vérité... Elle était si belle, si douce, si féminine. Il eût fallu être un saint pour rester de marbre devant cette créature qui possédait tout ce dont un homme pouvait rêver.

Il lui était de plus en plus difficile de résister à la tentation de la toucher. Cela devenait pour lui un véritable supplice, et son humeur reflétait le combat de tous les instants qu'il devait mener pour maîtriser ses instincts. A chaque fois qu'il était seul avec elle, il mourait d'envie de la serrer dans ses bras et de lui faire l'amour.

S'éloigner d'elle devenait impossible. Il ne s'écoulait pas une heure sans qu'il vienne dans sa chambre pour jeter un coup d'œil sur elle. Il allait jusqu'à la regarder dormir.

Jade était sans doute loin de s'imaginer le supplice qu'il endurait. Si elle avait eu la moindre idée des fantasmes qu'il nourrissait à son égard, elle n'aurait pas arboré cet air serein.

Elle semblait l'innocence même, assise dans son lit, adossée à une montagne d'oreillers. Elle le fixait avec de grands yeux angéliques en secouant la tête avec commisération. On aurait dit une madone.

Deux bougies se consumaient sur la table de chevet. Jade tenait un livre à la main, qu'elle referma lentement tandis qu'il la contemplait sans un mot. Elle poussa un long soupir.

— Je savais bien que j'aurais dû verrouiller ma porte, dit-elle. Caine, je ne me sens pas d'attaque pour un nouvel interrogatoire.

— Comme vous voudrez.

— C'est vrai ?

Visiblement, elle ne s'attendait pas qu'il se laisse si facilement convaincre. Cela lui paraissait suspect.

— Vous êtes sérieux ? insista-t-elle. Vous ne me harcèlerez pas ?

— Je suis on ne peut plus sérieux, répondit-il avec un petit sourire.

— Vous ne devriez pas être ici, en ce moment, remarqua-t-elle, de cette voix légèrement rauque qu'il trouvait si excitante.

— Et pourquoi donc ? Vous avez une bonne raison à me donner ?

— Ma réputation et votre tenue.

— Cela fait deux raisons, alors.

— Mais vous êtes fou ! s'écria-t-elle quand il eut refermé la porte derrière lui. Vos domestiques vont savoir que vous êtes là.

— Je croyais que vous vous moquiez de votre réputation, Jade. Vous avez changé d'avis ?

La flamme des bougies se mit alors à vaciller, faisant scintiller ses cheveux de mille irisations. Caine était fasciné.

— Ma réputation était effectivement le cadet de mes soucis lorsque je pensais que vous alliez mettre fin à mes jours, mais maintenant que vous m'avez rendu l'espoir, c'est différent.

— Voyons, Jade, Stern n'ignore pas que j'ai dormi ici la première nuit, quand...

— Cela n'a rien à voir, l'interrompit-elle. J'étais blessée et vous étiez inquiet. A présent, je suis remise. Les domestiques vont en faire des gorges chaudes, Caine.

Il éclata de rire.

— Ne vous tracassez pas pour les domestiques, Jade. A l'heure qu'il est, ils dorment à poings fermés. Et puis, soyez sans crainte, mes intentions sont tout ce qu'il y a des plus honnêtes.

Elle s'efforça de dissimuler sa déception.

— Je sais, dit-elle avec un soupir forcé. Mais si vous n'avez pas d'arrière-pensées, que faites-vous donc dans ma chambre en pleine nuit ?

— Ne me regardez pas avec cet air soupçonneux.

L'idée m'est venue que vous auriez pu avoir peur de l'orage. Voilà tout.

Il fronça les sourcils, puis ajouta :

— La plupart des femmes auraient eu peur, mais pas vous, n'est-ce pas ?

— Non, répondit-elle. Je suis désolée.

— Pourquoi êtes-vous désolée ?

— Parce que vous paraissez si désappointé, répondit-elle. Vous auriez voulu me rassurer ?

— Cette pensée m'a en effet traversé l'esprit, reconnut-il sèchement.

Quand il se rendit compte qu'elle se retenait pour ne pas lui éclater de rire au nez, Caine se renfrogna. Il s'écarta de la porte et se dirigea vers le lit. Jade enleva ses jambes juste avant qu'il ne s'assoie sur le bord.

Elle déployait des efforts désespérés pour ne pas regarder le torse nu de Caine. Comme elle aurait aimé laisser courir ses doigts sur sa poitrine, sentir le contact brûlant de sa peau contre ses seins...

— Mais enfin Jade, la plupart des femmes auraient eu peur.

La voix de Caine l'arracha à sa rêverie érotique.

— Eh bien, je ne suis pas comme la plupart des femmes, rétorqua-t-elle. Vous feriez bien de le comprendre, Caine.

A vrai dire, il avait le plus grand mal à comprendre quoi que ce soit, en ce moment. Les yeux rivés sur les boutons de la chemise de nuit de Jade, il songeait au corps de déesse qui se cachait dessous.

Il soupira. Maintenant qu'il avait pu constater qu'elle n'était pas effrayée par l'orage, il n'avait plus de raison de rester. Il savait qu'il devait partir, et pourtant il ne bougeait pas d'un pouce.

— Je ne ressemble absolument pas aux autres femmes, poursuivit-elle, dans le seul but de remplir le silence qui s'appesantissait sur eux.

Des gouttes d'eau perlaient sur les épaules musclées de Caine. A la lueur des bougies, l'humidité rendait sa peau hâlée toute luisante. Jade porta alors son attention sur son torse, puis sur son ventre. Elle s'en mordit aussitôt les doigts. La protubérance qu'il y avait entre ses cuisses était on ne peut plus visible... et troublante. Elle sentit le feu lui monter au visage.

— Vous êtes trempé jusqu'aux os, lança-t-elle. Vous vous êtes promené sous l'orage, espèce d'inconscient ?

— Il a fallu que j'aille aux écuries pour calmer les chevaux.

— Vos cheveux frisent quand ils sont mouillés, observa-t-elle. Je parie que cela vous énervait quand vous étiez enfant.

— Cela m'énervait tellement que j'en refusais de partager mes jouets, fit Caine sur un ton sarcastique.

Son regard s'attarda sur la poitrine de la jeune femme. Les pointes de ses seins tendaient l'étoffe légère de sa chemise de nuit. Il dut rassembler toute son énergie pour résister à la tentation de la caresser. Il était à deux doigts de perdre le contrôle de lui-même ; le plus chaste baiser lui aurait fait oublier toutes ses bonnes résolutions.

Soudain, un éclair illumina la pièce, suivi d'un coup de tonnerre assourdissant. Caine bondit sur ses pieds et se précipita à la fenêtre avant même que Jade ait repoussé les couvertures.

— La foudre a dû tomber quelque part, déclara-t-il. Jamais je n'ai vu un orage pareil.

Il scruta l'obscurité, à la recherche d'un foyer d'incendie quelconque. C'est alors qu'il sentit que Jade lui saisissait la main. Il se retourna vers elle en tâchant de ne pas montrer son inquiétude.

— Ce sera bientôt fini, affirma-t-elle.

Elle hocha la tête devant le visage surpris de Caine, pressa sa main d'un geste maternel, puis ajouta :

— Vous verrez.

Caine n'en revenait pas : Jade s'efforçait de le rassurer. C'était vraiment le monde à l'envers ! Elle avait l'air si sincère qu'il n'osa pas rire. Il ne voulait surtout pas la vexer et puis, après tout, si elle avait envie de le tranquilliser, pourquoi l'en empêcher ? Il n'y avait rien de mal à cela.

— A chaque fois qu'il y avait un orage, mon oncle me disait que les anges étaient en train de se disputer.

— Et vous le croyiez ? demanda-t-il en souriant.

— Non.

Il éclata de rire, d'un rire énorme qui retentit aux oreilles de Jade comme un coup de tonnerre.

— Savez-vous, Jade, que votre franchise finit par me plaire. Je lui trouve beaucoup de charme.

Jade n'avait pas l'air d'apprécier ce compliment. Elle lâcha la main de Caine.

— Vous voyez tout en noir et blanc, n'est-ce pas ? Il n'y a pas place pour les choses qui s'écartent un tant soit peu de la norme. Je faisais tout pour croire mon oncle, même si au fond de moi je savais qu'il mentait pour apaiser mes craintes. Parfois, on ment pour la bonne cause, Caine. Vous comprenez cela ?

Il la regarda fixement un long moment.

— Donnez-moi un autre exemple, Jade, murmura-t-il avec douceur. Est-ce que vous m'avez déjà menti ?

Elle hocha lentement la tête. Le pouls de Caine s'accéléra. Il laissa s'écouler quelques secondes avant de se décider à lui poser la question qui le taraudait.

— Et sur quoi portait ce mensonge ?

Jade mettait trop de temps à répondre au gré de Caine. Il posa les mains sur ses épaules et l'obligea à se retourner. Puis il leva son menton pour qu'elle le regarde bien en face.

— Dites-moi en quoi consistait ce mensonge ! exigea-t-il.

L'expression de Caine fit frissonner la jeune femme. Il n'y avait aucune chaleur dans ses yeux, dont l'iris était devenu du même gris que le ciel par un matin d'hiver.

— Vous ne supportez pas les mensonges, quelle qu'en soit la raison ? C'est ça, n'est-ce pas ?

— Dites-moi en quoi consistait ce mensonge, ordonna-t-il une deuxième fois.

— Eh bien, je ne vous déteste pas. Voilà.

— Quoi ? fit-il avec incrédulité.

— Je ne vous déteste pas, répéta-t-elle en détachant chaque syllabe.

— Comment ? C'est ça le mensonge que...

— Oui.

Elle sentit la pression de sa main sur son épaule se relâcher.

— Ça alors ! s'écria-t-il. Moi qui pensais qu'il s'agissait de quelque chose de grave !

— Quoi par exemple ? demanda-t-elle en haussant le ton.

— Que vous étiez peut-être mariée, répondit-il en élevant la voix à son tour. Je le savais déjà, que vous ne me détestiez pas, ajouta-t-il en se radoucissant.

— Vous êtes vraiment incorrigible ! Et d'une intransigeance sans bornes. Si j'avais d'autres mensonges à me reprocher, je vous assure que je les garderais pour moi. Vous êtes beaucoup trop irascible.

— Jade ?

— Oui ?

— Quels autres mensonges ?

— A un moment donné, j'ai été tentée de vous raconter que j'étais mariée, annonça-t-elle. Mais je ne suis pas douée pour les histoires inventées de toutes pièces et je ne pense pas que j'aurais été très convaincante.

— Pourquoi vouliez-vous me faire croire que vous étiez mariée ?

Il s'était mis à lui caresser les épaules d'un geste machinal.

— Parce que..., eh bien, dans cette fameuse taverne, vous m'observiez comme un fauve qui songe au festin dont il va bientôt se régaler. Je m'imaginais que le fait d'être mariée... ou bien veuve de fraîche date me vaudrait de votre part un peu de compassion.

— Ainsi, si je comprends bien, vous vouliez de ma compassion et non pas de mon désir ?

Elle acquiesça d'un signe de tête.

— L'attirance que nous avons l'un pour l'autre est indéniable. Jamais encore je n'ai eu envie qu'un homme me touche de la façon dont j'ai envie... que vous me touchiez, balbutia-t-elle.

— Je suis heureux de l'apprendre, ma colombe.

— Vous le savez depuis longtemps. Et cessez de prendre cet air satisfait. Cela devait arriver tôt ou tard.

— Qu'est-ce qui devait arriver tôt ou tard ?

— Que je rencontre quelqu'un dont je souhaite partager... comment dire... l'intimité, expliqua-t-elle en bredouillant.

— Je suis ravi que cela tombe sur moi.

A ces mots, il l'enlaça et l'attira contre lui.

— Jade, avez-vous envie que je vous... touche maintenant ?

Elle s'arracha brusquement à l'étreinte de Caine et recula d'un pas.

— Que j'en aie envie ou non ne change rien à l'affaire, Caine ! N'oubliez pas vous êtes mon protecteur. Et à ce titre, vous n'avez pas le droit de me toucher.

A peine avait-elle fini de prononcer ces paroles définitives qu'elle se retrouva soudain plaquée contre le torse et les cuisses de Caine. Sa chemise de nuit était une bien piètre protection contre ce corps incroyablement puissant et brûlant.

— Cela ne marche pas, Jade.

— Et pourquoi ?

— Parce que je vous désire.

La voix rauque avec laquelle Caine murmura ces mots eut raison des dernières résistances de Jade. Elle mourait d'envie de se laisser aller dans les bras de Caine, de s'abandonner à ses caresses. Pourtant elle savait que c'était une folie. Elle n'avait jamais autorisé aucun homme à la toucher. En fait, elle s'était toujours méfiée des liens de toutes sortes, la vie lui ayant appris très tôt qu'aimer quelqu'un apportait plus de peines que de joies. Même Nathan l'avait abandonnée. Elle était devenue si vulnérable, depuis lors. Nul doute qu'il fallait être folle pour céder à un homme comme Caine..., oui, vraiment folle.

Le tonnerre gronda au loin. Mais à présent, ni Jade ni Caine n'y prêtaient attention, dévorés qu'ils étaient par la fièvre qui s'était emparée d'eux.

Ils restèrent à se regarder les yeux dans les yeux pendant une éternité.

Et à la fin, ce qui devait se produire se produisit. Caine se pencha lentement vers Jade et celle-ci tendit les lèvres vers lui.

Il s'empara de sa bouche avec une voracité à laquelle la jeune femme répondit avec la même avidité. Elle noua ses bras autour de son cou et glissa ses doigts dans ses cheveux en se pressant lascivement contre lui. Elle n'arrivait pas à s'arracher à ce baiser qui la remuait jusqu'au tréfonds d'elle-même.

Quand, finalement, Caine quitta ses lèvres, elle eut l'impression qu'il venait de lui voler son cœur. Elle appuya la joue contre sa poitrine. Ses poils lui chatouillaient les narines, mais elle aimait trop cette sensation pour s'écarter. L'odeur de Caine, si masculine, lui rappelait à la fois la bruyère et le musc. Ce parfum si suave et si capiteux la transportait dans des sphères inconnues jusqu'alors.

La voix de Caine rompit soudain le charme. Elle avait perdu ce timbre rauque auquel Jade n'avait pas su résister. Elle était sèche et froide.

— Jade ? Y a-t-il d'autres mensonges dont vous vouliez me parler ?

— Non, répondit-elle sur un ton timide qui arracha un sourire à Caine.

— Que signifie au juste ce « non » ? Non, il n'y a pas d'autres mensonges ? ou bien : non, vous ne voulez pas en parler ?

Elle frotta sa joue contre son torse pour essayer de détourner son attention, puis se décida à répondre.

— Oui, il y a d'autres mensonges, reconnut-elle, puis, le sentant se crisper aussitôt, elle s'empressa d'ajouter : Mais ils sont tout ce qu'il y a de plus anodin. Je ne m'en souviens même pas. Lorsqu'ils me reviendront en mémoire, je vous promets que je vous les dirai.

Il se détendit immédiatement. Mentir était pour Caine le pire des crimes, visiblement.

— Jade ?

— Oui, Caine ?

— Avez-vous du désir pour moi ?

Il ne lui laissa pas le temps d'ouvrir la bouche.

— Allez, soyez franche. Plus de mensonges, Jade. Il faut que je sache. Tout de suite.

— Oui, Caine. J'ai du désir pour vous. Beaucoup.

A l'entendre, on eût dit qu'elle venait de confesser un péché mortel.

— Jade, cela devrait vous remplir de joie et non pas de désespoir que nous éprouvions du désir l'un pour l'autre.

— Je ressens les deux à la fois, murmura-t-elle.

Elle eut un frisson de panique en songeant à ce qu'elle était sur le point de faire. Elle était impatiente et en même temps terriblement hésitante. Je ne tomberai pas amoureuse de lui, se jura-t-elle. Mais lorsqu'elle sentit les larmes lui monter aux yeux, elle comprit que ce n'était qu'un vœu pieux. Il était trop tard. Caine avait déjà trouvé le chemin de son cœur.

Il remarqua le léger tressaillement de Jade et la serra plus fort dans ses bras.

— Je prendrai soin de vous, ma chérie, lui susurra-t-il à l'oreille. A quoi pensez-vous, Jade ?

— Que je survivrai.

Le sens de ces mots échappait à Caine, pourtant la crainte de la jeune femme l'émut.

— Nous ne sommes pas obligés de...

— J'ai envie de vous, l'interrompit-elle. Mais promettez-moi d'abord quelque chose.

— Quoi ?

— De ne pas tomber amoureux de moi.

Caine conclut au ton de sa voix qu'elle ne plaisantait

pas. C'était trop fort ! Elle était vraiment trop déconcertante. Il s'apprêtait à lui demander des explications sur les raisons de cette requête aussi étrange que ridicule quand elle se mit à le caresser. Elle déposa sur sa poitrine des petits baisers brûlants et lorsque sa langue commença à taquiner la pointe de ses seins, il fut soudain envahi par une flambée de désir.

Aucune femme ne s'était encore offerte à lui avec un tel mélange d'innocence et d'audace. Pour la première fois de sa vie, il se sentait aimé.

Un gémissement s'échappa de sa gorge tandis qu'il s'adjurait d'être le plus doux possible avec elle. Il voulait savourer chacune de ses caresses, chacun de ses baisers afin que leur nuit d'amour ne finisse jamais. Mais Jade se serrait si voluptueusement contre lui qu'il oublia bientôt toutes ses bonnes résolutions. Il lui renversa la tête en arrière et prit sa bouche avec une violence à la mesure de la fièvre qui le consumait.

Eperdue, Jade essayait de lutter contre cet embrasement de tous ses sens, mais rien ne pouvait éteindre le feu qui brûlait en elle.

Les mains de Caine descendirent le long de sa taille et s'attardèrent sur ses fesses. La jeune femme se frotta instinctivement contre lui, comme si une force mystérieuse avait pris possession de tout son corps.

Quand Caine promena ses lèvres dans son cou et qu'il se mit à lui chatouiller le lobe de l'oreille avec la langue, Jade sentit ses genoux se dérober sous elle. Il lui susurrait des mots doux, énumérant toutes les caresses qu'il se promettait de lui faire. Si certaines d'entre elles étaient familières à Jade du moins par ouï-dire, d'autres lui étaient parfaitement inconnues, mais sa curiosité était sans bornes et elle avait hâte de pénétrer tous les mystères de la chair.

— Maintenant, Jade, il est trop tard pour revenir en arrière, murmura-t-il. Vous allez m'appartenir.

— Oui. Cette nuit, je serai à vous, rien qu'à vous, Caine.

Il l'embrassa longuement, passionnément.

— Pas seulement pour une nuit, mon amour. Pour toute la vie.

— Oui, Caine, soupira-t-elle, dans une demi-inconscience. Dites-moi ce que vous voulez de moi, je le ferai.

En guise de réponse, il lui prit la main et la guida doucement. Obéissant alors aux instructions qu'il lui chuchotait à l'oreille, Jade faufila timidement ses doigts sous la ceinture de Caine. Elle bénit l'obscurité qui dissimulait sa rougeur. Quand elle l'entendit soupirer et geindre, la jeune femme s'enhardit et, avec des gestes maladroits, commença à déboutonner la braguette de Caine. Puis elle marqua une hésitation. Il vint alors à son secours, lui prit la main et la guida dans l'ouverture béante. La respiration de Caine devenait de plus en plus haletante. Nul n'était besoin de paroles pour comprendre combien cette intrusion lui était agréable. Les doigts de Jade rencontrèrent son épaisse toison. Un frisson de panique la parcourut, puis elle s'aventura plus bas. Caine était tout brûlant et palpitant de désir. Mais à peine avait-elle esquissé quelques caresses qu'il enleva sa main.

— Caine, j'ai envie de..., protesta-t-elle faiblement.

— Je sais, articula-t-il d'une voix sourde.

A ces mots, il releva la chemise de nuit de Jade jusqu'à la taille. La jeune femme eut un sursaut de pudeur et tenta immédiatement de la rabattre sur ses cuisses.

— Puis-je la garder ? implora-t-elle.

— Non.

— Je vous en supplie, Caine, bredouilla-t-elle. Ne me...

Elle ne put achever sa prière. Caine avait posé la paume de sa main à l'endroit le plus secret de sa personne. Il l'effleurait délicatement, s'émerveillant de la douceur de sa toison. Puis ses doigts écartèrent les chairs et se faufilèrent à l'intérieur, dans les replis gonflés de sève. Il avait des mains de magicien, qui plongèrent la jeune femme dans un monde de sensations merveilleuses. On eût dit un musicien faisant vibrer les cordes de son instrument et lui arrachant les sons les plus subtils, les mélodies les plus raffinées. Jade se sentait défaillir sous ces doigts agiles qui la fouillaient avec tant de ferveur.

Elle ne garda pas longtemps sa chemise de nuit, pas plus que lui ses hauts-de-chausses.

Quand ils furent tous les deux nus, Caine prit ses seins dans ses mains et avec le pouce, massa lentement ses mamelons jusqu'à ce que Jade, les yeux mi-clos et brillants de désir, tende son corps vers lui.

Il y eut un nouveau coup de tonnerre.

La jeune femme ne ressentait plus maintenant que le besoin d'assouvir cette faim qui la tenaillait. Soudain elle se sentit soulevée de terre. Caine la déposa sur le lit et se pencha au-dessus d'elle, coinçant son genou entre ses jambes pour qu'elle ouvre les cuisses. Puis il pressa son membre contre son bas-ventre.

— Ô mon Dieu, comme c'est bon ! murmura-t-elle.

Il se redressa légèrement sur les coudes pour ne pas écraser Jade sous son poids, et sa bouche traça un sillon de feu le long de son cou et de sa gorge.

Quand la langue de Caine effleura la pointe de ses seins, Jade ressentit une décharge électrique dans tout son corps, comme si la foudre venait de la frapper. Elle se tordit dans tous les sens. Lorsque, enfin, il prit un de ses mamelons entre ses lèvres et commença à le sucer lentement, elle s'agrippa aux épaules de Caine en enfonçant ses ongles dans sa chair. Le gémissement qu'elle poussa au même moment fut autant un gémissement de douleur que de plaisir.

— Vous aimez ça, mon amour ? demanda-t-il avant de faire la même chose avec l'autre mamelon.

Elle voulut lui dire combien elle adorait ses caresses mais elle n'était pas en état de parler. Caine n'eut pas l'air de s'en formaliser. Il s'empara de sa bouche et écarta davantage encore les cuisses de la jeune femme et se mit à la caresser avec une ardeur redoublée, pour qu'elle soit prête à l'accueillir en elle.

160

— Enroulez vos jambes autour de moi, Jade, fit-il d'une voix haletante. Je ne peux plus attendre, mon amour.

A peine avait-il fini de prononcer ces mots qu'elle sentit l'extrémité brûlante et humide de son sexe, tandis que Caine lui soulevait légèrement les hanches. Puis il prit de nouveau sa bouche et, à l'instant même où il introduisait sa langue entre ses lèvres entrouvertes, il se fraya un chemin en elle.

Jade eut l'impression d'être transpercée. Elle cria et essaya de repousser Caine. Devant la résistance de la jeune femme, il eut un instant d'hésitation. Mais il se ressaisit aussitôt et la pénétra avec toute la force de son désir, franchissant la frêle barrière qui protégeait encore sa virginité. Jade cria une nouvelle fois et ferma les yeux, dans une ultime tentative pour se défendre contre les assauts de Caine.

Il resta immobile en elle, autant pour donner à Jade le temps de s'habituer à lui que pour reprendre le contrôle de lui-même.

— Arrêtez-vous tout de suite, supplia-t-elle. Je ne veux plus que vous continuiez.

Des larmes ruisselaient le long de ses joues. Elle rouvrit les yeux et l'implora du regard.

— Arrêtez-vous, répéta-t-elle.

Caine avait le visage crispé. Des gouttes de sueur perlaient sur son front et il avait les mâchoires serrées. Elle se dit qu'il devait avoir aussi mal qu'elle.

C'est alors qu'il secoua la tête.

— Je ne peux pas m'arrêter, Jade, murmura-t-il. Serrez-moi, et surtout ne vous tortillez pas... cela me donne envie de...

Caine appuya son front contre celui de Jade et ferma les yeux, pour lutter contre la tension intolérable de son corps.

— Vous aussi, vous avez mal, Caine ? demanda-t-elle, des sanglots dans la voix.

— Non, mon amour. Je n'ai pas mal.

— Je ne suis plus vierge, n'est-ce pas ? Tout est fini, maintenant ?

Jade était en proie aux sentiments les plus contradictoires. Elle aurait voulu que Caine la laisse, pour être enfin débarrassée de cette douleur lancinante... et en même temps qu'il reste en elle.

— Non, mon cœur, vous n'êtes plus vierge, répondit-il après un long moment de silence. Vous êtes à moi, désormais. Mais c'est loin d'être fini.

On eût dit qu'il venait de courir un marathon tellement il avait l'air essoufflé. Et le regard farouche qu'il y avait dans ses yeux quand il leva la tête vers Jade fit tressaillir la jeune femme.

De toute évidence, Caine détestait cela autant qu'elle. Elle éprouva un terrible sentiment d'échec.

— Je savais que je ne saurais pas m'y prendre, s'écria-t-elle. Je vous en prie, Caine, lâchez-moi. Vous me faites mal.

— Je ne peux pas m'arrêter, répéta-t-il.

Il tenta de l'embrasser, mais elle détourna la tête et se débattit.

— Si vous ne vous arrêtez pas immédiatement, je me mets à pleurer, dit-elle. Et pourtant, je n'aime pas pleurer, ajouta-t-elle entre deux sanglots.

Il s'abstint de lui signaler qu'elle était déjà en train de pleurer.

— Mon amour, bientôt vous n'aurez plus mal, lui promit-il, en espérant ne pas se tromper.

Puis Caine prit son visage entre ses mains et mit fin à la conversation en l'embrassant. Quand il sentit les résistances de la jeune femme commencer à céder, il promena sa main le long de ses cuisses, puis il se fraya un passage à travers les tendres replis de ses chairs qui ne tardèrent pas à palpiter sous ses savantes caresses.

Alors il pénétra plus profondément en elle.

En l'entendant gémir, il s'arrêta de nouveau.

— Je vous fais encore mal ? demanda-t-il, non sans une certaine anxiété car la tension de son corps devenait de plus en plus douloureuse.

Il s'efforça d'être le plus doux possible.

— Cela va mieux, maintenant ?

— Un petit peu mieux, répondit-elle d'une voix hésitante.

Il resta sur ses gardes jusqu'à ce qu'elle lui morde le lobe de l'oreille. Alors il se laissa emporter par la puissance de son désir et leurs deux corps entamèrent une danse lascive où les mots n'avaient plus cours.

Quand il sentit approcher le moment où sa semence allait jaillir en elle, l'idée qu'elle risquait de tomber enceinte à cause de lui effleura l'esprit de Caine, mais Jade le serrait si fort que cette noble pensée s'évanouit aussi vite qu'elle était venue. Et force lui fut d'admettre qu'au fond de lui, il n'aurait pas été mécontent de lui faire un enfant.

Le lit craquait sous les assauts répétés de Caine, tandis que le grondement du tonnerre se mêlait aux soupirs de volupté des deux amants. La respiration de Jade se faisait de plus en plus haletante, son corps était traversé d'ondes dont elle ignorait la cause et qui se propageaient dans toutes les fibres de son être. Elle était terrifiée par ce qui lui arrivait. Elle avait l'impression que Caine était en train de lui dérober son âme.

— Caine, Caine, je ne peux pas...

Il la fit taire d'un baiser.

— Laissez-vous aller, mon amour. Cramponnez-vous à moi. Vous ne risquez rien.

Vous ne risquez rien. Ces mots suffirent à balayer ses dernières craintes. Elle ferma les yeux et s'abandonna, confiante, entre les bras de Caine. Et, soudain, elle fut parcourue d'un grand frisson qui la secoua des pieds à la tête, comme si elle était soulevée par une puissante lame de fond. Elle s'agrippa à lui de toutes ses forces. Puis elle cria son nom. Ce fut un cri de plaisir, de bonheur et d'amour.

Au même moment, Caine l'inonda de sa semence. Sa tête retomba sur l'épaule de Jade et un long râle s'échappa de sa gorge.

Jamais il n'avait éprouvé une jouissance aussi intense. Il était à la fois exténué et comblé. Et surtout, il se sentait renaître à la vie. Il ne quitterait jamais Jade. Cette vérité s'imposait à lui comme une évidence.

Caine était heureux.

Ce ne fut que lorsque ses bras commencèrent à lui faire mal que Jade se rendit compte qu'elle se cramponnait toujours à Caine. Elle relâcha alors son étreinte. Elle était trop bouleversée par ce qu'elle venait de vivre pour parler. Jamais elle ne s'était attendue à un tel cataclysme. Mon Dieu, se désespéra-t-elle, elle avait perdu tout contrôle de soi. Elle s'était totalement donnée à Caine, corps et âme, s'en remettant à lui avec une confiance aveugle.

Personne n'avait jamais eu un tel pouvoir sur elle. Personne.

Jade ferma les yeux pour cacher ses larmes. Caine, se dit-elle avec amertume, était un fieffé coquin, beaucoup plus rusé qu'elle. Il avait osé lui voler son cœur. Mais le pire dans tout cela, c'est qu'elle lui avait donné son accord.

Caine sentit la jeune femme se crisper, mais il n'avait ni la force ni l'envie de bouger.

— Je pense que vous devriez partir maintenant, murmura-t-elle.

Sa voix tremblait légèrement.

Caine soupira. Puis il passa son bras autour de sa taille et roula sur le côté. Jade ne put résister à la tentation de se blottir contre sa poitrine ne serait-ce qu'une seconde encore. Pour une raison qui lui échappait, elle désirait entendre de sa bouche un compliment... quelques doux mensonges qui resteraient gravés dans sa mémoire et qu'elle savourerait plus tard, durant les froides nuits d'hiver où elle serait seule. Ce ne seraient que des mensonges, mais elle tenait quand même à les entendre.

C'était d'autant plus inexplicable que la colère commençait à la gagner. A cause de lui, elle n'était plus

qu'une pauvre idiote incapable de savoir si elle avait
envie de pleurer ou de crier.

— Alors, mon cœur, vous avez des regrets ?

Il n'y avait pas la moindre trace de regret dans la
voix de Caine. Au contraire, il avait un ton amusé.

Comme elle ne répondait pas, il lui tira les cheveux
pour la forcer à lever la tête vers lui.

Ce qu'il vit alors le ravit. Les joues de Jade étaient
toutes roses, ses lèvres légèrement gonflées et ses yeux
étaient brillants. Il ne put s'empêcher de penser qu'il
avait laissé son empreinte sur elle, ce qui le combla
d'aise. Désormais, elle lui appartenait. Il hocha la tête
avec une certaine arrogance. Rien n'aurait pu altérer
sa bonne humeur, pas même le visage renfrogné de la
jeune femme, dont il décida d'ailleurs de tirer avantage.

Quand il se pencha vers elle pour l'embrasser, elle
tenta aussitôt de détourner la tête, mais Caine lui saisit le menton d'une main ferme.

Ce baiser était destiné à rendre le sourire à Jade.
Dès qu'il posa sa bouche sur celle, encore chaude et
humide, de la jeune femme, celle-ci serra les lèvres,
mais lorsqu'il commença à faire usage de sa langue,
un délicieux frisson la parcourut et elle ne tarda pas
à rendre les armes devant une intrusion somme toute
bien agréable. Ce fut un très long baiser et quand
Caine redressa la tête pour la regarder, elle se cramponna instinctivement à lui.

— Vous me désiriez autant que je vous désirais,
Jade, dit-il. Je ne vous ai pas forcée. Vous avez choisi,
mon ange, et ce choix, il va falloir l'assumer, maintenant.

Cet homme était un véritable goujat ! Les yeux de
Jade se remplirent de larmes. Il avait des manières de
rustre. Quel besoin avait-il de sourire après des paroles aussi dures ?

Elle se jura qu'il ne saurait jamais combien ces mots
l'avaient blessée.

— Oui, Caine, j'ai choisi de vous faire don de ma

virginité et je suis bien décidée à assumer pleinement les conséquences de mon acte. A présent, si vous n'y voyez pas d'inconvénient, je tombe de sommeil et j'aimerais...

— Je ne vous parle pas de cela, la coupa-t-il avec véhémence. Vous avez choisi de m'appartenir, Jade. Et nous allons nous marier, ma chérie.

— Quoi ?

— Vous avez bien entendu, répliqua-t-il d'une voix nettement plus douce. Et ne prenez pas cet air affolé, mon amour, on dirait que je vous annonce la fin du monde.

— Mais, voyons, Caine, bredouilla-t-elle, je n'ai jamais choisi une chose pareille.

Il n'était pas d'humeur à écouter ses objections, tout ce qu'il voulait, c'était qu'elle accepte. Parbleu ! il ne quitterait pas son lit avant d'avoir obtenu son accord. Il roula sur le côté, écarta les jambes de Jade avec le genou tout en immobilisant ses bras au-dessus de sa tête. Puis il s'appuya de tout son poids sur le corps de la jeune femme.

— Regardez-moi, ordonna-t-il.

Il attendit qu'elle obéisse avant de poursuivre :

— Nous ne pouvons pas revenir en arrière, Jade. Ce que nous avons partagé ne peut être effacé. Désormais vous êtes à moi. Acceptez-le et tout deviendra beaucoup plus facile pour vous.

— Pourquoi accepterais-je ? Vous ne vous rendez pas compte de ce que vous me demandez, Caine.

— Je suis très possessif, rétorqua-t-il sur un ton glacial.

— Je l'ai déjà remarqué, figurez-vous, grommela-t-elle. C'est un grave défaut.

— Sachez, Jade, que je n'ai pas l'intention de partager ce qui m'appartient. Compris ?

— Non, je n'ai pas compris, murmura-t-elle.

L'éclair de rage qui s'alluma dans les yeux de Caine fit tressaillir la jeune femme.

— C'est parce que j'étais vierge et que vous vous

sentez coupable que vous voulez m'épouser ? C'est ça ?
poursuivit-elle.

— Je ne me sens absolument pas coupable. Mais
vous allez m'épouser, je vous en donne ma parole.
J'aurai un entretien avec votre frère dès qu'il sera de
retour...

— Vous êtes l'homme le plus arrogant, le plus autoritaire que j'aie jamais rencontré.

Un sourire naquit au coin des lèvres de Caine.

— Mais, mon amour, vous aimez les hommes arro-
gants et autoritaires. Sinon, croyez-vous que vous
m'auriez laissé vous toucher ?

Elle ne trouva rien à répondre.

— Je vous en prie, poussez-vous, maintenant, l'implora-t-elle. Vous m'empêchez de respirer.

Il se redressa sur le côté et, la tête appuyée dans le
creux de sa main, observa le visage de Jade. Celle-ci
ramena le drap sur eux, croisa les bras sur sa poitrine
et contempla le plafond.

— Jade ?

— Oui ?

— Est-ce que je vous ai fait mal ?

Elle était incapable de parler. Caine lui tira légèrement les cheveux pour marquer son impatience.

— Répondez-moi, insista-t-il.

— Oui, vous m'avez fait mal, murmura-t-elle.

Ses joues s'empourprèrent.

— Je suis désolé, Jade.

Il y avait tant de tendresse dans la voix de Caine
que Jade frissonna. Elle avait envie de pleurer sans
raison.

— Non, vous n'êtes pas désolé, déclara-t-elle. Autrement, vous vous seriez arrêté lorsque je vous l'ai
demandé.

— Je ne pouvais pas.

— Vous ne pouviez pas ? fit-elle en se tournant vers
lui.

— Non, je ne pouvais pas, répéta-t-il.

Le regard de Caine était désarmant de douceur. Mais

167

au fond de ses yeux, pétillait une lueur de malice que Jade ne savait pas comment interpréter.

— Eh bien, rétorqua-t-elle, c'est une bonne chose que vous ne vous sentiez pas coupable, parce que vous n'avez aucune raison de l'être.

— Et pourquoi cela ?

— Pourquoi ? Mais tout simplement parce que vous ne m'avez rien fait faire que je n'étais déjà prête à faire. Vous n'êtes pour rien dans tout cela, Caine.

— Étais-je seulement présent ? demanda-t-il. Je crois pourtant me souvenir d'avoir été un participant passablement actif.

Elle ne remarqua pas la pointe d'ironie qui perçait dans sa voix.

— Oh, bien sûr que vous étiez là. Mais c'est moi qui vous ai autorisé à être... actif.

Si elle n'avait pas eu l'air aussi sincère et si elle ne s'était pas étreint les mains avec autant de nervosité, Caine lui aurait éclaté de rire au nez. Mais il ne voulut pas la froisser et se retint.

— D'accord, acquiesça-t-il. Vous avez été plus active que moi. Vous voilà contente, maintenant ?

— Oui, répliqua-t-elle. Merci.

— Il n'y a pas de quoi, rétorqua-t-il. A présent, dites-moi pourquoi vous vouliez que je vous fasse l'amour.

Elle fixa de nouveau le plafond. Il était facile de deviner qu'elle était mal à l'aise. Elle avait eu beau témoigner d'un tempérament de feu pendant leurs ébats amoureux, il n'en restait pas moins que c'était la première fois qu'elle se donnait à un homme, et cela suffisait largement à expliquer sa gêne.

— Parce que je le voulais, c'est tout, finit-elle par répondre. Voyez-vous, j'ai toujours su que je ne me marierais jamais et j'avais envie de... Oh, vous ne pouvez pas comprendre. Je parie que dès que j'aurai quitté cette maison, vous ne vous souviendrez même plus de moi.

Jade se retourna vers lui pour voir la réaction de Caine. Elle était presque certaine de l'avoir irrité.

Il éclata de rire.

— Vous n'êtes qu'un grossier personnage, lança-t-elle avant de contempler à nouveau le plafond. Je vous demande de partir.

Caine promena sa main le long de son cou.

— Jade, c'était inévitable.

Elle secoua la tête.

— Non, ça ne l'était pas.

Caine fit glisser le drap jusqu'à ce que les seins de Jade soient complètement découverts.

— Si, murmura-t-il. J'avais tellement envie de vous.

Il continua à tirer sur le drap jusqu'à ce que le ventre de la jeune femme soit visible.

— Vous savez quoi, mon amour ?

— Non. Quoi ? dit-elle dans un souffle.

— J'ai encore envie de vous.

Il se pencha et l'embrassa avant qu'elle ait eu le temps de répondre quoi que ce soit. Elle n'opposa d'abord aucune résistance, mais quand il pressa sa bouche contre la sienne et voulut ouvrir ses lèvres, elle le repoussa et se redressa sur un coude pour être face à lui.

Elle n'osait pas croiser le regard de Caine et avait les yeux rivés sur son torse.

— Caine ?

Pendant qu'elle jouait avec les poils de sa poitrine, elle essayait de trouver le courage de poser la question qui lui brûlait les lèvres.

— Oui ? dit-il, se demandant pourquoi elle semblait de nouveau si intimidée.

— Est-ce que c'était bien, tout à l'heure ?

Il lui leva le menton.

— Oh que oui, répondit-il.

— Vous n'avez pas été déçu ?

Il était ému par la vulnérabilité de la jeune femme.

— Absolument pas, ma chérie.

Il avait prononcé ces mots avec tant de gravité qu'elle le crut sur parole.

— Moi non plus, dit-elle.

— Je sais, répliqua-t-il en arborant un sourire satisfait.

— Comment le savez-vous ?

— A la façon dont vous avez réagi à mes caresses et dont vous avez crié mon nom quand je vous ai prise.

— Ah ! fit-elle.

Le regard attendri de Caine balaya les dernières inquiétudes de Jade.

— C'était grisant, n'est-ce pas, Jade ?

Elle hocha la tête.

— Jamais je n'aurais pu imaginer que ce serait aussi... comment dire... merveilleux, renchérit-elle.

Il l'embrassa sur le sommet du crâne.

— Vous avez encore mon odeur sur vous, observat-il. Comme c'est agréable !

— Qu'est-ce que cela a de si agréable ?

— Cela réveille mes ardeurs — si tant est qu'elles aient besoin d'être réveillées, lui susurra-t-il à l'oreille.

— Alors je vais me laver.

— Laissez-moi le faire à votre place, proposa-t-il.

Elle se recula brusquement et bondit hors du lit avant même qu'il ait eu le temps de la retenir.

— Il n'en est pas question, rétorqua-t-elle en se précipitant sur son peignoir, qu'elle enfila tant bien que mal.

Elle accompagna ces paroles d'un sourire malicieux qui se figea sur ses lèvres dès qu'elle aperçut des taches de sang sur le drap.

— Vous m'avez fait saigner, s'écria-t-elle d'une voix blanche.

— Voyons, ma chérie, c'était la première fois.

— Vous ne m'apprenez rien, Caine.

— C'est normal que vous ayez saigné. C'est toujours ainsi que les choses se passent.

Elle avait l'air abasourdie.

— Vous parlez sérieusement ?

Il hocha la tête.

— Mais uniquement la première fois, non ? demandat-elle. Ce qui ne signifie absolument pas qu'il y ait une seconde fois, Caine, s'empressa-t-elle d'ajouter. Mais je ne pourrais pas...

— Oui, Jade, uniquement la première fois, confirma-t-il.

Il préféra ne pas relever les derniers mots de Jade concernant son refus plus ou moins explicite de faire à nouveau l'amour.

— Jade ? Est-ce que quelqu'un vous a déjà parlé de toutes ces choses ?

— Oh ! bien sûr qu'on m'en a parlé, se hâta-t-elle de répondre pour cacher son embarras.

Il ne la croyait pas.

— Qui ? Vos parents étaient morts avant que vous ayez été en âge de comprendre. Votre frère, alors ? C'est Nathan qui vous en a parlé, Jade ?

— Non, Nathan m'avait quittée.

Ces paroles avaient jailli spontanément de sa bouche.

— Enfin, je veux dire qu'il était parti étudier à l'université et que je le voyais rarement, se reprit-elle immédiatement.

L'agitation inquiète de la jeune femme n'échappa pas à Caine. Elle tortillait la ceinture de son peignoir avec des gestes fébriles.

— Quand Nathan vous a-t-il quittée ?

— Il ne m'a pas vraiment quittée. Il était à l'université, répéta-t-elle.

— Combien de temps est-il resté là-bas ?

— Pourquoi me posez-vous toutes ces questions ? C'est mon oncle Harry qui s'est occupé de mon éducation pendant ce temps-là. Et je lui en suis reconnaissante. Il a été parfait.

— Il semblerait pourtant qu'il ait omis quelques détails essentiels, observa Caine.

— Oncle Harry est quelqu'un de très réservé.

— N'y avait-il parmi votre entourage des femmes qui...

Il laissa sa phrase en suspens quand il vit Jade secouer la tête en signe de dénégation.

— Il y en avait, mais jamais je n'aurais osé aborder un sujet aussi intime avec l'une d'entre elles. Cela n'aurait pas été convenable.

Jade disparut derrière le paravent sans laisser à Caine le temps de pousser plus loin son interrogatoire. Elle se lava soigneusement avec du savon parfumé à la rose. C'est alors seulement qu'elle se rendit compte à quel point son corps était endolori. Cela la contraria et lorsqu'elle regagna son lit, elle était furieuse contre Caine et contre elle-même.

Caine donnait l'impression de s'être installé pour la nuit. Il avait calé les oreillers sous sa tête et paraissait parfaitement à l'aise. Elle serra la ceinture de son peignoir et le foudroya du regard.

— Caine, il faut que vous compreniez une chose, commença-t-elle d'une voix ferme.

— Laquelle, ma chérie ?

Elle détestait quand il lui souriait avec cet air plein d'innocence. A chaque fois, son cœur se mettait à battre plus vite et elle devenait incapable de la moindre pensée cohérente. Elle fut obligée de fixer le sol pour pouvoir continuer à parler.

— Ce qui s'est passé entre nous ne se reproduira pas, Caine. Plus jamais. N'essayez pas de fléchir ma décision, cela ne servirait à rien, je ne changerai pas d'avis. Et maintenant, j'aimerais que vous sortiez d'ici.

En guise de réponse, Caine souleva les couvertures et lui fit signe d'approcher.

— Venez vous coucher, Jade. Vous avez besoin de repos.

Elle poussa un long soupir de lassitude.

— Vous avez l'intention de me créer des difficultés ?

— Je le crains, mon amour, répliqua-t-il en lui lançant un clin d'œil malicieux.

— Soyez sérieux, je vous en prie, l'implora-t-elle.

— Je suis sérieux, rétorqua-t-il. Mais aussi réaliste.

— Réaliste ?

Elle fit un pas vers le lit, tout en cherchant un moyen astucieux de lui faire quitter sa chambre.

C'était un pas de trop. Mais quand elle s'aperçut de son erreur, il était trop tard. En moins de temps qu'il n'en faut pour le dire, elle se retrouva soudain étendue à côté de Caine, sa cuisse puissante et chaude pesant de tout son poids sur ses jambes et son bras enroulé autour de sa taille. Jade nota que, même dans le feu de l'action, il s'était arrangé pour ne pas appuyer sur sa plaie. C'était un homme extraordinairement doux. Et arrogant. Non content de la retenir prisonnière, il avait encore le front de la narguer avec un grand sourire. Quelle insolence !

— Voyons, ma chérie, je suis réaliste car je sais que les choses viennent à peine de commencer entre nous, expliqua-t-il. Arrêtez donc de me pincer, Jade. Vous ne pouvez pas croire un seul instant que je ne vous toucherai plus jamais. Les couples mariés...

— Je ne veux plus vous entendre parler de mariage, le coupa-t-elle.

— Parfait, dit-il. Puisque ce sujet semble vous irriter autant, eh bien je n'en parlerai plus pour l'instant. Mais vous êtes toujours d'accord pour rester ici pendant deux semaines, n'est-ce pas ?

Il retrouvait son esprit rationnel. Jade en fut soulagée.

— Oui, encore que cela fasse un peu moins de deux semaines, maintenant, observa-t-elle. Je suis ici depuis près d'une semaine, déjà.

— Bon, rétorqua-t-il. Et vous vous imaginez que, pendant tout ce temps, je vais vivre comme un moine ?

— Oui.

— Ce n'est pas possible !

— Si.

— Non, Jade. Si vous saviez ce que j'endure en ce moment ! Le désir que vous éveillez en moi est tellement violent que cela en devient intolérable. J'ai encore envie de vous, ma chérie.

— Je vous en prie, Caine, soyez sage, murmura-t-elle d'une voix languissante qui lui parut plus propre à émoustiller Caine qu'à le décourager.

Mais comment aurait-il pu en être autrement avec cet homme qui faisait tout pour exciter ses sens ? Il avait planté son regard dans le sien et dénouait lentement la ceinture de son peignoir. Puis il se mit à caresser doucement sa gorge et, sans quitter la jeune femme des yeux, promena sa main le long de sa taille, jusqu'à l'épaisse toison qui gardait le secret de son intimité.

Il couvrait ses seins de baisers, tandis que ses doigts attisaient le feu qui brûlait en elle. Jade ferma les yeux et lui saisit instinctivement le poignet. Ses mamelons se tendaient avec avidité sous la langue de Caine et quand il glissa les doigts entre ses cuisses, elle poussa un gémissement.

Il prit alors sa bouche et pressa sa langue humide contre les lèvres de Jade. Après qu'elle eut cédé aux exigences de Caine, il se pencha en arrière.

— Vous êtes toute palpitante de désir, mon amour.

— Caine... Caine..., murmura-t-elle pendant qu'elle s'évertuait à enlever la main qui la fouillait avec tant d'ardeur.

Mais il ne semblait pas près de renoncer. Jade était incapable de penser.

— Arrêtez ce supplice, Caine. Vous devez lutter contre cette attirance. Ô mon Dieu ! ne faites pas cela, je vous en prie.

— Pourquoi lutterais-je contre cette attirance ? rétorqua-t-il.

Il lui mordilla le lobe de l'oreille.

— Je ne m'en plains pas, mon amour.

Il était vraiment incorrigible. Elle poussa un soupir de résignation, puis se laissa de nouveau embrasser. Et c'est à peine si elle protesta lorsqu'il lui ôta son peignoir et s'allongea entre ses cuisses. Les poils de ses jambes lui chatouillaient les orteils et elle s'émerveilla de toutes les différences qu'il y avait entre leurs deux corps. Il était si dur, si vigoureux, il se dégageait de toute sa personne une telle puissance. Elle sentait ses pointes de seins se tendre vers lui, en quête de caresses.

— Caine ? Pouvez-vous me promettre quelque chose ?

— Tout ce que vous voudrez, répondit-il.

— Je suis d'accord pour que nous recommencions, mais seulement jusqu'au retour de Nathan. Ensuite, nous...

— Je ne fais jamais de promesses que je suis incapable de tenir, l'interrompit-il.

Il avait l'air en colère.

— Vous changerez d'avis, murmura-t-elle.

— Vous semblez bien sûre de vous. Pourquoi ? Que diable me cachez-vous donc ?

— Je suis certaine que vous vous lasserez de moi, s'empressa-t-elle de répondre.

Elle enroula ses bras autour de son cou.

— Embrassez-moi, Caine, supplia-t-elle d'une voix fiévreuse.

Il s'empara de ses lèvres avec une ardeur redoublée. Et quand sa bouche descendit le long de son cou et de sa gorge, elle ferma les yeux en soupirant.

Mais Caine ne sut pas se contenter de ces baisers, si passionnés fussent-ils. Il voulait initier la jeune femme à d'autres sensations, il voulait lui faire découvrir toutes les ressources cachées de son être.

Alors il s'aventura plus loin, prenant peu à peu possession de ce corps qui se tendait en frémissant vers sa bouche avide. Lorsqu'il enfouit sa tête entre ses cuisses, des petits cris étranglés s'échappèrent de la gorge de Jade.

Pendant qu'il mordillait l'épaisse toison, sa main écartait délicatement les chairs nacrées, déjà humides de désir. Puis il glissa la langue à l'intérieur et savoura avec délectation ce fruit pulpeux au goût si enivrant.

Il ne pouvait se rassasier d'elle. Tandis que sa langue allait et venait, ses doigts la caressaient voluptueusement.

Jade se cramponnait aux draps et sa respiration devenait de plus en plus haletante. Jamais elle ne se serait attendue à éprouver un plaisir aussi intense dans les bras d'un homme.

Quand elle se raidit, en proie aux premiers spasmes de l'extase amoureuse, Caine la couvrit avec son corps et la pénétra, profondément, puissamment, presque sauvagement. Alors, elle s'agrippa à lui de toutes ses forces et fut secouée par un long frisson, qui lui fit perdre toute conscience. Au même moment, Caine, incapable de se contenir plus longtemps, jaillit en elle.

Jamais encore il ne s'était donné aussi totalement à une femme. Mais en vérité, ce qu'il ressentait était bien plus qu'une simple satisfaction physique, il avait l'impression de sortir purifié de cette étreinte. Régénéré.

Lorsqu'il se tourna sur le côté, épuisé et grisé, Jade se blottit aussitôt contre lui. Il l'enlaça et la pressa sur sa poitrine.

— J'ai encore votre goût dans la bouche.

— Ô mon Dieu ! s'écria-t-elle d'un air mortifié.

Caine rit.

— Je le trouve délicieux ! C'est un mélange de sexe et de miel des plus érotiques, ma chérie. Quel homme y résisterait ? Cela pourrait même devenir très vite une véritable drogue.

— Vraiment ?

— Oui, murmura-t-il. Mais je serai le seul à avoir le privilège d'y goûter. N'est-ce pas, mon amour ?

Il lui pinça les fesses pour lui arracher une réponse.

— Oui, Caine.

— Est-ce que je vous ai fait mal, cette fois-ci ?

— Un petit peu.

Elle enfouit sa tête dans le cou de Caine. Il s'écoula un long moment avant que Jade ne reprenne la parole.

— Je ne vous oublierai jamais, Caine, murmura-t-elle.

Elle savait qu'il n'avait pas entendu. Sa respiration régulière indiquait qu'il s'était déjà endormi.

Elle savait aussi qu'elle aurait dû le réveiller pour lui demander de quitter sa chambre. Stern ne manquerait pas d'être choqué lorsqu'il les surprendrait ensemble.

Quand elle voulut s'écarter de lui, il resserra instinctivement son étreinte. Même dans son sommeil, Caine était le plus possessif des hommes.

Jade n'eut pas le cœur de le réveiller. Elle ferma les paupières et se laissa glisser dans une douce torpeur. Au bout de quelques minutes, elle s'endormit à son tour.

Il rêva d'anges.

Elle rêva de requins.

9

Le lendemain matin, le Dr Harwick se fit annoncer. C'était un homme d'un certain âge, avec des cheveux gris et des yeux d'un bleu étincelant. Tout était impeccable chez lui, ses manières comme sa tenue. Jade trouva qu'il ressemblait à un raton-laveur, avec ses rouflaquettes qui lui mangeaient la moitié du visage et son nez pointu.

Il palpa et ausculta attentivement la jeune femme. Caine était debout au pied du lit, les mains croisées dans le dos, telle une sentinelle veillant sur son trésor. Quand le médecin eut fini d'examiner Jade, il décréta que, vu son état, il n'y avait rien de mieux pour elle que le repos. Ne se considérant pas dans un « état » particulier, elle prêta une oreille distraite aux recommandations du Dr Harwick.

Il n'en était pas de même pour Caine, nota Jade. Il écoutait le médecin religieusement, comme s'il cherchait à graver dans sa mémoire chacune de ses paroles. Il semblait décidé à la faire passer pour une invalide. Ainsi, lorsque le Dr Harwick conseilla d'appliquer une compresse froide sur sa tempe, Caine partit aussitôt en chercher une.

Jade se réjouit d'avoir le médecin pour elle toute seule.

— J'ai entendu dire que vous aviez été appelé au chevet du père de Caine, commença-t-elle. J'ai été désolée d'apprendre qu'il était souffrant. Il va mieux maintenant ?

Le médecin secoua la tête.

— Hélas, je crains que personne ne puisse grand-chose pour lui, déclara-t-il. C'est vraiment dommage. Voilà un homme qui a renoncé à tout depuis que Colin lui a été enlevé. Colin était son fils préféré, et sa perte a brisé sa vie.

— Qu'est-ce qui vous fait penser que Colin était son préféré ? demanda-t-elle.

— C'était le premier-né de sa seconde épouse, expliqua le médecin. La mère de Caine est morte quand il n'était encore qu'un enfant — il devait avoir tout au plus cinq ou six ans.

Visiblement, le Dr Harwick adorait bavarder. Il approcha un siège puis, quand il fut confortablement installé, annonça en chuchotant :

— Ce premier mariage était un mariage de raison, voyez-vous, et d'après ce que j'ai cru comprendre, ce n'était pas une union heureuse, malgré les efforts de Henry.

— Henry ?

— Le père de Caine, précisa le médecin. A cette époque, Henry n'était pas encore duc de Williamshire car son propre père était encore en vie. Il disposait donc de davantage de temps à consacrer à son foyer. Mais ça n'a pas marché. La mère de Caine était une véritable mégère. Elle rendait la vie infernale à son mari et à son fils. Tenez, elle s'évertuait à monter Caine contre son père. Vous vous rendez compte ? Quand elle est morte, je vous assure qu'on ne l'a pas pleurée longtemps.

— Vous la connaissiez ?

— Oui, répondit-il. Elle était très jolie, mais sa beauté cachait un cœur de pierre.

— Et est-ce que le second mariage du duc a été plus heureux ?

— Ah ça oui, mademoiselle ! s'écria le Dr Harwick avec un grand geste de la main. Gwendoline est une femme adorable et extrêmement raffinée. Très vite, dans la haute société où le couple était amené à évoluer de par sa position sociale, c'est elle qui a donné le ton. L'élite suivait son exemple avec presque autant de ferveur qu'elle copiait la façon de s'habiller de Brummell. Je dois reconnaître que Gwendoline a toujours été une bonne épouse et une bonne mère. Les enfants sont d'ailleurs très unis — c'est à mes yeux la meilleure preuve qu'elle s'est fort bien acquittée de sa tâche.

— Quand vous parlez des enfants, docteur, vous comptez Caine ?

— Evidemment. Les autres ont beaucoup de respect pour lui, car il est l'aîné, mais il a tendance à se tenir à l'écart du reste de la famille. Sauf lorsqu'on s'en prend à l'un de ses frères et sœurs. Alors là, il intervient tout de suite.

Il se pencha en avant, puis murmura, avec des airs de conspirateur :

— On dit qu'il ne fait pas de cadeau.

Le médecin remua les sourcils pour souligner ses propos.

— Pourquoi dit-on cela ? demanda Jade avec une pointe d'inquiétude dans la voix, qui fort heureusement parut échapper au Dr Harwick.

Elle ne voulait surtout pas qu'il mette déjà fin à la conversation. Aussi essaya-t-elle de lui offrir un visage moins tendu. Elle réussit même à s'arracher un sourire.

— Vous avez piqué ma curiosité, docteur, ajouta-t-elle.

Le Dr Harwick avait l'air flatté par l'intérêt que manifestait Jade.

— Vous savez, mademoiselle, Caine n'a jamais caché qu'il était aux trousses de Lucifer. Il avait fait placarder sur tous les murs de la ville un avis de recherche promettant une prime à quiconque l'aide-

rait à le capturer. Certains n'ont pas tardé à lancer des
paris. A dix contre un en faveur de Caine, évidemment.
Je suis sûr et certain qu'il finira par attraper Lucifer,
et quand ce jour arrivera, mademoiselle, je ne voudrais pas être à la place de ce misérable...

— Excusez-moi de vous interrompre, docteur, mais
vous m'avez bien dit que le père de Caine était malade,
n'est-ce pas ? demanda Jade en revenant à leur sujet
de discussion initial. Est-ce que c'est grave ?

— Hélas oui, répondit le médecin.

— Et on ne peut vraiment rien pour lui ?

Le Dr Harwick secoua la tête d'un air accablé.

— Gwendoline ne sait plus à quel saint se vouer.
Henry a perdu le sommeil et l'appétit. S'il ne se résigne
pas à la mort de Colin, je crains qu'il ne fasse pas de
vieux os.

— Peut-être a-t-il besoin d'être épaulé ? suggéra-
t-elle.

— Qui a besoin d'être épaulé ? demanda Caine
depuis la porte.

— Votre père, répondit Jade, avant de se retourner
vers le Dr Harwick. A propos, docteur, j'ai entendu
dire qu'un de vos amis avait disparu. Vous êtes au courant ?

— Oh oui, ce pauvre Dr Winters..., se lamenta-t-il.
C'était un médecin remarquable, ajouta-t-il avec un
hochement de tête.

— Vous en parlez comme s'il était mort, observa
Jade.

— Je suis persuadé que c'est le cas, malheureusement, affirma le Dr Harwick.

Caine se tenait debout de l'autre côté du lit et tentait
sans grand succès d'appliquer une compresse sur la
tempe de Jade. Celle-ci semblait plus intéressée par les
explications du docteur que par ce qu'elle considérait
comme un petit bobo de rien du tout. Elle n'arrêtait
pas d'enlever le morceau de gaze, que Caine s'empres-
sait de remettre aussitôt après.

Le Dr Harwick contemplait leur manège en s'efforçant de garder son sérieux. Ces deux-là faisaient indiscutablement une belle paire, songea-t-il dans son for intérieur.

La question suivante de Jade l'arracha brutalement à ses réflexions :

— Pourquoi pensez-vous que le Dr Winters est mort ?

— C'est la seule explication. Sa cuisinière est la dernière personne à l'avoir vu. Winters descendait tranquillement l'allée de son jardin, puis il est sorti de la propriété et s'est purement et simplement volatilisé.

— Quand cela s'est-il passé ? demanda Caine.

— Il y a près de trois mois. Bien sûr, tout le monde sait ce qui lui est arrivé.

— Comment cela ? fit Jade, interloquée par la réponse catégorique du Dr Harwick.

— Ah, je ne devrais pas vous en parler. C'est un sujet trop... délicat.

La mine qu'il arborait disait exactement le contraire. Il avait l'air aussi impatient qu'un petit garçon qui s'apprête à déballer ses cadeaux d'anniversaire.

Le Dr Harwick se pencha en avant et annonça, sur un ton mélodramatique :

— Eh bien, voilà, c'est à cause du trafic d'esclaves.

Jade crut avoir mal entendu.

— Je vous demande pardon ?

— Le trafic d'esclaves, répéta-t-il.

Il hocha la tête pour confirmer ses propos, puis se carra à nouveau sur son siège.

La jeune femme dut se mordre la lèvre pour se retenir d'éclater de rire. Elle n'osait pas non plus regarder Caine, craignant de ne plus pouvoir se contrôler si elle lisait la moindre trace de moquerie sur son visage.

— Je n'aurais jamais imaginé..., murmura-t-elle.

Le Dr Harwick jubilait. Il savourait l'effet de ses révélations sur la jeune femme.

— Comment auriez-vous pu imaginer une chose pareille ? Vous êtes trop pure, mon petit. Je ne serais pas étonné de trouver Lucifer derrière cette sombre histoire. Il est tout à fait capable d'avoir kidnappé Winters et de l'avoir vendu à des trafiquants.

Jade n'avait plus du tout envie de rire. Elle commençait à voir rouge.

— Vous n'allez quand même pas accuser Lucifer de tous les crimes de la terre ? fit-elle, sans réussir à cacher son indignation.

— Allons, allons, mademoiselle, ne vous fâchez pas, fit le Dr Harwick en lui tapotant la main. Vous voyez, je n'aurais jamais dû vous faire part de toutes ces rumeurs.

— Mais je ne suis pas en colère, mentit Jade. Je suis simplement scandalisée de voir tout le monde se servir de Lucifer comme d'un bouc émissaire. Quant à votre ami, docteur, j'ai la conviction qu'il est en vie et qu'il réapparaîtra bientôt.

Le médecin pressa la main de la jeune femme avec effusion.

— Vous avez un cœur d'or, mon petit.

— Dites-moi, docteur, est-ce que le père de Caine a le cœur solide ?

— Oui.

C'était Caine qui avait répondu. Jade perçut de l'irritation dans sa voix. Surprise, elle se tourna vers lui.

— C'est bon à savoir, dit-elle. Pourquoi froncez-vous les sourcils ? Est-ce parce que j'ai posé une question sur votre père ou est-ce parce qu'il a le cœur solide ?

— Ni l'un ni l'autre, rétorqua Caine, puis il déclara au médecin : Mon père ira mieux lorsque Pagan aura payé pour son crime. Seule la vengeance lui apportera la guérison.

— Non, Caine, répliqua Jade. Seule la justice lui apportera la paix de l'âme.

— Vengeance et justice, c'est la même chose dans le cas présent.

Caine avait les mâchoires crispées, signe de son mécontentement. Et de son entêtement.

Elle eut soudain envie d'exploser. Mais au lieu de se répandre en invectives, elle le remercia.

— C'est très gentil de m'avoir apporté cette compresse, Caine.

Elle appliqua avec vigueur le morceau de gaze sur sa tempe, avant de se tourner vers le Dr Harwick.

— Et je vous sais gré de votre visite, docteur, je me sens bien mieux maintenant.

— Cela a été un plaisir pour moi, répliqua le médecin.

A ces mots, il se leva et lui étreignit la main, puis ajouta :

— Dès que vous serez d'aplomb, vous devriez vous installer chez le duc et la duchesse de Williamshire, je suis certain que les parents de Caine seront ravis de vous offrir l'hospitalité jusqu'à votre complet rétablissement. Bien sûr, poursuivit-il en s'adressant à Caine, je garderai le secret. Soyez sans crainte, je serai muet comme une tombe.

— Quel secret ? demanda Jade, intriguée par le regard perçant que le Dr Harwick jetait à Caine.

— Le docteur est inquiet pour votre réputation, expliqua Caine.

— Ah, c'est ça ! s'écria-t-elle en poussant un profond soupir de soulagement.

— Visiblement, elle ne partage pas votre inquiétude, docteur, dit Caine.

Le Dr Harwick parut surpris.

— Voyons, mademoiselle, cela ne se fait pas. Vous ne devriez pas vous trouver dans cette maison avec un homme seul.

— Je sais, docteur, approuva-t-elle.

— Mais vous avez été malade, et sans doute cela vous a-t-il quelque peu brouillé les idées. Je ne vous jette pas la pierre, pas plus à vous qu'à Caine, ajouta-t-il avec un petit signe de tête en direction de celui-ci. Votre hôte a agi en toute bonne foi.

— Vraiment ? fit Jade.

— Sans aucun doute, répliqua le Dr Harwick. Certes, le personnel habite sur place, mais qui peut vous assurer que les bavards ne profiteraient pas de leur jour de congé pour commettre des indiscrétions ? Il s'ensuivrait des rumeurs incontrôlables qui feraient de la peine à beaucoup de monde. La mère de Caine...

— Ma belle-mère, rectifia Caine.

— Oui, bien sûr, votre belle-mère, continua le médecin. Elle serait catastrophée. Quant à sa promise, poursuivit-il à l'adresse de Jade, n'en parlons pas, elle serait désespérée.

— Sa quoi ?

La question jaillit de la poitrine de Jade avant qu'elle ait pu l'arrêter. Elle devint soudain blanche comme un linge et crut qu'elle allait défaillir.

— Vous avez bien dit la promise de Caine ? murmura-t-elle, la gorge nouée.

— Jade, commença Caine, je crois que le Dr Harwick veut parler de Lady Aisely.

— Ah oui, je vois, répliqua-t-elle.

Elle se força à sourire pour donner le change au médecin.

— Je me souviens maintenant. Lady Aisely est cette femme que vous allez épouser, déclara-t-elle, d'une voix de plus en plus stridente.

Elle ne connaissait même pas cette Lady Aisely, mais elle la détestait déjà cordialement. Plus elle ruminait ses pensées, plus elle était furieuse contre Caine. Elle en arrivait à le haïr autant que cette maudite femme.

— Lady Aisely ne prendrait pas la nouvelle de votre séjour ici à la légère, annonça le Dr Harwick.

— Ce n'est pas ma promise. C'est celle que ma belle-mère a choisie pour moi, précisa Caine.

Il ne put retenir un sourire. La réaction de Jade à propos de Lady Aisely était révélatrice. Elle signifiait qu'elle tenait à lui.

— Mais votre chère belle-mère...

— Elle s'est mis en tête de nous marier, Lady Aisely et moi, mais cela ne se fera pas, Harwick, le coupa-t-il.

Jade sentait le regard de Caine posé sur elle. La jeune femme essayait d'affecter le plus grand détachement, mais le résultat n'était pas à la hauteur de ses efforts. Quand elle s'aperçut qu'elle serrait nerveusement sa compresse dans ses mains, elle s'arrêta immédiatement.

— Vous pouvez épouser qui vous voulez, cela ne me concerne absolument pas, annonça-t-elle.

— Cela devrait, pourtant.

Elle secoua la tête en signe de dénégation.

— Je regrette simplement que vous n'ayez pas jugé bon de m'informer que vous étiez fiancé avant cette nuit.

— Je ne suis pas fiancé, rétorqua-t-il. Et cette nuit se serait...

— Caine ! s'écria-t-elle, puis elle baissa la voix avant d'ajouter : Vous oubliez que nous avons un invité.

Le Dr Harwick réprima un petit gloussement, puis il se laissa raccompagner par Caine jusqu'à la porte.

— J'ai mon idée sur vous deux. Je suis dans le vrai ?

— Cela dépend de l'idée en question.

— Vous avez l'intention de l'épouser, n'est-ce pas ?

— Oui, répondit Caine. Simplement, elle n'a pas encore accepté.

Les deux hommes échangèrent un sourire.

— Je crois pouvoir dire qu'elle vous donnera du fil à retordre, mon garçon. Elle n'a pas l'air facile.

— Facile ou pas, rétorqua Caine d'une voix à réveiller les morts, elle sera ma femme.

La porte se referma sur l'exclamation indignée de Jade. Elle lança la compresse à travers la pièce et se laissa retomber contre les oreillers. Elle serrait les dents de rage contenue. Caine était décidément un odieux personnage. Mais pourquoi se mettait-elle dans un état pareil ? Après le retour de Nathan, elle ne le reverrait plus jamais. Et pourquoi les choses devenaient-elles de jour en jour plus compliquées ? Dieu sait si protéger Caine n'était pas une mince affaire. Et voilà qu'elle allait maintenant devoir ajouter le duc de Williamshire sur sa liste.

Lady Aisely était-elle jolie ?

Jade chassa cette pensée de son esprit. Il fallait

absolument qu'elle fasse quelque chose pour le duc. Colin serait fou de désespoir s'il apprenait en rentrant chez lui que son père était mort de chagrin.

Lady Aisely s'était-elle donnée à Caine ?

Ce n'était vraiment pas le moment de se poser ce genre de questions, se dit à nouveau Jade. Elle avait beaucoup trop de problèmes à résoudre à la fois.

Il fallait à tout prix faire quelque chose pour le père de Colin. Une lettre ne serait pas suffisante. Un entretien en tête à tête avec lui était préférable.

La mère de Caine avait-elle déjà réglé les préparatifs de mariage ? Ô mon Dieu, si seulement Caine lui avait dit la vérité, si seulement il ne voulait pas de cette Lady Aisely...

— Je suis ridicule..., se morigéna-t-elle.

Bien sûr qu'il allait se marier. Et ce ne serait pas avec elle. Quand il apprendrait la vérité, il ne voudrait plus entendre parler d'elle.

Avec un soupir de résignation, Jade renonça à échafauder le moindre plan. Ses sentiments étaient comme les mâts de l'*Émeraude*, qui faisaient un bruit d'enfer par grand vent. Il était inutile d'essayer de se concentrer maintenant. Le père de Caine devrait prendre son mal en patience.

Elle évita Caine la plus grande partie de la journée. Le soir venu, ils se retrouvèrent pour dîner. Jade vit alors avec surprise Stern prendre un siège et s'asseoir à leur table. Le majordome partagea leur repas. La jeune femme ne fut pas sans noter que lorsqu'il levait la tête vers elle, son regard était empreint de douceur et de tendresse.

Elle en conclut qu'il ignorait qu'elle avait passé la nuit avec Caine et en fut soulagée. Elle avait remarqué que les rapports entre Caine et Stern n'étaient pas de simples rapports d'employeur à employé. Ils semblaient très proches l'un de l'autre. Elle ne voulait pas passer pour une dévergondée aux yeux d'un homme pour lequel Caine avait de l'affection.

Elle ne cessait de jeter des coups d'œil inquiets à

186

Stern, qui ne tarda pas à s'en apercevoir et lui donna une petite tape affectueuse sur la main.

Caine parla pendant presque tout le repas. La conversation portait sur les problèmes que posait l'administration d'un domaine aussi vaste que le sien. Jade écoutait avec beaucoup d'intérêt. Jamais elle n'aurait imaginé qu'il se préoccupait autant du sort de ses administrés. Il se sentait réellement responsable de leur bien-être.

— Est-ce que vous portez secours à ceux qui sont dans le besoin ? demanda-t-elle.

— Bien sûr.

— Vous leur donnez de l'argent ?

— En dernier recours, expliqua-t-il. Vous savez, Jade, la fierté d'un homme compte autant sinon plus que son estomac. Aussi, une fois qu'il a de quoi manger, notre premier souci est-il d'aider celui qui est dans le dénuement à s'en sortir tout seul.

Elle réfléchit un long moment, puis déclara :

— C'est vrai, la valeur qu'a un homme à ses propres yeux est essentielle. Il en va de même pour une femme, d'ailleurs.

— Si vous la lui enlevez, alors il y a de fortes chances pour qu'il... ou elle se laisse complètement aller. Un homme ne supporte pas l'idée d'avoir été manipulé ou d'avoir subi un échec.

— Il y a une grosse différence entre être victime d'une manipulation et subir un échec, objecta Jade.

— Pas vraiment, répliqua Caine. Il faut se garder des deux comme de la peste. N'est-ce pas, Stern ?

— Absolument, approuva le majordome.

Puis il tendit la main pour prendre la carafe de vin et ajouta sur un ton catégorique :

— Il n'y a rien de plus important que la fierté.

— Mais vous admettrez qu'il y a des cas où la fierté doit passer au second plan, rétorqua Jade.

— Lesquels ? demanda Caine.

— Quand la vie d'un homme est en jeu, par exemple.

— Mais la vie d'un homme a moins d'importance

que la valeur qu'il a à ses propres yeux, observa Stern. Vous n'êtes pas d'accord, monsieur ?

Caine ne dit rien. Il regardait Jade avec cette expression indéchiffrable qu'il arborait parfois. A quoi pouvait-il bien penser ? Elle lui sourit pour dissimuler son malaise, puis invoqua la fatigue et regagna sa chambre.

Stern avait donné ordre de lui préparer un bain. Un grand feu pétillait dans l'âtre, faisant régner une douce chaleur dans la pièce. Jade se prélassa quelque temps dans la baignoire et alla se coucher. Elle resta une bonne heure à se tourner et à se retourner dans son lit avant de sombrer dans un sommeil agité.

Caine vint la rejoindre peu après minuit. Il ôta ses vêtements, souffla les bougies et s'allongea auprès de Jade. Celle-ci dormait sur le côté, sa chemise de nuit entortillée autour de ses jambes. Il souleva légèrement l'étoffe et dénuda les cuisses de la jeune femme. Puis il passa un bras autour de sa taille et l'attira contre sa poitrine. Il sentait la douceur de ses fesses contre son ventre.

Elle soupira dans son sommeil. Ce souffle imperceptible réveilla les sens de Caine. Mon Dieu, comme elle était brûlante... Cédant alors à la tentation, il glissa la main sous l'étoffe et caressa ses seins, jusqu'à ce que ses mamelons soient durs. Elle se pressa contre lui en gémissant.

Caine se dit qu'elle croyait sans doute être en train de faire un rêve érotique. Il promena sa bouche le long de son cou, lui chatouilla l'oreille avec le bout de la langue et quand elle cambra les reins avec plus d'insistance, il n'y tint plus et sa main s'aventura entre ses cuisses.

Il attisa le feu qui brûlait en elle jusqu'à ce que son corps fût prêt à l'accueillir. Quand elle essaya de se tourner vers lui, tout humide et frémissante de désir, il l'en empêcha avec son bras et lui susurra à l'oreille :

— Ouvrez-vous, mon amour. Laissez-moi entrer en vous.

188

Avec son genou, il écarta les cuisses de Jade.

— Dites que vous avez envie de moi, demanda-t-il.

Jade sentait l'extrémité de son membre viril. Elle se mordit la lèvre pour se retenir de lui crier de mettre immédiatement fin à ce supplice, d'éteindre ce brasier qui menaçait de l'embraser tout entière.

— J'ai envie de vous, Caine, articula-t-elle d'une voix à peine audible. Tout de suite.

Caine n'attendait que cela. Il la renversa doucement sur le ventre et la pénétra, se frayant progressivement un passage en elle. Elle poussa un petit cri et s'agrippa aux draps de toutes ses forces. Quand il comprit qu'il allait l'inonder de sa semence, il respira profondément et cessa tout mouvement.

— Caine... Caine... de grâce...

— Oui, mon amour, répondit-il.

Il était décidé à prendre son temps, à prolonger cette étreinte le plus longtemps possible, mais les prières de la jeune femme étaient si insistantes qu'il s'abandonna bientôt au plaisir d'aller et venir en elle, sans autre pensée que celle d'atteindre ensemble les sommets de l'extase amoureuse.

Ce fut un moment de suprême bonheur.

Caine se laissa tomber sur Jade, épuisé et comblé.

— Vous respirez encore, mon amour ? fit-il quand son cœur eut cessé de battre dans ses oreilles.

Il plaisantait, mais quand il vit qu'elle ne répondait pas, il s'écarta, inquiet.

— Jade ?

Elle se retourna et le regarda dans les yeux.

— Vous m'avez fait crier grâce, déclara-t-elle.

— Comment ?

— Vous m'avez fait crier grâce, répéta-t-elle.

— C'est vrai, approuva-t-il avec un large sourire.

— Et cela n'a pas l'air de vous gêner le moins du monde, dit-elle tout en promenant ses longs doigts sur le torse de Caine. Espèce de débauché ! Je me demande vraiment ce qui peut m'attirer en vous.

La passion brillait toujours dans le regard de Jade.

Il l'embrassa sur le front, sur le bout du nez, puis réclama ses lèvres avec avidité.

— Vous avez encore envie de moi, mon amour ? fit-il.

Il ne lui laissa pas le temps de répondre.

— Moi, j'ai encore envie de vous, murmura-t-il d'une voix sourde.

Ce n'est que longtemps après que les deux amants s'endormirent dans les bras l'un de l'autre.

10

Les huit jours suivants furent des jours merveilleux pour Jade. La jeune femme découvrait en Caine un compagnon charmant, à la fois doux et tendre. Il se montrait plein d'attentions à son égard et possédait le don étrange de deviner ses sentiments avant elle. Ce que Jade appréciait par-dessus tout, c'étaient leurs soirées au coin du feu. Stern allumait une flambée dans la bibliothèque et tous trois s'installaient devant l'âtre pour lire.

Avec les années, Stern était devenu pour Caine une sorte de second père. Jade apprit qu'il était au service de la famille de Caine depuis la naissance de celui-ci. Et lorsque Caine avait élu domicile ailleurs, Stern l'avait suivi.

Le majordome fit rapidement savoir à Jade qu'il était au courant de la nature de ses relations avec Caine. Comme elle rougissait de honte, il déclara qu'il n'avait nullement l'intention de la juger. D'ailleurs, ajouta-t-il, voilà bien longtemps qu'il n'avait pas vu Caine d'humeur aussi gaie. Jade avait rendu au marquis sa joie de vivre.

Quelques jours plus tard, arriva un message de Lady Gwendoline qui demandait à Caine de l'aider à sortir le duc de l'état dépressif où il se trouvait.

Caine rendit aussitôt visite à son père, mais lorsqu'il revint, deux heures plus tard, il était abattu. Ses efforts avaient échoué.

La nuit suivante, après que Caine se fut endormi, Jade alla rejoindre Matthew et Jeff pour leur donner de nouvelles instructions.

Matthew l'attendait dans le parc, sous le couvert des arbres. C'était un homme grand et souple, à la peau aussi sombre que le pelage d'une panthère noire. Quand on le poussait à bout, il pouvait se montrer aussi féroce que ce puissant et redoutable fauve. Mais lorsqu'il était content, sa bouche se fendait d'un large sourire qui illuminait son visage.

En ce moment, Matthew ne souriait pas. Les bras croisés sur la poitrine, il foudroyait Jade du regard, comme un homme qui viendrait de surprendre un cambrioleur en train de fouiller dans ses tiroirs.

— Pourquoi froncez-vous les sourcils, Matthew ? demanda-t-elle tout bas.

— Je vous ai vue avec lui devant la fenêtre, l'autre nuit, grommela-t-il. Ce godelureau ne vous a pas touchée, j'espère ?

Jade ne voulait pas mentir, mais elle n'avait pas non plus envie de révéler toute la vérité à son fidèle ami.

— J'étais blessée, répliqua-t-elle. Allons, Matthew, ne me regardez pas avec cet œil soupçonneux. J'ai reçu un coup de pistolet à la hanche. Rien de bien grave, rassurez-vous, mais Caine s'est inquiété et a insisté pour passer la nuit à mon chevet.

— Black Harry jettera mon corps aux requins quand il apprendra...

— Harry n'en saura rien car vous ne lui soufflerez pas un mot de tout cela, Matthew, lança Jade.

Le marin ne se laissa nullement intimider par le ton autoritaire de la jeune femme.

— Vous avez un sacré toupet ! Je lui raconterai ce que j'ai vu. Je lui dirai par exemple que, le jour de votre arrivée, cette espèce de freluquet vous a prise par les épaules pendant que vous remontiez l'allée jusqu'au manoir. Vous ne pouvez pas le nier. Jimbo a même eu envie de lui planter son couteau dans le dos. S'il ne l'a pas fait, c'est uniquement parce qu'il craignait que vous ne soyez pas contente.

— Il a eu raison, répondit-elle. Personne ne touchera à un seul des cheveux de Caine, ou alors il devra répondre de ses actes devant moi. Allons, Matthew, cessez de me regarder de travers, nous avons des questions autrement plus urgentes à régler.

Matthew revint à la charge.

— Il ne vous importune pas, au moins ?

— Absolument pas, répliqua-t-elle. Voyons, Matthew, vous savez bien que je suis assez grande pour me débrouiller toute seule. Vous n'avez guère confiance en moi.

Matthew prit aussitôt un air penaud. Il ne voulait surtout pas contrarier sa maîtresse.

— Bien sûr que j'ai confiance en vous, s'empressa-t-il de dire. Mais vous ne vous rendez pas compte de l'effet que vous produisez sur les hommes. Vous êtes trop jolie pour que cela ne finisse pas par vous causer des ennuis. Jeff et Harry avaient raison. Nous aurions dû vous taillader le visage à coups de couteau quand vous étiez enfant.

Jade n'eut qu'à regarder ses beaux yeux noirs pétillants de malice pour savoir qu'il plaisantait.

— Jamais aucun d'entre vous n'aurait osé me faire le moindre mal, rétorqua-t-elle. Nous formons tous une seule et même famille, Matthew, et j'ai autant d'affection pour vous que vous en avez pour moi.

— Vous n'êtes qu'une gamine..., entendit soudain Jade.

Elle tourna la tête dans la direction d'où venait la voix et aperçut alors la haute silhouette de Jeff, le frère de Matthew, qui s'avançait vers eux. Il se planta devant la jeune femme, l'air farouche. Comme Matthew, il portait une blouse de paysan en grosse toile brune, afin de passer inaperçu.

Les rayons de la lune se reflétaient dans les yeux de

192

Jeff, donnant à son regard un éclat presque sauvage.

— Matthew m'a dit que ce godelureau vous avait touchée. Il mériterait que je le tue. Personne...

— Ne sous-estimez pas Caine : il ne se laissera pas planter un couteau dans le corps aussi facilement, lança-t-elle.

— Je parie que c'est un gringalet comme Colin, rétorqua Jeff.

Jade ne chercha pas à dissimuler son exaspération.

— Vous n'avez vu Colin qu'une fois, et encore n'avait-il plus toute sa tête tellement ses blessures le faisaient souffrir. Il a dû reprendre du poil de la bête, maintenant. En tout cas, vous vous trompez si vous croyez que son frère est une mauviette. Souvenez-vous, Jeff, j'ai lu le dossier de Caine. Je sais de quoi je parle.

— Si cet homme a du sang dans les veines, il peut saigner, déclara Matthew d'un ton menaçant.

Les deux hommes ne parurent pas le moins du monde troublés par le regard furibond de Jade. Elle poussa un soupir excédé, avant de se tourner vers Matthew.

— J'ai l'intention de rendre visite au père de Caine. Il faut absolument que j'aie un entretien avec lui. Vous tâcherez d'occuper Caine pendant que je serai absente.

— Je ne vois pas pourquoi vous voulez lui parler, objecta Matthew. Colin et Nathan ne vont plus tarder, maintenant.

— Cela risque de prendre encore quelques jours et je ne peux pas attendre. Le père de Caine est peut-être déjà à l'article de la mort. Il ne dort plus et ne mange plus. Je n'ai pas le droit de le laisser mourir comme ça.

— Je vois que votre décision est prise, grommela Matthew. Comment voulez-vous que nous occupions Caine ?

— Je m'en remets à vous pour trouver une diversion. Vous n'êtes jamais à court d'idées.

— Quand comptez-vous partir ? demanda Jeff.

— Demain matin, répondit-elle. Le plus tôt possible.

Jade prit enfin congé des deux hommes puis regagna

son lit, contente de savoir que Matthew et Jeff ne lui feraient pas faux bond.

La diversion débuta peu avant l'aube.

C'est alors que la jeune femme se rendit compte qu'elle aurait dû se montrer un peu plus précise dans ses instructions. Une fois que tout serait fini, Matthew aurait affaire à elle. « Vous n'êtes jamais à court d'idées », avait-elle dit. En effet. Cet imbécile avait mis le feu aux écuries... Par bonheur, il avait eu assez de bon sens pour faire sortir les chevaux auparavant.

Grâce à Matthew, Caine était donc très occupé. Les chevaux, affolés, s'égaillaient dans tous les sens. Trois juments étaient sur le point de mettre bas. Si bien qu'il fallut mobiliser toutes les énergies pour éteindre le feu et courir après les bêtes.

Jade fit semblant de dormir jusqu'à ce que Caine quitte la chambre. Puis elle s'habilla à la hâte et se faufila à l'extérieur. Caine avait posté des hommes tout autour de la propriété mais, avec la confusion qui régnait, elle n'eut aucun mal à s'esquiver.

— Jeff vient de partir pour Shallow's Wharf, annonça Matthew à Jade tandis qu'il l'aidait à enfourcher la monture qu'il avait choisie pour elle. Il devrait être de retour demain soir et nous ramener des nouvelles fraîches. Si les vents sont favorables, il se pourrait que Nathan soit bientôt là. Vous êtes sûre que vous ne voulez pas que je vous accompagne ?

— Ce que je veux, c'est que vous restiez ici pour veiller sur la sécurité de Caine, rétorqua-t-elle. C'est lui qui est en danger, pas moi. Soyez sans crainte, je serai rentrée dans une heure. Ah, encore une chose, Matthew : n'allumez pas d'autre incendie pendant mon absence.

Matthew lui répondit par un grand sourire.

— Ça a marché du tonnerre, non ?

— Oui, Matthew, reconnut Jade, désireuse de ne pas froisser le marin. Ça a très bien marché.

Elle quitta Matthew tout content de lui et arriva à destination une demi-heure plus tard. Après avoir

194

laissé son cheval dans les bois entourant la propriété, elle remonta l'allée qui menait au manoir. Le bâtiment était gigantesque, mais la porte d'entrée était munie d'une serrure ridicule. Jade en vint à bout en un rien de temps. Puis elle se glissa à l'intérieur. La lumière filtrait à travers les doubles rideaux et elle réussit à monter l'escalier sans encombre. Un bruit assourdi, provenant de l'arrière de la maison, indiquait que le personnel de cuisine était déjà au travail.

Jade ouvrit toutes les chambres l'une après l'autre. Mais le duc de Williamshire ne se trouvait dans aucune d'entre elles. La plus grande pièce de l'étage, qui avait les proportions d'une salle de bal et dont Jade supposa qu'il s'agissait de la chambre du duc, était vide. Quant à la pièce voisine, elle était occupée par une femme blonde, encore assez jolie pour son âge, qui ronflait bruyamment. Jade supposa qu'il s'agissait de la duchesse.

Tout au long du long corridor qui contournait l'aile sud du bâtiment, dans le coin le plus reculé de la maison, elle découvrit la bibliothèque. C'était un drôle d'endroit pour un cabinet de travail, songea Jade.

Le père de Caine était là, endormi dans son fauteuil, derrière un immense bureau en acajou.

Après avoir pris soin de fermer la porte à clé par crainte de visiteurs indésirables, la jeune femme resta longtemps à contempler le duc. Il avait un beau visage plein de distinction avec ses cheveux argentés, ses pommettes saillantes et ses traits anguleux. Jade remarqua de profonds cernes sous ses yeux. Son teint était cireux et même dans son sommeil, il avait l'air tourmenté.

Elle ne savait pas si elle devait le sermonner, ou bien s'excuser de l'avoir fait souffrir inutilement.

Tout ce qu'elle savait, c'est qu'elle éprouvait de la sympathie pour cet homme. Il ressemblait beaucoup à Caine.

Dès qu'elle lui toucha l'épaule, il se réveilla en sursaut et bondit de son fauteuil.

— Excusez-moi, monsieur, murmura-t-elle. Je ne voulais pas vous faire peur.

— Vraiment ?

Le duc de Williamshire reprit peu à peu ses esprits. Il se passa la main dans les cheveux, puis secoua vigoureusement la tête, sans doute dans le but de se clarifier les idées.

— Qui êtes-vous ? demanda-t-il.

— Peu importe qui je suis, monsieur, répondit-elle. Je vous en prie, asseyez-vous, j'ai une nouvelle importante à vous apprendre.

Elle attendit patiemment qu'il obéisse, puis elle se pencha vers lui, en s'appuyant sur le rebord du bureau.

— Cessez de vous tourmenter. Vous vous rendez malade.

— Comment ?

Il avait l'air perplexe. Jade remarqua que ses iris étaient exactement du même gris que ceux de Caine. Il avait aussi le même froncement de sourcils.

— Je vous dis de cesser de vous tourmenter, répéta-t-elle. Vous vous détruisez. Le Dr Harwick craint que vous ne finissiez par y laisser la vie. C'est complètement absurde.

— Ah ça, par exemple, mais de quoi vous mêlez-vous ?

— N'élevez pas la voix contre moi, je vous en prie.

— Qui donc êtes-vous ? Et comment vous êtes-vous introduite...

Le duc s'interrompit soudain. Il paraissait plus surpris que furieux. Jade se dit que les choses s'annonçaient bien.

— Monsieur, je n'ai pas le temps d'entamer une longue discussion avec vous. Mais d'abord, j'aimerais que vous me promettiez que vous ne soufflerez mot à personne de cette conversation.

— Vous avez ma parole.

— Parfait. Et maintenant, je dois vous présenter mes excuses, bien que ce ne soit pas mon fort. Pour être franche, je déteste m'excuser.

Elle haussa les épaules et ajouta :

— Je suis sincèrement désolée de ne pas être venue vous voir plus tôt. Vous vous êtes fait du mal pour rien et il n'aurait tenu qu'à moi de vous épargner tout ce chagrin. Vous me pardonnez ?

— Je n'ai pas la moindre idée de ce dont vous parlez, mais si cela vous fait plaisir, alors je vous pardonne. Et à présent, mademoiselle, dites-moi ce que vous me voulez.

— Lorsque vous n'êtes pas content, monsieur, vous aboyez comme votre fils.

— Lequel ? demanda-t-il en esquissant un demi-sourire.

— Caine.

— Votre visite concerne Caine ? Vous aurait-il offensée par hasard ? Vous devriez savoir que Caine est assez grand pour mener sa vie comme il l'entend. N'attendez pas de moi que j'intervienne, mademoiselle, à moins qu'il n'y ait une bonne raison à cela.

— Non, monsieur, il ne s'agit pas de Caine, encore que je sois ravie de constater à quel point vous avez confiance en lui. En refusant d'intervenir, vous montrez que vous ne doutez pas de lui.

— De qui souhaitez-vous discuter, alors ?

— Je suis une amie de Colin.

— Vous le connaissez ?

Elle hocha la tête.

— Oui, je le connais. Voyez-vous, il est...

— Mort, la coupa-t-il sèchement. Lucifer l'a tué.

Jade posa sa main sur l'épaule du duc.

— Regardez-moi, je vous en prie, demanda-t-elle.

Lorsque Jade eut obtenu à nouveau l'attention du père de Caine, elle poursuivit.

— Ce que je vais vous dire va vous sembler difficile à croire. Mais je veux que vous sachiez que je dispose de preuves.

— Des preuves ?

Elle acquiesça.

— Lucifer n'a pas tué Colin.

— Si.

— J'en ai vraiment assez d'entendre accuser Lucifer de tous les crimes de la terre, grommela-t-elle. Colin...

— C'est Lucifer qui vous envoie ?

— Ne le prenez pas sur ce ton, monsieur. Lucifer n'a pas tué votre fils, répéta-t-elle. Il l'a sauvé. Colin est tout ce qu'il y a de plus vivant.

Le duc resta un long moment sans réagir. Le sang lui monta au visage. Il semblait à deux doigts de la crise d'apoplexie.

Avant qu'il ait eu le temps d'ouvrir la bouche, la jeune femme déclara :

— Je vous ai dit que j'avais une preuve. Etes-vous disposé à m'écouter ou rien ne pourra-t-il vous faire changer d'avis ?

— Je vous écoute, répondit-il. Mais s'il ne s'agit que d'une cruelle plaisanterie, je vous jure que je mettrai la main sur ce maudit Lucifer et que je le tuerai de mes propres mains.

— Ce ne serait que justice, approuva-t-elle. Vous souvenez-vous du jour où Colin avait grimpé à un arbre et n'osait plus redescendre ? Il avait quatre ou cinq ans, à l'époque. Le voyant pleurer de honte, vous lui avez promis de ne jamais en parler à personne. Vous lui avez également expliqué que c'était tout à fait normal d'avoir peur, que ce n'était pas une faute, que...

— Je m'en souviens, murmura le duc. Je n'en ai jamais parlé à personne. Comment l'avez-vous...

— C'est Colin lui-même qui m'a raconté cette histoire. Ainsi que beaucoup d'autres, d'ailleurs.

— Il aurait très bien pu vous raconter toutes ces histoires avant d'être tué, objecta le duc.

— Certainement, mais ce n'est pas comme cela que les choses se sont passées, répliqua Jade. Lucifer a sauvé Colin de la noyade. Votre fils était en piteux état. Connaissez-vous le Dr Winters ?

— C'est mon médecin personnel, répondit le duc sur un ton bourru.

— Ne trouvez-vous pas étrange qu'il ait disparu ?

La colère commençait à refluer sur le visage du vieil homme.

— Oui, très étrange, admit-il.

— Nous l'avons enlevé, expliqua la jeune femme. Nous avions besoin de lui pour soigner Colin. Je tenais à ce que votre fils ait son médecin de famille à son chevet. Il souffrait tellement, monsieur, qu'il valait mieux que ses habitudes ne soient pas trop bousculées.

Jade se mordillait la lèvre tout en cherchant quelque chose qui emporte la conviction du duc. Il la regardait toujours avec le même air sceptique.

— Colin a une tache de vin sur la fesse gauche, lança-t-elle soudain. Je le sais parce que c'est moi qui me suis occupée de lui jusqu'à ce que Matthew et Jeff capturent le Dr Winters. Voilà ! Est-ce que cette preuve vous suffit ?

Le duc se pencha lentement en arrière sur son siège, avant d'annoncer en guise de réponse :

— On m'a envoyé une preuve de la mort de Colin.

— Qui ?

— Le ministère de la Guerre.

— C'est bien ce que je pensais, s'écria Jade.

— Je ne comprends pas ce que vous voulez dire.

— Je vous expliquerai quand Colin sera revenu. Mais avant de poursuivre, j'aimerais que vous m'éclairiez sur un point.

— De quoi s'agit-il ? murmura-t-il d'un ton las.

— Sauriez-vous par hasard pourquoi Colin m'a fait promettre de ne pas dire à Caine qu'il était vivant ? J'avoue que maintenant que je connais votre fils aîné et qu'il a réussi à gagner ma confiance, je ne vois pas quelles peuvent être les raisons de cette promesse. Il est vrai que Colin n'avait pas toute sa tête à ce moment-là, et ce qu'il a marmonné à propos des frères Bradley n'était peut-être pas...

Le duc bondit une nouvelle fois de son fauteuil.

— Ô mon Dieu ! Colin est en vie !

— Baissez la voix, s'il vous plaît, personne ne doit être au courant.

— Pourquoi ? J'ai envie de le crier sur tous les toits. Ah, je n'en reviens pas... mon garçon est en vie.

— Eh bien, j'ai fini par vous convaincre, apparemment. Je vous en prie, asseyez-vous, monsieur. Vous êtes tout pâle.

Elle attendit que le duc se fût rassis pour lui demander :

— Qu'est-ce qui vous a fait penser que je disais la vérité ?

— Quand vous avez déclaré que Colin ne voulait pas que Caine sache...

Il s'interrompit soudain, puis ajouta à mi-voix :

— Seigneur ! les frères Bradley... j'avais complètement oublié cet incident.

Maintenant, c'était au tour de Jade d'arborer un air perplexe.

— Pourquoi ? s'enquit-elle, avec une pointe d'anxiété dans la voix. Il n'avait pas confiance en son frère ?

— Oh non, vous n'y êtes pas du tout, répliqua-t-il. Colin idolâtrait Caine... Enfin je veux dire : il l'idolâtre. Mon Dieu, comme j'ai du mal à m'y faire.

— Mais s'il l'idolâtre, pourquoi cette promesse alors ? Vous ne m'avez toujours pas répondu. Et qui, qui sont donc ces frères Bradley ?

Le duc de Williamshire s'esclaffa.

— Vous voulez que je vous raconte. Eh bien voilà : un jour, alors qu'il avait huit ou neuf ans, Colin est revenu à la maison avec une coupure à la lèvre et le nez en sang. Il se trouve que Caine était là. Il a aussitôt voulu savoir qui avait fait cela. Quand Colin lui a annoncé qu'il s'agissait des frères Bradley, Caine est sorti en trombe. Colin a essayé de le retenir, bien sûr, mais en vain. Une demi-heure plus tard, Caine est rentré dans le même état que lui. Colin n'avait pas précisé combien il y avait de frères au total.

— Et combien y en avait-il ?

— Huit.

— Grand Dieu, vous voulez dire que les huit frères se sont jetés sur Colin ?

200

— Non, un seul l'a attaqué, un garçon nommé Samuel si je m'en souviens bien. Quoi qu'il en soit, Samuel a dû se douter que Caine riposterait car il s'est précipité chez lui pour aller chercher des renforts.

— Seigneur ! Caine aurait pu être tué..., murmura-t-elle.

— En fait, mademoiselle, c'est sur les frères Bradley que vous devriez vous apitoyer. Caine avait simplement l'intention de donner une bonne leçon au garçon qui s'en était pris à Colin, rien de plus, mais lorsqu'ils se sont tous jetés sur lui à bras raccourcis, alors là, je vous assure qu'il n'y est pas allé de main morte. Ils ont eu droit à une belle raclée.

Le duc arborait un grand sourire, tout fier des exploits de son fils. Jade secoua la tête. Elle ne voyait absolument pas ce que cette histoire avait de drôle.

— Vous voyez donc, mademoiselle, que ce n'est nullement par défiance envers son frère que Colin a exigé de vous cette promesse. C'est uniquement parce qu'il connaît trop bien Caine. Il a sûrement dans l'idée de le protéger jusqu'à ce qu'il puisse lui expliquer ce qui s'est passé en détail. Il ne veut pas qu'il se retrouve confronté à la même situation qu'avec les Bradley. Colin a toujours été le plus prudent des deux. Caine ignorait que Colin travaillait pour le compte du gouvernement, ajouta-t-il. Moi aussi d'ailleurs. Je n'aurais jamais toléré une chose pareille, surtout maintenant que je sais que Sir Richards n'était pas son supérieur hiérarchique.

— Richards, murmura-t-elle. Mais si, c'était son directeur.

Le père de Caine parut surpris par cette affirmation.

— Vous semblez bien informée, dites-moi. Serait-ce indiscret de vous demander qui vous a communiqué tous ces secrets ?

Cette question froissa Jade.

— Personne ne m'a rien communiqué. J'ai obtenu

ces renseignements par moi-même, monsieur. Mon frère Nathan et Colin étaient en train de mener une enquête particulièrement délicate. Mais quelqu'un leur a tendu un piège. S'ils sont encore en vie tous les deux, c'est uniquement parce que... Lucifer a commencé à se méfier. Par bonheur, le pirate a pu intervenir à temps.

— Est-ce que Colin sait qui se cache derrière tout cela ?

Jade fit signe que non.

— Nous savons seulement qu'il s'agit de quelqu'un de haut placé au ministère de la Guerre. Nathan et Colin ne seront en sécurité que tant qu'on les croira morts. Hélas, monsieur, il m'est impossible de vous en dire plus. Lorsque Colin sera de retour...

— Pouvez-vous me conduire auprès de lui ?

— Vous allez bientôt le revoir, monsieur. Il devrait être rentré dans quelques jours. Evidemment, il ne pourra pas rester ici, à moins que vous n'ayez congédié tous les domestiques... il faudra penser à tout, chaque détail a son importance dans cette affaire.

Elle sourit au duc, puis ajouta :

— Je me demande si vous reconnaîtrez votre fils. Ses cheveux lui arrivent jusqu'aux épaules. Lui et Nathan ressemblent à de vrais pirates, maintenant.

— Cela doit plaire à Lucifer.

— Oh oui, beaucoup.

— Est-ce qu'ils ont été gravement blessés ?

— On les avait ligotés et bâillonnés, puis on leur avait tiré dessus avant de les jeter à la mer. Leurs ennemis savaient qu'ils n'étaient pas encore morts.

— Ils pensaient qu'ils finiraient noyés ?

— Non, monsieur, pas noyés, dévorés par les requins. Les eaux en étaient infestées et le sang frais a... comment dire... attiré leur attention.

— Ô mon Dieu ! Quelle horreur...

— Finalement, les requins n'ont pas réussi à les attraper, expliqua la jeune femme, encore qu'il s'en soit fallu de peu... Lucifer a perdu un homme lors de ce sauvetage.

— Lucifer a plongé dans l'océan avec lui ?

— Oui, répondit-elle. Vous savez, c'est un nageur émérite. Et puis surtout, jamais il ne se serait permis d'exiger de quelqu'un ce que lui-même aurait été incapable de faire.

Jade s'apprêtait à quitter la pièce quand le duc lui posa une autre question.

— Etes-vous amoureuse de Colin, mademoiselle ?

— Oh non, monsieur, absolument pas.

Sur ces mots, elle déverrouilla la porte, puis se retourna vers le duc.

— La prochaine fois que nous nous reverrons, faites semblant de ne pas me connaître. Je suis venue ici à l'insu de Caine. Comme vous le savez, il s'est juré de capturer Lucifer. Et depuis qu'il a engagé cette chasse à l'homme, sa vie est en péril — heureusement, tout cela devrait s'arranger bientôt.

— Mais Lucifer ne va pas chercher à...

— Lucifer protège Caine, affirma-t-elle. Le pirate a été accusé d'avoir tué Nathan et Colin. Votre gouvernement a mis sa tête à prix. Caine, vous ne l'ignorez sans doute pas, a doublé le montant de la prime. Imaginez un peu ce qui se passerait si votre fils retrouvait le pirate et lui parlait avant de...

— Lucifer n'aurait aucun mal à convaincre Caine qu'il n'a pas tué Colin.

— Justement, c'est bien là le problème, rétorqua Jade. Vous me suivez ? Celui qui se cache derrière tout cela ne veut surtout pas que Lucifer sorte de l'ombre.

— Vous voulez dire qu'il est prêt à tuer Caine avant qu'il ne découvre la vérité ?

— Exactement.

— Mon Dieu, Caine est en danger. Il faut que je...

— Ne faites rien, monsieur, déclara Jade. Comme je vous l'ai déjà expliqué, Lucifer veille sur votre fils.

— Seigneur ! Mais alors Lucifer n'est pas notre ennemi, murmura le duc. Jamais je ne pourrai m'acquitter de la dette que j'ai envers cet homme.

Quant à vous, mademoiselle, je ne sais comment vous remercier. Y a-t-il un service que je puisse vous rendre ? Je ferai tout ce que vous me demanderez.

— Pour l'instant, ne bougez pas, je me charge de Caine. C'est une forte tête, mais son instinct protecteur me facilite la tâche. Il est persuadé que c'est moi qui ai besoin de son aide. Lorsque Colin sera revenu, ce sera à vous trois de décider de ce qu'il faut faire.

— C'est Lucifer qui vous a envoyée auprès de Caine ?

— Oui, répondit-elle avec un sourire.

— Colin n'abandonnera pas, je le crains. Ah ! pourvu que Colin rentre bientôt.

— Ne dramatisez pas, monsieur. En tout cas, ne dites pas à Caine de cesser ses recherches — non seulement il ne le ferait pas mais il redoublerait d'ardeur. Rien ne peut l'arrêter maintenant.

— Alors, il ne vous reste plus qu'à tout lui raconter.

— C'est impossible. J'ai donné ma parole à Colin, ne l'oubliez pas. Et puis, nous n'avons plus que quelques jours à attendre avant que la vérité n'éclate au grand jour.

— Et si votre frère et Colin étaient retardés pour une raison ou une autre ?

— A ce moment-là, nous prendrions d'autres dispositions.

— Lesquelles par exemple ?

— Eh bien, il faudrait trouver un moyen de mettre la proie à l'abri. Evidemment, Caine serait furieux, mais cela lui sauverait la vie. C'est une éventualité à laquelle je vais réfléchir, annonça-t-elle en tournant la poignée de la porte.

— Quand vous reverrai-je ? Vous m'avez dit de faire semblant de ne pas vous connaître, mais...

— Oh, vous me reverrez d'ici peu. J'aimerais vous demander une faveur avant de partir. Vous m'avez dit tout à l'heure que vous feriez n'importe quoi pour me remercier.

— Oui, n'importe quoi.

— Voilà. Caine est votre fils aîné et si vous devez avoir une préférence pour l'un de vos enfants, eh bien, c'est pour lui et pour personne d'autre.

Le duc eut l'air surpris par cette remarque.

— Mais mademoiselle, j'aime tous mes enfants de la même façon.

— Le Dr Harwick est persuadé que Colin est votre préféré, rétorqua Jade. Il dit aussi que Caine se tient à l'écart du reste de la famille. Essayez de changer cela, monsieur. Caine a besoin de votre amour. Prouvez-le-lui.

La porte se referma sur ces paroles définitives.

Le duc de Williamshire dut rester un long moment assis à son bureau avant de se sentir capable de tenir debout sur ses jambes. Des larmes de joie ruisselaient le long de ses joues. Il adressa au Tout-Puissant une prière fervente pour Le remercier de ce miracle : Colin était en vie.

Brusquement, il eut faim et alla aussitôt déjeuner. Il songea qu'il lui faudrait se surveiller sans cesse s'il ne voulait pas éveiller les soupçons de son entourage. Personne ne devait se douter des vraies raisons de son rétablissement.

Il se sentait renaître. C'était comme si quelqu'un l'avait arraché à l'abîme au fond duquel il était plongé et l'avait soulevé dans ses bras pour lui faire toucher les étoiles.

La jeune femme qu'il considérait maintenant comme son sauveur avait des yeux d'un vert extraordinaire. Lucifer avait dû choisir le nom de son bateau en hommage à sa beauté. L'*Émeraude*... Certainement, se dit-il en hochant la tête. Il était sûr aussi, maintenant, de connaître la véritable identité du pirate, cependant il se jura de ne jamais en souffler mot à quiconque.

Il se demandait également comment Caine réagirait lorsqu'il apprendrait que la femme sur laquelle il croyait veiller n'était autre que la propre sœur de Lucifer.

Nul doute que cela allait provoquer des étincelles.

Il ne souhaitait qu'une chose, c'est d'être là pour protéger son sauveur quand Caine exploserait de rage.

Le duc de Williamshire était persuadé d'avoir tout élucidé.

Il était en train de reprendre une deuxième assiettée de porridge quand sa femme, Gwendoline, entra en coup de vent dans la salle à manger.

— Anna m'a dit que vous mangiez, bredouilla-t-elle.

Le duc se retourna vers sa femme. Un sourire illuminait son visage. La pauvre Gwendoline, quant à elle, avait l'air dans tous ses états. Ses cheveux étaient en bataille et la ceinture de son peignoir menaçait de se dénouer.

— Eh bien, Henry, qu'est-ce qui se passe ? demanda-t-elle en le regardant fixement.

— J'avais faim, tout simplement.

Les yeux de Gwendoline se remplirent de larmes.

— Vous aviez faim ? murmura-t-elle.

Henry posa son assiette sur la desserte et se dirigea vers sa femme. Il la prit dans ses bas et l'embrassa tendrement.

— Je vous en ai donné du souci, ces derniers temps, n'est-ce pas, ma chérie ?

— Mais vous vous sentez mieux maintenant ?

— On m'a conseillé de réagir et de ne plus me laisser aller au désespoir.

— Qui ?

— Ma conscience, mentit-il. Quand le moment sera venu, je vous expliquerai les raisons de ce revirement. Pour l'instant, la seule chose que je peux vous dire, c'est que je suis désolé de vous avoir causé tant d'inquiétude, à vous et aux enfants. Mais tout cela est fini, j'ai décidé de me ressaisir.

— C'est un miracle..., murmura-t-elle.

Oui, pensa-t-il, c'était un miracle — un miracle qui possédait un visage d'ange et de merveilleux yeux verts.

— Venez donc manger, ma chérie. Vous avez mauvaise mine.

— J'ai mauvaise mine ? s'écria-t-elle en éclatant de rire. Vous ne vous êtes pas regardé ! On dirait un cadavre ambulant.

Il l'embrassa à nouveau, puis la conduisit jusqu'à la table.

— Une fois que j'aurai fait ma toilette, j'irai rendre visite à Caine.

— Il n'en croira pas ses yeux quand il vous verra rétabli, lança Gwendoline. Ô Henry, si vous saviez comme je suis heureuse !

— Voulez-vous m'accompagner chez Caine ?

— Volontiers.

Une lueur brilla soudain dans ses yeux :

— Je sais que ce n'est guère le moment d'avoir des invités, mais j'ai bien envie de proposer à Lady Aisely et à sa chère maman de venir passer un week-end avec nous. Vous direz à Caine que nous comptons sur sa présence... pourquoi me regardez-vous en secouant la tête, Henry ?

— Vous dépensez de l'énergie pour rien, Gwendoline. Jamais Caine n'épousera Lady Aisely.

— Cela ferait pourtant un beau couple, répliqua-t-elle. Donnez-moi deux raisons de ne pas encourager cette union.

— D'accord. Premièrement, elle n'a pas les cheveux roux.

— Ah ça, bien sûr, rétorqua-t-elle. Elle a de magnifiques cheveux blonds. Ce n'est pas une révélation, Henry.

— Et deuxièmement, poursuivit-il, sans s'occuper de l'expression de perplexité qui se lisait sur le visage de son épouse, elle n'a pas les yeux verts.

— Henry, vous êtes certain que vous vous sentez bien ?

Le duc rit aux éclats.

— Caine a besoin d'une ensorceleuse. Vous serez obligée de l'accepter tôt ou tard, ma chère.

— Accepter quoi ?

Le clin d'œil qu'il adressa à sa femme ne fit que la déconcerter davantage encore.

— Je crois, Gwendoline, que votre petit déjeuner va devoir attendre. Il faut absolument que vous alliez vous recoucher.

— Pour quelle raison ?

Le duc se pencha vers elle et lui chuchota quelques mots à l'oreille. Quand il eut fini, sa femme rougit jusqu'aux oreilles.

— Ô Henry..., murmura-t-elle. Je vois que vous êtes complètement rétabli, maintenant.

11

Jade fut de retour chez Caine peu de temps après. Après avoir mis pied à terre et rendu le cheval à Matthew, elle pénétra à l'intérieur de la maison par la porte de derrière et emprunta l'escalier de service pour regagner sa chambre. Quand elle tourna au bout du couloir, elle trouva Stern en train de monter la garde devant sa porte.

Lorsqu'il l'aperçut, il marqua un temps d'arrêt. Puis il croisa les bras sur sa poitrine.

— Vous étiez censée être dans votre chambre, mademoiselle.

Jade décida de passer immédiatement à l'offensive.

— Et vous, pourquoi êtes-vous là ? lui demanda-t-elle du tac au tac.

— Je surveille votre porte.

— Pour quelle raison ?

— Pour que vous ne quittiez pas votre chambre.

— C'est raté, répliqua-t-elle avec un petit sourire. Stern, votre temps est trop précieux pour que vous le perdiez à surveiller une pièce vide.

— Mais, mademoiselle, j'ignorais qu'elle était vide.

Elle lui tapota le bras.

— Vous m'expliquerez cela plus tard. Maintenant,

laissez-moi passer, il faut que je me change pour aller prêter main-forte à Caine.

Elle bouscula le majordome et lui ferma la porte au nez, sans s'occuper de ses protestations indignées. Puis elle troqua en toute hâte sa tenue de cavalière pour une robe vert foncé et dévala l'escalier principal quatre à quatre.

A présent, Stern gardait la porte d'entrée. Il avait les mâchoires serrées. Il n'en fallut pas plus à Jade pour comprendre qu'il allait lui faire des difficultés.

— Vous ne pouvez pas sortir, annonça-t-il d'une voix qui aurait donné la chair de poule au diable en personne.

Nullement intimidée, elle lui adressa un grand sourire.

— Comment cela, je ne peux pas sortir ?

— Mon maître a insisté pour que vous restiez ici.

— Et moi, j'insiste pour sortir.

Pour toute réponse, Stern s'appuya contre la porte et secoua lentement la tête.

Jade changea alors de tactique.

— Dites-moi, Stern, combien y a-t-il de domestiques qui vivent à demeure ici ? demanda-t-elle, dans le but de détourner son attention.

Il parut surpris par cette question.

— Il n'y a que la moitié du personnel en ce moment, répondit-il. Nous sommes cinq en tout.

— Où sont les autres ?

— A Londres. Ils aident à nettoyer la maison que M. le marquis possède là-bas.

— Mais je pensais qu'elle avait été entièrement ravagée par un incendie, déclara-t-elle.

— Les dégâts étaient moins importants qu'il n'y paraissait au premier abord. Seul le pignon a été sérieusement endommagé. Mais la fumée a sali tout le reste. Pendant que les ouvriers réparent le bâtiment, les domestiques remettent de l'ordre à l'intérieur.

— Je me demande, Stern, si les domestiques qui sont ici sont des gens sûrs.

— Absolument, mademoiselle. Ils sont tous dignes de confiance. Leur loyauté envers leur maître est sans faille.

— Vous en êtes certain ?

Il s'écarta de la porte.

— Pourquoi cela vous préoccupe-t-il autant ?

— Eh bien voilà. Dans quelques jours, Stern, vous allez recevoir des hôtes, mais il faudra que leur présence reste secrète. Les domestiques devront donc être d'une discrétion totale.

— M. le marquis ne m'a annoncé la venue de personne, dit-il.

Il avait l'air froissé. Jade profita de ce moment de flottement pour s'élancer vers la porte en bousculant le majordome sur son passage.

— Caine n'est pas encore au courant, répliqua-t-elle. Voilà pourquoi il ne vous en a pas parlé. C'est une surprise, voyez-vous.

A en juger par son air désarçonné, Stern ne voyait rien du tout.

— J'ai pensé que vous préféreriez être prévenu à l'avance afin de pouvoir préparer les chambres d'amis, expliqua-t-elle, puis elle releva ses jupes et commença à descendre les marches. Allons, Stern, cessez de froncer les sourcils. Je dirai à Caine que vous avez essayé de m'empêcher de sortir.

— Et moi, j'informerai M. le marquis que vous n'étiez pas dans votre chambre, lui cria-t-il de loin.

Jade trouva Caine dans ce qui avait été autrefois les écuries. Il n'en restait plus que des cendres incandescentes. Tout avait été ravagé, absolument tout.

Les chevaux, nota-t-elle, avaient été enfermés dans un vaste enclos rectangulaire que les hommes venaient juste d'achever.

La chemise blanche de Caine était couverte de suie.

— Vous avez récupéré tous vos chevaux ? demanda-t-elle quand elle arriva auprès de lui.

Il se retourna lentement vers elle. Ses yeux jetaient des étincelles, mais il prit un ton faussement désinvolte pour répondre :

— Tous sauf celui que vous m'avez emprunté.

— Emprunté ? fit-elle, feignant l'innocence.

— Allez m'attendre dans le salon, ordonna-t-il.

— Mais je tiens à vous aider, Caine.

— M'aider ? s'écria-t-il.

A ces mots, il faillit exploser.

— Vous m'avez suffisamment aidé comme ça, vous et vos hommes.

Il s'interrompit pour reprendre son souffle, puis hurla :

— Rentrez immédiatement !

Jade ne se le fit pas dire deux fois et rebroussa aussitôt chemin. Elle sentait le regard courroucé de Caine posé sur elle. C'était inutile de chercher à le raisonner maintenant.

Arrivée en bas des marches, elle l'interpella.

— Caine ! Si vous comptez rester dehors, tâchez d'être un peu plus discret. Vous êtes une cible idéale.

Stern descendit l'escalier en courant et empoigna la jeune femme par le bras.

— Faites ce qu'il vous a demandé, mademoiselle, chuchota-t-il en la tirant sans ménagement. Vous ne voulez pas le pousser à bout, non ? Alors, rentrez vite. Je crois que c'est la première fois que je vois Monsieur en proie à une telle rage.

— Ah ça oui, il est en rage, murmura-t-elle avec des tremblements dans la voix. Stern, pourrais-je avoir une tasse de thé ? La journée commence mal.

— Bien sûr que vous pouvez avoir du thé. Je vais m'en occuper tout de suite, mademoiselle. Vous savez, je pense que M. le marquis n'avait pas l'intention de s'emporter contre vous. Je suis persuadé qu'il s'excusera dès que sa colère sera retombée.

— Il est à craindre qu'elle ne retombe jamais..., marmonna-t-elle entre ses dents.

Stern ouvrit la porte et s'effaça devant la jeune femme, puis il la suivit à l'intérieur.

— Les écuries étaient terminées depuis seulement un mois, déclara-t-il.

Jade eut beau s'efforcer de fixer son attention sur ce que lui expliquait Stern, les paroles de Caine ne cessaient de résonner dans sa tête. « Vous m'avez suffisamment aidé comme ça, vous et vos hommes. » C'était mot pour mot ce qu'il avait dit. De toute évidence, il savait quelque chose à propos de Matthew et de Jeff. Mais comment avait-il été mis au courant et, surtout, que savait-il d'autre ?

Pendant que Stern était allé lui chercher du thé, Jade se mit à arpenter fiévreusement le vaste salon. Elle ouvrit les portes-fenêtres en grand afin de laisser pénétrer dans la pièce l'air frais du matin. C'était aussi une mesure de précaution — en effet, si jamais il venait à Caine l'idée de la tuer, elle aurait toujours la possibilité de s'enfuir.

— Absurde..., marmonna-t-elle en recommençant à faire les cent pas.

C'était complètement absurde. Jamais Caine ne lèverait la main sur elle, si furieux fût-il. Et puis, elle ne voyait pas comment il aurait pu connaître toute la vérité. Non, vraiment, elle n'avait rien à craindre.

Soudain, la porte d'entrée s'ouvrit dans un grand fracas. Elle alla heurter par deux fois le mur du vestibule avant de se refermer violemment.

C'était Caine.

Jade se précipita vers le sofa de brocart vieil or, s'assit et croisa les mains sur ses genoux en arborant le sourire le plus serein qu'elle put. Elle était bien décidée à ne pas lui montrer qu'elle tremblait. Plutôt mourir que de lui laisser voir qu'il avait réussi à l'effrayer.

Une seconde plus tard, Caine faisait irruption dans la pièce. Le sourire de Jade se figea sur ses lèvres quand elle vit son regard. Il avait les yeux injectés de sang, comme un fauve prêt à bondir sur sa proie. Elle crut que sa dernière heure était venue.

— Où êtes-vous allée ce matin ?

— Ne me parlez pas sur ce ton, je vous en prie. Je ne suis pas sourde.

— Répondez-moi, hurla-t-il sans tenir compte de ses paroles.

— J'ai rendu visite à votre cher papa.

La colère de Caine retomba quelque peu, mais il avait l'air incrédule.

— Je ne vous crois pas.

— C'est pourtant la stricte vérité, rétorqua Jade.

Caine s'avança alors vers la jeune femme jusqu'à ce que la pointe de ses bottes touche l'ourlet de sa robe. Il la dominait de toute sa hauteur, tel un dieu vengeur poursuivant de son courroux un pauvre mortel. Jade se sentait prise au piège. Dans un coin de son esprit, elle savait que c'était exactement ce qu'il voulait.

— Vous avez tort de ne pas me croire, Caine, car je suis réellement allée voir votre père. J'étais inquiète à son sujet. Le Dr Harwick n'avait pas caché que son état était préoccupant et j'ai pensé qu'un brin de causette lui ferait le plus grand bien.

Durant toute cette déclaration, elle garda les yeux obstinément fixés sur ses mains.

— Quand avez-vous allumé l'incendie, Jade ?

Elle redressa la tête.

— Je n'ai allumé aucun incendie.

— Vous me prenez pour un imbécile ?

Il se détourna brusquement d'elle et se dirigea à grandes enjambées vers la cheminée. Il était si furieux qu'il préférait ne pas rester à côté de Jade.

Celle-ci se leva, croisa les bras et affirma sur un ton catégorique :

— Je n'ai pas mis le feu à vos écuries, Caine.

— Alors vous avez donné ordre à l'un de vos hommes de le faire. Je veux savoir pourquoi.

— Quels hommes ?

— Les deux énergumènes qui rôdaient par ici le jour où nous sommes arrivés, répondit-il.

Il s'attendait qu'elle nie. Depuis qu'il la connaissait, cette femme n'avait cessé de lui mentir ; il s'en rendait compte maintenant et cela le rendait amer.

— Ah oui, je vois, dit-elle avec un léger haussement

d'épaules. Vous voulez parler de Matthew et de Jeff, je suppose. Vous les avez rencontrés ?

Caine avait du mal à dissimuler sa rancœur.

— Ah oui, je les ai rencontrés, répliqua-t-il sur un ton coupant. Vous m'aviez caché l'existence de ces misérables, oui ou non ? Un mensonge de plus.

Jade était incapable de le regarder dans les yeux. Elle se trouvait à présent en face de l'homme qui était décrit dans le dossier qu'elle avait lu. Froid. Méthodique. Implacable. C'étaient les mots qui revenaient tout au long des pages, et ils correspondaient parfaitement à la réalité.

— Matthew et Jeff ne sont pas des misérables, ce sont des gens bien, murmura-t-elle.

— Vous ne niez donc pas...

— Je ne nie rien du tout. Vous me mettez dans une position impossible, Caine. J'ai donné ma parole et je ne peux pas me dédire. Vous devez me faire confiance encore quelque temps.

— Vous faire confiance ? Vous me prenez pour un imbécile ? Jamais plus je ne vous ferai confiance. Vous m'entendez ? Jamais plus.

La voix de Caine retentit dans la pièce comme un coup de tonnerre. Jade était terrifiée. Elle respira profondément pour se donner du courage, puis déclara d'une voix tremblante :

— J'ai un problème très délicat à résoudre.

— Si vous saviez combien je m'en moque, de votre problème ! fulmina-t-il. Mais à quoi jouez-vous donc ? Et pourquoi êtes-vous ici ?

Jade secoua lentement la tête.

— La seule chose que je peux vous dire, c'est que je suis ici à cause de vous.

— Répondez à ma question, rugit-il.

— D'accord. Eh bien, je suis ici pour vous protéger.

Elle lui aurait annoncé qu'elle descendait tout droit du paradis qu'il n'aurait pas réagi autrement. Il haussa les épaules en levant les yeux au ciel.

— Je veux la véritable raison.

— C'est la véritable raison. Mon rôle est de vous protéger, réaffirma-t-elle.

Stern apparut alors à la porte avec un plateau dans les mains. Il jeta un coup d'œil à son maître et fit aussitôt demi-tour.

— Fermez la porte derrière vous, Stern, ordonna Caine.

— Ne criez pas après Stern, lança Jade en élevant la voix à son tour. Il n'a rien à voir avec tout cela.

— Asseyez-vous, Jade.

Son ton s'était nettement radouci, mais il n'en était que plus menaçant. Jade dut rassembler tout son courage pour ne pas obtempérer.

— Quand vous êtes de mauvaise humeur, tous les petits freluquets qui sont sous vos ordres doivent rentrer sous terre, n'est-ce pas ?

— Asseyez-vous !

Elle tourna la tête vers la porte, évaluant rapidement la distance qu'elle aurait à parcourir pour être en sécurité, mais Caine la dissuada de mettre son projet à exécution.

— Vous ne m'échapperez pas, lança-t-il.

— Voyons, Caine, soyez raisonnable.

— Je n'ai pas la moindre intention d'être raisonnable.

— Je crois qu'il vaudrait mieux que nous ayons une discussion un peu plus tard, une fois que vous serez calmé et que...

— Non, tout de suite, l'interrompit-il. Cette discussion aura lieu tout de suite, Jade.

Il avait envie de l'empoigner par les épaules et de la secouer pour la forcer à répondre à ses questions, mais il savait que dans l'état où il se trouvait, s'il posait la main sur Jade, il risquait de la tuer.

Il était fou de désespoir.

— C'est Lucifer qui vous a envoyée, n'est-ce pas ?

— Non.

— Si, soutint-il. Envoyer une femme à sa place ! Quelle honte ! Qui est cet homme, Jade ? Votre frère ?

Elle secoua négativement la tête et recula de quelques pas.

— Je vous en prie, Caine, écoutez-moi...

Il fit un pas en direction de la jeune femme, mais se força à s'arrêter.

— Tout cela n'était que mensonges, n'est-ce pas, Jade ? Vous n'avez jamais été en danger.

— Non, vous vous trompez, répliqua-t-elle. Simplement, c'était vous la cible principale.

Il soupira d'un air sceptique. Jade savait que Caine ne croyait pas un mot de ce qu'elle disait. Elle lisait de la douleur dans ses yeux.

— Envoyer une femme..., répéta-t-il. Quand je pense qu'il a envoyé une femme... Votre frère est un lâche, Jade. Il mourra, et ce ne sera que justice. Œil pour œil, dent pour dent... ou plutôt frère pour frère, ajouta-t-il avec un rictus amer au coin des lèvres.

— Caine, écoutez-moi, l'implora-t-elle.

Le fait de causer du chagrin à Caine lui donnait envie de pleurer.

— Essayez de comprendre, poursuivit-elle. Au début, j'ignorais totalement quel genre d'homme vous étiez... O mon Dieu... si vous saviez à quel point je suis désolée...

— Désolée ? fit-il, d'une voix dénuée de toute émotion.

— Oui. Écoutez-moi un instant et vous...

— Vous pensez que je vais croire ce que vous allez me raconter ?

Jade ne répondit pas. Elle avait l'étrange impression d'être transparente pour Caine. Il resta silencieux un long moment. Elle avait l'impression de voir la colère s'accumuler au fond de son cœur.

Elle ferma les paupières pour se protéger contre la fureur de Caine, contre sa haine qui menaçait de tout balayer sur son passage.

— Vous avez accepté de faire l'amour avec moi parce que Lucifer vous l'avait ordonné ? demanda-t-il.

Elle réagit comme s'il l'avait giflée.

216

— Vous me prenez pour une prostituée ? se récria-t-elle. Jamais je ne ferais une chose pareille, pas même pour mon frère, Caine.

Ses yeux se remplirent de larmes.

— Je ne suis pas une prostituée, répéta-t-elle.

C'est alors qu'un hurlement retentit dehors, attirant l'attention de Jade et de Caine. On eût dit un cri de guerre.

Jade reconnut aussitôt la voix de Nathan. Il venait d'arriver. Toute cette comédie allait enfin prendre fin.

— Vous avez traité ma sœur de prostituée ?

Les murs tremblèrent. C'était la première fois que Jade voyait son frère en proie à une telle rage.

Elle esquissa un pas vers Nathan, mais Caine la rattrapa par l'épaule.

— Laissez-moi passer, lui ordonna-t-il sans se départir de son calme.

Ce calme ne présageait rien de bon, se dit la jeune femme.

— Où voulez-vous aller ? demanda-t-elle. Vous n'avez pas l'intention de frapper mon frère, j'espère ? Je vous en empêcherai.

— Lâchez-la immédiatement, rugit Nathan, ou je vous tue.

— Nathan ! cria-t-elle. Caine n'est au courant de rien.

Elle tenta de s'arracher à l'étreinte de Caine, mais en vain. Il la retenait fermement.

Jade aurait été incapable de dire qui était le plus furieux. Nathan arborait un air aussi féroce que Caine, et tout aussi menaçant. Ces deux colosses étaient deux adversaires de force égale, qui allaient s'entre-tuer si on les laissait faire.

Nathan avait l'allure d'un pirate. Ses longs cheveux bruns tombaient sur ses larges épaules. Il était vêtu de culottes noires très ajustées et d'une chemise ouverte jusqu'à la taille. Il était un peu moins grand que Caine, mais aussi musclé.

Mon Dieu, oui, ils allaient s'entre-tuer. Pendant que

217

les deux géants se mesuraient du regard, Jade cherchait désespérément un moyen de détendre l'atmosphère.

— Hé, je vous ai posé une question, lança Nathan en s'avançant. Vous avez traité ma sœur de prostituée, oui ou non ?

— Non, il ne m'a pas traitée de prostituée, s'écria Jade quand elle vit son frère porter la main à son couteau. Il n'est pas au courant au sujet de Colin. J'ai tenu parole.

Nathan marqua une hésitation. Jade en profita pour pousser son avantage.

— Il croit que tu as tué Colin, ajouta-t-elle. Il a tout deviné, Nathan.

Le bras de celui-ci retomba le long de son corps, loin du sinistre couteau. Jade en éprouva un tel soulagement qu'elle sentit ses jambes flageoler.

— Vraiment ? fit Nathan en fronçant les sourcils.

Caine regarda fixement l'intrus. Il savait maintenant, sans l'ombre d'un doute, que le pirate était le frère de Jade. Ils avaient tous les deux les mêmes yeux verts.

— Oui, j'ai tout deviné, rugit Caine. Vous êtes Lucifer et vous avez tué mon frère.

A nouveau, Jade tenta de rejoindre Nathan mais Caine l'empoigna et la poussa brutalement derrière lui.

— N'essayez pas de fuir, gronda-t-il.

— Vous voulez me protéger de mon propre frère ?

Caine ne répondit pas.

— Est-ce qu'il t'a touchée ? demanda Nathan à Jade.

— Je t'en prie, Nathan, ce n'est pas le moment de parler de cela.

— Taisez-vous ! ordonna Caine, puis il fit un bond en avant.

La jeune femme le retint par sa chemise mais cela ne suffit pas à l'arrêter. Il renversa sur son passage le guéridon sur lequel Stern avait déposé le service à thé, et continua à avancer vers sa proie.

— Oui, je l'ai touchée, vociféra-t-il. Vous devriez être content. N'était-ce pas ce que vous aviez manigancé ?

Nathan poussa une sorte de mugissement avant de s'élancer à son tour. Les deux hommes ressemblaient à deux taureaux qui chargent, cornes en avant.

— Non ! hurla Jade. Nathan, je vous en supplie, ne faites pas de mal à Caine. Et vous, Caine, ne faites pas de mal à Nathan...

Elle mit fin à ses supplications quand elle se rendit compte qu'ils ne lui prêtaient aucune attention.

Ce fut Caine qui attaqua le premier. Il projeta littéralement Nathan contre le mur. Une ravissante aquarelle représentant la Tamise tomba sur le sol dans un grand fracas. Nathan acheva la destruction du malheureux tableau en passant le pied à travers alors qu'il s'apprêtait à frapper Caine au bas-ventre avec son genou.

Il était décidé à faire de ce rufian un eunuque. Mais Caine para le coup sans difficulté et envoya une nouvelle fois Nathan contre le mur. Le frère de Jade riposta aussitôt, par des procédés quelque peu déloyaux. Caine saisit alors Nathan au collet et allait lui lancer son poing dans la figure lorsque son attention fut attirée par l'homme qui était debout dans l'embrasure de la porte. Son étreinte se relâcha aussitôt. Nathan voulut reprendre l'avantage et contre-attaqua par un coup de poing à la mâchoire. Caine l'encaissa comme s'il s'agissait d'une simple pichenette, puis repoussa violemment Nathan contre le mur.

— Colin ?

Caine articula ce nom d'un ton incrédule. Seigneur ! son frère était en vie. Colin se tenait appuyé contre le chambranle, et souriait, de ce sourire légèrement en biais qui lui était si familier... Il avait l'air amaigri, terriblement amaigri, mais bien vivant.

Caine était tellement abasourdi qu'il ne se rendait pas compte qu'il était en train d'étrangler Nathan ; il fallut qu'il l'entende suffoquer en cherchant sa respiration pour en prendre conscience. Dès qu'il desserra l'étau de ses mains, Nathan se mit de nouveau à frapper Caine. Mais celui-ci ne répliqua pas et finit par lâcher prise. Puis, réagissant avec un temps de retard, il enfonça son coude dans les côtes de Nathan et s'avança vers Colin.

— Ô Colin ! quelle horreur, s'écria soudain Nathan, j'allais tuer votre frère. Savez-vous ce qu'il a fait à ma sœur ? Il...

— Nathan, qu'as-tu besoin d'aller raconter cela à Colin ! lança Jade. Je t'en prie, essaie de te conduire en gentleman pour une fois.

Colin s'écarta de la porte et s'avança lentement vers son frère en s'appuyant sur une canne. Tremblant d'émotion, Caine l'étreignit sur sa poitrine.

— Mon Dieu, te voilà en chair et en os. Je n'arrive pas à y croire.

— Je suis si heureux de te retrouver, Caine, dit Colin. Je sais que tu es surpris, mais je t'expliquerai tout plus tard. Ne m'en veux surtout pas de ne rien t'avoir dit. Ce sont des hommes tellement cruels, je te connais, tu te serais précipité...

Colin n'avait pas la force de continuer. Il se laissa aller contre son frère, en pesant sur lui de tout son poids. Caine le soutint d'une poigne ferme, attendant que son frère se ressaisisse.

— Prends ton temps, Colin, murmura-t-il. Prends ton temps.

Quand Colin lui fit signe qu'il se sentait de nouveau capable de tenir sur ses jambes, Caine recula d'un pas pour le voir. Il avait les larmes aux yeux et les muscles de ses mâchoires tressaillaient sous la peau.

— Sais-tu que tu ressembles à un pirate, toi aussi ? déclara-t-il. Tu as les cheveux aussi longs que Lucifer, ajouta-t-il en jetant un regard hargneux à Nathan.

Nathan lui rendit son regard.

— Je ne lui ai rien dit, Colin, dit-il. Mais votre frère a tout deviné. Il sait que je suis Lucifer et que je lui ai envoyé ma petite sœur pour user de ses charmes auprès de lui.

220

Jade aurait voulu rentrer sous terre. Son visage était en feu.

— Nathan, si Caine n'a plus envie de te tuer, il se pourrait bien que je m'en charge, moi, lança-t-elle d'un ton menaçant.

Colin avait les yeux fixés sur elle. Quand elle le vit éclater de rire, elle comprit aussitôt à quoi il pensait.

— Ne vous avais-je pas dit..., commença-t-il.

— Colin, asseyez-vous, ordonna-t-elle. Vous feriez mieux de reposer votre jambe, il est encore trop tôt pour marcher.

Colin n'était pas près d'oublier la terrible remarque de Nathan.

— Je me doutais que vous et Caine, vous...

Il soupira, puis ajouta :

— Je vous avais prévenue, non ?

— Colin, je ne veux plus entendre un mot à propos de Caine et de moi. D'accord ? Mais où est donc le Dr Winters ? se hâta-t-elle de demander pour détourner la conversation. Il devrait être parmi nous.

— Le Dr Winters était avec vous ? s'étonna Caine.

— Lucifer avait réussi à le convaincre de rester à bord de l'*Émeraude* pour me soigner, expliqua Colin.

Il se dirigea clopin-clopant vers le sofa et s'assit.

— Au début, il était un peu réticent, poursuivit-il, mais Lucifer sait parfois se montrer très persuasif. Et en fin de compte, je crois qu'il ne s'est jamais autant amusé.

— Et où est-il en ce moment ? insista la jeune femme.

— Nous l'avons laissé rentrer chez lui, répondit Colin. Voyons, Jade, arrêtez de vous tracasser comme ça. Il faut être patient — il faut laisser à ma jambe le temps de guérir.

Jade cala un oreiller dans le dos de Colin, puis posa son pied sur un tabouret.

— Je vais aller vous chercher quelque chose à boire, lui dit-elle. Vous me semblez bien pâle. Le simple fait de remonter l'allée jusqu'ici a dû vous fatiguer, n'est-ce pas ?

Sans attendre sa réponse, elle rassembla ses jupes et se précipita vers la porte du salon. Caine se mit aussitôt en travers de son chemin.

— Vous ne bougerez pas d'ici, annonça-t-il d'un ton sans réplique.

Elle tenta de passer outre mais il la saisit par le bras. Il la serrait à lui meurtrir la peau.

— Asseyez-vous, Jade.

— Jade ? dit Colin en marquant son étonnement.

— J'ai permis à Caine de m'appeler par mon prénom.

— Vraiment ? fit Nathan.

— Comment l'appelles-tu, toi ? demanda Caine à son frère.

— Elle possède plusieurs surnoms, répondit Colin. La plupart du temps, je l'appelle la Rousse. N'est-ce pas, Jade ?

La jeune femme hochant la tête, il continua ses explications.

— Nathan préfère l'appeler la Môme, lui. Et Black Harry m'appelle le Dauphin. C'est une insulte dans sa bouche.

Nathan secoua la tête en signe de désaccord.

— Je ne vois pas où est l'insulte, Colin. Les dauphins sont des animaux très gentils.

Caine poussa un soupir de lassitude.

— Qui est ce Black Harry ?

Caine prit soudain conscience du miracle qui venait de se produire. Il sentit ses forces l'abandonner. Il traîna Jade jusqu'à la bergère placée en face du sofa, se laissa choir dedans et obligea la jeune femme à s'asseoir sur le bras du fauteuil.

Il ne parvenait pas à détacher les yeux de son frère.

— Je n'arrive toujours pas à croire que tu es en vie, murmura-t-il.

— C'est grâce à Lucifer, répliqua Colin. Et moi, je n'arrive pas à croire que tu réagisses avec autant de calme. Je pensais que tu serais furieux d'apprendre que j'avais fait promettre à Jade de ne rien te révéler. Ah! Caine, j'ai tant de choses à te raconter... Mais d'abord, je crois que la sœur de Nathan veut te parler.

Jade secoua la tête avec véhémence.

— Non, Colin, je n'ai rien à lui dire. Par contre, si vous avez envie de lui expliquer toute l'affaire, attendez au moins que je sois partie.

Caine n'écoutait pas la jeune femme. Il lui lâcha le bras et se pencha en avant, les coudes sur les genoux, et plongea son regard dans celui de son frère.

— Je veux savoir qui se cache derrière tout cela, déclara-t-il. Donne-moi le nom de cette crapule, Colin, je me chargerai du reste.

Jade en profita pour tenter de se lever. Mais au premier geste qu'elle esquissa, Caine la saisit par le poignet, sans pour autant quitter son frère des yeux.

— Je crois vous avoir déjà dit que vous ne bougeriez pas d'ici, déclara-t-il.

Nathan avait l'air interloqué.

— Pourquoi ne lui as-tu pas planté ton couteau à travers le corps ? lança-t-il à sa sœur.

Celle-ci haussa les épaules.

— Colin aurait été désespéré.

— Comment se fait-il que Black Harry soit si long ? demanda Nathan à Colin.

Il se dirigea vers le sofa et s'assit à côté de Colin en posant ses pieds sur le même tabouret que lui.

— Il ne devrait plus tarder, maintenant, expliqua Colin. Il a perdu ses besicles.

Les deux hommes éclatèrent de rire. Jade était horrifiée.

— Black Harry est ici ? En Angleterre ? articula-t-elle d'une voix tremblante.

Nathan semblait le seul à comprendre les raisons de la détresse de la jeune femme.

— Oui, répondit-il sèchement. Et quand je lui dirai...

— Tu ne lui diras rien du tout, s'écria-t-elle.

Elle essaya d'échapper à la poigne de Caine, mais celui-ci, loin de lâcher prise, accentua l'étreinte de sa main.

— Qui est Black Harry ? demanda-t-il sans s'occuper des efforts de Jade pour se libérer.

— C'est leur oncle, répliqua Colin. Il a recueilli Jade à la mort de son père.

Caine s'efforçait de s'y retrouver parmi toutes ces informations. La réaction de Jade à l'annonce que Harry se trouvait ici indiquait qu'elle avait peur de lui.

— Combien de temps a-t-elle vécu auprès de lui ? s'enquit-il.

— Oh, plusieurs années, répondit Colin.

Caine se tourna vers Nathan.

— Où diable étiez-vous pendant ce temps-là ? Vous dévalisiez les honnêtes gens ?

— Bon sang, Colin, la patience d'un homme a des limites, grommela Nathan. S'il continue comme cela, je vais finir par le tuer, quand bien même devrais-je y perdre votre amitié.

Colin était encore trop fatigué pour participer à la conversation. Il ressentait le besoin de se reposer un peu avant de commencer ses explications. Il bâilla à s'en décrocher la mâchoire et déclara à la cantonade :

— Tant que les choses ne seront pas rentrées dans l'ordre, personne ne tuera qui que ce soit.

Puis il s'appuya contre les coussins et ferma les yeux.

C'est alors qu'un grand bruit retentit, attirant l'attention de tout le monde. Caine leva la tête à temps pour voir un pot de fleurs voler à travers la terrasse avant de venir se fracasser contre le muret. Un juron retentit au même moment.

— C'est Harry, annonça Colin.

Caine regarda en direction de l'entrée. Il s'attendait à tout, à présent. Plus rien ne pouvait le surprendre.

Malheureusement, il se trompait. L'homme qui franchit le seuil était vêtu d'une façon si grotesque qu'il faillit éclater de rire.

Harry s'arrêta, mit les poings sur les hanches et

224

foudroya du regard l'assistance. Il était habillé tout en blanc, avec une large ceinture rouge enroulée autour de sa bedaine. Il avait le teint hâlé et ses cheveux étaient argentés. Autant que Caine pouvait en juger, l'homme avait une cinquantaine d'années.

Sa vue aurait donné des cauchemars à un enfant. Il était d'une laideur repoussante, avec un gros nez qui lui mangeait la moitié du visage. Quant à ses yeux, ce n'étaient guère que des fentes vides, en raison du strabisme dont il était affligé.

Mais il ne manquait pas d'allure. Il s'avança dans la pièce en bombant le torse. Deux hommes se précipitèrent aussitôt à sa rencontre, déplaçant les objets qui se trouvaient sur son passage. Deux autres individus suivaient derrière. Caine les reconnut sur-le-champ. C'étaient Matthew et Jeff. Ils étaient couverts d'ecchymoses, souvenirs de la petite explication qu'il avait eue avec eux.

— Il commence à y avoir foule ici, déclara Caine.

Jade réussit enfin à se libérer et se jeta dans les bras de Harry. Caine remarqua alors que celui-ci avait une dent en or. Lorsqu'il souriait, on la voyait briller.

— Ô oncle Harry, comme vous m'avez manqué ! murmura-t-elle.

— Ah ça oui, j't'ai manqué, fillette, maugréa-t-il. Sais-tu que tu mérites une bonne correction ? ajouta-t-il après avoir pressé la jeune femme sur sa poitrine. T'es devenue complètement folle, ma parole ! Tu vas me raconter toute cette histoire de A à Z et ensuite, attends-toi à recevoir une belle raclée.

— Voyons, Harry, je ne voulais pas vous contrarier, plaida Jade.

— Dis plutôt que tu ne voulais pas que je découvre la vérité, rétorqua-t-il.

Puis il se pencha et l'embrassa sur le sommet du crâne.

— C'est lui, Caine ? demanda-t-il en le montrant du regard.

— Oui, confirma Jade.

— Il n'est pas mort ?

— Non.

— Alors bravo, fillette, t'as fait du bon travail, la félicita Harry.

— Si je n'écoutais que moi, il serait bientôt mort, intervint Nathan.

— Qu'est-ce que j'entends ? On dirait qu'il y a de l'orage dans l'air.

— Harry ! l'interpella Jade.

— Oui ?

Elle se haussa sur la pointe des pieds et lui chuchota quelques mots à l'oreille. Harry fronça les sourcils, puis ses traits se détendirent et il hocha la tête.

— Juste une question, mon petit : est-ce que t'as confiance en cet homme ?

Jade ne put se résoudre à mentir.

— Oui, Harry.

— Qu'est-ce qu'il représente pour toi, au juste ?

— Rien du tout, lâcha-t-elle très vite.

— Alors regarde-moi dans les yeux, fillette. T'as une drôle de façon de fixer le plancher. Tu me caches quelque chose, toi.

— Absolument pas, Harry. Simplement, je suis contente que cette comédie soit enfin terminée.

Harry n'avait pas l'air convaincu.

— Pourquoi tu t'serais donné la peine de veiller sur sa sécurité s'il ne représentait rien pour toi ?

— Pour la simple et bonne raison que c'est le frère de Colin, rappela-t-elle à son oncle. Voilà tout.

Harry décida d'attendre qu'ils soient seuls pour lui tirer les vers du nez.

— J'comprends toujours pas, fit-il, puis il s'adressa à Caine : Et vous, vous devriez vous prosterner aux pieds de Lucifer. Si votre frère est encore en vie, c'est grâce à lui.

— Maintenant que vous êtes là, Harry, nous allons enfin pouvoir tout tirer au clair, déclara Colin.

Harry bougonna, puis il regarda Jade droit dans les yeux.

— Tu sais, fillette, je n'oublie pas la rossée que je t'ai promise. Tu vas passer un sale quart d'heure. Tu me crois, j'espère ?

— Bien sûr que je vous crois, Harry, répondit-elle.

Elle s'efforça de ne pas sourire. Durant toutes les années où Jade avait vécu avec lui, pas une seule fois il n'avait levé la main sur elle. C'était un homme très doux, qui avait un cœur d'or et une âme si pure que Dieu devait être fier de lui. Harry adorait lancer des menaces en public. C'était un pirate, que diable, et il fallait sauvegarder les apparences.

Caine bondit de son siège en entendant les paroles vengeresses de Harry, mais Colin lui fit signe de se rasseoir.

— Ce sont des mots en l'air, lui murmura-t-il à l'oreille.

— Hé les gars, apportez-moi un siège ! ordonna Harry à ses hommes, tout en se dirigeant vers la cheminée, les yeux rivés sur Caine.

Colin et Nathan eurent juste le temps d'enlever leurs pieds ainsi que le tabouret pour lui laisser le passage.

Pendant que Jade aidait Colin à se réinstaller, Harry se tenait debout devant l'âtre, les mains croisées derrière le dos.

— On peut pas dire que vous ayez un air de famille avec le Dauphin, observa-t-il.

Il eut un large sourire qui laissa de nouveau apparaître sa dent en or, puis ajouta :

— Hormis le fait que vous et votre gringalet de frère soyez laids comme les sept péchés capitaux, j'vois aucune ressemblance entre vous deux.

Caine se dit que l'homme ne devait pas voir grand-chose, mais il garda cette réflexion pour lui. Il jeta un coup d'œil à Colin pour observer la réaction de son frère. Celui-ci avait fermé les paupières et souriait. Caine en conclut que la colère de Harry ne visait que lui.

Un des acolytes de Harry approcha un fauteuil de la cheminée. Dès que son oncle se fut assis, Jade traversa la pièce et vint se mettre derrière lui. Elle posa la main sur son épaule.

— Vous portez des besicles, mon garçon ? demanda-t-il à Caine.

Celui-ci secoua négativement la tête.

— Personne n'en porte ici ? Pas même un de vos domestiques ? insista Harry.

— Non.

— Mon oncle, savez-vous où vous avez perdu votre dernière paire ? s'enquit Jade.

— Drôle de question, fillette. Si je m'en souvenais, j'les aurais pas perdues, pardi.

Harry se retourna vers Caine.

— Y a un village par ici ?

Colin éclata de rire. Même Nathan sourit. Caine ne voyait pas ce qui pouvait les amuser autant.

— Oui, répondit Colin, il y en a un tout près.

— Personne ne vous a rien demandé, tête de linotte ! s'écria Harry. Rendormez-vous, le Dauphin. Vous n'êtes d'ailleurs bon qu'à ça, ajouta-t-il avec un clin d'œil.

Harry s'adressa à ses gardes du corps.

— Hé, vous autres, vous savez ce qui vous reste à faire, maintenant, non ?

Les deux hommes à la mine patibulaire, qui attendaient sur la terrasse, opinèrent. Quand elle les vit tourner les talons, Jade tapota l'épaule de Harry.

— Bon, ça va, fillette, j'ai compris, bougonna-t-il. Hé les gars, s'écria-t-il, pas de pillage. Nous sommes trop près de chez nous.

— D'accord, répondit de loin l'un des deux compères.

— Ils n'ont pas été trop longs à exécuter mes ordres ? demanda Harry à Jade à voix basse.

— Oh non, répliqua-t-elle. Ça n'a pas traîné !

Harry hocha la tête d'un air satisfait. Puis il croisa les jambes et se pencha en avant.

— Quand j'suis arrivé tout à l'heure, j'ai eu l'impression qu'il y avait de l'orage dans l'air. J'm'attendais que tout le monde saute de joie, mais c'était pas le cas. Hein, fillette ?

— Oui, Harry.

— Se pourrait-il que le Dauphin soit une telle source d'embêtements que vous ne soyez pas content de le revoir ? demanda-t-il à Caine. Remarquez, c'est pas moi qui vous jetterai la pierre. Ce garçon ne sait même pas jouer correctement aux échecs.

— La dernière fois que nous avons joué ensemble, je n'avais pas toute ma tête à moi, lui rappela Colin.

— Vous avez un petit pois à la place du cerveau, v'là la vérité, bougre d'animal.

Colin sourit.

— Caine, sais-tu pourquoi on appelle cet énergumène Black Harry ?

— J'préfère lui dire moi-même, déclara Harry. C'est parce que j'ai l'âme noire.

Il annonça cela comme s'il s'agissait d'un titre de gloire, puis ajouta, après avoir marqué une pause pour que Caine ait le temps d'apprécier cette explication à sa juste valeur :

— C'est moi qui m'suis donné ce surnom. Il m'va bien, pas vrai, fillette ?

— Oui, mon oncle, il vous va comme un gant. Votre âme est aussi noire que le fond d'un puits.

— J'te remercie, mon petit, répliqua-t-il en lui tapotant la main. Dès que mes hommes s'ront revenus, je rentrerai à Shallow's Wharf. Mais j'aimerais bien manger un morceau avant de partir.

— Je vais m'en occuper tout de suite, fit Jade.

Elle se dirigea aussitôt vers la porte en s'efforçant de passer le plus loin possible de Caine. Avant de quitter la pièce, elle se retourna vers son oncle.

— S'il vous plaît, Harry, empêchez Nathan et Caine d'en venir aux mains.

— Ça m'déplairait pas, répliqua Harry.

— Moi, si, rétorqua la jeune femme. Je vous en supplie, mon oncle.

— Bon, d'accord, j'les ai à l'œil, tu peux compter sur moi, promit-il.

A peine la jeune femme avait-elle refermé la porte derrière elle qu'il murmura :

— Oh la la ! J'aurais mieux fait de lui taillader le visage à coups de couteau quand elle était petite. Elle est trop jolie pour ne pas s'attirer d'ennuis. Voilà pourquoi je l'ai si souvent laissée seule. Si j'l'avais emmenée avec moi, j'aurais jamais été tranquille — difficile de savoir comment mes gars auraient réagi lorsque j'aurais eu le dos tourné. Ce n'sont pas des anges...

— Elle est si belle qu'un individu sans scrupules aurait aisément pu profiter de la situation, lança Nathan.

— Allons, Nathan, n'insistez pas, intervint Colin.

Il rouvrit les yeux et regarda Caine.

— Mon frère est un homme d'honneur, ajouta-t-il.

— Lui un homme d'honneur ? s'esclaffa Nathan en haussant les épaules.

Caine n'écoutait pas la conversation. Il repensait à ce que venait d'avouer Harry. Il avait souvent laissé Jade seule. Où donc ? se demanda Caine. Et qui veillait sur elle lorsqu'il était absent ? Il ne devait pas y avoir de femme là-bas, sinon Jade aurait été un peu plus au courant des choses de la vie... et de l'amour.

— Qu'est-ce que c'est que toute cette histoire ? rugit Harry, arrachant Caine à ses réflexions.

— Bien que ce ne soit guère dans votre nature, je vais vous demander d'être patient, Harry, déclara Colin. Il s'agit d'un petit malentendu, c'est tout.

— Alors dépêchez-vous de le dissiper, répliqua Harry.

— Mais, Colin, il n'y a aucun malentendu, déclara Nathan, je sais tout ce que je voulais savoir. Votre frère est un bâtard...

— Vous êtes un enfant naturel, mon garçon ? intervint Harry.

Il paraissait tout émoustillé par cette éventualité.

Caine soupira.

— Pas le moins du monde, répondit-il.

Harry eut l'air déçu, ce qui ne manqua pas de surprendre Caïne.

— Dans ce cas, vous ne méritez pas ce surnom, affirma Harry. Seuls ceux qui sont nés bâtards ont le droit de s'en vanter. La vérité d'un homme est contenue dans son surnom, ajouta-t-il avec un hochement de tête.

— La vérité d'une femme, aussi, fit Colin.

Caïne avait l'air sceptique. Colin se retint pour ne pas pouffer de rire.

— Harry, racontez-lui l'histoire de Bill le Bâtard, suggéra-t-il.

— Colin, pour l'amour du ciel, s'impatienta Caïne.

— Tout à l'heure, Caïne, murmura son frère. J'ai besoin d'un peu de temps encore pour rassembler mes idées.

Caïne hocha la tête.

— D'accord, dit-il, puis il se tourna vers Black Harry : Allez, parlez-moi de Bill le Bâtard.

— En réalité, ce n'était pas du tout un bâtard, précisa Harry. Il avait choisi ce sobriquet dans le but de se faire accepter parmi nous. Il savait l'importance que j'attachais aux surnoms. Quand on a découvert qu'il avait menti, on l'a envoyé par-dessus bord.

— Ils se trouvaient en plein milieu de l'océan quand cela s'est produit, expliqua Colin. Mais Lucifer a eu pitié de lui, il n'a pas voulu qu'il périsse noyé.

— Quelle délicatesse de votre part ! dit Caïne à Nathan sur un ton narquois.

— Il y a aussi l'histoire de ce gars, un sacré colosse, celui-là...

Caïne poussa un long soupir. Il se carra dans son fauteuil, ferma les paupières et décida d'attendre que cette discussion ridicule soit terminée. Il n'y avait rien d'autre à faire. Colin semblait apprécier la conversation et il avait réclamé un peu de temps.

Harry parla tout seul pendant dix bonnes minutes. Quand il s'arrêta enfin, Nathan déclara :

— Jade possède un surnom spécial...

— Laissez-moi le dire, le coupa Harry, c'est moi qui l'ai trouvé.

— Comme vous vous voulez, Harry, répliqua Nathan.

Tout le monde regardait Caine. S'il s'était donné la peine d'ouvrir les yeux, il aurait vu leurs sourires.

Il commençait à bouillir d'impatience.

— Et quel est ce surnom ? demanda-t-il enfin, d'un ton las.

— Eh bien, mon garçon, annonça Harry, il nous arrive d'appeler Jade Lucifer.

12

Il réagit fort mal à cette nouvelle. Tout d'abord, il refusa purement et simplement de croire que Jade pouvait être Lucifer. Seul un homme était capable à ses yeux d'accomplir des actes aussi audacieux.

Colin, Harry et Nathan l'observaient attentivement. Lorsque Caine, incrédule, secoua la tête, ils lui répondirent tous en chœur par un signe de tête affirmatif.

— Je vois que tu as du mal à l'admettre, déclara Colin d'un air compatissant. Pourtant c'est la vérité, Caine. Harry lui a donné ce surnom il y a longtemps, parce que...

— Je vais le lui expliquer, l'interrompit Harry. C'est à cause de la couleur de ses cheveux, mon garçon. Quand elle était toute petite, ils étaient d'un roux si flamboyant qu'on aurait dit les flammes de l'enfer.

A en juger par son regard, Caine n'avait pas l'air convaincu. Harry crut qu'il ne comprenait toujours pas les raisons de ce surnom.

— Sans compter qu'elle était aussi sauvage que le diable en personne, ajouta-t-il. D'où ce sobriquet.

L'expression de Caine passa lentement de l'incrédulité à la colère. Colin et Harry se sentaient mal à l'aise. Seul Nathan paraissait savourer la situation.

— D'après vous, Caine, est-ce qu'un homme aurait eu l'idée de laisser une rose sur son passage ? demanda-t-il, dans le but de remuer le couteau dans la plaie. Ce ne peut être que l'œuvre d'une femme. C'est étrange que personne n'ait pensé à cela jusqu'à présent. Vous ne trouvez pas, Colin ?

— Si, répondit celui-ci, les yeux fixés sur son frère. C'est très étrange.

Puis plus personne n'ouvrit la bouche pendant un bon bout de temps. Harry et Nathan attendaient que Caine se rende à l'évidence.

Colin, qui connaissait son frère mieux que personne, attendait qu'il explose de rage.

Jade était dans la salle à manger et aidait Stern à mettre le couvert. Le majordome n'avait eu qu'un coup d'œil à jeter à la jeune femme pour se rendre compte que quelque chose n'allait pas. Elle était blanche comme un linge.

Elle se contenta de lui expliquer que son oncle venait d'arriver et que lui et ses quatre hommes désiraient dîner avant de partir. Elle insista pour sortir les verres en cristal. Stern se rendit aussitôt à l'office afin de donner les instructions nécessaires à la cuisinière et à la servante, Nancy.

Quand il revint dans la salle à manger, Jade était en train d'examiner un grand plat ovale en argent.

— Il plairait à mon oncle. Sa forme est magnifique, dit-elle.

Stern acquiesça.

— C'est un cadeau du roi, expliqua-t-il. Lorsque M. le marquis a été fait chevalier, Colin avait organisé une grandiose réception en son honneur. C'est à cette occasion que Sa Majesté, qui était présente, lui a offert ce plat. Si vous le retournez, vous verrez qu'il y a une inscription gravée au dos.

Jade rendit le plat à Stern.

— Cachez-le.

— Pardon ?

— Cachez-le, Stern, répéta-t-elle.

Elle balaya la pièce du regard, puis demanda :

— Y a-t-il d'autres objets dont Caine ne se séparerait pour rien au monde ?

— Le service à thé en argent, répondit Stern. Je crois qu'il a une signification spéciale pour monsieur.

— C'est aussi un cadeau du roi ?

— Non, il lui vient de sa grand-mère.

— Alors cachez-le aussi. Mettez-le sous le lit de Caine — il y sera en lieu sûr.

— Mademoiselle ? Vous ne seriez pas souffrante, par hasard ?

— Non.

— Vous m'avez l'air patraque, pourtant, dit-il. Vous n'arrêtez pas de tourner en rond comme si vous étiez en transe. Je sens que quelque chose ne va pas...

Jade gagna la porte, puis revint sur ses pas.

— Vous avez été très gentil avec moi, monsieur. Je ne l'oublierai jamais.

Stern ouvrit de grands yeux ronds. Jade allait refermer la porte derrière elle lorsque Caine l'appela.

— Jade ! hurla-t-il.

Sa voix fit vibrer les verres de cristal. La jeune femme resta de marbre, mais Stern faillit sauter au plafond.

— Je pense que votre maître vient d'apprendre une nouvelle désagréable, annonça Jade. J'aurais préféré que mon oncle attende un peu... enfin tant pis.

Stern lui emboîta le pas. Quand il la vit s'engager dans l'escalier, il l'interpella.

— Je crois que Monsieur aimerait vous parler, mademoiselle.

Elle continua à monter les marches.

— J'aimerais autant être à vos côtés à ce moment-là, poursuivit-il. M. le marquis entre parfois dans des colères terribles.

Dès que la jeune femme eut disparu de sa vue, Stern se précipita au salon.

Quand il aperçut Colin, le majordome eut du mal à cacher son émotion.

— Mon Dieu, je rêve ! C'est Colin ? bredouilla-t-il.

— Oui, c'est bien moi, dit celui-ci. Bonjour, Stern. Vous menez toujours votre maître à la baguette ?

Stern fut long à reprendre ses esprits.

— J'essaie, murmura-t-il.

— Cet homme est un serviteur, Caine ? demanda Harry.

— Ce n'est pas un serviteur, c'est un dictateur, lança Colin avec un petit sourire en coin.

Stern se tourna vers l'homme entre deux âges qui semblait avoir une mauvaise vue.

— Alors, et ce dîner ? l'apostropha celui-ci.

Stern n'eut aucun mal à deviner qu'il s'agissait de l'oncle de Jade. L'inconnu assis à côté de Colin était trop jeune.

— Il est bientôt prêt, monsieur, répondit-il, avant de s'adresser à Caine : Il faut absolument que je vous parle, monsieur. C'est très important.

— Pas maintenant, Stern, répliqua Caine d'un ton las. Vous me direz cela plus tard.

— Cela ne peut pas attendre, insista le majordome. C'est au sujet de Lady Jade.

Plus rien ne pouvait surprendre Caine.

— Elle a mis le feu quelque part ? fit-il. Aux cuisines ?

— Ce n'est pas le moment de plaisanter, monsieur, rétorqua Stern.

— Est-ce que j'ai l'air de plaisanter ?

Le majordome croisa les bras sur sa poitrine.

— Lady Jade n'a mis le feu nulle part, elle s'en va.

Cette nouvelle produisit l'effet recherché. Caine bondit aussitôt sur ses pieds.

— Je voudrais bien voir ça !

Il se rua vers la porte.

Dès que Caine eut quitté la pièce, Stern se retourna vers l'oncle de Jade.

— Le dîner sera servi dans un instant, monsieur,

annonça-t-il sur ce ton plein de hauteur dont il avait le secret.

Caine se précipita dans l'escalier. Son cœur battait à tout rompre. L'idée qu'elle fût déjà partie lui était intolérable. Pour la première fois de sa vie, il était pris de panique, et cela ne lui plaisait guère.

Aussitôt qu'il pénétra dans la chambre de Jade, il l'aperçut. Sa peur s'évanouit sur-le-champ. Il referma la porte derrière lui et s'appuya contre le chambranle.

Il respira à fond pour se calmer. La jeune femme faisait comme s'il n'était pas là. Elle était debout près du lit et pliait une robe. Son sac était ouvert et déjà à moitié plein.

— Inutile de ranger vos affaires, lança-t-il sur un ton dont la fermeté l'étonna lui-même. Nous n'allons nulle part.

Jade se retourna vers lui. Elle était bien décidée à lui dire ses quatre vérités, mais quand elle vit son expression, elle perdit tous ses moyens.

Il était dans une telle rage que les muscles de sa mâchoire se tendaient sous la peau. Elle observait ces contractions avec fascination, tout en essayant de se redonner du courage.

— Jamais je ne vous laisserai me quitter, Jade. Jamais. Vous m'entendez ? vociféra-t-il.

Dame ! C'eût été difficile de ne pas l'entendre, ne put s'empêcher de songer la jeune femme. Il lui fallut rassembler toute son énergie avant d'oser l'affronter.

— Vous m'avez traitée de prostituée.

Il perçut de l'angoisse dans sa voix. Sa colère retomba aussitôt.

— C'est faux, je ne vous ai pas traitée de prostituée, répliqua-t-il.

— Vous le pensiez, en tout cas.

— Absolument pas. Écoutez, Jade, il y a des choses beaucoup plus importantes dont nous devons discuter maintenant.

Elle suffoqua d'indignation.

— Le fait de me traiter de prostituée ne vous semble pas important ?

Il s'écarta de la porte et s'avança vers elle. Elle recula aussitôt.

— N'approchez pas, lança-t-elle. Je ne veux plus que vous me touchiez. Plus jamais.

— Je crains alors que votre vie ne soit un véritable calvaire, Jade. Car j'ai l'intention de vous toucher encore, et pas seulement une fois. Tout le temps.

— Ce n'est pas moi que vous désirez, Caine, c'est la femme fragile et faible pour laquelle je me suis fait passer. Moi, vous ne me connaissez pas. Non, je vous assure, vous ne me connaissez pas, répéta-t-elle en le voyant secouer la tête en signe de dénégation. En réalité, je suis très forte et très sûre de moi. J'ai joué la comédie, Caine. J'ai feint d'avoir besoin de vous pour que vous vous sentiez tenu de rester à mes côtés. Je me suis servie de toutes les armes dont se servent les faibles femmes. Oui, Caine. J'ai saisi toutes les occasions de me plaindre et j'ai pleuré à chaque fois que je voulais vous imposer ma volonté.

Il la saisit par le bras et l'attira violemment contre lui.

— Je pars, cria-t-elle. Enfoncez-vous bien ça dans le...

— Vous ne partirez pas.

— Je vous déteste, articula-t-elle à mi-voix, avant de fondre en larmes.

Caine appuya son menton sur la tête de la jeune femme.

— Non, vous ne me détestez pas.

— Je déteste tout en vous, gémit-elle entre deux sanglots. Mais ce que j'abhorre au plus haut point, c'est votre façon de me contredire sans arrêt.

— Jade ?

— Oui ?

— Est-ce que les larmes que vous versez en ce moment sont de la comédie, elles aussi ?

— Sans doute, bredouilla-t-elle en reniflant. Je ne pleure jamais. Ce sont les faibles femmes qui pleurent.

— Et vous, vous n'êtes pas une faible femme, n'est-ce pas, Jade ?

La voix de Caine était caressante et un sourire très doux flottait sur ses lèvres, mais il la serrait contre lui avec une poigne de fer, bien qu'elle ne cherchât plus à lui échapper.

Il aurait voulu la tenir dans ses bras tout le restant de ses jours.

— Jade ?

— Quoi encore ?

— Je vous aime.

Elle ne répondit pas, mais se mit à trembler comme une feuille. Il savait que l'aveu qu'il venait de lui faire la terrifiait.

— Vous êtes la femme la plus déconcertante qui soit, soupira-t-il, mais je vous aime quand même.

— Quant à moi, je ne vous aimerai jamais, balbutia-t-elle. Comment pourrais-je vous aimer ? Vous ne m'inspirez aucune sympathie. Et je n'aurai jamais confiance en vous non plus.

Cette déclaration enflammée s'acheva sur un hoquet sonore.

Caine ne fut pas le moins du monde ébranlé par ses dénégations.

— Je vous aime, répéta-t-il. Et je vous aimerai toujours.

Il se contentait de la presser contre lui tandis qu'elle donnait libre cours à ses larmes.

Ils restèrent ainsi dix bonnes minutes avant qu'elle reprenne possession de ses moyens.

Elle s'essuya les joues sur le revers de la veste de Caine, puis s'écarta de lui.

— Vous devriez descendre, maintenant.

— Pas sans vous, répliqua-t-il fermement.

— Non, je reste ici. Je ne veux pas que Nathan et Harry sachent que j'ai pleuré.

— Jade, il faudra bien que vous finissiez par...

Il s'arrêta en plein milieu de sa phrase, puis demanda :

— Pourquoi ne voulez-vous pas qu'ils sachent que vous avez pleuré ?

— Si je pleurais, je ne serais plus celle que je suis censée être à leurs yeux, répondit-elle.

— Qu'entendez-vous par là ?

Elle lui lança un regard courroucé.

— Les apparences doivent être sauvegardées, Caine.

Jade alla s'asseoir sur le lit.

— Je ne tiens pas à discuter de cela, poursuivit-elle, avant d'ajouter en soupirant : Bon, d'accord, je vous rejoindrai en bas...

— Je préfère descendre avec vous.

— Vous ne me faites pas confiance ?

— Non.

Il crut qu'elle allait s'emporter, mais à sa grande surprise, elle se contenta de hausser les épaules.

— Très bien. Ne me faites pas confiance, Caine. Je m'en irai à la première occasion. Vous ne vous figurez tout de même pas que je vais rester ici à attendre que vous vous lassiez de moi et que vous m'abandonniez. Je ne suis pas folle !

Caine comprenait tout, à présent. Cette peur, qui était enfouie au fond d'elle-même, apparaissait maintenant au grand jour.

— Vous pensez que je vous abandonnerai, Jade ?

— Absolument.

La jeune femme avait répondu avec une telle candeur que Caine ne savait plus comment réagir.

— Le fait que je vous ai dit que je vous aimais ne change donc rien ?

— Nathan et Harry m'aiment, eux aussi, rétorqua-t-elle.

Il jugea inutile d'essayer de la raisonner tant qu'il n'aurait pas trouvé un moyen de venir à bout de ses craintes.

Caine eut soudain envie de dévaler l'escalier et de planter son couteau dans le corps de Nathan et de Harry. Il se contenta de soupirer. Il ne pouvait effacer le passé de la jeune femme ; la seule chose qu'il pouvait pour elle, c'était lui garantir un avenir à l'abri du danger.

— Je ne vous abandon..., commença-t-il, puis il se ravisa et déclara : Écoutez, Jade, je vous laisse libre de me quitter quand bon vous semblera.

A ces mots, les yeux de Jade s'élargirent. On eût dit qu'elle allait se remettre à pleurer.

— Je ne vous retiendrai pas, poursuivit-il.

Elle baissa la tête.

— Je vous remercie.

— Il n'y a pas de quoi.

Il s'avança vers elle, la fit se lever et la saisit par le menton.

— Juste une chose encore, ajouta-t-il.

— Oui ?

— Sachez que s'il vous prend l'envie de me quitter, je partirai aussitôt à vos trousses. Vous n'aurez nulle part où vous cacher. Je vous retrouverai et vous ramènerai ici. C'est là qu'est votre place.

Il n'avait toujours pas lâché son menton. Elle tenta d'enlever sa main.

— Vous ne me retrouverez jamais, murmura-t-elle.

Caine perçut de la panique dans la voix de la jeune femme. Il se pencha pour l'embrasser. Au moment où il allait poser ses lèvres sur celles de Jade, elle se débattit mais il prit son visage entre ses mains et s'empara de sa bouche.

Sa langue s'introduisit alors à l'intérieur, se faisant de plus en plus exigeante et gourmande au fur et à mesure qu'elle s'imprégnait du goût de ce fruit délicieux. Jade cessa bientôt toute résistance. Elle enroula les bras autour de sa taille et s'abandonna, frémissante, à ses baisers fiévreux.

— Je vous aime, lui murmura-t-il à l'oreille.

Elle éclata de nouveau en sanglots.

— Vous avez l'intention de pleurer à chaque fois que je vous dirai « je vous aime » ? demanda-t-il.

Il semblait plus amusé qu'exaspéré. Elle secoua la tête.

— Vous n'avez toujours pas compris.

— Qu'est-ce que je n'ai pas compris ? fit-il, d'une voix pleine de tendresse.

— Quelle femme je suis.

Caine soupira. Puis il la prit par la main et l'entraîna vers la porte. Ils étaient déjà dans l'escalier quand il lui lança :

— Oh que si. Vous êtes *ma* femme.

— Si vous saviez combien je hais votre caractère possessif...

Une fois devant la porte du salon, Caine lui lâcha la main et la regarda droit dans les yeux.

— Si jamais vous tentez de me fausser compagnie, je vous jure que vous le regretterez. Je vous ferai rougir de honte jusqu'aux oreilles. Vous m'entendez ?

Elle hocha la tête. En ouvrant la porte, il fut frappé par son changement d'expression. La jeune femme vulnérable qu'il tenait dans ses bras une minute auparavant s'était envolée. Jade affichait maintenant un visage parfaitement serein.

— Je suis prête, annonça-t-elle. Mais je vous préviens, si vous dites à Harry que nous avons fait l'amour ensemble...

— Je ne dirai rien, la coupa-t-il. A moins, évidemment, que vous n'essayiez de m'échapper.

Elle lui décocha un regard furibond, puis arbora un sourire forcé et pénétra dans la pièce d'un pas sûr.

La conversation cessa sur-le-champ. Jade alla s'asseoir sur le bras du fauteuil placé près de la cheminée et fit signe à Caine de s'installer dedans.

— Et ce dîner ? Il sera prêt bientôt ? lui demanda Harry.

— Dans deux minutes, mon oncle, répondit-elle. J'ai insisté pour que vous ayez ce qu'il y a de mieux. Cela prend un peu plus de temps.

Harry adressa à Jade un sourire radieux.

— Ah, Lucifer, quel veinard je suis de t'avoir auprès de moi — il n'y a que toi pour me gâter comme ça !

— Ne l'appelez pas Lucifer.

Caine prononça ces mots à mi-voix, mais sur un ton qui donna la chair de poule à Jade.

Un rictus déforma les lèvres de Nathan.

— Et pourquoi ? C'est son nom, rétorqua Harry.

— Non, son nom est Jade, aboya Caine.

— Mon nom est Lucifer, lança la jeune femme. Je suis désolée qu'il ne vous plaise pas, mais c'est...

Elle laissa sa phrase en suspens car Caine lui avait pris la main et la pressait avec force.

— Il n'est toujours pas convaincu, apparemment, déclara Harry.

Sur le moment, Jade ne répondit rien, mais dans son for intérieur, elle se dit que son oncle avait raison.

— Il s'imagine que toutes les femmes sont des êtres faibles et sans défense, mon oncle, marmonna-t-elle entre ses dents.

Harry s'esclaffa. Il s'apprêtait à raconter un certain nombre d'anecdotes illustrant les talents de Lucifer quand les hommes qu'il avait envoyés au village revinrent.

Ils se dirigèrent aussitôt vers Harry.

— Alors, les gars, qu'est-ce que vous m'avez ramené ? demanda celui-ci.

— Onze paires, annonça le plus petit des deux.

C'est alors que, sous le regard éberlué de Caine, des besicles de toutes tailles et de toutes formes atterrirent sur les genoux de Harry. Le vieil homme chaussa la première paire, regarda Caine puis enleva les besicles et les lança par-dessus son épaule.

— Ça ne va pas, grommela-t-il.

La même chose se répéta plusieurs fois de suite, jusqu'à ce qu'il essaie la huitième paire. Il poussa un soupir de satisfaction.

— Celles-là vont parfaitement, décréta-t-il.

— Essayez donc les autres, mon oncle, suggéra Jade. Il se peut qu'il y ait une autre paire qui vous aille.

Il suivit le conseil de la jeune femme, puis fourra une autre paire de besicles dans sa poche.

— Vous avez fait du bon travail, les gars, s'écria-t-il. J'suis fier de vous.

La façon dont ces hommes avaient dû se procurer les besicles arracha à Caine un sourire forcé.

— La moitié de l'Angleterre va être condamnée à loucher jusqu'à ce que Harry soit rentré chez lui, prédit Colin en se tordant de rire.

— Vous m'insultez, mon garçon ?

— Mais non, je dis ce que je pense, c'est tout.

A ce moment-là, Stern vint annoncer que le dîner était prêt.

Harry bondit aussitôt de son siège. C'est à peine si Nathan et Colin eurent le temps de pousser leurs jambes quand ils le virent se ruer vers la porte en donnant un coup de pied dans le tabouret.

— Tu viens avec moi, fillette ? demanda Harry en passant devant Jade.

Caine pressa la main de la jeune femme.

— Non, mon oncle, je reste ici, répondit-elle. Je dois quelques éclaircissements à Caine. Dînez sans moi, vos hommes vous tiendront compagnie.

Dès que Harry eut quitté la pièce, Jade fit signe à ceux-ci de le suivre. Jeff fut loin d'accueillir cette injonction avec enthousiasme. Il lança un regard hostile, presque haineux, en direction de Caine.

Jade se contenta de le fixer droit dans les yeux. Le colosse comprit immédiatement le message tacite et quitta la pièce sans sourciller.

— Fermez la porte, cria-t-elle.

— Je ne pourrai pas vous entendre si vous m'appelez, objecta Jeff.

— Mais si, vous m'entendrez, promit-elle.

— Moi aussi, je l'entendrai, déclara Nathan. Je suis capable de veiller sur ma sœur, Jeff.

— Ça reste à prouver, marmonna celui-ci dans sa barbe, quoique assez fort pour que cette remarque parvienne aux oreilles de tout le monde.

Il décocha un dernier regard furibond à Caine, puis referma la porte derrière lui.

— Colin, est-ce que vous vous sentez suffisamment en forme pour expliquer la situation à Caine ? J'aimerais en finir avec tout cela afin de pouvoir partir d'ici.

Caine lui pressa à nouveau la main.

— Oui, répondit Colin.

Il se tourna vers Nathan et attendit que celui-ci lui signifie son assentiment, puis il reporta son attention sur Caine.

— Durant ma dernière année à Oxford, un homme répondant au nom de Wilburn entra en contact avec moi. Il appartenait au ministère de la Guerre et recrutait des agents secrets pour le compte du gouvernement anglais. Notre pays n'était pas encore officiellement en guerre avec la France, mais personne n'ignorait qu'un conflit armé était imminent. Quoi qu'il en soit, ce Wilburn savait que tu travaillais pour Richards. J'ai juré de garder le secret. A l'époque, j'aurais dû me demander pourquoi je n'avais pas le droit de discuter avec toi de mes activités, mais comme toi-même tu ne parlais jamais de ton travail, j'ai pensé que c'était normal. Pour être franc, je crois que j'adorais mon métier d'espion. C'était très excitant. Pendant un moment, je me suis même pris pour le sauveur de l'Angleterre, ajouta-t-il avec un petit air gêné.

— Comment as-tu rencontré Nathan ? fit Caine.

— Presque un an après avoir été engagé par Wilburn. Nous faisions équipe ensemble. Il avait été recruté de la même façon que moi. Nous avons fini par devenir amis.

Il sourit à Nathan, puis ajouta:

— Pourtant, je t'assure qu'il n'est pas d'un abord facile.

— Je m'en suis aperçu, dit Caine.

— Allez, Colin, continuez, intervint Nathan.

— Il m'a fallu longtemps pour gagner la confiance de Nathan, presque deux années de travail au coude à coude. Pendant tout ce temps-là, jamais il ne m'avait fait la moindre confidence. Puis, un beau jour, alors que nous revenions d'un voyage en France, il m'a parlé des lettres que Lucifer avait trouvées.

Colin changea de position, ce qui lui arracha une

grimace de douleur. Nathan comprit avant tout le monde ce que voulait son ami et remit aussitôt le tabouret en place. Puis, avec des gestes d'une douceur surprenante chez un tel géant, il souleva la jambe blessée de Colin, glissa un coussin sous son pied et lui demanda :

— Ça va mieux, maintenant ?

— Oui, merci, répondit Colin. Où en étais-je ?

Caine observait Nathan. Il y avait encore des traces d'inquiétude dans ses yeux. Il comprit soudain qu'il ne pourrait jamais détester cet homme.

Cette révélation, loin de le réjouir, l'accabla. Caine aurait voulu le détester. Cet individu avait abandonné sa propre sœur, l'avait laissée se débrouiller toute seule dans la vie. C'est à cause de lui que Jade avait dressé tant de barrières autour d'elle, à cause de lui qu'elle avait tant souffert.

Mais Colin était vivant.

— Caine ? fit celui-ci, en cherchant à relancer la discussion, crois-tu qu'il soit possible d'infiltrer le ministère de la Guerre ?

— Tout est possible, répliqua Caine.

— As-tu déjà entendu parler du Tribunal ? demanda Colin en baissant la voix.

Colin et Nathan échangèrent un petit hochement de tête. Ils s'attendaient que Caine réponde « non » et tombe des nues.

— Oui, j'en ai entendu parler, répliqua-t-il.

Colin en eut le souffle coupé.

— Non ? Vraiment ? s'écria-t-il.

— Quand ? voulut savoir Nathan. Comment ?

— Aussitôt après la mort de votre père, une enquête a été ouverte, expliqua Caine. On s'est aperçu que le comte avait trempé dans toutes sortes d'affaires louches. A la suite de cela, ses terres ont été confisquées, ses enfants réduits à la misère...

— Comment l'avez-vous appris ?

Caine regarda la jeune femme avant de répondre.

— Lorsque Jade m'a dit qui était son père, j'ai demandé à Lyon d'effectuer des recherches.

— Qui est ce Lyon ?

— Notre ami, dit Colin.

— C'est quelqu'un en qui on peut avoir confiance ? s'enquit Nathan.

— Oui, affirma Colin sans laisser le temps à son frère d'ouvrir la bouche. Tu as eu parfaitement raison, Caine. Lyon n'aurait jamais fait la même erreur que moi. Il ne serait pas allé interroger les personnes qu'il ne faut pas.

Jade commençait à avoir mal au dos, à cause de sa position inconfortable. Elle tenta de détacher sa main de celle de Caine. A son grand étonnement, il lui rendit aussitôt sa liberté. Mais elle ne chercha pas à lui fausser compagnie. En effet, elle n'avait pas oublié sa menace. *Il la ferait rougir de honte jusqu'aux oreilles.* Dans la bouche de Caine, ce n'étaient pas des propos en l'air.

Elle se leva et alla s'asseoir dans le fauteuil occupé auparavant par Harry.

— Lyon n'a interrogé personne, rétorqua Caine. Il s'est contenté de consulter les dossiers.

— Ce n'est pas possible, s'écria Jade. Il manquait celui de mon père.

Caine leva un sourcil étonné.

— Comment le savez-vous ?

Elle haussa les épaules.

— C'est moi qui l'ai pris, avoua-t-elle.

— Quoi ? Vous avez fait cela ?

— Ecoutez, la question n'est pas là, répliqua Jade, s'efforçant de calmer Caine qui commençait à s'échauffer.

— Mais alors, comment Lyon a-t-il pu..., intervint Nathan.

— Richards était le supérieur hiérarchique de Lyon, ainsi que le mien, répondit Caine, sans cesser de fixer la jeune femme. Il avait ses propres fiches de renseignements. Lyon les a lues, tout simplement.

— Est-ce que cette enquête permet d'établir l'innocence de mon père ? demanda Nathan.

— Non. Pas plus qu'elle ne permet d'établir sa culpabilité, d'ailleurs. Il n'y a pas assez de preuves.

— Il y en a, maintenant, murmura Jade.

— Des preuves qui disculpent votre père ?

— Non, qui l'accusent, annonça-t-elle. J'ai lu les lettres de père. Elles sont très compromettantes.

La tristesse qu'il y avait dans la voix de la jeune femme lui déchira le cœur. Caine était partagé entre l'envie de lui tordre le cou et celle de l'embrasser.

— Comment pouvez-vous sourire, Caine ? fit Colin. Ce n'est pas...

— Excusez-moi, dit-il, surpris d'apprendre qu'il souriait. J'avais l'esprit ailleurs.

Il regarda Jade droit dans les yeux en prononçant ces mots. Elle se mit à regarder ses mains avec intensité.

— Continue, Colin, ordonna Caine, en reportant son attention sur son frère.

— Juste après les obsèques de leur père, Lucifer... enfin je veux dire Jade est partie avec Black Harry. Le comte avait une confiance aveugle en lui.

— C'est difficile à croire, lança Caine.

— Harry est un très brave homme, dit Jade. Il a un cœur d'or.

— Je n'en doute pas, répliqua Caine. Mais il me semble vous avoir entendu parler d'une autre de vos relations, une certaine Lady Briars, qui aurait été ravie de vous accueillir chez elle, vous et Nathan. Je ne comprends vraiment pas pourquoi votre père est allé choisir un malandrin comme ce...

— Pour des raisons de prudence, expliqua Nathan. Mon père s'était retourné contre l'Angleterre. Il pensait que nous ne serions jamais en sécurité ici. Harry était la solution la plus sûre.

— Pourquoi pensait-il que vous ne seriez pas en sécurité ici ?

— A cause des lettres, répondit Colin. Le comte conservait toutes celles qu'il recevait de ses deux acolytes.

247

Le nom de code du père de Nathan était le Renard et il était l'un des trois membres du Tribunal. Les autres s'appelaient le Roc et le Prince.

— Mon père était un idéaliste, déclara Nathan. Au début, je pense qu'il gardait ces lettres pour les générations futures. Il avait la conviction qu'il œuvrait pour le bien de l'Angleterre. Hélas, les choses n'ont pas tardé à se gâter. Bientôt, le véritable but est devenu non plus le bien de l'Angleterre mais celui du Tribunal. Tous trois ne songeaient plus qu'à accroître leur pouvoir.

— Ce fut une lente métamorphose, dit Colin. Alors que les premières lettres sont suivies de la mention « pour le bien de l'Angleterre », à partir de la dixième ou onzième lettre, la formule change.

— Qu'y a-t-il d'écrit ? demanda Caine.

— On rencontre l'expression « pour le bien du Tribunal », d'abord sous la plume du Roc, puis les deux autres finissent par l'adopter. C'est à dater de ce moment-là qu'ils ont vraiment cessé d'œuvrer pour la nation.

— A vrai dire, ils avaient déjà commencé depuis longtemps à agir pour leur propre compte, précisa Nathan.

— La fin justifiait les moyens, à leurs yeux, expliqua Colin à Caine. Etant persuadés qu'ils servaient l'intérêt de leur pays, ils pouvaient tout se permettre.

— Vous vous comportez un peu de cette façon, Jade, observa Caine.

Elle ouvrit de grands yeux.

— Moi ? Absolument pas, se récria-t-elle. Mon attitude n'a rien à voir avec celle de mon père. Je n'approuve pas du tout ce qu'il a fait. J'ai honte de l'avouer, mais je ne ressens même plus d'affection pour lui. Il a choisi son destin.

— Les terres de votre père ont été confisquées, sa fortune s'est envolée, dit Caine.

— Oui, acquiesça-t-elle, se demandant où il voulait en venir.

— C'est pour cela que vous volez les riches, Jade. Vous vous vengez.

— Non, je ne me venge pas !

Caine comprit à la vigueur de sa dénégation que sa remarque l'avait touchée.

— Le pouvoir corrompt, déclara-t-il. Le pouvoir absolu corrompt absolument.

— Inutile de citer Machiavel, Caine. Je suis la première à reconnaître que le Tribunal recherchait le pouvoir absolu.

— Pourtant, vous suiviez le même chemin.

— Non !

— Tu penses vraiment ce que tu dis, Caine ? fit Colin.

— Oui, repartit son frère.

— Alors tu..., commença Colin.

— Pas maintenant, Colin, le coupa Caine.

— Mais enfin, de quoi parlez-vous ? Je n'ai jamais couru après le pouvoir, vitupéra Jade.

Caine ne prêta pas attention à ses protestations.

— Continuez, Nathan, ordonna-t-il.

— Brusquement, notre père fit machine arrière. En réalité, sa conscience commença à se réveiller quand son supérieur, un certain Hammond, fut sanctionné.

— Sanctionné ? s'écria Colin. Quel joli mot pour un acte aussi horrible !

— Hammond était leur directeur à tous les trois, continua Nathan. Au Roc, au Prince et au Renard. Au début, ils exécutaient les tâches qu'on leur donnait en zélés serviteurs de l'Etat. Mais ils ne tardèrent pas à agir pour leur propre compte. C'est alors qu'Hammond a commencé à voir clair dans leur jeu. Lorsque les trois hommes s'aperçurent qu'il les soupçonnait, le Roc eut l'idée de le « sanctionner ».

— Mon père ne voulait pas supprimer Hammond, dit Jade. Il était en route pour Londres afin d'avertir son supérieur quand il fut tué. C'est du moins ce que nous avons réussi à reconstituer après coup.

— Qui fut tué ? questionna Caine. Votre père ou bien Hammond ?

— Notre père, répondit Nathan. Il avait envoyé à Hammond un billet dans lequel il lui expliquait qu'il avait besoin de le rencontrer le plus vite possible pour une affaire urgente. Il ajoutait que c'était une question de vie ou de mort.

— Et comment avez-vous réussi à reconstituer les faits ? s'enquit Caine.

— Hammond m'a montré le billet en question aux obsèques de mon père, répliqua Nathan. Il m'a demandé si je savais quelque chose à propos de cette affaire urgente. Je ne savais rien, évidemment, puisque à ce moment-là j'étais à l'université. Quant à Jade, elle était encore trop jeune pour comprendre.

— Notre père s'était confié à Harry et lui avait remis les fameuses lettres.

— Et Harry vous a tout raconté lorsque vous avez été un peu plus grande, n'est-ce pas ? fit Caine en regardant Jade.

Elle approuva d'un signe de tête, mais garda les yeux obstinément baissés.

— Harry voulait que Nathan vienne avec nous, dit-elle. Père possédait un navire et Harry avait envie de devenir pirate. Mais Nathan tenait absolument à terminer d'abord ses études. Il pensait que Harry m'emmènerait dans une île des Caraïbes et que je serais en sécurité jusqu'à qu'il vienne me chercher.

— Quand un pirate nommé Lucifer a commencé à défrayer la chronique, j'avoue que pas une seule fois il ne m'est venu à l'esprit qu'il pouvait s'agir de Harry, lança Nathan.

— Pourquoi n'êtes-vous pas allé chercher Jade, finalement ? demanda Caine.

— Il ne pouvait pas, répondit la jeune femme en prenant les devants. Harry et moi ne restions jamais au même endroit. Et puis, Nathan avait des problèmes, à l'époque. Les ennemis de mon père savaient que celui-ci avait gardé les lettres et ils étaient prêts à tout pour mettre la main dessus. Ils ont même fouillé l'appartement de Nathan. Quand ils ont vu qu'ils ne trouvaient rien, ils l'ont laissé en paix — pour un temps seulement, jusqu'à ce que nous menions notre propre enquête.

— C'est vous qui aviez ces lettres ? Ou Harry les avait-il cachées quelque part en lieu sûr ?

— Elles étaient avec nous, sur l'*Émeraude*, dit Jade.

— Il me les faut, exigea Caine. Est-ce que ce navire n'est pas trop loin pour qu'on y envoie un de vos hommes... à moins que...

Elle fit un signe négatif de la tête qui le dissuada d'aller jusqu'au bout de sa question.

— Ce n'est pas la peine d'aller les chercher, déclara-t-elle. Je peux vous dire ce qu'elles contiennent.

— Mot pour mot, ajouta Colin. Lucifer n'a qu'à lire quelque chose une fois pour que cela reste gravé dans sa mémoire à tout jamais.

Si Caine fut impressionné par cet étrange talent, en tout cas il ne le montra pas. Jade lui sut gré de garder le silence.

— Lucifer, récite donc les lettres à Caine, suggéra Nathan.

— La prochaine fois que vous l'appelez Lucifer, je vous flanque une de ces raclées que vous ne serez pas près d'oublier.

Nathan lui envoya un regard venimeux.

— D'accord, je l'appellerai Jade, mais dites-vous bien que c'est uniquement pour que personne n'entende son surnom.

— Ecoutez, vos raisons ne m'intéressent pas, la seule chose que je vous demande, c'est de le faire, un point c'est tout, rétorqua Caine d'une voix cinglante.

— Nom d'un chien, Colin, j'essaie d'être conciliant, mais je vous jure que sitôt cette affaire finie, je vais guérir cet animal de son arrogance.

Voyant que l'affrontement était imminent, Jade se mit en devoir de réciter le contenu des lettres, dans l'espoir de détourner l'attention des deux hommes.

Cela dura plus d'une demi-heure. Elle n'oublia pas un seul mot. Et quand elle eut enfin terminé, personne n'ouvrit la bouche pendant un bon moment. Chacun s'efforçait tant bien que mal de trier toute cette masse d'informations.

Ce fut Colin qui brisa le silence.

— Parfait ! s'écria-t-il sur un ton plein d'enthousiasme. La toute première lettre était adressée à Thorton — c'est-à-dire au père de Nathan et de Jade, bien sûr — et elle porte la signature de William.

— On ne leur avait pas encore donné de noms de code, précisa Jade.

— Oui, approuva Colin. C'est ensuite seulement que Thorton est devenu le Renard, William le Prince. Quant au Roc, c'est une autre histoire. Nous n'avons aucun indice à son sujet et...

— Nous reviendrons sur son cas plus tard, Colin, l'interrompit Nathan.

Colin acquiesça d'un petit signe de tête.

— Je suis allé voir Wilburn et je lui ai parlé des lettres. Nathan et moi avons jugé que nous pouvions avoir confiance en lui. Il avait été notre patron, après tout, et nous n'avions jamais eu à nous plaindre de lui. Je persiste d'ailleurs à penser qu'il n'a rien à voir avec le Tribunal.

— Vous êtes bien naïf..., mon pauvre Colin, soupira Nathan. Quant à moi, je suis de plus en plus persuadé qu'il a trempé dans cette affaire.

— Je ne demande qu'à vous croire, rétorqua Colin, mais prouvez-le-moi d'abord.

Nathan hocha la tête et se tourna vers Caine.

— Nous avons été envoyés dans le Sud — nous savons maintenant qu'il s'agissait d'un coup monté, expliqua-t-il. Nous étions censés rencontrer deux informateurs sur le port. C'était un guet-apens, évidemment. Avant de réaliser ce qui nous arrivait, nous nous sommes retrouvés ligotés et bâillonnés, puis jetés à l'eau.

— Tu ne vas pas raconter tous les détails, Colin ? intervint Jade.

Si Nathan et Colin ne remarquèrent pas la crainte

qui perçait dans sa voix, en revanche elle n'échappa nullement à Caine qui jeta aussitôt un coup d'œil à la jeune femme.

— Allez, continuez, Colin, fit Nathan.

Jade, nota Caine, pressait convulsivement ses mains l'une contre l'autre. Il en conclut qu'elle avait dû assister à une scène particulièrement terrifiante.

— J'ai été le premier à être précipité à la mer, déclara Colin. Après m'avoir taillardé les jambes avec leurs couteaux, ils m'ont poussé dans l'eau du haut de la jetée. Si Nathan devina tout de suite ce qu'ils avaient derrière la tête, ce ne fut pas mon cas, heureusement pour moi d'ailleurs ; j'étais confiant en ma bonne étoile et pensais pouvoir m'en tirer.

Colin avait pris une mine accablée pour retracer ces événements dramatiques. Nathan avait l'air tout aussi lugubre.

— Comme Shallow's Wharf était tout près, continua celui-ci, nous avons passé plusieurs jours en compagnie de Jade et de Black Harry. Colin, qui ignorait à l'époque que Lucifer était Jade, n'a pas tardé à s'amouracher de ma charmante sœur.

— C'est vrai, confirma Colin. Vous savez, Jade, il y a belle lurette que vous seriez à moi, si seulement vous aviez daigné m'accorder ma chance, déclara-t-il en lui décochant une œillade.

Elle secoua la tête en rougissant.

— Vous étiez vraiment impossible, dit-elle.

— Colin la suivait partout comme un petit chien, dit Nathan. Lorsqu'il a compris que c'était sans espoir, il a été si malheureux que j'ai décidé de l'emmener faire la tournée des tavernes des environs afin de lui changer les idées.

— Ce soir-là, je suis tombé amoureux de deux dames, ajouta Colin.

— Ce n'étaient pas exactement ce qu'on appelle des dames, observa Jade.

— En effet, approuva Nathan. Mais comment pouvez-vous vous en souvenir, Colin, vous étiez complètement soûl ?

Colin rit.

— Je me souviens de tout ce qui s'est passé, se vanta-t-il.

Caine prenait son mal en patience. A leur mine sombre, il se doutait que leurs taquineries les aidaient à remuer ce passé douloureux.

En revanche, Jade commençait à donner des signes d'impatience.

— Tommy et moi avions suivi Nathan et Colin lorsqu'ils étaient allés à leur rendez-vous, expliqua-t-elle. Ils s'étaient montrés si discrets sur leurs intentions que cela avait éveillé ma curiosité. Et puis, j'avais l'impression que quelque chose ne tournait pas rond dans cette histoire.

— Qui est ce Tommy ? demanda Caine.

Jade bondit littéralement de son siège et traversa la pièce comme une flèche.

— Nathan, peux-tu finir de raconter cette histoire pendant que je m'occupe des rafraîchissements ? J'en ai assez de parler de tout cela.

Nathan s'apprêtait à rappeler sa sœur, mais Colin l'en dissuada d'une petite tape sur le bras.

— Ce n'est pas facile pour elle, murmura-t-il.

— Bien sûr que ce n'est pas facile, renchérit Caine. Vous rendez-vous compte qu'elle a dû vous voir...

— Non, elle n'a rien vu, déclara Nathan. Comme Colin vous l'a dit tout à l'heure, j'ai compris ce qu'ils manigançaient dès qu'ils se sont mis à lui taillader les jambes. Quand ils ont voulu faire la même chose avec moi, je me suis débattu, ce qui m'a valu de recevoir un coup de pistolet. J'étais blessé à l'épaule lorsque je me suis retrouvé à l'eau.

— Ils nous avaient taillé les jambes dans le but d'appâter les requins, évidemment. Le port en est infesté à cause des ordures que tout le monde déverse à cet endroit-là. Le sang les attire comme les cadavres attirent les mouches.

Colin n'avait qu'à regarder son frère pour deviner qu'il commençait à bouillir. Il était penché en avant sur son siège et arborait un air peu amène.

— Un peu de patience, Caine. Ce ne sont pas des souvenirs très agréables pour nous, tu sais.

Nathan approuva d'un signe de tête.

— Cela se passait juste à la tombée de la nuit, précisa-t-il.

— Mais l'on distinguait nettement leurs ailerons qui fendaient l'eau, intervint Colin.

Caine était assis sur le bord de son fauteuil. A présent il comprenait les cauchemars de Jade. Elle rêvait de requins. Mon Dieu... A la pensée de la frayeur qu'elle avait dû éprouver, son cœur battit à coups redoublés.

— Lucifer donna ordre à Tommy d'aller chercher un bateau, puis elle prit son couteau et plongea dans l'eau. Les hommes qui nous avaient jetés à la mer, pensant que nous étions morts, étaient déjà partis. Lucifer... enfin je veux dire Jade, me secourut le premier. C'est moi qui devais être le plus près du bateau. Quoi qu'il en soit, elle me ramena à bord. Il était temps — pendant qu'ils étaient en train de me hisser sur le pont, un requin m'arracha un bout de chair à la jambe. C'est à ce moment-là que Tommy a perdu l'équilibre. Il n'est jamais remonté à la surface.

Colin marqua une pause et se tourna vers Nathan, qui raconta la suite.

— Pour une raison que j'ignore, les requins ne se sont pas approchés de moi. Ils s'en sont pris uniquement à ce pauvre Tommy. Entre-temps, Jade avait réussi à faire grimper Colin le long du bastingage.

— J'ai bien essayé de l'aider, murmura Colin d'une voix voilée par l'émotion, mais je me suis évanoui. Quand je me suis réveillé, j'étais à bord de l'*Émeraude*. Un homme au visage inquiétant insistait pour disputer avec moi une partie d'échecs. Franchement, Caine, je me suis demandé un instant si j'étais au paradis ou en enfer. C'est alors que j'ai vu Nathan — il dormait sur un lit de camp à côté de moi — ainsi que sa sœur. Aussitôt, tout m'est revenu en mémoire. J'avais l'impression que cela venait juste de se passer, mais je n'ai pas tardé à apprendre que j'étais malade depuis quelque temps déjà.

Caine se pencha en arrière afin de relâcher la tension qui lui crispait les épaules. Il respira à fond plusieurs fois de suite, avant de remarquer que Colin et Nathan faisaient exactement la même chose que lui.

— Est-ce qu'elle savait, quand elle a plongé, qu'il y avait des requins ?

— Oh oui ! répondit Nathan. Il n'y a aucun doute là-dessus. Elle savait.

— Mon Dieu, quel courage il a dû lui falloir !

— En tout cas, elle refuse d'en parler, intervint Colin.

— Peut-être, mais elle en rêve.

— Comment ? fit Nathan.

— Elle a des cauchemars, expliqua Caine en hochant lentement la tête pour souligner ses propos.

— Evidemment, Matthew et Jeff ont immédiatement proposé de donner la chasse aux scélérats qui avaient tenté de nous tuer, poursuivit Colin. Mais Jade s'y est opposée avec la dernière énergie. Elle avait de bonnes raisons, en vérité. Elle voulait que ces misérables informent leur supérieur que Nathan et Colin étaient morts. Elle pensait que c'était le seul moyen de garantir notre sécurité. C'était une sage décision, à mon avis. Nathan et moi sommes tout disposés à faire les morts tant que nous n'aurons pas découvert qui se cache derrière cette machination.

— Mais voyons, Caine, c'est notre propre gouvernement qui a décidé de nous supprimer, grommela Nathan.

— Non, rétorqua Caine. Votre gouvernement ne savait même pas que vous travailliez pour eux. Avez-vous déjà transmis le moindre rapport à Richards ou à ses supérieurs ? Avez-vous déjà reçu...

— Allez, vas-y, dis ce que tu as en tête, le coupa Colin.

— Très bien, répliqua Caine. Vous travailliez pour le Tribunal.

— J'étais certain que tu pensais cela, murmura Colin.

— Comment pouvez-vous être sûr de ce que vous avancez ? fit Nathan.

— Richards ignorait que vous travailliez pour le ministère avant qu'il n'apprenne votre mort à tous les deux, Nathan. En ce moment même, il enquête.

— Il va se faire tuer, prédit Nathan.

— Il s'efforce d'être le plus discret possible.

— Bon, je reconnais avoir commis des erreurs, bougonna Nathan. Vous avez frôlé la mort à cause de moi, Colin. Comme je regrette de vous avoir entraîné dans cette affaire...

Colin secoua la tête.

— Nous faisions équipe ensemble, vous l'avez oublié ? répliqua-t-il.

Il se tourna vers son frère et lui demanda :

— Crois-tu vraiment que Richards soit un homme à qui l'on peut se fier ?

— Les yeux fermés, répliqua Caine. Il va falloir que Jade lui remette les lettres le plus tôt possible, ou alors qu'elle lui en récite le contenu.

— Et si nous les recopiions ? proposa Colin. Cela permettrait de garder les originaux en lieu sûr. Personne ne trouvera jamais l'*Émeraude*.

— Ce navire a été appelé ainsi à cause d'elle, n'est-ce pas ? demanda Caine, le sourire aux lèvres. J'aurais dû m'en douter. Ses yeux ont la couleur de l'émeraude, surtout lorsqu'elle est en colère.

— C'est exact, dit Colin. Harry a donné ce nom à son bateau en hommage à Jade. As-tu compris, maintenant, pourquoi tu es très vite devenu la cible de ces gredins ?

Caine eut un hochement de tête affirmatif.

— Oui. A cause de Lucifer. Le Tribunal craignait que je ne retrouve le pirate et ne découvre la vérité par la même occasion.

— Mais tu sais, Caine, tu es toujours en danger, lui rappela Colin.

— Plus pour longtemps, rétorqua celui-ci. J'ai un plan.

Colin adressa un grand sourire à Nathan.

— Vous voyez, je vous l'avais dit qu'il aurait un plan, déclara-t-il, visiblement soulagé.

Jade revint juste à ce moment-là. Elle semblait beaucoup plus calme, à présent, presque sereine. Elle regagna son fauteuil près de la cheminée, sans accorder un regard à Caine.

— Stern a demandé que l'on prépare deux chambres pour Nathan et vous, annonça-t-elle à Colin. Dès que la vôtre sera prête, vous pourrez monter vous reposer.

— Pensez-vous que nous devions rester ici ? demanda Nathan en donnant un petit coup de coude à Colin. Ma maison de campagne se trouve dans un endroit reculé. Et puis, j'ai terminé les travaux d'aménagement juste avant notre dernière mission, ajouta-t-il en coulant un regard vers Caine. Nous serions très bien là-bas.

Colin sourit.

— J'ai tellement entendu parler de ce palais des *Mille et Une Nuits* que j'ai l'impression de le connaître déjà.

— Vous partagerez mon enthousiasme quand vous le verrez. Sans mentir, Caine, c'est maintenant la plus belle demeure de toute l'Angleterre... eh bien, Jade, qu'as-tu à secouer la tête ainsi ? Tu n'es pas d'accord avec moi ? Tu ne trouves pas que j'ai une maison magnifique ?

— Oh si, Nathan, elle était vraiment magnifique.

Nathan sursauta.

— Pourquoi « était » ?

— Je crains d'avoir de mauvaises nouvelles à t'annoncer, Nathan, dit la jeune femme.

Son frère se pencha en avant, le visage soudain crispé.

— Mauvaises ? fit-il.

— Vois-tu..., bredouilla Jade, il y a eu un incendie...

— Un incendie ?

Il articula ces mots le souffle court, comme s'il avait soudain du mal à respirer. Jade résista à l'envie de lui taper dans le dos.

— Un incendie assez important, Nathan, précisat-elle.

Il y avait une pointe de compassion dans sa voix. Nathan tressaillit.

— Qu'entends-tu par là, Jade ?

— Eh bien, ta magnifique demeure a été entièrement ravagée par les flammes.

Elle se tourna vers Caine pendant que Nathan marmonnait des obscénités entre ses dents.

— Vous vous souvenez, fit-elle, je vous l'avais dit qu'il serait contrarié ?

« Contrarié » parut à Caine un mot bien faible pour qualifier la réaction de Nathan. En réalité, le frère de Jade semblait pris d'une rage meurtrière. Caine, qui se rappelait avoir ressenti la même chose quand ses écuries avaient été détruites, ne put s'empêcher d'éprouver de la sympathie pour lui.

Nathan prit une longue inspiration, puis s'adressa à Colin sur un ton accablé.

— Quand je pense que je venais de terminer la toute dernière pièce...

— Oui, la toute dernière pièce..., répéta Jade, ne sachant comment montrer à son frère qu'elle partageait sa douleur.

Caine ferma les yeux.

— Je croyais que tout cela n'était que mensonge, Jade, dit-il.

— De quel mensonge parlez-vous ? demanda Colin.

— Je n'ai pas menti sur tout, s'écria la jeune femme au même moment.

— Je serais curieux de savoir sur quoi vous n'avez pas menti, lança Caine.

— Je vous prierais de ne pas le prendre sur ce ton, répliqua-t-elle. Je ne vous ai menti qu'une fois : lorsque j'ai prétendu avoir été témoin d'un meurtre. Du moins, c'est le seul mensonge dont je me souvienne. Si autre chose me revient en mémoire, je vous jure que je vous le dirai. D'accord ? Et maintenant, Caine, quittez cet air renfrogné. Ce n'est pas le moment de chercher la petite bête.

— Pourriez-vous remettre cette discussion à plus tard, tous les deux ? intervint Nathan. Jade, raconte-moi comment l'incendie s'est déclaré. Y a-t-il eu une négligence de...

— Il n'y a pas eu négligence, Nathan, répliqua Jade. C'est un incendie criminel. Ceux qui ont mis le feu à ta maison ont agi en toute connaissance de cause. Ils n'ont pas fait les choses à moitié — même la cave à vins a brûlé.

— Oh non, par pitié, pas la cave à vins ! se lamenta Nathan.

— Je crois qu'ils voulaient détruire les lettres. Comme ils ne les avaient pas trouvées en pillant la maison et...

— Ils ont pillé ma maison ? demanda Nathan. Quand ?

— La veille du jour où ils y ont mis le feu, répondit-elle. Oh la, la ! ça me revient maintenant, ajouta-t-elle en jetant un coup d'œil vers Caine. La chute dans l'escalier, c'était un mensonge, ça aussi. Oui, je...

Nathan poussa un soupir.

— Quand tout cela sera terminé, je reconstruirai, dit-il. Tu ne m'as pas parlé des écuries, Jade. Ont-elles été épargnées ?

— Oui, elles sont intactes. Tu n'as aucun souci à te faire à ce sujet.

Caine observait Jade. Il y avait tant d'inquiétude dans ses yeux qu'il s'étonna que Nathan n'ait pas encore compris qu'elle n'en avait pas fini avec ses mauvaises nouvelles.

— Comme c'est dommage pour votre maison ! déclara Colin.

— Bien sûr, rétorqua Nathan. Mais heureusement, les écuries n'ont rien. Il faudra absolument que je vous montre mes chevaux, Colin. Un en particulier — un pur-sang qui m'a coûté un argent fou, mais je vous assure qu'il le valait bien. Il s'appelle Vif-Argent.

— Vif-Argent ? fit Caine. Harry ne serait pas pour quelque chose dans ce nom ?

— En effet, c'est lui qui l'a choisi, avoua Nathan avec un sourire. Mais on ne pouvait pas mieux trouver

— ce cheval est rapide comme l'éclair. Il n'y a que Jade et moi qui pouvons le monter. Attendez de le voir...

Nathan s'interrompit quand il s'aperçut que sa sœur le regardait en secouant la tête.

— Qu'y a-t-il donc, Jade ? Tu n'es pas de mon avis ? Vif-Argent n'est pas rapide comme l'éclair ?

— Oh si, Nathan, tu as raison, il était très rapide.

— « Était » ? fit-il.

Nathan semblait au bord des larmes.

— Je crains d'avoir encore une mauvaise nouvelle à t'annoncer, Nathan. On nous a tendu une embuscade et Vif-Argent a reçu une balle entre les deux yeux.

Caine se pencha de nouveau en avant. Il avait peine à croire à ce qu'il entendait.

— Comment ? Ça non plus, ce n'était pas un mensonge ?

Elle fit un signe de tête négatif.

— Quel est le scélérat qui a tiré sur Vif-Argent ? s'écria Nathan.

Jade foudroya Caine du regard.

— Alors, vous voyez qu'il est contrarié ? grommela-t-elle.

— Ce n'est pas la peine de me fixer avec ces yeux noirs, maugréa-t-il. Je n'y suis pour rien.

— C'est Caine qui a tiré ? rugit Nathan.

— Non, non, s'empressa-t-elle de répondre. Simplement, il ne voulait pas me croire quand je lui disais que vous seriez contrarié. Quand l'accident a eu lieu, je ne connaissais pas encore Caine.

Nathan se laissa aller contre les coussins et cacha son visage dans ses mains.

— Il n'y a donc rien de sacré ? hurla-t-il comme un fauve blessé.

— En tout cas, Vif-Argent ne l'était pas, apparemment, lança Caine sèchement.

Nathan lui jeta un regard courroucé.

— C'était un cheval exceptionnel, dit-il.

— Je n'en doute pas, répliqua Caine en se tournant vers Jade.

— Si vous me dites la vérité, alors cela signifie...

— Arrêtez de m'insulter, je vous prie, aboya-t-elle.

— Jade dit toujours la vérité, intervint Nathan.

— Vraiment ? rétorqua Caine. Je n'ai pas encore eu l'occasion de m'en apercevoir. Depuis que je la connais, elle n'a cessé de me mentir. N'est-ce pas, mon ange ? Mais tout cela est en train de changer, non ?

Elle refusa de répondre.

— Eh bien, mon cœur, qu'attendez-vous pour annoncer à votre frère les autres mauvaises nouvelles ?

— Les autres ? Mon Dieu, il y en a encore ?

— Oh, très peu, répondit-elle. Tu te souviens de ta calèche toute neuve ?

— Ah non, Jade, pas ma calèche ! tonna Nathan.

Elle se tourna vers Colin pendant que son frère se répandait en imprécations.

— Si vous l'aviez vue, Colin..., soupira-t-elle. C'était une voiture magnifique. Elle était si vaste et si confortable. Nathan avait fait recouvrir les sièges avec un cuir très souple. C'était vraiment un plaisir de voyager dedans.

Colin prit un air compatissant.

— « C'était » ? fit-il.

— Quelqu'un y a mis le feu, expliqua Jade.

— Mais voyons, c'est absurde, pourquoi diable quelqu'un aurait-il voulu détruire un si beau véhicule ?

Ce fut Caine qui répondit à la question de Nathan.

— Votre sœur a oublié un détail important. Elle se trouvait à l'intérieur quand la voiture a pris feu.

Colin fut le premier à réagir.

— Mon Dieu, Jade ! Racontez-moi ce qui est arrivé.

— Caine vient de vous le raconter, répliqua la jeune femme.

— Non, dites-nous exactement comment les choses se sont passées, insista Colin. Vous auriez pu être tuée !

— C'était le but de l'opération, rétorqua Jade avec une pointe d'exaspération dans la voix. Ces misérables avaient bel et bien l'intention de me tuer. Aussitôt après l'incendie de ta maison, Nathan, j'ai fait préparer la calèche et je suis partie pour Londres. Il fallait absolument que je vous retrouve...

— Combien d'hommes sont venus avec vous ? la coupa Caine.

— Hudson a envoyé deux hommes avec moi.

Caine secoua la tête avec perplexité.

— A propos, j'avais cru comprendre que vous n'étiez en Angleterre que depuis deux semaines ?

— Les choses sont un peu plus compliquées que cela... en réalité, il y avait un peu plus longtemps que j'étais là, répondit Jade en tournant autour du pot.

— Combien de temps ?

— Deux mois, avoua-t-elle. J'ai été obligée de vous mentir sur ce point.

— Vous auriez parfaitement pu me dire la vérité, rétorqua-t-il.

Il commençait à s'échauffer, mais Jade était elle-même trop agacée par ses remarques pour y attacher la moindre importance.

— Ah oui ? Vraiment ? repartit la jeune femme. Vous m'auriez crue si je vous avais annoncé tout de go que j'étais Lucifer, que je venais d'enlever le Dr Winters et que j'essayais de... A quoi cela aurait-il servi ? Vous ne m'auriez même pas écoutée.

— Un instant, Jade, intervint Nathan. Qui est Hudson ? Tu as dit que Hudson avait envoyé deux hommes pour t'accompagner.

— C'est le majordome que Lady Briars t'avait trouvé.

Nathan hocha la tête.

— Et qu'est-il arrivé ensuite ? demanda-t-il.

— Nous allions pénétrer dans les faubourgs de Londres quand nous sommes tombés dans une embuscade. Trois hommes avaient bloqué la route avec de grosses branches d'arbres. Au moment où je me penchais par la fenêtre pour voir ce qui se passait, j'ai entendu des éclats de voix. C'est alors que quelqu'un a tiré sur moi. La balle m'a frôlé la tempe. Sur le coup, Nathan, je t'assure que j'ai vu trente-six chandelles. J'ai même carrément perdu connaissance — je l'avoue à ma grande honte.

Elle fixa Caine droit dans les yeux et ajouta :

— Je ne suis pourtant pas du genre à m'évanouir pour un oui ou pour un non, moi.

— Vous vous écartez du sujet, Jade, dit-il.

Elle lui décocha un regard noir, puis se retourna vers son frère.

— L'intérieur de la calèche était complètement saccagé. Ils avaient éventré les sièges avec leurs couteaux. Quand j'ai commencé à sentir une odeur de fumée, je me suis précipitée hors du véhicule.

— Ils étaient à la recherche des lettres ? demanda Caine.

— Comment as-tu fait pour sortir ? Tu n'as eu qu'à ouvrir la porte ? fit Nathan exactement en même temps.

— Oui et non, répondit-elle. Oui, ils s'imaginaient sans doute que j'avais dissimulé les lettres sous le revêtement de cuir, et non, Nathan, je n'ai pas eu qu'à ouvrir la porte pour sortir. Toutes les issues étaient bloquées par des branchages. J'ai été obligée de me faufiler par la fenêtre. Grâce à Dieu, les châssis n'étaient pas aussi solides que tu le croyais. Plus j'y pense, Nathan, plus je me dis que cette calèche ne valait pas le prix qu'elle t'a coûté. Les gonds...

— Jade !

— Caine, n'élevez pas la voix contre moi, je vous prie, ordonna-t-elle.

— En tout cas, vous l'avez échappé belle, observa Colin.

— J'ai eu très peur, murmura la jeune femme, puis elle ajouta en regardant Caine : Et je trouve qu'il n'y a aucune honte à cela.

Caine acquiesça d'un signe de tête. Au ton sur lequel Jade s'était adressée à lui, il était clair qu'elle le mettait au défi de la contredire.

— Non, il n'y a aucune honte à avoir peur, répéta-t-il en écho.

Elle eut l'air soulagée. Avait-elle donc besoin de son approbation ? Caine s'interrogea quelques secondes sur cette éventualité.

— Je comprends maintenant pourquoi vous avez des ecchymoses aux épaules, poursuivit-il. Vous vous êtes cognée en sortant par la fenêtre de la calèche, n'est-ce pas ?

— Comment diable savez-vous qu'elle a des ecchymoses aux épaules ? fulmina Nathan, qui venait de saisir le sens de la remarque de Caine.

— Parce que je les ai vues.

Nathan aurait sauté à la gorge de Caine si Colin ne l'avait pas retenu par le bras.

— Voyons, Nathan, ce n'est pas le moment, dit-il. Vous réglerez vos comptes plus tard, tous les deux. Nous sommes encore ici pour un bon bout de temps, apparemment.

Nathan se rembrunit. On lui aurait annoncé que son corps allait être jeté aux requins qu'il n'aurait pas arboré une mine plus consternée.

— En partant d'ici, tu mettrais ta vie et celle de Colin en danger, déclara Jade. Ce serait vraiment la dernière des choses à faire.

— Nous devons rester tous ensemble, renchérit Colin.

Nathan ne trouva rien à répondre et, après une seconde d'hésitation, finit par esquisser un hochement de tête peu enthousiaste.

— Mais dis-moi, Caine, continua Colin, en recherchant Lucifer, tu t'es mis toi-même en danger, non ? Les membres du Tribunal encore en vie ne t'auraient jamais laissé arriver jusqu'au pirate. C'eût été beaucoup trop risqué pour eux.

— C'est vrai. Lucifer aurait pu réussir à vous convaincre qu'elle n'avait rien à voir avec la mort de votre frère, ajouta Nathan.

— C'est pour cela que vous m'avez envoyé Jade ? Nathan secoua la tête.

— Nous ne vous l'avons pas envoyée, répondit-il. Elle a mûri son plan toute seule dans son coin et ne nous a même pas prévenus de son départ. Nous n'avons absolument pas eu voix au chapitre.

— Bon sang, comment allons-nous nous y prendre

pour éloigner de toi ces scélérats ? demanda Colin. Tant qu'ils te poursuivront, tu ne pourras pas nous aider à trouver les coupables.

Il poussa un soupir de découragement, puis reprit ses litanies.

— Nous sommes dans un sacré pétrin ! Comment diable allons-nous mettre la main sur ces misérables ? Nous n'avons aucun indice sur lequel nous appuyer.

— Tu te trompes, Colin, répliqua Caine. Nous disposons d'une information de premier ordre. Nous savons que Hammond, le chef du Tribunal, était un haut fonctionnaire du ministère. Parmi les trois hommes qu'il avait recrutés — le Roc, le Renard et le Prince —, il n'y en a plus qu'un ou deux qui soient encore en vie. D'accord ? Et ce sont les supérieurs hiérarchiques de Wilburn. Celui-ci, d'ailleurs, est engagé dans une partie difficile, car il travaille à la fois pour le gouvernement et pour le Tribunal.

— Comment en êtes-vous arrivé à cette conclusion ? demanda Nathan.

— Peu de temps après que nous eûmes appris votre mort à tous les deux, mon père et moi avons reçu des dossiers où figuraient tous les exploits que vous aviez accomplis au service de l'Angleterre. Mais vois-tu, Colin, Wilburn protégeait ses arrières, et aucune information susceptible d'être vérifiée n'était fournie. On invoquait des raisons de sécurité, bien sûr. Entre parenthèses, on vous a décerné une médaille pour récompenser votre bravoure.

— Pourquoi se sont-ils donné ce mal ? demanda Colin.

— Pour éviter d'éveiller les soupçons, répondit Caine. Notre père est duc, Colin, ne l'oublie pas. Wilburn ne pouvait pas te laisser disparaître comme ça. On se serait posé des questions.

— Et Nathan ? Pourquoi ont-ils tenu à l'honorer après sa mort ? Son père est décédé et aucun autre Wakerfield ne porte de titre. Est-ce Jade qu'ils voulaient apaiser ?

Caine fit signe que non.

266

— Vous oubliez les autres titres de Nathan, dit-il. Souvenez-vous qu'il est également marquis de Saint-James. Le Tribunal a dû peser toutes les conséquences qu'il y aurait à se mettre à dos ce redoutable clan. D'après ce que l'on dit, il vaut mieux ne pas s'y frotter.

— En effet, j'avais oublié les Saint-James, reconnut Colin, puis il se tourna vers Nathan avec un petit sourire aux lèvres. Il est vrai que vous n'êtes guère bavard à leur sujet.

— Vous le regrettez ?

Colin rit.

— Allons, l'heure n'est pas au badinage, les tança Jade. D'ailleurs, je suis convaincue que la plupart des rumeurs qui courent sur les Saint-James n'ont aucun fondement. Sous leurs dehors bourrus, ce sont les gens les plus charmants du monde. N'est-ce pas, Nathan ?

Ce fut au tour de celui-ci de s'esclaffer.

— Charmants ? Ah ça c'est la meilleure ! s'exclama-t-il.

Jade eut un regard réprobateur vers son frère, puis elle demanda à Caine :

— Avez-vous assisté à la cérémonie en l'honneur de Colin et de Nathan ? Était-elle réussie ? Y avait-il beaucoup de fleurs ? L'assistance était-elle...

— Je n'y étais pas, répondit Caine sans lui laisser le temps de finir.

— Vous devriez avoir honte ! s'écria-t-elle. Vous ne vous êtes même pas déplacé pour...

— J'en étais incapable, Jade, l'interrompit-il à nouveau. Je ne supportais pas l'idée d'entendre des discours et de recevoir des décorations au nom de Colin. J'ai préféré laisser cette tâche à mon père. J'étais animé d'une telle soif...

— De vengeance, poursuivit Colin à sa place. Comme lorsque tu as couru après les frères Bradley.

Après avoir lancé cette remarque, Colin se tourna vers Nathan et se mit en devoir de lui expliquer l'incident auquel il venait de faire allusion. Jade bouillait d'impatience.

— J'aimerais bien que nous revenions à nos moutons, déclara-t-elle. Avez-vous une solution à proposer, Caine ?

Il fit un signe de tête affirmatif.

— Je pense avoir trouvé un plan pour éloigner de moi ces chacals. Cela vaut la peine d'essayer, mais hélas, cela ne réglera pas tout. Nous devons également nous soucier du sort de Jade.

— Que veux-tu dire ? fit Colin.

— Eh bien, voilà, dans cette affaire, nous sommes confrontés à deux problèmes distincts. Ces crapules ont juré d'avoir ma peau, pour la simple et bonne raison qu'ils sont persuadés que je ne renoncerai jamais à retrouver Lucifer, leur bouc émissaire.

— Quel rapport cela a-t-il avec Jade ? questionna Colin. Comment auraient-ils pu deviner qu'elle est Lucifer ?

Caine poussa un soupir.

— Récapitulons. Il est clair que les deux autres membres du Tribunal savaient que le Renard avait conservé les lettres. Comme ils ignoraient où elles étaient cachées, ils ont eu l'idée de demander à Wilburn de vous recruter, Nathan. C'était le meilleur moyen d'avoir l'œil sur le fils du Renard.

Et, sans attendre que Nathan fasse la moindre remarque, Caine ajouta aussitôt, sûr de la réponse :

— Je suppose que votre appartement d'Oxford a été visité plus d'une fois, non ?

Nathan confirma d'un petit signe de tête.

— Ils devaient penser que les lettres étaient en votre possession. Pendant longtemps, vous avez été leur seule et unique piste. Votre sœur était trop jeune et Harry l'avait déjà emmenée avec lui. Personne ne se serait imaginé que le Renard aurait pu remettre les lettres entre les mains d'un homme comme Harry. Avec sa mine patibulaire, il n'inspire guère confiance. Comment auraient-ils pu se douter que le Renard connaissait Harry de longue date ?

Jade se sentait soulagée. Caine était d'une logique et d'une rigueur qui la rassuraient. C'était comme s'il l'avait déchargée du lourd fardeau qui pesait sur ses épaules. A en juger par le regard de Colin, celui-ci semblait éprouver le même sentiment qu'elle.

— Et alors ? fit Nathan, voyant que Caine restait silencieux.

— Eh bien, ils ont attendu, répondit celui-ci. Ils étaient convaincus que les lettres finiraient par refaire surface tôt ou tard. Et c'est exactement ce qui s'est passé. Harry a donné les lettres à Jade. Celle-ci les a montrées à Nathan, lequel a tout raconté à Colin.

— Vous ne nous apprenez rien, bon sang, lança Nathan sur un ton agacé.

— Chut, Nathan, chuchota Jade. Caine essaie de débrouiller tous les fils de cette affaire. Laisse-le donc aller jusqu'au bout de son raisonnement.

— En allant parler des lettres à Wilburn, c'est le Tribunal que Colin est allé trouver, reprit Caine.

— C'est comme cela qu'ils ont décidé de nous supprimer, dit Colin. J'ai fait confiance à l'homme qu'il ne fallait pas.

— Exactement.

— Et ils sont plus que jamais à la recherche des lettres, déclara Nathan.

— Exactement, répondit Caine avec un petit hochement de tête.

Colin se redressa sur son siège.

— Maintenant qu'ils nous croient morts, Nathan, il n'y a plus qu'une seule personne qui puisse détenir ces pièces à conviction.

Il se retourna vers Jade.

— Ils savent que c'est vous qui les avez.

— Ils n'en sont pas absolument sûrs, rétorqua-t-elle. Sinon, ils m'auraient tuée. Et c'est la raison pour laquelle ils continuent de chercher, la raison pour laquelle ta maison a été incendiée, Nathan, et ta calèche complètement...

— Peut-être, répliqua Nathan, mais à présent, Jade, ils n'ont plus rien d'autre à fouiller. Il ne leur reste plus qu'une seule piste.

— Et ils ne vont pas la rater, dit Colin.

— Oui, approuva Nathan.

— Rassurez-vous, je ne laisserai personne l'approcher, annonça Caine, mais je ne suis pas persuadé qu'ils soient absolument certains que Jade ait les lettres en sa possession. L'un de vous deux aurait pu les cacher quelque part avant d'être capturé. Cette idée doit les rendre fous et ils ne reculeront devant rien pour mettre la main sur ces satanées lettres.

— Qu'allons-nous faire, alors ? questionna Colin.

— Commencer par le plus urgent, répondit Caine, puis il se tourna vers la jeune femme : Vous souvenez-vous de ce que vous m'avez demandé ce fameux soir où nous nous sommes rencontrés pour la première fois, à l'auberge du Chat Noir ?

Elle hocha lentement la tête.

— Oui, je vous ai demandé de me tuer.

— Quoi ? Qu'est-ce que c'est que cette histoire ? rugit Nathan.

— Elle m'a demandé de la tuer, répéta Caine, sans quitter Jade des yeux.

— Mais il a refusé, expliqua-t-elle. Je m'en doutais, d'ailleurs. Et en quoi cela a-t-il un rapport avec votre plan ?

Caine lui adressa un grand sourire.

— Eh bien, c'est très simple, mon cœur. J'ai changé d'avis. J'ai décidé de vous donner satisfaction.

13

— Lucifer va devoir mourir, murmura Caine sur un ton solennel. C'est la seule solution.

Il prononça ces mots en fixant Nathan droit dans les yeux. Le frère de Jade approuva aussitôt d'un petit hochement de tête.

La jeune femme bondit de sa chaise.

— Je ne veux pas mourir, s'écria-t-elle. Il n'en est pas question, Caine.

— Voyons, Jade..., commença Nathan.

— Il parle du pirate, expliqua Colin. Il ne va pas vous tuer pour de bon.

Jade foudroya Colin du regard.

— Vous me prenez pour une idiote ? J'ai parfaitement compris de quoi il parlait. Mais cela ne change rien à l'affaire. Je ne suis pas d'accord, un point c'est tout. Avez-vous la moindre idée du nombre d'années qu'il m'a fallu pour me tailler la réputation que j'ai ? Quand je pense...

Voyant que les trois hommes ne l'écoutaient pas, Jade jugea inutile de poursuivre. Elle se rassit et se tourna vers Caine, les yeux étincelants de colère.

— Si vous n'aviez pas engagé cette stupide chasse à l'homme pour retrouver Lucifer, vitupéra-t-elle, nous n'en serions pas là. Tout cela est votre faute.

— Mais Jade, Caine a raison, c'est la seule solution, soutint Nathan. Si Lucifer meurt, ou plutôt, si tout le monde le croit mort, alors Caine n'a plus de raison de continuer ses recherches. N'oublie pas que le Tribunal croit qu'il est persuadé que le pirate a tué son frère. Tu t'en souviens ?

Elle hocha la tête avec réticence.

— Et à ce moment-là, ils laisseraient Caine tranquille ? fit-elle. C'est ça ? Il ne serait plus en danger ?

Nathan sourit, puis se tourna vers Caine.

— J'ai l'impression que votre plan résout pas mal de problèmes d'un coup, observa-t-il en accompagnant ces mots d'un coup d'œil éloquent en direction de sa sœur.

Caine acquiesça.

— Jade, vous allez devoir changer certaines de vos habitudes. Lorsque Lucifer sera mort, vous ne pourrez plus...

— C'est mon travail, protesta-t-elle avec véhémence. C'est ce que je fais de mieux.

Caine ferma les yeux.

— Qu'est-ce que vous faites donc si bien ? demanda-t-il.

Ce fut Nathan qui répondit.

— Harry était chargé des actes de piraterie. Pendant ce temps-là, Jade restait à bord, mais quand il revenait, c'était lui le chef. Elle s'occupait des expéditions à terre. Car voyez-vous, Caine, elle possédait un don exceptionnel. Il n'existe aucun coffre-fort au monde qu'elle ne puisse ouvrir, aucune serrure qu'elle ne puisse forcer.

— Ce n'était en réalité qu'une vulgaire cambrioleuse, répliqua Caine en regardant Jade d'un air réprobateur.

Elle se sentit piquée au vif par cette remarque.

— Vous êtes libre de penser de moi ce que vous voulez, Caine, répliqua-t-elle avec une pointe d'amertume dans la voix. Cela m'est complètement égal. Toute cette comédie est enfin terminée et nous ne serons bientôt plus appelés à nous revoir, alors peu m'importe...

Jade interrompit sa tirade dès que retentit à ses oreilles la voix de stentor de Harry. Aussitôt après, une femme se mit à pousser des cris perçants. Elle en déduisit qu'il avait dû terroriser une domestique.

— Si vous voulez m'excuser un instant..., fit-elle.

A ces mots, elle sortit de la pièce comme une flèche. Dès que la porte se fut refermée derrière elle, Caine se tourna vers Nathan.

— Elle finira par entendre raison, dit-il, et d'ici là, j'espère que nous aurons eu le temps de mettre en scène la mort de Lucifer. Elle ne pourra plus rien, à ce moment-là.

Colin acquiesça d'un signe de tête.

— Oui, elle finira par se rendre compte qu'ils savent qu'elle fait cause commune avec vous et que la mort de Lucifer ne change rien à l'affaire : vous êtes tous les deux en danger. C'est bizarre, ajouta-t-il, Jade est plus rapide, d'habitude. Combien de temps croyez-vous qu'il va lui falloir pour comprendre la situation ?

— Elle a déjà compris, Colin, intervint Nathan. Vous n'avez pas vu la lueur de soulagement qu'il y avait dans ses yeux ? Je suis sûr que dans son for intérieur, elle a hâte que toute cette histoire soit terminée.

— C'est compréhensible, non ? rétorqua Caine. Après

ce qui lui est arrivé, je doute qu'au fond d'elle-même, elle ait envie de repartir en mer. Mais quant à l'admettre, c'est une autre histoire. Pour l'instant, elle est incapable de raisonner logiquement. Elle pense qu'elle doit reprendre ses... comment dire... ses activités antérieures. Peut-être est-ce pour elle une façon de s'affirmer. Enfin, quelles que soient ses motivations, elle a besoin que quelqu'un lui demande d'arrêter, que quelqu'un lui impose sa loi, en quelque sorte.

— Et ce quelqu'un, c'est toi, Caine ?

— Oui.

Les trois hommes en étaient là de leur discussion quand Jade revint.

— Tu sais, Jade, lui dit son frère, je ne crois pas que tu aies intérêt à partir tout de suite avec Matthew et Jeff. Tu ferais mieux d'attendre que nous ayons réglé ce problème.

— Quoi ? tu veux que j'attende que vous ayez retrouvé les membres du Tribunal ? C'est ça ? s'écriat-elle d'un air atterré. Je ne peux pas rester ici, pas après...

Caine la foudroya du regard pour lui intimer l'ordre de se taire. Jade se dirigea alors vers son fauteuil et resta debout à côté, les mains sagement croisées sur le dossier.

— Et Harry ? demanda Caine à Nathan. Il ne risque pas de nous créer des difficultés ?

— Pourquoi nous en poserait-il ? demanda-t-il en bâillant à s'en décrocher la mâchoire. Il s'est retiré, à présent. Vous n'avez pas remarqué qu'aucun navire n'avait été pillé depuis longtemps ?

— Je l'ai remarqué, en effet, admit Caine. Pourtant, il se pourrait bien qu'il n'apprécie guère qu'on incendie son bateau.

— Non !

Jade fut si choquée par cette suggestion qu'elle s'affala dans le fauteuil qui lui tendait les bras.

Nathan se montra plein de compréhension envers sa sœur.

— L'*Émeraude* a été pour Jade bien plus qu'un

simple navire, dit-il. Ç'a été son foyer. Peut-être pourrions-nous trouver un autre bâtiment, le peindre de telle façon qu'il ressemble à l'*Émeraude*, et y mettre le feu. Harry cacherait le vrai en lieu sûr.

Caine approuva.

— Serait-il capable de se charger de cette opération, d'après vous ? Il faut qu'il trouve des témoins du naufrage de ce bateau qui soient en mesure de certifier qu'ils ont vu mourir Lucifer.

— Oui, mais à condition qu'on lui explique tout ce qu'il faut faire, déclara Nathan.

— Et qu'il n'ait pas égaré ses besicles, ajouta Colin en souriant.

— Je vais aller lui parler tout de suite, annonça Caine.

Il s'apprêta à se lever, mais Nathan fut plus rapide que lui.

— Maintenant, Colin, il est temps de monter vous reposer, déclara Nathan.

Et avant même que Caine ou son frère ait deviné quelles étaient ses intentions, il souleva Colin dans ses bras. Nathan vacilla quelque peu sous le poids, puis il se redressa et se dirigea vers la porte. Colin se mit aussitôt à protester avec vigueur.

— Pour l'amour du ciel, Nathan, reposez-moi à terre immédiatement. Je ne suis pas un bébé.

— Vous en êtes sûr ? rétorqua Nathan.

Jade regarda les deux amis sortir de la pièce.

— Nathan s'est très bien occupé de votre frère, observa-t-elle.

Caine tourna la tête vers la jeune femme. Elle avait les yeux baissés.

— Vous aussi, Jade.

Elle ne releva pas le compliment.

— Mon frère est extrêmement gentil, dit-elle. Il est souvent grincheux et irascible, mais ce n'est qu'une façade. Nathan est un être très secret, en vérité. Son dos porte encore la marque des coups qu'il a reçus. Car, durant toutes ces années où nous avons été séparés, il n'est pas allé uniquement à l'université. Bien

274

sûr, jamais il n'acceptera de me parler de cette période de sa vie, pas plus qu'il ne me dira où il était. Tout ce que je sais, c'est qu'il a souffert à cause d'une femme. Je pense qu'il a dû énormément l'aimer et qu'elle a dû le traiter bien cruellement. Comment expliquer, sinon, ce masque de cynisme et de froideur derrière lequel il se cache ? En tout cas, Colin a su toucher son cœur. Votre frère lui a offert une amitié sans réserves et lui a même sauvé la vie en plus d'une occasion. Voyez-vous, Nathan fait confiance à peu de gens, mais Colin fait partie des rares élus.

— Est-ce que votre frère a également confiance en vous, Jade ?

Cette question la surprit.

— Bien sûr, se hâta-t-elle de répondre.

Elle leva les yeux vers Caine et en voyant la tendresse qui brillait dans son regard, elle se demanda quelle pouvait bien en être la cause.

— Jamais Colin n'aurait pu réussir à monter l'escalier tout seul, poursuivit-elle. Nathan le savait. Aussi s'est-il arrangé pour que la fierté de votre frère n'en souffre pas.

— Il semblerait qu'elle en souffre quand même un peu, rétorqua Caine en entendant les cris de protestation de Colin.

Jade esquissa un sourire hésitant, puis elle se leva et regarda Caine droit dans les yeux.

— Puisque pour l'instant je ne peux pas quitter l'Angleterre, je crois que je vais envoyer un mot à Lady Briars pour lui demander de m'héberger quelque temps.

— Non.

— Non ? Et pour quelle raison ?

— Jade, je suis fatigué d'avoir à me répéter sans arrêt. Vous restez avec moi.

— Lady Briars serait ravie de m'accueillir chez elle. Ce serait beaucoup plus simple pour vous si je m'en allais.

— Pourquoi ?

— Parce que vous allez tourner et retourner tout

cela dans votre tête, et une fois que vous aurez soumis chaque point au crible de votre maudit esprit logique, que vous l'aurez minutieusement disséqué, alors vous décréterez qu'il vous est impossible de me pardonner. Voilà pourquoi.

— Est-ce que vous voulez que je vous pardonne ?

— Pas particulièrement.

— Vous mentez, Jade.

— Cela a-t-il vraiment de l'importance ?

— Oui, cela en a. Jade, je vous ai dit que je vous aimais. Cela n'a pas d'importance pour vous ?

— Si, murmura-t-elle.

Il esquissa un pas vers elle mais Jade s'écarta du fauteuil et recula en direction de la porte du salon. Le regard de Caine l'effrayait. Il valait mieux battre en retraite avant que les choses ne s'enveniment, se dit-elle.

— Pourquoi me fixez-vous avec ces yeux-là ?

— Vous m'avez menti, trompé, manipulé, mais cela va changer, n'est-ce pas ?

Elle continua de reculer.

— Quand vous réfléchirez à tête reposée, déclara-t-elle, vous en arriverez à la conclusion que tout ce que j'ai fait, je l'ai fait dans le seul but de vous protéger, vous et votre frère. Pour l'instant, vous êtes aveuglé par la colère... et l'orgueil.

— Est-ce que je peux vous croire, cette fois ?

— Voyez-vous, Caine, je suis certaine que vous me remercierez un jour de vous avoir joué cette comédie. Enfin, tout cela est fini, maintenant...

Il secoua lentement la tête. Un sourire flottait sur ses lèvres. Jade ne savait pas quoi penser de la réaction de Caine. N'osant pas le quitter des yeux, elle ne regardait pas derrière elle, si bien qu'elle se retrouva soudain coincée contre le mur. Elle avait mal évalué la distance qui la séparait de la porte du salon.

Jade était prisonnière. Le sourire de Caine s'élargit, indiquant qu'il était parfaitement conscient de la situation difficile de la jeune femme et qu'il s'en réjouissait.

— C'est terminé, bredouilla-t-elle.

— Non, cela ne fait que commencer, ma colombe.

En disant ces mots, il l'emprisonna en s'appuyant contre le mur, les bras tendus de chaque côté du visage de Jade.

— Vous voulez parler de la chasse à l'homme engagée contre les membres du Tribunal, j'imagine ?

Il se pencha en avant, la tenant à sa merci.

— Non, je veux parler de vous et de moi. C'est pour me protéger que vous vous êtes donnée à moi ?

— Quelle question ridicule !

— Répondez-moi, Jade.

— Non, bien sûr.

Elle fit cet aveu en fixant obstinément le torse de Caine.

— Est-ce parce que vous vous sentiez coupable de m'avoir trompé ?

— Non ! Jamais je ne me suis sentie coupable de mentir. Je suis douée pour le mensonge. Pourquoi aurais-je honte de ce talent qui est le mien ? J'en suis fière, tout au contraire.

Caine ferma les yeux et se concentra pour s'empêcher de la battre.

— Alors pourquoi vous êtes-vous donnée à moi ? fit-il.

— Vous le savez.

— Dites-le-moi.

— Parce que j'en avais envie, articula-t-elle dans un souffle.

— Et pour quelle raison, bon Dieu ? la harcela-t-il.

Elle secoua la tête, puis essaya d'enlever la main de Caine et de retrouver sa liberté de mouvements. Mais il ne bougea pas d'un pouce.

— Vous ne quitterez pas cette pièce tant que vous ne m'aurez pas dit la vérité. Je ne veux plus de mensonges, Jade.

A présent, elle contemplait le menton de Caine.

— Vous m'en demandez trop.

— Je ne demande que ce que je peux donner en retour, rétorqua-t-il. Et nous resterons ici jusqu'à ce que...

— Bon, d'accord ! Je me suis donnée à vous parce que vous étiez tellement doux, tellement gentil, et que je m'étais rendu compte que j'avais... de l'affection pour vous.

Après avoir prononcé ces mots, elle leva les yeux vers lui pour voir s'il ne riait pas. Elle se jura de lui envoyer son poing dans la figure si jamais elle percevait la moindre lueur de moquerie dans son regard.

Il ne riait pas. Il semblait content de lui avoir arraché cet aveu et arborait un air légèrement arrogant, mais pour une fois elle ne s'en offusqua pas. C'était son droit, après tout, songea-t-elle.

— Caine, vous n'aviez rien à voir avec l'homme qui était décrit dans le dossier que j'ai lu. Même votre directeur ne vous connaît pas véritablement.

— Vous avez lu mon dossier ?

Elle se dit qu'elle aurait mieux fait de ne pas mentionner ce détail quand il la saisit par les épaules en enfonçant ses doigts dans sa chair.

— Oui, je l'ai lu, reconnut-elle. Cela m'a même pris toute la nuit. Vous avez un passé bien rempli.

Il secoua silencieusement la tête de droite à gauche. Il paraissait plus surpris que furieux.

— Jade, ce dossier aurait dû être scellé et mis sous clé, et le nom n'aurait dû apparaître nulle part.

— Oh, mais c'était le cas, Caine, rétorqua la jeune femme. Toutes les mesures de sécurité avaient été prises. Les portes étaient bien verrouillées et les tiroirs soigneusement fermés à clé.

— Apparemment, il y a eu une défaillance quelque part, sinon comment expliquer que vous vous soyez introduite à l'intérieur, que vous ayez trouvé mon dossier et que vous l'ayez lu ? Et dire que moi, je ne l'ai même pas lu !

— Et pourquoi voudriez-vous le lire ? Ce dossier ne relate que les missions dont vous avez été chargé. Il n'y a presque rien sur votre vie privée. Par exemple, l'incident avec les frères Bradley n'est même pas mentionné. Eh bien, Caine, qu'y a-t-il ? Pourquoi êtes-vous si nerveux ?

Jade crut qu'il allait lui briser les os tellement il la serrait fort.

— Vous avez tout lu ? demanda-t-il. Vous êtes au courant de tout ?

Elle acquiesça.

— Vous me faites mal, Caine. Lâchez-moi.

Il appuya les mains contre le mur, la retenant à nouveau prisonnière.

— Et ce que vous saviez sur moi ne vous a pas empêchée de venir me trouver ? Vous n'aviez pas peur ?

— Si, avoua-t-elle. Un petit peu. Votre passé est... disons... haut en couleur. J'avais quelque appréhension, en effet, mais elle s'est dissipée dès que je vous ai rencontré ; à partir de ce moment-là, j'ai commencé à douter de l'exactitude de...

— Vous avez eu tort, Jade, l'interrompit-il. Tout était rigoureusement exact.

Caine s'était exprimé avec une telle brusquerie qu'elle tressaillit.

— Vous avez fait ce que vous aviez à faire, murmura-t-elle.

Caine hésitait encore à croire la jeune femme.

— Quel était mon nom de code ? demanda-t-il.

— Le Chasseur.

— Bon Dieu ! s'exclama-t-il.

— Caine, essayez de comprendre ma position. Il était absolument indispensable que je réunisse le maximum d'informations sur vous.

— Et pour quelle raison ?

— Parce que vous étiez en danger, tout simplement.

— Il ne vous est jamais venu à l'esprit que j'aurais été capable de prendre tout seul les mesures qui s'imposaient ?

— Bien sûr que si, Caine. Mais j'avais juré à votre frère de veiller sur votre sécurité et je ne voulais pas manquer à ma parole.

— La parole donnée est une chose sacrée pour vous, n'est-ce pas, Jade ?

— Oui, répliqua-t-elle.

— Je n'ai toujours pas saisi pourquoi vous aviez jugé nécessaire de lire mon dossier.

— J'avais besoin de connaître votre... comment dire... votre point faible. Chacun de nous a son talon d'Achille, Caine, même vous.

— Et qu'avez-vous trouvé ? Quel est le défaut de la cuirasse ?

— Eh bien, comme votre père, vous avez la réputation de voler au secours des faibles et des déshérités. Ce n'est pas forcément un défaut, mais j'ai essayé de tirer parti de ce trait de caractère.

— En feignant d'être en danger ? C'est ça ? Mais, Jade, vous étiez réellement en danger. Tous ces événements ont réellement eu lieu. Vous...

— J'aurais très bien pu me débrouiller sans vous, rétorqua-t-elle en se rengorgeant. Après avoir réussi à m'extirper de la calèche de Nathan, je suis allée directement à Shallow's Wharf. Matthew et Jimbo m'y attendaient. Nous aurions réglé le problème tous les trois.

— Peut-être..., admit Caine.

Voyant qu'il était d'humeur accommodante et qu'il avait l'air de penser à autre chose, elle en profita pour essayer de passer la tête sous son bras. Mais ce geste n'échappa pas à la vigilance de Caine, qui s'approcha encore plus près de la jeune femme.

— Vous pensiez que j'étais un être faible et sans défense, si bien que vous vous êtes empressé de me prendre sous votre aile, de devenir mon ange gardien, en quelque sorte.

— Vous aussi avez été mon ange gardien, dit-il.

— Votre fierté en souffre ? demanda Jade.

— Non, répondit-il. Quand on a été trompé et manipulé comme je l'ai été, qu'est-ce qui pourrait encore porter atteinte à ma fierté ?

— Oh, je ne me fais guère de souci pour vous, Caine, murmura-t-elle sur un ton narquois. Vous avez une telle arrogance que vous vous remettrez facilement de cette petite blessure d'amour-propre. En vérité, ajouta-t-elle, en renouant avec le fil de sa pensée, vous étiez prêt à sacrifier votre vie pour garantir ma sécurité. Je vous ai entendu me le jurer tout bas alors que vous me croyiez endormie.

— Bon sang, Jade, y a-t-il un seul instant où vous ne m'ayez pas joué la comédie ?

Elle ne répondit rien.

— Je vous ai offert aide et protection, poursuivit-il. Et vous, savez-vous ce que vous m'avez offert ?

— Des mensonges.

— Oui, des mensonges, mais autre chose aussi.

En la voyant s'empourprer, il devina qu'elle avait compris de quoi il parlait.

— Que m'avez-vous donné d'autre, Jade ?

— Eh bien, il y a eu... enfin j'étais vierge..., bafouilla-t-elle.

— Vous m'avez donné votre amour, Jade.

Elle fit un signe de tête négatif.

Il lui répondit par un signe de tête affirmatif.

— Non, Caine.

— Si, rétorqua-t-il. Vous rappelez-vous ce que je vous ai dit la première fois que nous avons fait l'amour ensemble ?

Elle se rappelait chaque mot.

— Non, répliqua-t-elle.

— Vous mentez, Jade. Vous retenez tout ce que vous lisez ou entendez.

— Seulement ce que je lis.

Elle se sentait gagnée par la panique.

Caine s'approcha encore plus près, jusqu'à ce que ses cuisses frôlent celles de la jeune femme.

— Alors laissez-moi vous rafraîchir la mémoire, ma petite menteuse adorée. Je vous ai dit que vous seriez à moi. Pour toute la vie, Jade.

— Vous ne le pensiez pas ! s'écria-t-elle. Je ne vais pas vous forcer à tenir une promesse aussi insensée, Caine.

Elle ferma les yeux pour lutter contre le souvenir de leurs corps enlacés.

— Voyons, ce n'est pas le moment de... Caine, arrêtez..., supplia-t-elle lorsqu'il se pencha et l'embrassa sur le front. Je vous ai menti, je vous ai joué la comédie. D'ailleurs, ajouta-t-elle, vous ignoriez que j'étais Lucifer. Tout ce que vous avez dit ce jour-là doit être oublié.

— Je ne veux pas l'oublier, moi, déclara-t-il.

— Caine, je ne peux absolument pas rester avec vous. Vous ne m'aimez même pas. Rappelez-vous, je ne suis qu'une vulgaire cambrioleuse.

— Non, ma chérie, vous *étiez* une cambrioleuse, mais tout cela est terminé. Les choses vont devoir changer, à partir de maintenant.

— C'est impossible. Vous serez incapable de changer, Caine. Vous êtes beaucoup trop rigide.

— Mais je parlais de vous ! s'écria-t-il. C'est vous qui allez devoir changer, mon ange.

— Moi ? Jamais de la vie !

— Si, rétorqua-t-il. Vous allez cesser vos « activités ».

— Et pourquoi ?

— Parce que je ne tolérerai pas que vous continuiez. Voilà pourquoi.

Elle refusait de comprendre.

— Ce que je fais ne vous regarde pas. Mes hommes comptent sur moi, Caine. Je n'ai pas le droit de les laisser tomber.

— Il faudra qu'ils comptent sur quelqu'un d'autre, Jade, vociféra-t-il. C'est terminé les cambriolages.

— Une fois que je serai partie d'ici, vous ne me reverrez plus jamais. Soyez tranquille, je ne reviendrai pas pour vous dévaliser.

Elle était pressée d'en finir avec cette discussion et de retrouver sa liberté quand elle vit Nathan et Black Harry devant la porte, en train de l'observer. Ils avaient dû entendre toute la conversation, songeat-elle avec consternation, réalisant soudain qu'elle avait crié presque aussi fort que Caine. C'était la faute de cet arrogant qui se permettait de lui dicter sa conduite. S'il ne l'avait pas poussée à bout, elle ne se serait pas mise à hurler comme une harengère.

— Pourquoi vous mêlez-vous de ses affaires ? demanda Nathan.

Soucieux de ménager la jeune femme, Caine ne se départit pas de son calme.

— Nathan, je crois qu'il est temps que vous ayons un petit entretien ensemble. Jade, attendez-nous dans la salle à manger avec Harry. Et vous, Stern, ajouta-t-il à l'adresse du majordome qui venait de faire son apparition, veillez à ce que l'on ne nous dérange pas.

Black Harry semblait le seul à comprendre ce qui allait se passer.

— Un instant, mon garçon, dit-il à Caine en bousculant Nathan.

Harry se rua dans le salon, s'empara de la coupe en argent qui trônait sur la cheminée, puis ressortit en trombe.

— Ce serait dommage d'abîmer un si bel objet, non ? Il vaut mieux que je l'emporte avec moi, déclara-t-il à Jade en devançant les protestations de la jeune femme. Ce n'est pas la peine de me regarder avec ces yeux-là, fillette, Caine serait le premier à m'en faire cadeau.

Une fois que Nathan eut rejoint Caine dans le salon, Stern invita Jade à quitter la pièce et referma la porte sur les deux hommes.

— Qu'est-ce qu'ils peuvent bien avoir à se dire ? demanda Jade à Black Harry. Ils se connaissent à peine.

A peine avait-elle fini de poser sa question qu'un grand bruit retentit, fournissant à la jeune femme un élément de réponse.

— Mon Dieu ! s'écria-t-elle, mais ils vont se tuer. Faites quelque chose, Harry.

Sur ces mots, elle s'élança vers la porte en bousculant Stern sur son passage. Mais Harry devina immédiatement ses intentions et la retint d'une main ferme.

— Allons, fillette, laisse-les. Tu ne vois pas qu'ils brûlent d'envie de se taper dessus. Viens avec moi dans la salle à manger. Mary nous a concocté un de ces desserts... hum ! je m'en régale à l'avance.

— Harry, je t'en prie !

— Viens, répéta-t-il. Mes hommes m'attendent.

Jade se mit à hurler et Harry abandonna aussitôt la

partie. Etant donné le tintamarre qui venait du salon, ce n'étaient certainement pas les éclats de voix de la jeune femme qui le dérangeaient. Simplement, il connaissait assez le caractère obstiné de sa nièce pour savoir qu'il était inutile d'insister.

— Quelle tête de mule ! grommela-t-il tandis qu'il regagnait la salle à manger en serrant sous son bras la précieuse coupe en argent.

Stern venait juste de refermer la porte derrière Harry lorsque quelqu'un frappa à l'entrée. Tiraillé entre des obligations contradictoires, il appela immédiatement Jade.

— Est-ce que mademoiselle voudrait bien aller voir qui vient à cette heure ? fit-il en criant à cause du bruit.

Stern se tenait appuyé contre la porte du salon, les bras croisés sur la poitrine. Jade alla se planter à côté du majordome en prenant la même pose que lui.

— Mademoiselle veut bien rester ici à monter la garde pendant que vous allez voir qui c'est, annonça-t-elle en imitant le ton compassé de Stern.

Celui-ci secoua négativement la tête.

— N'essayez pas de jouer au plus fin avec moi, mademoiselle, je sais pertinemment que vous voulez entrer.

— Bien sûr que je veux entrer, rétorqua-t-elle. Caine est en train de se battre avec mon frère. Ils vont se tuer.

C'est alors qu'un grand fracas ébranla à nouveau les murs. Stern supposa que l'un des deux hommes avait lancé le sofa contre la cloison. Il fit aussitôt part de son hypothèse à Jade.

— Non, Stern, répliqua-t-elle, cela ressemble plutôt à un corps qui heurte un mur, dit la jeune femme. Oh, je vous en prie...

En le voyant secouer la tête d'un air catégorique, elle jugea inutile de continuer à plaider sa cause. Il n'en démordrait pas.

Soudain, la porte d'entrée s'ouvrit. L'attention de Jade et de Stern se porta immédiatement sur les deux visiteurs qui venaient de franchir le seuil.

— Mon Dieu, c'est le duc et la duchesse de Williamshire, murmura Stern avec consternation.

Jade changea aussitôt d'attitude.

— Je vous interdis de vous éloigner de cette porte, Stern.

Elle se précipita dans le vestibule pour accueillir les parents de Caine. Si le duc de Williamshire adressa un sourire à la jeune femme, c'est à peine si la duchesse lui accorda un regard. Elle avait les yeux braqués sur la porte du salon à travers laquelle fusaient des injures de toutes sortes. La belle-mère de Caine poussa un petit cri outragé.

— Vous lui avez pris sa virginité, misérable !

La terrible accusation de Nathan retentit dans tout le vestibule. Jade dut se retenir pour ne pas hurler. Elle eut soudain envie que Caine tue son frère.

C'est alors qu'elle se souvint qu'elle n'était pas seule.

— Bonjour, dit-elle au duc et à la duchesse de Williamshire en forçant la voix pour se faire entendre d'eux.

Elle se sentait affreusement gênée.

— Eh bien, que se passe-t-il ? demanda la duchesse. Qui est cette demoiselle, Stern ?

— Je m'appelle Jade, madame, cria-t-elle. Mon frère et moi sommes des amis de Caine, ajouta-t-elle.

— Mais que se passe-t-il donc dans la pièce à côté ? répéta la duchesse.

— Oh, c'est juste une discussion un peu animée, répondit-elle. Voyez-vous, Caine et mon frère Nathan se sont lancés dans un débat sur...

Elle jeta un coup d'œil désespéré à Stern, tout en se creusant la tête pour trouver une explication plausible.

— La culture des céréales, poursuivit le majordome.

— La culture des céréales ? fit le duc de Williamshire, l'air intrigué.

— C'est complètement ridicule, déclara la duchesse en secouant la tête avec incrédulité, ce qui eut pour effet d'agiter ses boucles blondes.

— Oui, oui, je vous assure, la culture des céréales,

confirma Jade. Caine pense que l'orge et le blé doivent être plantés une année sur deux. Nathan, de son côté, est persuadé qu'il ne faut jamais laisser de terres en jachère. C'est bien ça, n'est-ce pas, Stern ?

— Oui, mademoiselle, hurla-t-il.

Le majordome fit une grimace car un bruit de verre brisé venait de retentir à ses oreilles, puis il ajouta :

— Mon maître défend son point de vue avec beaucoup de vigueur.

— Enormément de vigueur, renchérit Jade.

Le duc et la duchesse de Williamshire l'observaient avec des yeux incrédules. Ils devaient la prendre pour une folle, songea-t-elle en soupirant.

— Montez, s'il vous plaît, dit-elle sans préambule.

— Pardon ? fit la duchesse.

— Veuillez monter en haut, s'il vous plaît, se reprit-elle.

— Vous voulez que nous montions en haut ?

— Oui, répondit Jade. Quelqu'un vous attend. Je crois qu'il est dans la deuxième chambre à droite, encore que je n'en sois pas absolument certaine.

Elle fut obligée d'élever la voix car le vacarme s'était amplifié.

Le duc de Williamshire sortit brusquement de sa stupeur. Il serra la main de Jade avec chaleur.

— Ô mademoiselle ! mille fois merci ! s'écria-t-il. Si vous saviez comme je suis content de vous revoir. Vous avez tenu parole, ajouta-t-il. Notez, je n'en ai jamais douté.

Quand le duc se rendit compte qu'il parlait de façon décousue, il s'efforça de dominer son émotion.

— Venez, Gwendoline, Jade nous a demandé de monter.

— Vous connaissez cette femme, Henry ?

— Ô mon Dieu, je me suis trahi, murmura-t-il, confus.

— Pas du tout, le rassura Jade. Caine sait que je vous avais rendu visite. Je le lui ai dit.

Rasséréné, Henry hocha la tête, puis se tourna vers sa femme.

— J'ai fait la connaissance de cette charmante demoiselle très tôt ce matin.

— Où ? demanda Gwendoline, refusant de suivre son mari dans l'escalier. J'attends vos explications, Henry.

— Elle est venue me voir dans mon cabinet de travail. Vous dormiez encore. Allons, ma chérie, venez. Vous comprendrez tout une fois que...

— Henry ! s'exclama-t-elle. Elle a les cheveux roux !

— Oui, ma chérie, acquiesça-t-il en la poussant doucement dans l'escalier.

Gwendoline éclata de rire.

— Et les yeux verts, cria-t-elle à l'oreille de son mari. C'est la première chose que j'ai vue, Henry.

— Quel don d'observation, Gwendoline !

Jade suivit des yeux les parents de Caine jusqu'à ce qu'ils soient arrivés en haut.

— Il y a de l'orage dans l'air ! Qu'en dites-vous, Stern ?

— Votre analyse de la situation me semble des plus pertinentes, mademoiselle, affirma-t-il. Mais avez-vous remarqué qu'il n'y a plus de bruit depuis quelques instants ?

— Oui, je l'ai remarqué. Et ce n'est pas bon signe. Ils ont dû se tuer.

Stern secoua la tête.

— Jamais mon maître ne serait allé tuer votre frère, voyons, répliqua-t-il. Je crois que je ferais bien d'aller chercher un peu de brandy. Ces messieurs auront besoin d'un bon remontant.

— Ce n'est pas la peine, Stern, gémit-elle. Ils sont tous les deux morts, à l'heure qu'il est.

— Mais non, mademoiselle. Il faut toujours voir les choses du bon côté.

— C'est ce que je fais, marmonna-t-elle entre ses dents. Bon, allez chercher ce brandy, puisque vous y tenez. Je reste devant la porte.

— Je peux compter sur vous, hein ?

Jade ne voulait plus entrer dans la pièce, à présent. Elle était furieuse contre Caine et contre son frère, et si humiliée que le duc et la duchesse de Williamshire aient été témoins de la bagarre qu'elle en avait les larmes aux yeux.

Mais pourquoi au juste attachait-elle autant d'importance à l'opinion que les parents de Caine avaient d'elle ? C'était absurde puisqu'elle s'en irait, de toute façon. Si elle n'avait pas eu aussi peur de tomber à nouveau sur la duchesse, elle serait montée tout de suite prendre son sac et serait partie sans crier gare.

Quand Stern revint avec un carafon de cognac et deux verres, Jade lui ouvrit la porte du salon.

La jeune femme et le majordome restèrent en arrêt devant le spectacle de désolation qui s'offrait à leurs yeux. C'était un vrai champ de bataille. Pas un seul meuble, pas un seul objet n'avait été épargné.

Stern aperçut les deux hommes avant Jade. Il fut également plus prompt à surmonter sa surprise. Le majordome redressa les épaules et se dirigea vers le mur du fond, contre lequel Caine et Nathan étaient assis, côte à côte.

Jade suivit le majordome d'un pas mal assuré. Lorsqu'elle arriva devant les deux combattants, elle respira. Apparemment, il n'y avait aucun vainqueur. Caine avait une balafre sur le front, juste au-dessus du sourcil droit. Du sang dégoulinait le long de sa joue, mais il n'avait pas l'air de se soucier de sa blessure. Il souriait aux anges.

Nathan était dans un état similaire. Il avait une profonde entaille à la commissure des lèvres et pressait son mouchoir sur la plaie. Cela ne l'empêchait d'ailleurs pas d'arborer le même sourire béat que son adversaire. Il avait également récolté dans la bagarre un œil poché.

Jade était si soulagée de constater qu'aucun des deux ne semblait être en danger de mort qu'elle fut soudain secouée de tremblements nerveux. Puis, en l'espace d'une seconde, ce sentiment de soulagement se mua en colère. Elle était folle de rage.

— Alors, ces messieurs ont-ils réglé leur différend ? s'informa Stern.

— Oui, répondit Caine, avant de se tourner vers Nathan et de lui envoyer son poing dans la mâchoire. N'est-ce pas, Nathan ?

Celui-ci lui rendit la pareille.

— Oui, acquiesça-t-il du bout des lèvres.

— Des enfants, voilà ce que vous êtes ! s'écria Jade d'une voix vibrante de fureur.

Les deux hommes levèrent les yeux vers elle, puis ils se regardèrent. Sans doute trouvaient-ils l'insulte des plus drôles car ils éclatèrent de rire.

— Pour ce qui est de votre frère, ça c'est sûr, déclara Caine lorsqu'il eut retrouvé son sérieux. Il se sert de ses poings comme un enfant.

— Mon œil, oui ! s'exclama Nathan. Servez-moi donc à boire, Stern.

Le majordome s'agenouilla, puis il tendit un verre à chacun et leur versa à tous deux une bonne rasade de brandy.

— Où avez-vous la tête, Stern ? fit-elle vivement. Avec ce que vous leur avez donné, ils vont être soûls.

— Vu l'état dans lequel ils sont, cela ne changera pas grand-chose...

A ces mots, il se releva et parcourut la pièce des yeux, comme s'il évaluait l'étendue du désastre.

— Je crois que j'avais raison, mademoiselle, dit-il. C'est bien le sofa qui a heurté le mur.

Pendant ce temps-là, Jade contemplait en silence les vestiges de ce qui avait été un ravissant service à thé en porcelaine.

— Stern, laissez-nous la bouteille, ordonna Caine.

— Comme vous voulez, monsieur. Désirez-vous que je vous aide à vous mettre debout avant que je parte ?

— Il est toujours aussi prévenant ? demanda Nathan.

Caine s'esclaffa.

— Prévenant ? Lui ? Ça c'est la meilleure ! Si j'ai une minute de retard à table, il mange ma part.

— C'est pour vous apprendre la ponctualité, monsieur, dit Stern.

— Vous devriez lui donner un coup de main pour se relever, dit Nathan, il n'a pas plus de force qu'un... enfant.

Les deux hommes éclatèrent de rire.

— C'est lui qui a besoin d'aide, Stern, répliqua Caine. Il a reçu davantage de coups que moi.

— Vous n'en démordrez donc jamais, Caine ? Vous savez pourtant pertinemment que c'est moi le vainqueur.

— Mon œil, oui ! lança Caine en reprenant l'expression favorite de Nathan. Vous m'avez à peine touché.

Jade en avait assez entendu. Elle haussa les épaules et tourna les talons, bien décidée à mettre le plus de distance possible entre elle et ces deux imbéciles.

Caine tendit la main et la rattrapa par le pan de sa robe.

— Asseyez-vous, Jade.

— Où ? fit-elle. Vous avez saccagé tous les sièges de cette pièce.

— Jade, j'ai à vous parler. Nathan et moi sommes parvenus à un accord, déclara-t-il, puis il se tourna vers Nathan et lui dit en aparté : Elle va nous donner du fil à retordre, je le sens.

Nathan hocha la tête.

— Ce ne sera pas la première fois, renchérit-il sur un ton désabusé.

Caine posa son verre par terre, puis se releva péniblement.

— Nathan ! fit-il sans cesser de regarder la ravissante créature qui le toisait avec mépris. Pouvez-vous ramper jusqu'à la porte et nous laisser seuls quelques instants ?

— Ramper ? Jamais de la vie ! rétorqua-t-il tandis qu'il se mettait debout en vacillant sur ses jambes.

— Je ne veux pas rester seule avec vous, lança Jade.

— Dommage, grommela-t-il.

— Vos parents sont en haut, annonça-t-elle alors qu'il essayait de la prendre dans ses bras.

La jeune femme s'attendait que cette nouvelle fasse grande impression sur Caine, mais elle en fut pour ses frais car cela n'eut pas l'air de le troubler le moins du monde.

— Ils ont entendu tout le tintouin que vous avez fait,

ajouta-t-elle. Stern leur a expliqué que vous discutiez de la culture des céréales.

— De la culture des céréales ? demanda Caine à Stern.

Le majordome confirma d'un petit signe de tête, puis il fit demi-tour et sortit de la pièce en soutenant Nathan.

— De la rotation des cultures, pour être plus précis, dit-il. C'est tout ce qui m'est venu à l'esprit sur le moment, monsieur.

— Ils ne l'ont pas cru, murmura Jade d'un ton embarrassé, comme si elle avouait un crime.

— Le contraire m'eût étonné, rétorqua Caine sèchement.

Soudain, les yeux de la jeune femme se voilèrent. Caine le remarqua immédiatement.

— C'est ça qui vous bouleverse, Jade ?

— Mais non, ça ne me bouleverse pas du tout, s'écria-t-elle.

Elle était si furieuse contre lui qu'elle ne trouvait aucune insulte à lui lancer à la figure.

— Je vais monter dans ma chambre, annonça-t-elle. J'ai besoin de rester seule quelques minutes.

Elle se garda bien de dire qu'elle allait faire ses paquets, car elle était sûre que Caine ou Nathan tenterait de la retenir. La perspective d'une nouvelle confrontation lui était insupportable.

Jade sortit de la pièce, sans un mot d'adieu. Elle avait envie de pleurer. Mais elle ne pouvait pas se le permettre, pas avant qu'elle n'ait eu une discussion avec son oncle. Il fallait absolument que Harry comprenne. Elle ne voulait surtout pas qu'il s'inquiète à son sujet.

Elle trouva Harry dans la salle à manger, en train d'examiner attentivement l'argenterie. Quand elle l'appela, il fourra une fourchette dans sa ceinture, puis se retourna vers elle en souriant.

— J'emporte toute l'argenterie, fillette. Je suis certain que Caine m'en ferait cadeau pour compléter ma collection.

— Il n'y a aucun doute là-dessus, répliqua-t-elle. Mon oncle, j'ai besoin de vous parler seul à seul.

Les compagnons de Harry quittèrent aussitôt la pièce. Jade s'assit à côté de son oncle, lui prit la main et lui fit part de ses intentions. Elle lui raconta également ce qui s'était passé durant les deux dernières semaines, sans souffler mot de ses cauchemars ni de son intimité avec Caine. Ces deux choses auraient contrarié Harry bien inutilement. En effet, qu'aurait-il pu faire contre ses cauchemars ou contre la tendresse qu'elle éprouvait pour Caine ? On ne pouvait plus revenir en arrière.

Harry grogna à plusieurs reprises durant les explications de sa nièce, mais finit par se ranger à son avis. Il la savait parfaitement capable de se débrouiller toute seule. Ce n'était pas pour rien qu'elle était sa protégée...

— Je t'attendrai au cottage, promit-il, puis il l'embrassa sur la joue et ajouta : Sois prudente et surtout, surveille tes arrières, fillette. La vermine se faufile partout. Souviens-toi de McKindry.

Elle hocha la tête. Harry faisait allusion au pirate qui avait imprimé la marque de son fouet sur le dos de la jeune femme. Il s'était approché d'elle en catimini et l'avait attaquée par-derrière, au moment où elle s'y attendait le moins. Harry aimait lui rappeler ce mauvais souvenir pour qu'il lui serve de leçon.

— Je m'en souviendrai.

Jade laissa son oncle poursuivre l'inventaire des biens de Caine et monta faire ses paquets. Elle passa devant la chambre de Colin. Bien que la porte fût fermée, elle entendait distinctement le rire tonitruant du duc qui se mêlait aux sanglots de son épouse. Apparemment, la mère de Colin avait cédé à l'émotion et sans doute était-elle en train d'inonder son fils de ses larmes.

Désormais, le sort de Colin ne la concernait plus, songea Jade. Elle avait accompli sa mission. Tout était terminé.

Jeff et Matthew l'attendaient dans l'entrée. Jeff lui

tendit le cadeau d'adieu qu'elle avait demandé à Harry d'aller lui chercher.

— Nous partons avec vous, n'est-ce pas ? chuchota Matthew.

Elle répondit par un signe de tête affirmatif.

— Je vous rejoins dehors, dit-elle.

— Je vais seller les chevaux de Caine, annonça Jeff.

— Un homme qui vole un cheval peut finir la corde au cou, lança Matthew.

Le large sourire qu'il arborait indiquait qu'il n'avait aucune inquiétude à ce sujet.

— Caine ne dira rien à personne, répliqua Jeff, puis il prit le sac de Jade et emboîta le pas de son ami. C'est dommage. Comment allons-nous sauver les apparences si...

La fin de sa phrase s'évanouit au moment où il disparaissait au bout du couloir. Jade se précipita aussitôt dans la chambre de Caine et déposa sur le lit la rose blanche qu'elle tenait à la main.

— Je suis Lucifer, murmura-t-elle.

Voilà. C'était fait. Elle allait ressortir quand elle aperçut, jeté négligemment sur une chaise près de la fenêtre, le peignoir de Caine. Cédant à une impulsion soudaine, elle s'empara du vêtement et le glissa sous son bras. Il était encore imprégné de son odeur masculine. Elle se dit que tenir cette étoffe dans sa main l'aiderait peut-être à affronter les terribles cauchemars qui viendraient hanter ses nuits.

Il était temps de partir, maintenant.

Caine et Nathan étaient persuadés que Jade se reposait dans sa chambre. Après que la jeune femme les eut quittés, Caine avait été tenté de courir après elle, mais Nathan lui avait alors expliqué que sa sœur avait besoin de solitude pour calmer ses nerfs.

— Peut-être ne l'avez-vous pas encore remarqué, Caine, mais Jade n'aime guère recevoir des ordres.

Pour sûr que Caine l'avait remarqué, mais il s'abstint de tout commentaire.

La conversation tourna alors sur les graves problèmes de l'heure. Harry dut interrompre son inventaire pour donner son avis. L'oncle de Jade avait l'esprit vif. Pendant qu'il faisait part de ses suggestions, Caine l'observa attentivement et en arriva à une conclusion qui le surprit beaucoup : Harry était un être civilisé. Naturellement, il garda cette découverte pour lui, car il devinait que le pirate n'admettrait jamais une chose pareille. Cela porterait atteinte à son honneur.

Lorsqu'on lui annonça qu'il lui faudrait incendier un bateau, l'oncle Harry protesta.

— Quel gâchis de sacrifier ainsi du bois de construction..., grommela-t-il. Enfin, ça pourrait être pire. J'aurais pu avoir à mettre le feu à mon cher navire, se lamenta-t-il. Je n'ose même pas y penser. Plutôt m'enfoncer un pieu dans le cœur que de toucher au bateau de ma petite chérie... Durant toutes ces années, l'*Émeraude* a été notre foyer à Jade et à moi.

A la stupéfaction de Caine, Harry ajouta en soupirant que sa petite chérie n'en faisait qu'à sa tête et qu'elle aurait bien besoin de quelqu'un qui lui mette un peu de plomb dans la cervelle.

Il s'écoula deux bonnes heures avant que les trois hommes aient mis sur pied un plan qui leur donne entière satisfaction. Harry retourna alors dans la salle à manger.

— Avec son appétit d'ogre, il va vous ruiner, prévint Nathan. Et puis attention, c'est un sacré chapardeur, il prend tout ce qui lui tombe sous la main. Il va vous vider votre maison, si vous n'y prenez garde. Harry est quelqu'un qui tient plus que tout à sa réputation de pirate. Sauvegarder les apparences, voilà sa ligne de conduite.

— Oh, il peut emporter tout ce qu'il veut, répliqua Caine. Dites-moi, Nathan, ne croyez-vous pas que Jade a eu largement le temps de calmer ses nerfs ? C'est le moment d'aller parler à votre sœur.

— Si c'est pour lui faire la leçon, je crains que...

— Je n'ai pas l'intention de lui faire la leçon, mais simplement de lui dire ce que j'attends d'elle.

— C'est ce que j'appelle une leçon, rétorqua Nathan. Nathan et Caine sortaient du salon à l'instant même où la duchesse descendait l'escalier. Les deux hommes s'arrêtèrent aussitôt. La belle-mère de Caine souriait tout en se tamponnant le coin des yeux avec un mouchoir de dentelle. Elle avait visiblement beaucoup pleuré.

Quand elle aperçut Nathan, Gwendoline faillit perdre l'équilibre. Elle se rattrapa à la rampe et poussa un petit cri de surprise. Mais elle se ressaisit très vite et continua à descendre l'escalier. Arrivée en bas, elle s'approcha de Caine et lui demanda à voix basse :

— C'est lui l'ami pirate de Colin ?

Nathan l'entendit.

— Je ne suis pas le pirate Lucifer, madame, mais je suis bien l'ami de votre fils.

En la voyant prendre le bras de Caine et se serrer contre lui d'un air affolé, Nathan supposa qu'il s'était adressé à elle sur un ton un peu trop incisif. Cependant, si inquiète qu'elle fût au fond d'elle-même, elle garda vaillamment le sourire.

— Vous ressemblez énormément à un pirate, monsieur, déclara-t-elle, tout en arrangeant les plis de sa robe.

— Vous en avez rencontré beaucoup, madame ? fit Caine.

— Non, jamais, avoua-t-elle. Mais ce monsieur correspond exactement à l'image que j'en ai. Je crois que c'est à cause de ses cheveux longs, expliqua-t-elle après avoir tourné la tête vers Nathan. Et de la cicatrice que vous avez au bras, monsieur.

— Et aussi parce qu'il a le visage en sang, non ? suggéra-t-il.

— Oui, admit-elle.

Caine avait fait cette remarque pour plaisanter, mais à en juger par le visage grave de sa belle-mère, celle-ci n'avait pas compris qu'il la taquinait.

— Les pirates adorent la bagarre, ajouta-t-elle avec un hochement de tête.

— Madame, Colin ne vous a-t-il pas dit que..., commença Caine.

— Mon fils n'a pas voulu dévoiler la véritable identité de Lucifer. Mais je ne suis pas complètement stupide, poursuivit-elle avec un regard éloquent en direction de Nathan. Je sais qui est Lucifer. Et Henry aussi le sait.

— Henry ? fit Nathan.

— Mon père, expliqua Caine.

— Henry ne se trompe jamais, cher monsieur, affirma la duchesse.

Cette déclaration péremptoire s'adressait à Nathan. Celui-ci se surprit à opiner du bonnet.

— Si Henry ne se trompe jamais, alors je dois être Lucifer, répliqua-t-il avec un grand sourire.

Ravie que Nathan lui donne si facilement raison, la duchesse lui rendit son sourire.

— Ne vous inquiétez pas, monsieur, je garderai le secret, promit-elle. Mais dites-moi, Caine, où est passée cette jolie personne avec laquelle j'ai été si grossière ?

— Vous n'êtes jamais grossière, madame, répliqua Caine.

— Je ne me suis même pas présentée, argua-t-elle. Où est-elle donc ?

— En haut, répondit Nathan. Elle se repose. Pourquoi posez-vous la question ?

— Vous le savez parfaitement, monsieur, rétorqua-t-elle avec exaspération.

— Moi ? fit-il.

— Je dois lui présenter mes excuses, bien sûr, mais aussi la remercier de tout ce qu'elle a fait pour ma famille.

— Nathan est le frère de Jade, expliqua Caine.

— Je l'avais deviné, dit-elle. A ses yeux verts, évidemment.

A ces mots, la duchesse se dirigea vers l'homme qu'elle prenait pour le célèbre pirate.

— Penchez-vous, mon garçon, que je vous embrasse. Vous avez été d'une loyauté exemplaire envers mon fils.

Nathan fut déconcerté. Il n'avait pas l'habitude qu'on lui parle sur ce ton impératif. Ce grand gaillard se sentit soudain tout gêné et rougit comme un écolier.

Après un instant de flottement, il obtempéra. La duchesse embrassa alors Nathan sur les pommettes.

— Vous avez grand besoin de vous laver la figure, mon garçon. Quand vous n'aurez plus le visage barbouillé de sang, Henry vous souhaitera la bienvenue dans notre famille.

— Est-ce qu'il l'embrassera, lui aussi ? demanda Caine, que l'embarras de Nathan amusait.

— Bien sûr que non, répondit sa belle-mère.

— Pourquoi veut-il me souhaiter la bienvenue dans votre famille ? questionna Nathan.

La duchesse sourit, mais n'en dit pas davantage. Puis elle se tourna vers Caine.

— J'aurais dû me rendre compte que Lady Aisely ne ferait pas l'affaire, soupira-t-elle.

— Qui est cette Lady Aisely ? fit Nathan, qui avait du mal à suivre le fil de la conversation.

— Une poupée de chiffon, répondit Caine.

La duchesse ne releva pas l'insulte.

— Henry l'a tout de suite deviné, poursuivit-elle. A cause des yeux verts. Et des cheveux roux, évidemment.

Elle se tapota les cheveux et jeta un coup d'œil à Nathan par-dessus son épaule, avant d'ajouter :

— Henry ne se trompe jamais.

Nathan opina de nouveau du bonnet. Il ne voyait toujours pas où elle voulait en venir, mais l'admiration et la confiance qu'elle professait pour son mari lui semblaient des plus honorables.

— Henry est infaillible, déclara Caine, exprimant tout haut ce que Nathan n'était pas loin de penser.

— Mon petit Colin est extrêmement faible, observa la duchesse, changeant brusquement de sujet. Et maigre comme un clou, ajouta-t-elle en se dirigeant vers la salle à manger. Je vais demander à Stern de lui faire monter un bon repas chaud.

Caine était si impatient de retrouver Jade qu'il en oublia Harry et ses hommes. Nathan fut plus malin. Il eut l'idée de prévenir Caine ou de signaler à sa mère la présence de ces hôtes, puis il se ravisa et décida de voir ce qui allait se passer. D'autant que Caine s'était déjà engagé dans l'escalier et que la duchesse avait déjà disparu au bout du couloir.

Nathan se mit à compter mentalement. Il n'en était qu'au chiffre cinq quand un cri perçant lui déchira les tympans.

A ce bruit, Caine s'arrêta net et tourna la tête. C'est alors qu'il vit Nathan appuyé négligemment contre la porte, un grand sourire aux lèvres.

— Qu'est-ce que c'est que..., commença Caine.

— Harry, répondit Nathan.

— Mon Dieu ! Harry ! s'écria Caine en redescendant immédiatement l'escalier. Je n'y pensais plus.

La duchesse hurlait comme une furie, à présent.

— Bon sang, Nathan ! rugit Caine. Vous auriez pu me le rappeler.

— En effet, répliqua Nathan. J'aurais pu.

Au moment où Caine atteignait la dernière marche, son père surgit en haut de l'escalier.

— Eh bien, qu'est-ce qui se passe dans cette maison ? cria-t-il à son tour. Qui est-ce qui fait tout ce bruit ?

Nathan ne laissa pas à Caine le temps de répondre.

— Votre femme, monsieur, lança-t-il.

Caine foudroya Nathan du regard, puis se retourna vers son père. Il hésitait entre se porter au secours de sa belle-mère et empêcher son père de commettre un meurtre.

Le regard glacial du duc l'incita à s'occuper de lui en premier. D'autant qu'il savait que la duchesse ne risquait rien en compagnie de Harry, sinon quelques sueurs froides dont elle se remettrait bien vite.

Dès que son père arriva à sa hauteur, Caine le saisit par le bras.

— Ce n'est rien, père, le rassura-t-il.

Henry n'avait pas l'air convaincu du tout.

— Votre épouse s'est retrouvée nez à nez avec Harry, intervint Nathan.

Le duc était parvenu à se libérer de l'étreinte de son fils lorsque les portes de la salle à manger s'ouvrirent.

Tous les regards se tournèrent alors vers les lascars à l'air peu engageant qui sortaient de la pièce à la file indienne.

Black Harry était le dernier. Il tirait derrière lui la malheureuse duchesse.

Nathan éclata de rire. Caine secoua la tête. Mais toute l'attention du duc était concentrée sur l'espèce d'énergumène avec une dent en or qui se dirigeait vers la porte d'entrée en bombant le torse, une coupe en argent sous le bras.

Henry poussa soudain un rugissement et s'élança, tel un fauve qui bondit sur sa proie. Nathan et Caine se mirent aussitôt en travers de son chemin.

— Père, laissez-moi faire, je vous en prie.

— Alors dites-lui de lâcher ma femme immédiatement ! hurla le duc.

— Henry, au secours ! s'écria Gwendoline. Ce... cet homme s'imagine que je m'en vais avec lui.

Nathan fit un pas en avant.

— Allons, Harry, vous ne pouvez pas emmener...

— Poussez-vous, mon fils ! ordonna le père de Caine.

— Père, Harry est un ami, tenta d'expliquer celui-ci. C'est l'oncle de Jade. Vous avez une dette envers cet homme, il est venu en aide à Colin.

Henry jeta un regard incrédule à son fils.

— Et il réclame Gwendoline à titre de dédommagement ?

— Laissez-moi faire, supplia à nouveau Caine. Je vais m'occuper de cette affaire.

Avant que son père ait pu répliquer quoi que ce soit, Caine lui tourna le dos.

— Harry ! appela-t-il.

Black Harry pivota sur lui-même et tira violemment la duchesse par la main. Caine remarqua aussitôt l'expression sinistre de son visage, mais aussi l'éclat particulier de son regard. Ce qui brillait dans les yeux du pirate n'était autre que le souci de sa réputation, des « apparences », songea-t-il immédiatement. Ainsi qu'une immense fierté. Il faudrait ménager les deux, se dit-il.

— Je l'emmène avec moi, annonça Harry à la cantonade.

Ses hommes hochèrent la tête en signe d'approbation.

— Caine m'en fait cadeau, ajouta-t-il.

— Non, Harry, répliqua Caine avec fermeté.

— Vous n'êtes guère généreux, mon garçon.

— Voyons, Harry, vous ne pouvez pas l'emmener
avec vous.

— C'est un échange tout ce qu'il y a de plus équita-
ble, argumenta Harry. Vous voulez la petite, non ?

— Oui, répondit Caine.

— Alors dans ce cas, je prends celle-là, repartit
Harry.

— Mais, Harry, elle est déjà prise, objecta Caine,
puis il se tourna vers sa belle-mère : Madame, je vous
en prie, cessez de crier. C'est déjà assez difficile
comme cela de négocier avec cette tête de mule. Et
vous, Nathan, si vous n'arrêtez pas de rire, je vous
mets mon poing dans la figure.

— Qu'est-ce que cette femme représente au juste
pour vous, Caine ? demanda Harry. Vous venez de
l'appeler madame. Expliquez-moi ce que ça veut dire.

— C'est l'épouse de mon père.

— Et ce n'est pas votre mère ?

— C'est ma belle-mère, précisa Caine.

— Alors cela devrait vous être parfaitement égal
que je l'emmène avec moi.

Caine se demanda où Harry voulait en venir.

— Je la considère comme ma mère, dit-il.

Harry fronça les sourcils, puis se tourna vers sa prisonnière.

— Est-ce que vous l'appelez « mon fils » ?

La duchesse quitta son air outragé et secoua lentement la tête.

— Je ne pense pas qu'il le souhaite, rétorqua-t-elle.

— Caine n'est pas votre préféré, affirma Harry.

Le duc de Williamshire se détendit soudain et un
sourire éclaira son visage. Il comprenait enfin de quoi
il était question. En effet, il se souvenait que Jade lui

avait reproché de négliger Caine au profit de Colin. Elle avait dû s'en plaindre auprès de Harry.

— Je n'ai pas de préféré, s'indigna la duchesse. J'aime tous mes enfants de la même façon.

— Mais Caine n'est pas votre enfant.

— Bien sûr que si, se récria-t-elle.

Toute trace de peur avait disparu de son visage, pour laisser place à la colère.

— Comment osez-vous insinuer...

— Voyez-vous, rétorqua Harry, si vous l'aviez appelé « mon fils » et si lui, de son côté, vous avait appelé « ma mère », eh bien, jamais je n'aurais eu l'idée de vous emmener avec moi.

— Grand Dieu, Gwendoline appeler Caine « mon fils » ! rugit Henry, en feignant d'avoir l'air indigné. Mais c'est impensable !

En réalité, il était si ravi de ce coup de théâtre qu'il avait envie de rire.

— Mon fils, lança la duchesse.

— Oui, ma mère, répondit Caine.

Il regardait Harry droit dans les yeux, s'attendant à quelque nouvelle rebuffade de sa part.

Harry libéra enfin sa prisonnière. Puis il fit demi-tour et sortit en gloussant bruyamment.

Tandis que Gwendoline se jetait dans les bras de son mari, Caine suivit Harry dehors.

— Pourquoi toute cette histoire, Harry ?

— Il faut que je sauvegarde ma réputation, répondit celui-ci une fois que ses hommes se furent éloignés. Je suis un pirate.

— Il n'y a rien d'autre ? insista Caine, se doutant que Harry ne disait pas toute la vérité.

— Ma petite Jade s'est plainte que Colin soit le favori, finit-il par reconnaître. Cela la tracasse beaucoup.

— Où diable est-elle allée chercher une idée pareille ? fit Caine, abasourdi.

Harry haussa les épaules.

— Peu importe, répliqua-t-il. Je ne supporte pas qu'elle ait la moindre contrariété, un point c'est tout.

Vous savez, il va falloir que vous me demandiez sa main. Et je tiens à ce que cela se fasse dans les règles, en présence de mes hommes. C'est le seul moyen de l'avoir, mon garçon.

Il sourit à Caine, puis ajouta :

— Mais vous devez d'abord la retrouver.

Un frisson d'épouvante traversa soudain Caine.

— Comment, Harry ! Elle n'est pas en haut ?

Harry secoua négativement la tête.

— Où est-elle ?

— Inutile de crier, mon garçon. D'ailleurs, je n'ai pas le droit de vous dire où elle est.

Lorsqu'il vit ses hommes venir vers lui, il leur fit signe de s'écarter.

— Ce serait déloyal de ma part, ajouta-t-il.

— Bon sang, n'avez-vous pas...

— Comment se fait-il que vous n'ayez pas remarqué que Matthew et Jeff avaient disparu tous les deux, l'interrompit-il. Cela vous aurait mis la puce à l'oreille.

— Voyons, Harry, elle est en danger.

— Ne vous inquiétez pas pour elle, elle est assez grande pour se débrouiller toute seule.

— Dites-moi où elle est, insista Caine.

— Elle cherche à vous fuir, j'imagine.

Caine n'avait pas envie de perdre de temps à discuter avec Harry. Il ouvrit la porte avec une telle violence qu'elle faillit sortir de ses gonds.

— Où allez-vous, mon garçon ? s'écria Harry sur un ton narquois qui exaspéra Caine.

— Traquer le gibier, répliqua-t-il.

— Vous êtes doué pour cela ?

Caine ne se donna même pas la peine de répondre à cette question.

— Elle a réussi un sacré coup de maître avec sa petite mise en scène, hein ? s'écria Harry dans le dos de Caine. Elle vous a sacrément impressionné, non ?

Caine se retourna.

— Où voulez-vous en venir, Harry ?

— Eh bien, je pense qu'il est temps de l'impressionner un peu à votre tour, à supposer que vous en soyez capable, évidemment.

Caine monta l'escalier à toute vitesse et se précipita dans sa chambre. Il était en train d'ôter sa chemise quand Nathan le rejoignit.

— Qu'est-ce qui se passe ? demanda-t-il.

— Jade est partie.

— Zut ! s'exclama-t-il. Vous allez à sa recherche ?

— Oui.

— Je vous accompagne.

— Non.

— Je pourrais vous être utile.

— Non, aboya-t-il. Je la trouverai tout seul.

Nathan n'insista pas.

— Vous avez vu, elle vous a laissé un message, dit-il.

— Oui, j'ai vu.

Nathan s'approcha du lit et prit entre ses doigts la rose blanche qui était posée sur l'oreiller. Il la huma longuement, puis alla à la fenêtre.

— Est-ce qu'elle est amoureuse de vous ? demanda-t-il.

— Oui, répondit Caine d'une voix légèrement crispée. Simplement, elle ne le sait pas encore.

Nathan lança la rose sur le lit.

— En vous laissant cette fleur, Jade a voulu vous dire au revoir.

— Je ne pense pas.

— C'était sa façon de vous rappeler qui elle était, Caine.

— Pas seulement, répliqua celui-ci.

Quand Caine eut fini de se changer, il enfila ses bottes et gagna la porte.

— Que voulez-vous dire ? demanda Nathan en le suivant à la trace.

— Harry a raison, grommela Caine entre ses dents.

— Expliquez-vous.

— Elle essaie de m'impressionner.

Nathan rit.

— Sans doute y a-t-il de cela aussi, admit-il.

Caine appela Stern tout en dévalant l'escalier. Le

domestique apparut par l'entrebâillement de la porte de la salle à manger.

— Lyon est parti à la recherche de Sir Richards, lui expliqua Caine. Il doit le ramener ici. Quand ils arriveront tous les deux, faites-les patienter jusqu'à mon retour.

— Et si votre ami n'a pas retrouvé Richards ? fit Nathan.

— Il le retrouvera, affirma Caine. Je ne serai sans doute pas rentré avant demain matin, Stern, ajouta-t-il à l'adresse de son majordome. Veillez à ce que tout se passe bien pendant mon absence. Et n'oubliez pas ce que je vous ai demandé.

— Vous voulez parler des gardes du corps, monsieur ?

Caine acquiesça d'un signe de tête. Il se dirigea vers la porte d'entrée, mais la question de Stern l'arrêta net.

— Où allez-vous, monsieur ?
— A la chasse.

La porte se referma en claquant.

14

Matthew et Jeff étaient aussi épuisés que Jade lorsque tous trois arrivèrent à destination. Il avait été décidé qu'ils passeraient la nuit dans la petite auberge isolée où Harry avait coutume de descendre lorsqu'il était en fuite. Par mesure de précaution, Jade avait insisté pour emprunter un chemin détourné qui avait rallongé le trajet de deux bonnes heures.

L'aubergiste, un ami de Black Harry, était un individu peu recommandable qui savait ne pas poser de questions inutiles. Et s'il trouva étrange qu'une jeune personne aussi élégamment vêtue que Jade voyage en compagnie de deux lascars qui semblaient échappés du bagne, il eut le bon goût de le garder pour lui.

Jade se vit attribuer la chambre qui se trouvait juste en face de l'escalier, entre celles de Jeff et de Matthew. Les cloisons étant aussi minces que du papier à cigarettes, n'importe qui aurait pu s'introduire dans leur sanctuaire, mais aucun des deux hommes ne parut s'en soucier. En effet, les marches étaient si vieilles et si branlantes que même une souris ne serait pas passée inaperçue.

Après avoir pris un bon bain chaud, Jade s'enveloppa dans le peignoir de Caine. Le temps qu'elle se couche, elle était recrue de fatigue et tout ankylosée. Sa blessure à la hanche, bien qu'elle fût maintenant presque complètement guérie, n'en continuait pas moins de lui faire mal.

La jeune femme s'endormit en priant le ciel de ne pas avoir de cauchemars car elle craignait de crier dans son sommeil et de réveiller Matthew et Jeff.

L'air se rafraîchit pendant la nuit. Jade se réfugia sous les couvertures. Elle ne sentit absolument pas Caine se glisser dans le lit à côté d'elle. Lorsqu'il enroula son bras autour de sa taille et qu'il l'attira doucement contre lui, elle laissa échapper un léger soupir et se blottit contre ce corps à la chaleur si familière.

La clarté de la lune filtrait à travers la petite fenêtre. Quand Caine vit que la jeune femme portait son peignoir, il sourit puis entreprit, avec d'infinies précautions, de la dévêtir. Lorsqu'elle fut entièrement nue, il prit soin d'enlever le couteau dissimulé sous l'oreiller et l'embrassa dans le cou.

Elle fut longue à se réveiller.

— Caine ? murmura-t-elle dans un souffle.

— Oui, mon amour, lui susurra-t-il en lui chatouillant l'oreille avec le bout de la langue.

Elle frissonna. C'était ce qu'il voulait.

Sa main descendit le long de sa poitrine et décrivit des cercles concentriques autour de son nombril, puis remonta jusqu'à ses seins.

Elle soupira une nouvelle fois. Sa peau était si chaude, son odeur si suave...

Caine continuait de la caresser, guettant le moment où elle allait enfin se rappeler où elle était. Il se tenait prêt à lui imposer silence si elle tentait d'appeler au secours.

Le réveil de Jade fut brutal. Caine plaqua sa main sur sa bouche pour étouffer son cri de surprise.

— Taisez-vous, mon cœur, sinon Jeff et Matthew vont se précipiter dans votre chambre et ils risquent de se retrouver avec une ou deux côtes cassées, murmura-t-il, puis il la fit rouler sur le dos et s'allongea sur elle. Cela ne vous plairait pas, n'est-ce pas ?

Elle secoua la tête. Caine enleva alors sa main.

— Mais vous êtes nu..., chuchota-t-elle.

— Vous aussi, répliqua-t-il à voix basse. C'est mieux, n'est-ce pas ?

— Non.

— Si, fit-il. Et c'est si agréable. Vous ne trouvez pas ?

C'était merveilleux. Mais Jade ne pouvait pas l'admettre.

— Comment êtes-vous entré ici ? demanda-t-elle.

En guise de réponse, il l'embrassa sur le menton. Jade lui tapota l'épaule.

— Caine, pourquoi êtes-vous là ?

— Pour vous impressionner, ma belle.

— Quoi ?

— Parlez moins fort, ma chérie. Vous ne voulez pas réveiller les deux loustics qui dorment à côté, je suppose ?

— Ce ne sont pas des loustics, bredouilla-t-elle.

Elle haletait contre le torse de Caine. Ses poils lui chatouillaient les pointes des seins qui devenaient de plus en plus dures. Elle fut bien obligée de s'avouer qu'elle n'avait aucune envie qu'il s'écarte. Cette constatation la contraria et elle fronça les sourcils. Mon Dieu ! tout se brouillait dans son cerveau.

— M'impressionner ? murmura-t-elle. Je ne comprends pas ce que vous voulez dire, Caine.

— Mais si, vous comprenez, ma chérie, répondit-il en déposant un baiser sur son nez. Vous ne pouvez pas savoir combien j'adore vos taches de rousseur, soupira-t-il.

Puis il s'empara de ses lèvres avec avidité. Elle répondit à ce baiser avec une fougue qui le surprit et l'enchanta. Lorsqu'il eut fini de l'embrasser, elle se cramponnait à ses épaules, toute pantelante.

Elle se ressaisit plus vite que Caine.

— Alors, vous êtes venu me dire adieu ? lui demanda-t-elle sur un ton agressif.

Sa question avait pour but d'exaspérer Caine. Toujours ces satanées défenses, songea celui-ci, ces barrières qu'elle ne cessait de dresser autour d'elle pour se protéger.

— Non, je ne suis pas venu vous dire adieu, rétorqua-t-il, bien décidé à ne pas se mettre en colère. Je suis venu vous faire l'amour.

Il accompagna ces mots d'un grand sourire. Le cœur de Jade se mit aussitôt à battre plus fort. Encore cette maudite fossette, se dit-elle. Elle était si adorable, si attendrissante... si enfantine. Et pourtant, Caine n'avait rien d'un enfant. Non, il avait un corps d'homme, avec une carrure d'athlète et des muscles d'acier. Elle ne put s'empêcher de frotter ses pieds contre ses mollets.

— Un jour, mon amour, vous comprendrez à quel point je tiens à vous. Vous êtes mon rayon de soleil, la lumière de ma vie, mon étoile. Je ne me sens vivre que lorsque vous êtes auprès de moi.

Il l'embrassa de nouveau, puis murmura :

— Un jour, vous aussi vous me direz que vous m'aimez. Mais pour l'instant, je me contenterai de vous entendre me dire que vous avez envie de moi.

Elle secoua lentement la tête. Caine lisait dans ses yeux un mélange de frayeur et de trouble. Il lui sourit tendrement, puis lui écarta les jambes et s'étendit entre ses cuisses, en pressant son membre contre son pubis.

— Vous avez envie de moi, mon amour, déclara-t-il.

Elle ferma les yeux en laissant échapper un soupir éloquent. Caine en profita alors pour se forcer un passage entre ses lèvres entrouvertes.

— Caine, qu'est-ce que vous... protesta-t-elle faiblement.

Il la fit taire avec un baiser, puis chuchota :

— Cela s'appelle du pillage, Jade.

— Non.

— Harry serait content, fit-il.

Il déposait de petits baisers dans le cou de Jade, à l'endroit où la peau, fine et veloutée, est hypersensible. Elle frissonna.

— Vous êtes à moi, Jade. Plus vite vous vous mettrez ça dans la tête, mieux ce sera pour vous.

— Ah oui ? Et à quoi cela m'avancera ?

Il leva la tête pour la regarder au fond des yeux. Il y vit de la crainte.

— Vous apprendrez à avoir confiance en moi, murmura-t-il. Et après, nous vivrons heureux ensemble. Voilà.

— Le bonheur n'existe pas.

— Si, Jade.

— Laissez-moi, Caine. Vous êtes...

— Obstiné, la coupa-t-il. Je ne vous abandonnerai pas.

Il avait prononcé ces paroles avec ferveur. Elle feignit de ne pas comprendre.

— Bien sûr que vous ne m'abandonnerez pas, rétorqua-t-elle. Puisque c'est moi qui pars la première.

— Je vous aime, Jade.

Les yeux de la jeune femme s'emplirent de larmes.

— Vous vous lasserez de moi, murmura-t-elle. Je ne changerai pas, ni pour vous ni pour personne.

— Parfait.

Elle le regarda d'un air étonné.

— Parfait ?

— Si vous voulez rester une cambrioleuse, libre à vous. Je ne me lasserai pas de vous, quoi que vous fassiez. Et je ne vous quitterai jamais.

— Vous ne le supporterez pas.

Caine l'embrassa sur le front, puis dit :

— Je vois que je vais avoir besoin d'un peu de temps pour vous convaincre. Voulez-vous m'accorder deux mois ?

— Caine, je ne pense pas...

— Vous m'appartenez, Jade.

— Quoi ? s'écria-t-elle sur un ton outragé. Et pourquoi vous appartiendrais-je ?

— Parce que vous m'avez joué la comédie, expliqua-t-il. Et aussi parce que vous m'avez causé des ennuis à n'en plus finir. N'étais-je pas en train de m'occuper de mes propres affaires quand vous avez fait irruption dans la taverne, ce fameux soir...

— Vous oubliez que j'ai sauvé votre frère, l'interrompit-elle.

— Et vous, vous oubliez la blessure d'amour-propre que vous m'avez infligée, poursuivit-il. Sachez que le sentiment d'avoir été manipulé est quelque chose d'insupportable pour un homme.

— Caine, pour l'amour du ciel...

— Jurez-moi de rester avec moi pendant deux mois, sinon je vous « pillerai » en faisant un tel vacarme que Matthew et Jeff ne manqueront pas d'accourir dans l'instant qui suit.

Jade prit cette menace très au sérieux. La lueur de détermination qui brillait dans le regard de Caine indiquait qu'il ne plaisantait absolument pas.

— Vous devriez avoir honte, dit-elle.

— Jurez-le-moi, Jade. Tout de suite.

Il avait haussé le ton et Jade lui mit la main sur la bouche.

— Pouvez-vous m'expliquer pourquoi deux mois et non pas un ou trois ou...

Il haussa les épaules. Jade feignit l'indignation.

— Et durant ces deux mois, j'imagine que chaque nuit, vous me traînerez de force dans votre lit. C'est ça, non ?

— Exactement, répondit-il avec un sourire. Savez-vous qu'à chaque fois que je pose les yeux sur vous, ma virilité se réveille ?

Il changea de position et se pressa contre elle.

— Vous sentez combien j'ai envie de vous, combien j'ai envie de vous prendre et de vous faire jouir ?

Elle rougit jusqu'aux oreilles.

— Vous ne devriez pas dire des choses pareilles. Et moi, je ne devrais pas vous écouter.

— Vous adorez cela, dit Caine.

Il s'empara de la bouche de Jade et introduisit sa langue à l'intérieur. La jeune femme ne protesta pas. Elle avait trop envie de lui pour l'arrêter maintenant. Elle remua les hanches, puis s'immobilisa dès qu'elle entendit le lit grincer.

— Caine, nous ne pouvons pas...

Elle prononça ces mots sans grande conviction, en les accompagnant d'un gémissement lascif qui en disait long sur son véritable désir.

— Si, nous pouvons, murmura-t-il d'une voix rauque.

Caine fit taire ses inquiétudes avec un baiser plus ardent que les précédents, et quand sa main se glissa fiévreusement entre ses cuisses, Jade en oublia jusqu'au souvenir de Jeff et de Matthew.

Les doigts de Caine fouillaient tous les replis de son intimité, la soumettant à la plus douce des tortures. Le corps de Jade palpitait sous ses caresses savantes, se tendait vers lui avec voracité, réclamant qu'il apaise enfin ce feu qui la dévorait. Elle enfonçait ses ongles dans ses omoplates et lui aurait crié de mettre fin à ce supplice si la bouche de Caine n'avait pas recouvert la sienne. Son cœur battait la chamade et, l'espace d'un instant, elle se demanda si elle n'allait pas succomber sous la violence de cet incendie.

Brusquement, il enleva le couvre-pied et le jeta à terre, avant de se laisser tomber dessus, en entraînant Jade dans sa chute. Il s'arrangea pour encaisser le coup et atterrit sur le dos. Aussitôt, la jeune femme voulut rouler sur le côté, mais Caine la maintint fermement par les hanches. Puis il lui écarta les jambes et la pénétra en poussant un gémissement rauque. Jade l'accueillit avec des frissons de bonheur.

Quand ils revinrent à eux, leurs corps étaient ruisselants de sueur. Jade promena ses lèvres sur le torse de Caine. Le goût légèrement salé de sa peau lui parut délicieux. Puis sa tête retomba sur l'épaule de Caine et tous deux restèrent un long moment sans bouger, épuisés mais heureux. Jade sentait le cœur de Caine battre contre le sien.

— A quoi pensez-vous, ma chérie ? demanda-t-il.

Comme elle ne répondait pas, il lui tira les cheveux.

— Je sais que je vous ai donné du plaisir, poursuivit-il. Vous n'allez pas le nier ?

— Non, murmura-t-elle timidement.

Caine se releva tout en gardant Jade serrée contre lui, puis il l'étendit sur le lit et se coucha près d'elle. A peine s'étaient-ils glissés sous les couvertures qu'elle voulut lui tourner le dos, mais il la força à lui faire face.

— Alors ? questionna-t-il.

— Alors quoi ? demanda-t-elle en plongeant son regard dans ces yeux gris qui l'intimidaient tant.

— Je m'y connais, hein ?

Voilà que cette satanée petite fossette était de retour. Jade ne put réprimer un sourire.

— Vous vous y connaissez en quoi ? s'enquit-elle en faisant l'innocente.

— En pillage.

Elle hocha lentement la tête.

— C'est vrai, murmura-t-elle.

— Et est-ce que je vous ai impressionnée ?

— Un tout petit peu, répondit-elle.

Elle suffoqua d'indignation quand il pressa sa main sur son pubis.

— Que faites-vous ?

— J'aimerais vous impressionner encore, mon ange.

On pouvait le croire sur parole quand il disait qu'il s'y connaissait, se dit Jade longtemps après. Et il avait beaucoup plus de tonus qu'elle. Quand Caine cessa enfin ses caresses, la jeune femme était morte de fatigue. Elle s'endormit dans ses bras, tandis qu'il lui chuchotait des mots d'amour.

Cette nuit-là, elle ne fit aucun cauchemar.

A midi, ils étaient de retour chez Caine. Matthew et Jeff durent remettre à plus tard leur départ pour Shallow's Wharf. Ils étaient profondément mortifiés par leur négligence de la nuit précédente. Ils avaient sous-estimé le marquis. Matthew était persuadé que sa réputation en resterait marquée à tout jamais, bien que Jade lui eût promis de ne parler à personne de cet incident.

Que Caine l'ait secoué pour le réveiller portait un coup terrible à son orgueil. Comment ce colosse avait-il donc réussi à pénétrer dans sa chambre sans faire le moindre bruit ?

Dès qu'ils furent rentrés au manoir, Jade se changea et alla dans la bibliothèque de Caine pour recopier les lettres. Elle l'écouta lui expliquer son plan en détail. La jeune femme fut d'emblée d'accord pour accorder toute sa confiance à Lyon, mais se montra nettement plus réservée vis-à-vis de Sir Richards.

— Quand vous connaîtrez Sir Richards, vous verrez, vous l'aimerez autant que Lyon, rétorqua Caine. Et vous lui ferez autant confiance.

Elle secoua la tête en signe de dénégation.

— C'est vrai, Caine, j'aime beaucoup Lyon, mais ce n'est pas à cause de cela que j'ai confiance en lui.

— Pourquoi alors ?

— J'ai lu son dossier, tout simplement, répondit-elle. Vous savez, par rapport à lui, vous avez mené une vie d'enfant de chœur.

— A votre place, je n'irais pas annoncer à Lyon que j'ai lu son dossier, conseilla Caine.

— Évidemment, rétorqua-t-elle avec une pointe d'agacement dans la voix. J'imagine qu'il réagirait de la même façon que vous. Son dossier est aussi volumineux que le vôtre, ajouta-t-elle, mais contrairement à vous, Lyon ne porte pas de nom de code.

Caine ne dissimula pas son mécontentement.

— Dites-moi, Jade, combien de dossiers avez-vous lus au juste ?

— Seulement quelques-uns, répliqua-t-elle. Je vous en prie, Caine, cessez de m'interrompre sans arrêt, j'ai besoin de me concentrer sur ces lettres.

A ce moment précis, la porte de la bibliothèque s'ouvrit sur Nathan.

— Comment se fait-il, Caine, que personne ne soit venu vous surprendre dans votre retraite ? Isolé comme vous l'êtes...

— Le jour de notre arrivée, quelqu'un a essayé, rétorqua Jade, les yeux baissés.

Comme la jeune femme n'ajoutait rien, Caine mit Nathan au courant de la tentative d'assassinat à laquelle il avait échappé.

— Te voilà bien élégant, Nathan ! s'écria-t-elle en détaillant son frère des pieds à la tête, trop heureuse de changer de sujet.

— Cette chemise me dit quelque chose, lança Caine.

— C'est la vôtre, répliqua-t-il avec un sourire. Elle me va parfaitement, n'est-ce pas ? Colin vous a emprunté quelques vêtements, lui aussi. Voyez-vous, quand on nous a jetés à l'eau, on ne nous a pas laissé le temps de prendre des affaires de rechange. Mais pour en revenir à ma question, Caine, pourquoi personne ne vous a poursuivi jusqu'ici ? ajouta-t-il d'un air sombre.

Puis il se mit à tourner dans la pièce comme un lion en cage. Caine se tenait penché en avant, les mains appuyées sur le bord du bureau.

— Mais c'est bien ce qui s'est passé, affirma-t-il.

— Comment cela ? demanda Nathan. Quand ?

— Mais non, démentit Jade. Personne n'est venu. Je le saurais, voyons.

— Dans les dix derniers jours, pas moins de quatre individus ont essayé de s'en prendre à moi.

— Et alors ? fit Nathan, souhaitant obtenir davantage de renseignements.

— Ils ont raté leur coup.

— Et pourquoi n'en ai-je pas été informée ? s'enquit la jeune femme.

— Je ne voulais pas vous inquiéter, expliqua Caine.

— Vous avez donc dû remarquer la présence de Matthew et de Jeff ?

— Bien sûr, répondit-il. En vérité, je les ai laissés tranquilles jusqu'à ce qu'ils mettent le feu à mes écuries. A ce moment-là, j'ai eu une petite discussion avec

313

eux. Vous n'auriez pas pu trouver une autre solution pour m'occuper pendant que vous alliez rendre visite à mon père ?

Il avait l'air à bout de nerfs. Jade se souvint que Stern lui avait dit que les écuries étaient toutes neuves.

— J'aurais dû être plus précise avec Matthew, avoua-t-elle. J'ai eu le tort de me reposer entièrement sur lui. Mais il faut reconnaître qu'il a été efficace. Vous avez été bigrement occupé.

— Quelle folie de partir toute seule sur les routes ! s'écria-t-il. Ce sont vraiment des risques inutiles, Jade. Vous auriez pu vous faire tuer !

Sa voix avait monté d'un ton.

— J'ai été très prudente, assura-t-elle, cherchant à l'apaiser.

— Vous, prudente ? A d'autres, oui ! Vous avez eu de la chance, un point c'est tout !

Craignant que les choses ne s'enveniment, elle décida de couper court à cette conversation.

— Si vous ne me laissez pas toute seule, je n'aurai jamais fini de copier ces lettres, déclara-t-elle.

Elle rejeta ses cheveux en arrière et se remit à son travail. Elle sentait le regard courroucé de Caine posé sur elle.

— Que diriez-vous d'aller voir Colin ? suggéra-t-elle. Je suis sûre qu'il serait ravi d'avoir de la compagnie.

— Venez, Caine, dit Nathan. On nous congédie.

Caine secoua la tête.

— Promettez-moi de ne pas prendre d'autres risques inutiles, ordonna-t-il à Jade, et je pars.

— Je vous le promets, acquiesça-t-elle.

Le visage de Caine se détendit aussitôt. Il se pencha pour l'embrasser. Elle tenta de se dérober.

— Il y a Nathan, murmura-t-elle.

— Ne vous occupez pas de lui, répliqua-t-il.

Quand il quitta ses lèvres, elle était rouge comme une pivoine et ses mains tremblaient.

— Je vous aime, chuchota-t-il, puis il tourna les talons et sortit de la pièce avec Nathan.

Jade resta un long moment à contempler le bureau. Était-ce possible ? Se pouvait-il qu'il l'aime ? Elle dut se forcer à penser à autre chose pour faire cesser le tremblement de ses mains. Sinon, Sir Richards et Lyon seraient incapables de déchiffrer son écriture. Et puis, d'ailleurs, qu'importait qu'il l'aime ou non, puisque de toute façon, il fallait qu'elle s'en aille.

Quand arriva l'heure du dîner, Jade était dans tous ses états. Nathan avait décidé de manger dans la chambre de Colin. Caine et elle prirent leur repas dans la salle à manger, en compagnie de Stern bien sûr. Ils se lancèrent dans une discussion très animée sur la séparation de l'Église et de l'État. Au début, lorsque Caine plaida en faveur de la séparation, Jade soutint le parti opposé. Mais quand il fit exprès de défendre l'opinion contraire, elle réfuta ses arguments avec la même véhémence.

Ce fut un débat extrêmement vif où Stern se retrouva très vite dans la position d'arbitre.

Cette passe d'armes aiguisa l'appétit de Caine. Il tendit la main pour se resservir, pensant s'octroyer la dernière tranche de mouton, mais Stern recula prestement le plat.

— Je la veux, Stern, grommela Caine.

— Moi aussi, monsieur, répondit le majordome.

Et sur ces mots brefs, Stern se saisit de son couteau et de sa fourchette et se jeta sur la nourriture comme un loup affamé. Jade eut alors pitié de Caine et lui céda la moitié de sa part.

Stern et Caine s'affrontaient du regard quand ils entendirent frapper à la porte d'entrée. Caine déclara forfait.

— J'y vais, annonça-t-il.

— Comme vous voulez, répliqua Stern entre deux bouchées de viande.

— Soyez prudent, s'écria Jade.

— N'ayez crainte, lui répondit Caine. Personne ne peut pénétrer dans ma propriété sans se faire immédiatement remarquer par mes hommes.

Dix bonnes minutes s'écoulèrent avant que Stern eût fini sa deuxième tasse de thé.

— Je crois que je vais aller voir qui c'est, dit-il à Jade.

— Peut-être est-ce le père de Caine ?

— Non, mademoiselle. J'ai ordonné à M. le duc et à Mme la duchesse de s'abstenir de venir pendant quelque temps. S'ils se mettaient soudain à rendre visite à leur fils tous les jours, cela paraîtrait suspect.

— Vous le leur avez réellement ordonné ?

— Bien sûr, mademoiselle.

Sur ces mots, le majordome s'inclina profondément puis quitta la pièce.

Jade pianota nerveusement sur la table jusqu'au retour de Stern.

— Sir Richards et le marquis de Lyonwood sont arrivés, annonça-t-il depuis la porte. Monsieur vous attend dans la bibliothèque.

— Si tôt ? fit-elle, visiblement surprise.

Elle se leva, lissa soigneusement les plis de sa jupe et tapota ses cheveux.

— Mais je ne suis pas présentable, ajouta-t-elle.

Stern sourit.

— Vous êtes ravissante, mademoiselle, déclara-t-il. Je suis certain que vous allez sympathiser avec ces visiteurs. Ce sont des hommes charmants.

— Oh, j'ai déjà rencontré Lyon, fit-elle. J'ai beaucoup d'amitié pour lui, en vérité. Et je pense qu'il en sera de même avec Sir Richards.

Tandis qu'elle se dirigeait vers la porte, son expression changea brusquement. La panique se peignit sur son visage.

— Il n'y a pas de raison d'être inquiète, mademoiselle, la rassura Stern.

Elle lui répondit par un sourire radieux.

— Oh, je ne suis pas inquiète, Stern. Je me prépare, c'est tout.

— Pardon ? fit-il en lui emboîtant le pas. A quoi vous préparez-vous donc, mademoiselle ?

— A avoir l'air inquiète, répliqua-t-elle en riant. Et faible, évidemment.

— Évidemment, soupira Stern. Vous êtes sûre que vous n'êtes pas souffrante ?

Une fois devant la porte du bureau, elle se retourna vers le majordome.

— Les apparences, Stern, les apparences..., chuchota-t-elle.

— Oui et alors ?

— Eh bien, elles doivent être sauvegardées. Pour que tout rentre dans l'ordre. Vous me suivez ?

— Absolument pas.

Elle sourit à nouveau.

— Je vais rendre à Caine sa fierté, dit-elle à voix basse.

— Je n'avais pas remarqué qu'il l'avait perdue, observa Stern.

— Moi non plus, jusqu'à ce qu'il me le signale. Vous savez comment sont les hommes...

Jade respira profondément, puis elle attendit que Stern lui ouvre la porte. Mais au lieu d'entrer, elle resta figée sur place, tête baissée, les mains croisées devant elle.

Face à une telle métamorphose, Stern en eut le souffle coupé.

Dès que Caine l'appela, la jeune femme sursauta, comme si sa voix avait le pouvoir de la terrifier, puis elle s'avança lentement. Sir Richards bondit aussitôt sur ses pieds. C'était un homme d'un certain âge, avec des cheveux gris, un sourire affable et une grosse bedaine. Il avait également un regard plein de bonté. Après qu'il se fut présenté, Jade s'inclina gracieusement devant lui.

Puis elle se tourna pour saluer Lyon.

— Je suis contente de vous revoir, Lyon, balbutia-t-elle d'une petite voix toute tremblante.

Lyon haussa les sourcils d'un air étonné. Il se souvenait que Jade était quelqu'un d'impressionnable, mais il s'imaginait qu'elle aurait vaincu sa timidité avec lui. Or la peur se lisait sur son visage. Cette réaction l'intrigua.

Caine était à son bureau et il se balançait sur son siège. Jade s'assit tout au bord du fauteuil qui lui faisait face, le dos bien raide et les mains sur les genoux.

Sir Richards et Lyon reprirent leur place de chaque côté de la jeune femme.

Caine observait Jade. Elle avait l'air terrorisée. Il ne se laissa pas abuser. Elle manigançait sûrement quelque chose, se dit-il, mais il lui faudrait attendre plus tard pour la questionner.

Sir Richards s'éclaircit la gorge pour attirer l'attention sur lui. Puis il regarda la jeune femme.

— Il m'est difficile de ne pas remarquer combien vous semblez inquiète, mademoiselle. J'ai lu les lettres de votre père, mais avant de vous poser des questions, je tiens à vous dire que les fautes de votre père ne vous feront nullement baisser dans mon estime.

Elle esquissa un petit hochement de tête, sans toutefois se départir de son air de biche effarouchée.

— Merci, monsieur, répliqua-t-elle d'une voix à peine audible. C'est très gentil de votre part de ne pas me jeter la pierre. Je craignais que vous ne me condamniez.

Caine leva les yeux au ciel. Ne voilà-t-il pas que Sir Richards, cet homme ordinairement si peu enclin aux démonstrations d'amitié, étreignait les mains de Jade avec effusion. Il n'eût pas été étonné de voir le chef des services secrets serrer la jeune femme dans ses bras pour la réconforter.

Elle donnait l'impression d'être totalement sans défense. Caine se rappela soudain qu'elle avait exactement la même expression le jour où il l'avait rencontrée la première fois, à l'auberge du Chat Noir.

A quoi jouait-elle donc ?

— Aucun d'entre nous n'aurait l'idée de vous condamner, Jade, déclara Lyon. Vous avez traversé tant d'épreuves, tant de malheurs...

— Ah oui, ça, c'est bien vrai, approuva Sir Richards.

Caine réprima un sourire. Son patron et son ami étaient tous les deux en train de succomber au charme de Jade. Cela l'étonna de la part de Lyon — ne l'avait-il déjà rencontrée ? Mais son comportement de petit animal traqué, ainsi que le souvenir qu'il avait dû garder de sa timidité avaient apparemment convaincu Lyon de la sincérité de la jeune femme.

— Êtes-vous prête à répondre à mes questions, maintenant ? demanda Sir Richards.

Jade hocha la tête.

— Ne vaudrait-il pas mieux interroger Nathan ? Les hommes sont tellement plus logiques que nous autres femmes. Ce que je vais vous raconter n'aura ni queue ni tête.

— Jade ! l'apostropha Caine.

Il prononça son nom comme on lance un avertissement.

Elle lui adressa un sourire tremblant.

— Oui, Caine ? fit-elle.

— Ne faites pas d'histoires.

Sir Richards regarda Caine d'un air désapprobateur, puis il reporta son attention sur la jeune femme.

— Nous interrogerons Nathan plus tard. Si ce n'est pas trop pénible pour vous, j'aimerais que vous nous racontiez tout ce qui s'est passé depuis votre arrivée à Londres.

— Certainement, dit-elle. Voyez-vous, toute cette affaire a commencé avec les lettres. Deux jours après avoir confié à mon oncle Harry un paquet de lettres, mon père se faisait tuer. Harry m'a alors emmenée avec lui sur son navire. Il a mis les lettres en lieu sûr, et au bout de quelques années, quand il a jugé que le moment était venu pour moi de découvrir la vérité, il me les a données. Évidemment, je me suis empressée de les lire et de les montrer à Nathan. Mon frère, qui, à l'époque, travaillait avec Colin, lui en a aussitôt parlé. Ainsi que Caine a dû vous le dire, poursuivit-elle en s'animant, Colin et Nathan ont été victimes d'une agression peu de temps après. Les malfaiteurs étant persuadés de les avoir tués... Lucifer, ajouta-t-elle après avoir marqué une hésitation, décida de laisser ces brutes rentrer à Londres pour informer leur commanditaire du succès de leur sinistre mission.

— Sage décision, observa Sir Richards.

— Oui, fit Jade, puis elle se tourna vers Caine, l'air triomphant. Le plan était on ne peut plus simple, poursuivit-elle, Lucifer enleva un médecin pour soigner les deux blessés et il fut décrété que dès que Colin serait en état de voyager, il irait trouver son frère Caine pour lui parler des lettres et lui demander de l'aide.

— Et pourquoi ce plan n'a-t-il pas marché ?

Jade lança un regard courroucé à Caine.

— A cause de lui, répondit-elle. Comme vous le savez, Lucifer fut très vite accusé de la mort de Nathan et de Colin, et Caine se jura de venger son frère. C'était la dernière chose à faire. Les membres du Tribunal ne pouvaient pas laisser Caine retrouver la trace de Lucifer, car il aurait fini par découvrir la vérité. Caine s'était donc mis lui-même en danger, par pure inadvertance.

— Ce n'était pas par inadvertance, se récria celui-ci.

Jade haussa les épaules.

— Colin avait demandé à Lucifer de ne rien dire à Caine. Il connaissait assez son frère pour savoir qu'il... enfin qu'il foncerait tête baissée, fit-elle en cherchant ses mots ; il voulait lui expliquer la situation lui-même. En vérité, Colin tremblait pour son frère et n'avait qu'une idée en tête : protéger Caine. Si bien que, pour rassurer Colin, Lucifer a promis de garder le secret.

— Et vous, mademoiselle, quel rôle jouiez-vous exactement dans tout cela ?

— Nathan est mon frère, répondit Jade. Je suis revenue en Angleterre et me suis installée dans sa gentilhommière. Je n'étais pas seule, il y avait des hommes de Lucifer avec moi. Ils surveillaient toutes les allées et venues de Caine. Il y eut plusieurs tentatives pour s'emparer de lui. C'est alors que je fus chargée de trouver un moyen de le détourner de ses recherches. Deux jours avant mon départ, il y eut toute une série d'incidents. Un matin, lors de ma promenade quotidienne, je suis tombée sur trois hommes en train de saccager les tombes de mes parents. J'étais tellement révoltée par ce qu'ils faisaient que je me suis mise à hurler. A ce moment-là, ils m'ont aperçue et l'un d'eux a tiré sur moi. J'ai alors pris mes jambes à mon cou et me suis précipitée chez Nathan pour demander de l'aide.

— Les hommes de Lucifer n'étaient pas avec vous ? s'étonna Sir Richards.

Jade fit signe que non.

— Ils veillaient sur Caine. Mais vous savez, je n'étais pas toute seule. Il y avait Hudson, le majordome, ainsi que les autres domestiques de mon frère.

— Que s'est-il passé ensuite ? s'enquit Lyon.

— Il était trop tard pour retourner au cimetière. Il fut donc décidé d'attendre le lendemain matin. Et figurez-vous que, dans la nuit, la maison a été mise à sac. Je dormais à poings fermés et n'ai rien entendu du tout. Pourtant, même ma chambre avait été fouillée de fond en comble.

— On avait dû vous droguer, suggéra Sir Richards.

— Si c'est le cas, je ne vois vraiment pas comment ils ont fait, dit Jade. Toujours est-il que le lendemain, j'ai enfourché le cheval de Nathan pour aller voir si les trois hommes n'avaient pas laissé sur les lieux des preuves de leur passage. Hudson, le majordome de Nathan, refusait de me croire et je voulais absolument le convaincre. En fin de compte, je ne suis jamais arrivée à destination. Les trois malfaiteurs m'avaient tendu une embuscade sur le chemin. Ils tirèrent sur le cheval de Nathan, le tuant sur le coup. Quant à moi, je fis un vol plané dont je me souviendrai toute ma vie.

— Mon Dieu ! s'écria Sir Richards, cette chute aurait pu vous être fatale.

— J'ai eu beaucoup de chance, car lorsque je me suis relevée, je n'avais que quelques bleus, expliqua-t-elle. Ensuite, j'ai couru jusqu'à la maison pour prévenir Hudson. Il a aussitôt envoyé des hommes aux trousses des malfaiteurs. Quand ils sont revenus, ils m'ont annoncé qu'ils n'avaient pas trouvé la moindre trace de leur forfait. Le cheval avait disparu. Selon Caine, jamais trois hommes n'auraient pu, à eux seuls, soulever un tel poids pour l'emmener ailleurs.

Elle haussa les épaules et continua son récit :

— J'ai alors décidé de partir pour Londres en toute hâte et donné ordre de préparer immédiatement la calèche. Mais à peine avions-nous descendu la côte que le cocher s'est mis à crier qu'un incendie s'était déclaré. De là où nous étions, nous voyions la fumée s'élever dans le ciel. Nous avons immédiatement fait demi-tour quand nous sommes arrivés, il était trop tard. La maison de Nathan avait été entièrement ravagée par les flammes. A ce moment-là, j'ai demandé à Hudson et aux autres domestiques de se rendre au domicile de Nathan à Londres, puis j'ai repris la route.

— Pour quelle destination ? fit Lyon. Vous alliez chez Nathan, vous aussi ?

Jade sourit.

— Non, j'allais à l'auberge du Chat Noir, une taverne située près des docks. Voyez-vous, j'avais un plan pour détourner Caine de ses recherches.

Lyon hocha la tête.

— Je ne comprends pas, lança Sir Richards. En quoi consistait exactement ce plan ? Caine n'est pas quelqu'un qu'on abuse facilement, mademoiselle.

— Je vous expliquerai plus tard, intervint Caine. Laissez-la d'abord finir.

— Sur la route de Londres, la calèche a été attaquée. Quelqu'un a tiré sur moi. La balle a frôlé ma tempe et je me suis évanouie. Quand j'ai rouvert les yeux, j'ai immédiatement constaté que le véhicule avait été entièrement démoli. Les portes étaient bloquées, mais par bonheur, j'ai réussi à sortir par la fenêtre.

— Et ensuite ? demanda Sir Richards.

— J'ai marché.

— Jusqu'à Londres ?

— Non, répondit la jeune femme. J'ai eu la chance de pouvoir... disons... emprunter un cheval dans un relais de poste. C'était inespéré. Le propriétaire était sans doute tranquillement en train de souper à l'intérieur.

Jade termina son récit quelques minutes plus tard. Pas une seule fois elle n'avait mentionné le fait qu'elle était Lucifer et Caine se dit que ce serait donc à lui de l'annoncer à Lyon et à Sir Richards.

A quoi jouait-elle au juste ? se demanda-t-il à nouveau. Grand Dieu, la voilà maintenant qui se tamponnait le coin des yeux avec le mouchoir de Sir Richards.

Celui-ci était visiblement secoué par les révélations de la jeune femme. Il s'appuya contre le dossier de son fauteuil et secoua la tête d'un air atterré.

— Savez-vous qui sont les autres membres du Tribunal ? lui demanda Jade.

— Non.

— Mais vous connaissiez Sir Hammond, non ? J'ai même cru comprendre que vous aviez débuté ensemble.

— En effet, nous avons débuté ensemble. Mais après un certain nombre d'années, mademoiselle, nous avons été affectés à des services différents du ministère de la Guerre. A cette époque, Hammond avait sous ses ordres toute une pléiade de jeunes gens idéalistes et pleins d'ardeur, rêvant de sauver le monde. J'en ai rencontré quelques-uns, mais pas tous, loin de là !

— Nous disposons de solides indices, intervint Lyon. Nous ne devrions pas mettre trop de temps à découvrir la vérité.

— La première lettre était signée par un certain William, précisa Caine. Ils n'utilisaient pas encore de pseudonymes. William ! Il n'y a pas de prénom plus répandu en Angleterre. Combien de William travaillent pour le ministère de la Guerre ?

Ce fut Jade qui répondit à la question.

— Il n'y en avait que trois dans les dossiers de Hammond.

Tous les yeux se tournèrent vers elle.

— Lucifer a lu les dossiers, murmura-t-elle en rougissant, puis elle ajouta : C'était nécessaire. Il y avait William Pryors, William Terrance et William Clayhill. Tous trois travaillaient dans votre service, Sir Richards. Deux d'entre eux sont encore en vie, bien qu'ils aient cessé toute activité. William Terrance est mort il y a deux ans.

— Vous êtes certaine de ce que vous avancez ? demanda Lyon.

— Comment Lucifer a-t-il pu accéder à ces dossiers ? questionna Sir Richards, visiblement déconcerté. Nom d'un chien! personne ne peut venir à bout de notre dispositif de sécurité.

— Si, Lucifer, déclara Caine.

Puis il se lança dans de longues explications sur la façon dont le pirate s'y était pris pour le protéger. Il raconta aussi comment Colin et Nathan avaient failli se faire dévorer par les requins. Quand il eut fini, un profond silence s'abattit sur l'assistance.

Jade se pressait nerveusement les mains l'une contre l'autre. Mais cette fois, elle ne jouait pas la comédie. L'évocation de cet épisode réveillait en elle trop de souvenirs terribles.

— Trois jeunes gens pleins d'ardeur, rêvant de sauver le monde, murmura Sir Richards. Mais le goût du pouvoir l'a très vite emporté sur le reste, hélas.

Jade approuva d'un petit signe de tête.

— Avez-vous remarqué, monsieur, que les premières lettres portent la mention « pour le bien de l'Angleterre » et qu'au fil du temps, à mesure qu'ils s'enhardissent, la formule change ?

— Bien sûr que je l'ai remarqué, grommela Sir Richards. Ils se mettent à signer « pour le bien du Tribunal ». Cela dit tout, n'est-ce pas ? Il n'y a plus aucune équivoque possible.

— Le père de Jade a été tué par ses deux comparses quand il a commencé à désapprouver leurs méthodes. C'est à ce moment-là que Hammond a été assassiné.

Sir Richards hocha la tête.

— Nous devons les retrouver coûte que coûte, déclara-t-il. Mon Dieu! nous ne sommes pas au bout de nos peines. Heureusement que Lucifer est avec nous. Quand je pense au tort qu'il aurait pu nous causer avec tous ces dossiers, j'en ai la chair de poule.

— Oh, mais Lucifer est quelqu'un d'honorable, monsieur, se récria Jade. Comme la plupart des cambrioleurs, d'ailleurs. Ne vous inquiétez pas, ces informations ne risquent pas de tomber entre de mauvaises mains.

— Est-ce que ce fieffé coquin a lu mon dossier ? demanda Lyon.

Caine ne lui répondit pas. Révéler la vérité à son ami n'aurait servi à rien, sinon à le mettre en colère.

— Dire qu'il y avait des requins dans ces eaux, murmura Sir Richards en changeant de sujet. Avez-vous seulement idée du courage qu'il a fallu à...

— Vous n'avez plus de questions à me poser ? le coupa Jade.

Il tapota affectueusement la main de la jeune femme.

— Nous vous avons fatiguée, mon petit, n'est-ce pas ? Je vois bien à quel point tout cela est douloureux pour vous.

— Votre gentillesse me va droit au cœur, monsieur.

A ces mots, elle se leva et ne protesta pas quand Sir Richards la serra dans ses bras avec effusion.

— Nous retrouverons les coupables, je vous le promets, affirma-t-il.

Jade dissimula ses mains dans les plis de sa jupe, puis elle s'avança vers Lyon. Il se mit aussitôt debout.

— Merci de votre aide, Lyon, dit-elle en se penchant vers lui. Puis-je vous demander de transmettre mes amitiés à Christina ? Je ne sais pas si j'aurai l'occasion de lui rendre visite avant longtemps.

Ensuite, elle s'approcha de Sir Richards et l'embrassa une nouvelle fois.

— J'avais oublié de vous remercier, monsieur, expliqua-t-elle. C'est quand même la moindre des choses.

Puis elle s'inclina. Elle s'apprêtait à sortir quand Caine la héla.

— Jade ?

— Oui, Caine, fit-elle en arborant son plus beau sourire.

— Qu'est-ce que tout cela signifie ?

— Ne m'avez-vous pas dit que la fierté était quelque chose de vital pour un homme ?

— En effet.

— Et que lorsqu'un homme a le sentiment d'avoir été manipulé, sa fierté en souffre ?

— Oui, j'ai dit cela. Et alors ?

— Eh bien, supposons que des amis de cet homme — des individus qui ont su gagner le respect de leurs concitoyens — se soient laissé, eux aussi, disons... abuser..., la blessure ne serait-elle pas moins douloureuse ?

Caine finit par comprendre et lui fit un clin d'œil.

— Je vais proposer à Nathan et à Colin de venir nous rejoindre, annonça la jeune femme avant de quitter la pièce.

La porte se referma doucement derrière elle.

— De quoi parlait-elle ? demanda Sir Richards stupéfait.

— C'est personnel, répliqua-t-il, puis il se tourna vers Lyon : Alors, qu'est-ce que vous pensez d'elle, à présent ?

Son ami se servit un deuxième verre de brandy avant de répondre.

— Elle est toujours aussi belle. Mais je la trouve encore plus timide que la première fois. Cela vient sans doute du fait qu'elle loge chez vous.

Caine éclata de rire.

— Vous la trouvez timide ? C'est vrai ?

— Je ne vois pas ce que cela a de drôle, Caine. Expliquez-moi, que je rie à mon tour.

— Allons, assez plaisanté, les rappela à l'ordre Sir Richards. Dites-moi, mon garçon, fit-il en s'adressant à Caine, j'aimerais que vous me promettiez quelque chose.

— Je vous écoute, monsieur.

— Avez-vous vu ce Lucifer en chair et en os ?

— Oui.

— Quand toute cette affaire sera terminée, je voudrais que vous me fassiez rencontrer cet étrange personnage.

Caine se carra dans son fauteuil. Jade avait raison. Elle lui avait bel et bien rendu sa fierté.

— Il faut absolument que je rencontre ce Lucifer, insista-t-il.

Caine hocha la tête.

— Mais vous venez de le rencontrer, Sir Richards.

15

— Jade, revenez ici ! cria Caine tandis que ses deux amis essayaient de digérer la nouvelle que Caine venait de leur assener.

Comme elle ne répondait pas à sa sommation, Caine appela Stern. Le majordome devait se trouver juste devant la porte car il accourut aussitôt dans la bibliothèque. Il s'inclina devant son maître, ce qu'il ne faisait jamais quand il était seul avec lui, puis demanda avec déférence :

— Monsieur désire quelque chose ?

— Allez chercher Jade tout de suite, ordonna-t-il.

— Je crois qu'elle vous a entendu, monsieur, répliqua-t-il de ce ton légèrement précieux qui était le sien. Mais elle a décliné votre invitation. Y a-t-il autre chose dont monsieur ait envie ?

Caine avait envie d'étrangler Stern. Il remit la chose à plus tard.

— Allez me la chercher, répéta-t-il. Ramenez-la de gré ou de force.

Le majordome acquiesça d'un signe de tête, puis sortit. Caine se retourna vers ses hôtes. Quand il vit le sourire qui éclairait le visage de Lyon, sa mauvaise humeur se dissipa quelque peu. Son ami semblait prendre la nouvelle beaucoup mieux que Sir Richards. Le directeur avait l'air abasourdi.

— Bon sang, Caine ! J'aurais dû m'en douter, fit Lyon. Elle était si timide... comment ne l'ai-je pas deviné ? Vous n'êtes pas du genre à être attiré par... et Christina, qui ne cessait de me dire de ne pas me fier aux...

— Allons, mon garçon, lança Sir Richards, trêve de fariboles. Le sujet est grave.

Jade ouvrit la porte au beau milieu des admonestations de Sir Richards et s'adressa à Caine.

— J'allais chercher Nathan et Colin. Qu'est-ce que vous voulez ?

— Rendez-les, Jade.

Le ton de Caine était sans réplique. Jade fit l'innocente.

— De quoi voulez-vous parler ?

Feignant l'étonnement, elle porta la main à sa poitrine et le regarda en battant des cils.

Il ne se laissa nullement impressionner.

— Vous savez parfaitement de quoi je parle, rugit-il. Rendez-les.

— Caine, ce n'est pas poli d'élever la voix contre quelqu'un devant des visiteurs, lança-t-elle.

Sa propre voix s'était élevée d'une octave.

— C'est même extrêmement grossier, ajouta-t-elle.

— Ils savent qui vous êtes.

Elle marcha droit sur Caine et se planta devant son bureau, les poings sur les hanches, les yeux étincelants de fureur.

— Que savent-ils au juste ?

— Que vous êtes Lucifer.

Elle poussa un cri d'indignation.

— Pourquoi ne publiez-vous pas un communiqué dans les journaux pendant que vous y êtes ? Cela vous éviterait de perdre du temps à...

— J'étais obligé de leur dire, l'interrompit-il.

— Vous auriez au moins pu attendre que je sois partie.

— Dans la mesure où vous ne partirez pas d'ici, la question ne se posait même pas.

— Grand Dieu, c'est donc vrai ? s'écria Sir Richards en tentant de se faire entendre.

Jade lui décocha un regard noir par-dessus son épaule.

— Non, aboya-t-elle, ce n'est pas vrai.

— Si, la contredit Caine, c'est vrai.

— Bon sang, Caine, vous ne savez pas garder un secret ?

Et, sans lui laisser le temps de répondre, elle fit demi-tour et regagna la porte.

— Je vous ai dit de les rendre, Jade.

— Pourquoi ?

— Parce qu'il se trouve que ces hommes sont mes amis, voilà pourquoi.

— Si vous ne pouvez pas voler vos amis, alors qui pouvez-vous voler, Caine ? demanda-t-elle le plus sérieusement du monde.

Il n'avait rien à répondre à une question aussi absurde.

— Vous m'avez dit que vous étiez d'accord pour que je poursuive mes activités, lui rappela-t-elle. Seriez-vous déjà revenu sur votre parole ?

Que Jade ait l'audace d'arborer cet air outragé laissait Caine pantois. Il résista à l'envie de se lever, sachant que, s'il le faisait, il ne pourrait pas s'empêcher d'empoigner la jeune femme par les épaules et de la secouer pour lui enfoncer un peu de bon sens dans le crâne.

Jade se tourna vers Lyon.

— Je ne reviens jamais sur ma parole, moi, affirma-t-elle.

Caine prit une profonde inspiration, puis se laissa aller contre le dossier de son fauteuil. Il fixa Jade d'un œil dur.

La jeune femme lui rendit son regard.

Il lui fit alors signe d'approcher avec le doigt.

— J'étais sincère, déclara-t-il lorsqu'elle fut près de lui. Vous pouvez continuer vos activités.

Elle ne savait plus quoi penser.

— Alors pourquoi toutes ces histoires à propos de...

— Vous pouvez continuer à voler, la coupa-t-il, mais dites-vous bien que chaque fois que vous prendrez quelque chose, je le restituerai à son propriétaire.

Elle faillit suffoquer.

— Vous n'en ferez rien, vitupéra-t-elle.

— Si, je le ferai.

— Mais c'est... mais c'est ridicule, bredouilla-t-elle. Non ?

Il ne répondit pas. Jade se tourna vers Lyon, espérant qu'il viendrait à son secours. Cependant, elle comprit à son sourire qu'elle n'obtiendrait aucune aide de sa part. Quant à Sir Richards, il paraissait encore en état de choc et il n'y avait rien à attendre de lui.

Elle était toute seule, comme elle l'avait toujours été, pensa-t-elle avec amertume.

Elle semblait sur le point de pleurer.

— Allons, rendez-leur...

— Je les ai échangées, annonça-t-elle. Est-ce que je peux m'en aller, maintenant ?

Caine hocha la tête. La jeune femme avait déjà la main sur la poignée de la porte lorsqu'il l'appela.

— Jade, vous pouvez quitter cette pièce, mais ne cherchez pas à quitter cette maison, je partirai à vos trousses. Vous ne voulez quand même pas que je me dérange une seconde fois, hein ?

Elle ne répondit pas. Caine savait qu'elle était furieuse contre lui. La porte claqua avec une telle violence que les murs en tremblèrent.

— Elle a un caractère de chien, annonça Caine avec un sourire qui montrait que ce défaut lui était parfaitement égal. Eh bien, Richards, êtes-vous remis de vos émotions ? demanda-t-il ensuite au directeur.

— Oui, dit celui-ci.

— Jamais vous n'auriez imaginé que...

— Non, jamais.

Caine prit un air satisfait.

— Cela me remonte le moral de voir que mon supérieur s'est laissé abuser.

Sur ces entrefaites, Nathan et Colin entrèrent dans le bureau de Caine. Colin marchait en s'appuyant, d'un côté, sur le bras de Nathan, de l'autre sur sa canne.

— Cessez donc de me traiter comme un enfant, grommela-t-il, tandis que Nathan l'aidait à prendre place dans un fauteuil.

— Mais vous êtes un enfant, rétorqua Nathan.

Puis il alla chercher un tabouret et posa le pied de Colin dessus, afin de soulager sa jambe blessée.

Ensuite, il se retourna et jaugea du regard les deux hommes qui l'observaient d'un air amusé. Caine fit alors les présentations. Nathan leur donna une poignée de main et s'assit sur le bras du fauteuil de Colin.

— Jade m'a chargé de vous demander l'heure, annonça-t-il.

Sir Richards parut d'abord surpris de cette requête, puis il haussa les épaules.

— Je dirais qu'il est dans les neuf heures. Qu'en pensez-vous, Lyon ?

Celui-ci eut davantage de présence d'esprit que son supérieur. Il sortit sa montre de gousset. C'est alors qu'il éclata de rire, d'un rire énorme qui emplit toute la pièce.

— Je crois que c'est la vôtre, Richards. Vous devez avoir la mienne. Cette diablesse nous a embrassés tous les deux.

Comme il fallait s'y attendre, Sir Richards fut vivement impressionné.

— Il n'y a pas de doute, je me suis trompé sur son compte, reconnut-il. Vous l'avez vue opérer la substitution, n'est-ce pas, Caine ? C'est pour cela que vous l'avez rappelée, hein ?

Caine secoua la tête.

— Non, je n'ai rien vu du tout. Mais quand elle vous a embrassés tous les deux, je me suis douté qu'elle manigançait quelque chose. Elle n'a pas pour habitude de se jeter au cou des étrangers.

— Ah ça non, renchérit Nathan.

Caine regarda Lyon.

— Depuis que cette femme m'a attiré dans ses filets, elle m'en fait voir de toutes les couleurs. On dirait qu'elle a juré de me rendre fou.

— Il semblerait qu'elle ait atteint son but, observa Nathan.

— Cette histoire me rappelle quelque chose, intervint Lyon.

Il sourit en se souvenant des circonstances rocambolesques qui avaient abouti à son propre mariage.

— Vous savez, Christina m'en a fait voir de toutes les couleurs, à moi aussi. Mais dites-moi, Caine, comment avez-vous réagi à tout cela ?

— De la même façon que vous, répliqua Caine. Je suis tombé amoureux d'elle.

— Mon pauvre ami, vous n'êtes pas au bout de vos peines, soupira Lyon. Ne vous attendez pas que les choses soient plus faciles une fois que vous serez marié. Ah ça non ! Mais au fait, c'est pour quand ce mariage ?

— C'est vrai, Caine, à quand ce mariage ? demanda Nathan.

— Il n'y aura pas de mariage.

Ces paroles définitives sortaient de la bouche de Colin. Il regardait son frère avec rancœur.

— Si, répliqua Caine. Il y aura un mariage.

— J'ai l'impression que vous n'avez guère le choix, mon garçon, intervint Sir Richards. Prêterez-vous serment avec un pistolet braqué dans le dos ?

— Si pistolet il doit y avoir, il sera braqué dans le dos de Jade, et pas dans le mien, rétorqua Caine. Car il faudra bien que j'arrive à la convaincre que je pense toujours ce que je dis. Bon sang ! je serai même sans doute obligé de mettre un genou en terre devant ses hommes.

En imaginant la scène, Nathan eut un sourire. Quant à Colin, il se gaussa de son frère.

— Jamais Jade ne te fera t'agenouiller devant elle, s'écria-t-il.

— Jade, non, mais pour ce qui est de Black Harry, je suis certain qu'il le fera, lui, répliqua Caine.

— Qui est ce Black Harry ? s'enquit Sir Richards.

— Pouvez-vous le lui expliquer, Nathan ? demanda Caine. Pendant ce temps-là, je vais essayer de rattraper Jade.

— Comment ? Elle est partie ?

Caine se leva et gagna la porte.

— Bien sûr qu'elle est partie. Mais je ne fais jamais la même erreur deux fois de suite, mon cher Nathan. Je serai bientôt de retour.

Caine étant déjà en tenue de cheval, il n'eut pas besoin de se changer et se rendit directement à l'enclos où étaient parqués les chevaux.

La jument tachetée avait disparu.

— Combien d'hommes avez-vous envoyés à ses trousses ? demanda-t-il à l'écuyer.

— Trois, répondit celui-ci.

Caine mit la bride à son cheval, mais ne s'embarrassa pas de la selle. Il s'agrippa à la crinière noire et enfourcha prestement sa monture.

Il prit la direction de la cabane qui se trouvait à l'autre bout de la propriété. La jeune femme était au bord de la rivière et donnait à boire à sa jument.

Caine se fraya un passage à travers les arbres, puis lança son cheval au galop. Dès que Jade entendit le martèlement des sabots sur le sol, elle courut se cacher dans le bois. Mais quand le cheval de Caine arriva à sa hauteur, celui-ci n'eut qu'à se pencher pour la soulever dans ses bras. Il l'assit devant lui avec autant de délicatesse que s'il se fût agi d'un paquet de linge sale, puis il fit demi-tour et reprit le chemin du manoir.

Aucun des deux ne desserra les lèvres jusqu'à ce qu'ils fussent arrivés à destination.

Stern attendait devant la porte. Caine traîna Jade jusqu'en haut de l'escalier.

— Enfermez-la à double tour dans sa chambre ! ordonna-t-il. Et postez deux hommes sous sa fenêtre et deux autres devant sa porte.

Caine ne lâcha la main de la jeune femme qu'après l'avoir violemment poussée à l'intérieur. Il prit alors soin de tirer le verrou derrière lui, d'un geste rageur.

Il garda son air de croque-mitaine jusqu'à ce qu'il ait regagné la bibliothèque. Quand il fut de nouveau assis à son bureau, il s'autorisa enfin à sourire.

— Je suppose que vous l'avez retrouvée, fit Nathan.

— Oui, répondit Caine. Et je crois que je l'ai sacrément impressionnée, cette fois. Elle n'est pas près de recommencer. Et maintenant, expliquez-moi ce que vous avez dit à mes amis.

La discussion porta à nouveau sur les lettres et lorsque les cinq hommes eurent fini de mettre au point les derniers détails de leur plan, il était onze heures passées. Sir Richards et Lyon se virent attribuer une chambre dans l'aile nord. Tous les deux avaient l'air peu pressés d'aller se coucher.

Sir Richards insista pour emmener les lettres avec lui.

— Je suis certain qu'il y a encore une mine d'informations à glaner dedans, expliqua-t-il.

Personne ne le contredit. Caine se rendit directement dans la chambre de Jade. Il congédia les hommes qui montaient la garde devant sa porte, tourna la clé dans la serrure et entra.

Jade lisait au lit. Elle ne daigna pas lever les yeux de son livre.

— Il n'y a pas assez de lumière dans cette pièce, annonça-t-il. Vous allez vous abîmer les yeux. Et le feu a besoin d'être ranimé. C'est une vraie glacière, ici.

Elle continuait à fixer les pages de son livre.

— A quoi cela ressemble-t-il de faire comme si je n'étais pas là ? dit-il d'un ton agacé. C'est grotesque.

— Aussi grotesque que de vouloir rendre à son destinataire ce que je lui ai pris, rétorqua-t-elle sans lever la tête.

Caine ajouta deux autres bougies sur la table de chevet, puis s'approcha de la cheminée.

— Où est Stern ? demanda-t-il.

— Il est monté se coucher, répondit-elle. Vous feriez un bon majordome, Caine. Stern vous a appris le métier.

Il ne mordit pas à l'hameçon.

— Vous cherchez la bagarre, ma colombe, mais vous ne l'aurez pas.

— Je ne cherche pas la bagarre, répliqua-t-elle sur un ton cassant.

Elle referma son livre d'un coup sec tout en le regardant ajouter une grosse bûche sur les braises.

A la lueur des flammes, sa peau était aussi dorée qu'une statue de bronze. Sa chemise était déboutonnée jusqu'à la taille et il avait les manches relevées jusqu'aux coudes. Le tissu était tendu sur ses épaules, et lorsqu'il se baissa pour ramasser le tisonnier, son geste fit ressortir sa musculature d'athlète.

C'était l'homme le plus séduisant du monde, se dit-elle.

Caine se retourna, toujours accroupi, et lui adressa un grand sourire. La tendresse qui se lisait dans son regard lui alla droit au cœur. Il était si bon, si confiant, si aimant...

Il méritait mieux qu'une femme comme elle. Pourquoi ne se rendait-il pas à l'évidence ?

Des larmes perlèrent à ses yeux et elle se mit brusquement à trembler de tout son corps. Elle avait l'impression d'être étendue sur un tapis de neige. Elle était transie... et terrifiée.

« Ne me laissez jamais vous quitter, le supplia-t-elle en secret. Jamais. »

Elle voulait l'aimer de toute son âme, se reposer entièrement sur lui.

Mais que deviendrait-elle quand il l'abandonnerait ? se demanda-t-elle l'instant d'après. Mon Dieu, elle ne survivrait pas à pareil malheur.

Caine la vit changer subitement de couleur. Elle était devenue aussi blanche que sa chemise de nuit.

— Eh bien, mon ange, qu'avez-vous ?

Il se leva et s'approcha du lit.

— Rien, balbutia-t-elle, rien de grave. J'ai froid, simplement.

Elle faillit ajouter : « Et peur. »

Mais elle murmura dans un souffle :

— Venez vous coucher, Caine.

Elle avait terriblement besoin de se serrer contre lui. Jade rabattit les couvertures pour l'inviter à la rejoindre. Mais Caine ne tint aucun compte de sa suggestion. Il alla chercher une couverture supplémentaire dans l'armoire et l'étendit sur le lit.

— Cela va mieux, maintenant ?

— Oui, merci beaucoup, répliqua-t-elle en s'efforçant de ne pas montrer sa déception.

— Si vous n'êtes pas trop fatiguée, j'aimerais vous poser quelques questions, dit-il.

— Allongez-vous pour poser vos questions, proposa-t-elle. Vous serez mieux.

Il secoua la tête, puis s'assit dans un fauteuil et posa ses pieds sur le lit.

— Cela ira très bien comme ça, répondit-il en faisant son possible pour ne pas sourire.

Jade essayait, de son côté, de dissimuler son irritation. Cet homme avait l'esprit obtus. Comment ne comprenait-il pas qu'elle brûlait d'envie qu'il la serre contre lui ? Elle lui avait pourtant dit qu'elle avait froid, bon sang ! Qu'attendait-il pour la prendre immédiatement dans ses bras, la couvrir de baisers et...

Elle poussa un profond soupir. Visiblement, Caine n'avait pas la moindre idée de ce qu'elle voulait car, sinon, il n'aurait pas recommencé à la questionner sur ces stupides dossiers.

Jade avait toutes les peines du monde à rester concentrée. Elle était obligée de fixer ses mains pour ne pas se laisser distraire par le sourire ravageur de Caine.

— Jade ?

— Oui ?

Elle sursauta.

— J'étais en train de vous demander si vous aviez lu les dossiers concernant nos fameux William.

— Ce ne sont pas *nos* William, rétorqua-t-elle.

Elle le regarda en souriant, dans l'attente de la question suivante.

Caine la fixa d'un air amusé.

— Eh bien, fit-il, allez-vous vous décider à me répondre ?

— Répondre à quoi ?

— Vous semblez préoccupée.

— Non, non.

— Vous avez envie de dormir, peut-être ?

— Absolument pas.

— Alors répondez-moi, répéta-t-il. Est-ce que vous avez lu les dossiers...

— Oui, je les ai lus, le coupa-t-elle. Vous désirez que je vous les récite par cœur, c'est ça ?

— Oui. Et vous, Jade, y a-t-il quelque chose que vous souhaitiez ?

Elle s'empourpra.

— Non, non, s'empressa-t-elle de répondre. Bon, eh bien, je vais vous dire...

A ce moment précis, quelqu'un frappa. Caine se retourna à l'instant où Nathan apparaissait par l'entre-bâillement de la porte. Quand le frère de Jade vit Caine affalé dans un fauteuil, les pieds sur le lit, il fronça les sourcils.

— Que faites-vous là, Caine ? demanda-t-il.

— J'étais en train de parler avec Jade, expliqua-t-il. Que voulez-vous ?

— Je ne trouvais pas le sommeil, dit Nathan.

Il traversa la pièce et alla s'appuyer contre la cheminée. Il était sans chaussures et torse nu. Caine remarqua qu'il avait de nombreuses cicatrices dans le dos, mais s'abstint de tout commentaire.

— Voilà le peignoir de Caine si tu as froid, dit-elle en désignant du doigt le fauteuil vide à côté du lit. Ce n'est pas la peine d'attraper un rhume.

Nathan était d'humeur conciliante. Il enfila le peignoir de Caine et se laissa choir dans le fauteuil en bâillant à s'en décrocher la mâchoire.

— Allez vous coucher, Nathan, ordonna Caine.

— J'aimerais d'abord poser deux ou trois questions à ma sœur.

Nathan avait laissé la porte ouverte. Si bien que Sir Richards n'eut qu'à la pousser pour entrer. Il était vêtu d'une robe de chambre bleu roi qui lui descendait jusqu'aux chevilles. Il semblait ravi de se retrouver en si nombreuse compagnie.

Jade remonta les couvertures sur elle jusqu'au menton. Elle regarda Caine pour voir comment il réagissait à cette invasion aussi soudaine que massive.

Il avait l'air résigné.

— Prenez un siège, Sir Richards, proposa-t-il.

— Volontiers, répliqua le chef des services secrets, puis il expliqua à Jade : Comme je n'arrivais pas à dormir, j'ai eu l'idée de venir vous voir pour...

— Pour lui poser quelques questions au cas où elle serait encore réveillée, poursuivit Caine.

— Cela ne se fait pas, je le sais, reconnut-il en approchant un fauteuil du lit.

Il accompagna ces mots d'un petit gloussement qui indiquait que cela lui était, au fond, parfaitement égal.

— Dites-moi, Nathan, ajouta-t-il ensuite, est-ce que cela vous dérangerait d'aller chercher Lyon ? Je suis sûr qu'il aura, lui aussi, quelques questions à poser.

— Il dort peut-être, hasarda Jade.

— Cela m'étonnerait fort. Je l'ai entendu faire les cent pas dans sa chambre. Ce maudit Tribunal nous a mis la tête à l'envers, mon petit.

Nathan revint en compagnie de Lyon. Jade se sentit soudain ridicule. Elle était au lit et n'avait pour tout vêtement que sa chemise de nuit.

— Pourquoi ne descendrions-nous pas dans la bibliothèque pour discuter ? Je vais m'habiller et...

— Cela ira comme ça, Jade, répondit Caine. Lyon, Jade va nous réciter le contenu des dossiers concernant les William.

— Dois-je tout répéter mot à mot, Caine ? Cela prendra des heures.

— Commencez par ce qui vous semble le plus important, suggéra Sir Richards. Lyon et moi rentrons à Londres demain. Nous lirons les dossiers in extenso lorsque nous serons là-bas.

— Alors je vais commencer par Terrance, annonça-t-elle. Celui qui est mort.

— Bonne idée, approuva Lyon en lui adressant un sourire d'encouragement.

Jade se cala confortablement contre les oreillers et commença son exposé.

Lyon et Sir Richards furent vivement impressionnés par la mémoire prodigieuse de la jeune femme. Lorsqu'ils furent revenus de leur surprise, ils se mirent à la mitrailler de questions, l'interrompant à tour de rôle pour lui demander des détails sur certaines missions auxquelles William Terrance avait participé.

Quand elle en eut fini avec le dossier de Terrance, il était plus de deux heures du matin. Elle n'arrêtait pas de bâiller, ce qui en disait long sur son état de fatigue.

— Il est temps d'aller nous coucher, je crois, déclara Sir Richards. Nous continuerons demain matin.

Le directeur allait sortir de la pièce en compagnie de Lyon et de Nathan quand Jade l'interpella.

— Sir Richards ! Et si le William que nous cherchons n'était pas un des trois hommes cités dans ces dossiers ?

Sir Richards se retourna vers elle.

— Nous ne nous en tiendrons pas là, mon petit, expliqua-t-il, ceci n'est qu'une première étape. Ensuite, nous étudierons l'ensemble des dossiers du ministère, service par service, puis nous procéderons à des recoupements. Ce sera un travail de fourmi, mais nous persévérerons jusqu'à ce que nous ayons découvert le fin fond de l'affaire.

— Il se pourrait qu'ils soient tous les deux morts, à l'heure qu'il est ? Qu'en pensez-vous ?

Elle semblait si pleine d'espoir qu'il eut un pincement au cœur à l'idée de la décevoir.

— Non, je ne crois pas, dit-il. Quelqu'un veut mettre la main sur ces lettres, mon petit. Ce qui signifie qu'au moins un des deux membres du Tribunal est encore en vie.

Jade fut soulagée de se retrouver enfin seule avec Caine. Elle était épuisée, mais aussi inquiète, et elle n'avait qu'une envie, c'était qu'il la prenne dans ses bras et la serre contre lui. Elle rabattit les couvertures, puis tapota le drap pour inviter Caine à venir la rejoindre.

— Bonne nuit, Jade, fit-il.

Sur ces mots, il s'approcha du lit, se pencha et la gratifia d'un baiser horriblement chaste, puis il souffla les bougies avant de gagner la porte.

— Faites de beaux rêves, mon cœur.

La porte se referma. Elle était sidérée qu'il l'eût quittée d'une façon aussi cavalière.

Il ne voulait plus d'elle, songea-t-elle. Mais cette pensée lui faisait tellement horreur que Jade la repoussa aussitôt. Non, se dit-elle l'instant d'après, il était tout simplement en colère parce qu'il avait été contraint de partir à ses trousses une deuxième fois. Sans compter qu'il devait être fatigué — cela avait été une rude journée pour tout le monde.

En tout cas, on ne pouvait pas se fier à ce qu'il disait.

Elle ne fit pas de beaux rêves. Bien que plongée dans l'obscurité, elle sentait les monstres marins l'encercler peu à peu, tandis qu'elle était entraînée vers les profondeurs abyssales, toujours plus bas... toujours plus bas...

Elle fut réveillée par ses propres gémissements. Elle se tourna instinctivement vers Caine, sachant qu'il saurait calmer sa terreur.

Il n'était pas là.

Il lui fallut un bon moment avant de se rendre à l'évidence. Elle tremblait tellement qu'elle eut du mal à s'extirper des couvertures. Il lui était impossible de rester au lit une seconde de plus.

Elle alla à la fenêtre et contempla le ciel sans étoiles, tout en réfléchissant à son triste sort.

Dieu seul sait combien de temps elle resta ainsi, l'esprit plongé dans ses pensées. Toujours est-il qu'elle finit par émerger de sa rêverie. Sa décision fut prise en un instant. Il fallait qu'elle aille retrouver Caine.

Caine se réveilla dès que la porte s'ouvrit. Comme il faisait noir, il n'eut pas besoin de dissimuler son sourire.

— Je n'ai pas l'habitude de ce genre de situations, Caine, annonça-t-elle d'un air embarrassé. Je ne sais pas par quoi commencer, maintenant que je suis là.

Après ce petit préambule, elle referma la porte et s'approcha timidement du lit.

— Vous feriez bien de vous dépêcher de le savoir, rétorqua-t-il. Je ne peux pas grand-chose pour vous aider.

Il avait les yeux clos et était allongé sur le dos. Jade l'observa en silence, puis lui tapota l'épaule.

— Alors ? fit-elle.

En guise de réponse, Caine rabattit les couvertures.

Jade enleva prestement sa chemise de nuit et se laissa tomber sur le lit. Il la prit immédiatement dans ses bras.

Ses tremblements disparurent comme par enchantement. Jade se sentait de nouveau en sécurité. Elle s'endormit comme une masse.

Peu après l'aube, Caine la réveilla pour lui faire l'amour, et quand ils eurent tous les deux assouvi leur désir, Jade ne tarda pas à sombrer dans le sommeil, bercée par les mots tendres qu'il lui chuchotait à l'oreille.

Elle fut tirée du lit par Caine alors qu'il était près de midi. Il était habillé de pied en cap et la secouait doucement tout en lui demandant de se lever.

Elle refusa d'ouvrir les yeux et tenta de repousser les draps, mais celui-ci insista pour qu'elle reste couverte. Elle ne comprit son attitude que lorsqu'elle ouvrit enfin les yeux et vit Stern debout au pied du lit.

Elle devint alors écarlate.

— Vous avez honte de moi, n'est-ce pas, Stern ?

Il secoua la tête.

— Bien sûr que non, mademoiselle, répliqua-t-il. Je suis certain que mon maître vous a traînée de force dans son lit, ajouta-t-il en lançant un coup d'œil en direction de Caine.

— Par les cheveux, peut-être, Stern ? fit celui-ci d'un ton sec.

— Je n'irais pas jusqu'à affirmer cela, monsieur.

— C'est pourtant exactement ce qu'il a fait, déclara Jade, bien décidée à rejeter toute la faute sur Caine. Mais il ne faut le dire à personne, Stern.

Le majordome sourit.

— Je crains qu'il n'y ait plus personne à qui le dire, rétorqua-t-il.

— Sir Richards et Lyon sont au courant ?

Stern répondit par un signe affirmatif. Jade indignée se retourna vers Caine.

— Je parie que c'est vous qui le leur avez raconté ! Pourquoi n'avez-vous pas publié un communiqué dans les journaux, pendant que vous y êtes ?

— Je ne leur ai rien raconté du tout, repartit Caine, au comble de l'exaspération. Vous n'avez pas fermé votre porte derrière vous quand vous...

Il s'interrompit pour regarder Stern, puis ajouta :

— ... quand je vous ai traînée jusqu'ici. Ils ont remarqué que le lit était vide en passant dans le couloir.

Elle eut envie de disparaître sous les couvertures.

— Jade ? Pourquoi le service à thé est-il sous le lit ? demanda soudain Caine.

— Interrogez Stern, répondit-elle. C'est lui qui l'a rangé là.

— Cela m'a semblé un endroit tout à fait approprié, monsieur, expliqua le majordome. Un de vos hôtes, l'homme avec une dent en or, a l'air d'avoir un penchant pour l'argenterie. Lorsque je lui ai dit que ce service avait une signification spéciale pour vous, mademoiselle m'a suggéré de le mettre en lieu sûr.

Elle s'attendait qu'il se répande en remerciements. Au lieu de cela, il éclata de rire.

— Descendez nous rejoindre dans la salle à manger dès que vous serez habillée, Jade, dit-il. Sir Richards a encore quelques questions à vous poser.

Stern demeura planté à l'endroit où il se trouvait, tandis que son maître quittait la pièce.

— Mme la duchesse vous a fait parvenir plusieurs robes appartenant à l'une de ses filles. Je pense qu'elles vous iront, mademoiselle.

— Pourquoi a-t-elle...

— C'est moi qui le lui ai demandé. Quand j'ai déballé vos affaires, je n'ai pas pu m'empêcher de remarquer qu'il n'y avait que deux robes.

Elle allait protester, mais Stern ne lui en laissa pas le temps.

— Elles sont suspendues dans l'armoire. Mary vous servira de femme de chambre. Je vais aller la chercher immédiatement.

C'était inutile de discuter avec Stern. Le majordome s'était transformé en général en chef. Il choisit lui-même la tenue de la jeune femme, une robe de couleur ivoire avec des poignets en broderie anglaise. Jade la trouva si ravissante qu'elle ne put résister.

Il y avait également des sous-vêtements en soie que Stern posa discrètement au pied du lit, à côté de bas et de chaussures assortis à la robe.

Jade fit sa toilette et s'habilla en moins d'un quart d'heure. Ensuite, elle s'assit sur une chaise à haut dossier et se laissa coiffer — ou plutôt martyriser — par Mary. La cuisinière était une vieille femme, grande et bien en chair, aux cheveux courts et bouclés. Elle manipulait la chevelure de Jade comme s'il se fût agi d'un quartier de bœuf. Pourtant, celle-ci aurait volontiers supporté ces petites misères toute la journée si cela lui avait permis de retarder le face-à-face avec Lyon et Sir Richards.

Mais elle ne pouvait rien faire pour l'éviter.

— Vous êtes belle à ravir avec cette natte, mademoiselle, annonça Mary quand elle eut fini, puis elle tendit un miroir à Jade. Ces petites mèches qui retombent de chaque côté de votre visage vous adoucissent le regard. J'aurais pu relever vos cheveux en chignon, mais j'ai eu peur que, sous le poids, vous ne perdiez l'équilibre.

— Je vous remercie beaucoup, répliqua Jade. C'est parfait.

Mary repartit à la cuisine, satisfaite. Le moment fatidique ne pouvait plus être différé, à présent. Inutile de rester claquemurée dans cette chambre, se dit Jade quand elle fut à nouveau seule, Caine viendrait la chercher, de toute façon. Lorsqu'elle ouvrit la porte, elle fut à la fois surprise et irritée de trouver deux hommes en train de monter la garde sur le palier. A sa vue, ceux-ci faillirent tomber en pâmoison. Le premier s'écria qu'il n'avait jamais rencontré une si jolie personne et le second bredouilla qu'elle ressemblait à une déesse.

Les deux sentinelles la suivirent dans l'escalier. Les portes de la salle étaient fermées. Le plus corpulent des deux se précipita devant elle pour l'ouvrir. Jade le remercia de sa gentillesse, puis redressa les épaules et entra.

Tout le monde était assis à la grande table, y compris Stern. Et tout le monde, y compris ce maudit major-dome, avait les yeux braqués sur elle.

Tous se levèrent immédiatement, sauf Colin. Quand Jade vit Caine tirer la chaise qui était à côté de la sienne, elle s'avança lentement vers lui. Il se pencha et l'embrassa sur le front.

Ce fut Nathan qui rompit l'horrible silence qui s'était abattu sur l'assistance.

— Otez vos mains de ma sœur, Caine, ordonna Nathan.

— Mes mains ? Vous voulez dire ma bouche, je suppose, rétorqua Caine.

Il embrassa Jade une nouvelle fois, dans le seul but de provoquer son frère. La jeune femme se laissa tomber sur la chaise avec un soupir de lassitude.

Pendant que les deux hommes continuaient leur discussion, Stern servait le petit déjeuner de Jade. Sir Richards était assis à un bout de la table, Caine à l'autre. Une fois que l'assiette de Jade eut été enlevée, Sir Richards sollicita l'attention de son auditoire. C'est alors que la jeune femme se rendit compte qu'ils l'avaient tous attendue.

— Nous avons décidé de vous emmener avec nous à Londres, mon petit, annonça Sir Richards. Nous renforcerons les mesures de sécurité, ajouta-t-il en jetant un coup d'œil à Caine.

Il se leva pour aller chercher de quoi écrire, puis revint s'asseoir.

— J'aimerais prendre quelques notes pendant que je vous pose des questions, si cela ne vous dérange pas, dit-il à Jade.

— Pourquoi dois-je aller à Londres, monsieur ? demanda la jeune femme.

Sir Richards avait l'air embarrassé, tandis que Lyon, remarqua Jade, arborait un grand sourire.

— Eh bien, voilà, commença Sir Richards, nous avons besoin de pénétrer dans la salle où sont enfermés les dossiers. Si je réclame les clés durant les heures de travail, mon nom figurera automatiquement sur le registre des entrées.

— Ils veulent y aller la nuit, intervint Colin. Sans clés.

— Vous nous avez dit que vous vous étiez introduite une fois dans le bâtiment pour lire les dossiers, lui rappela Sir Richards.

— Non, trois fois, rectifia la jeune femme.

Sir Richards avait l'air consterné.

— Notre dispositif de sécurité est donc si mauvais que cela ? demanda-t-il à Lyon.

— Apparemment.

— Oh non, fit Jade. Il est très bon.

— Comment expliquez-vous alors..., commença Sir Richards.

Ce fut Caine qui répondit.

— Il est peut-être très bon, mais Jade, elle, est excellente, rétorqua-t-il.

Ce compliment fit rougir la jeune femme.

— Sir Richards, dit-elle, je comprends que vous teniez à garder le secret — vous ne voulez pas que les membres du Tribunal sachent que vous êtes à leurs trousses —, mais je crois qu'ils sont déjà au courant, hélas. Ils avaient envoyé ici des hommes de main, qui, lorsqu'ils vous ont vus arriver, vous et Lyon, ont dû se précipiter à Londres pour en informer...

— Aucun des hommes envoyés par le Tribunal n'est rentré à Londres pour informer qui que ce soit de nos allées et venues, affirma Lyon.

— Comment ?...

— Caine s'est occupé d'eux, répliqua-t-il.

Jade ouvrit de grands yeux : Lyon paraissait si sûr de lui. Elle se retourna aussitôt vers Caine.

— Comment vous êtes-vous occupé d'eux ?

Caine fit signe de se taire à son ami.

— Vous n'avez pas besoin de le savoir, dit-il à la jeune femme.

— Vous ne les avez pas tués, n'est-ce pas ?

Elle avait l'air affolée.

— Non.

Soulagée, Jade se tourna vers Lyon. Elle remarqua son regard irrité, mais décida de ne pas y prêter attention.

— Il ne les a pas tués, déclara-t-elle. Caine ne se livre plus à ce genre de pratiques, à présent.

Elle observa Lyon en silence, comme si elle attendait son approbation. Celui-ci acquiesça et comprit au sourire qu'elle lui adressa qu'il avait vu juste.

— Jade ? l'interpella Colin. Tu pourras descendre chez Lyon et Christina quand tu seras à Londres. Caine logera chez lui, dans sa...

— Non, le coupa-t-il. Elle logera chez moi.

— Voyons, Caine, pensez aux ragots, objecta Colin.

— C'est bientôt l'été, rétorqua Caine. Presque toute la bonne société a déserté la capitale, à cette époque de l'année.

— Il suffit d'un seul témoin, grommela Colin, nullement convaincu.

— J'ai dit non, Colin. Elle logera avec moi. Un point c'est tout.

Le ton de Caine laissait entendre que la discussion était close. Colin soupira.

Jade n'était pas sûre d'avoir compris.

— Qu'entendez-vous par « un seul témoin » ? demanda-t-elle.

Colin se mit en devoir de le lui expliquer. Quand il lui eut exposé en long et en large tous les ravages que pouvaient causer les commérages, Jade prit un air catastrophé. Stern vint alors s'asseoir auprès d'elle et lui tapota la main affectueusement.

— Il y a un côté positif en chaque chose, mademoiselle. De cette façon, monsieur n'aura pas besoin de publier de communiqué dans la presse.

Les yeux de Jade lancèrent des éclairs. Mais il en fallait beaucoup plus pour intimider Stern. Il pressa la main de la jeune femme et ajouta :

— Ne vous tracassez pas, mademoiselle. Tout se passera le mieux du monde.

Elle ne savait pas de quoi il voulait parler, cependant elle devina à son sourire qu'il était en train d'échafauder une combine quelconque. Elle en était là de ses réflexions quand Stern lui désigna, d'un geste autoritaire, sa tasse de thé vide. Elle se leva immédiatement pour aller chercher de l'eau.

Dès qu'elle eut quitté la pièce, Stern s'adressa à Caine.

— Vos hôtes devraient arriver d'ici moins d'une demi-heure.

— Mes hôtes ? Mais nous n'attendons personne, s'écria Colin.

— Ce n'était vraiment pas le moment d'inviter quelqu'un, fit Nathan. Vous avez perdu la tête, Caine ? fit Nathan.

Caine regardait fixement Stern.

— Je n'ai invité personne, répliqua-t-il.

Il esquissa un sourire.

— Pourquoi ne nous dites-vous pas qui sont ces hôtes, Stern ?

Tout le monde regardait le vieil homme comme si c'était un revenant.

— Eh bien, j'ai pris la liberté d'inviter vos parents, l'oncle de Jade et ses gardes du corps, ainsi qu'une autre personne, répondit enfin le majordome.

— Mais pour quoi faire, bon sang ? demanda Nathan.

Stern se retourna vers lui.

— Pour la cérémonie, bien sûr.

Tous les yeux se braquèrent sur Caine. Celui-ci resta de marbre.

— Et les bans, Stern ? s'enquit-il sur un ton anodin.

— Ils seront publiés une fois que vous aurez signé la demande, répondit Stern.

— Cet homme est vraiment votre majordome, Caine ? questionna Sir Richards.

Avant que Caine ait eu le temps de répondre, Nathan déclara :

— Elle va se rebiffer.

— Je le crains fort, renchérit Colin.

— Je la convaincrai, rétorqua Caine.

Il s'appuya contre le dossier de sa chaise et sourit à son majordome.

— Vous avez fait du beau travail, Stern. Je vous félicite.

— Ah ça, vous pouvez le dire, se rengorgea le majordome. J'ai veillé à tout.

— Vraiment ? Alors expliquez-nous comment Caine va s'y prendre pour convaincre Jade ? demanda Nathan.

En guise de réponse, Stern sortit le pistolet non chargé qu'il dissimulait sous sa ceinture et le jeta sur la table.

Tout le monde contempla l'arme d'un air ébahi. Ce fut Stern qui rompit le silence en s'adressant à Sir Richards.

— Je me trompe peut-être, mais il me semble vous avoir entendu suggérer de braquer ce pistolet dans le dos de Lady Jade. Non ?

Il y eut un éclat de rire général. Quand Jade réapparut, la bouilloire dans les mains, elle resta un long moment devant la porte, à attendre que le calme revienne.

Ensuite, elle versa du thé à Stern, posa la bouilloire sur la desserte, puis retourna à sa place. Elle remarqua le pistolet, mais quand elle demanda ce qu'il faisait là, elle n'obtint aucune réponse. Ils éclatèrent tous de rire.

Personne ne lui donna d'éclaircissements. Jade en conclut que quelqu'un avait dû lancer quelque bon mot qu'ils préféraient garder pour eux.

Jade s'apprêtait à reprendre la discussion avec eux, mais à peine était-elle assise que Caine lui conseilla de regagner sa chambre.

— Pourquoi ? fit-elle, étonnée. Je pensais que nous allions...

— Vous avez besoin de faire vos paquets, répondit-il.

La jeune femme prit un air entendu.

— Oh, je ne suis pas dupe ! Vous voulez rester entre hommes pour plaisanter tout à votre aise, dit-elle avant de sortir de la pièce.

Ils la regardaient tous en souriant, comme des cambrioleurs évaluant des yeux leur butin. Elle ne savait vraiment pas quoi penser de cette attitude pour le moins étrange.

Les deux sentinelles l'attendaient devant la porte. Ils

l'aidèrent à transporter dans sa chambre les robes que Stern avait suspendues dans l'armoire de Caine, puis ils la laissèrent ranger ses affaires.

Quand elle eut fini, elle s'installa près de la fenêtre et ouvrit le livre qu'elle avait commencé à lire deux jours auparavant.

Quelques minutes plus tard, on frappa timidement à sa porte. Jade referma son livre et se leva à l'instant même où Black Harry pénétrait dans la pièce.

Elle eut l'air très étonnée de voir son oncle. Il tenait dans les bras une douzaine de roses blanches.

— Tiens, fillette, c'est pour toi, lui dit-il en lui tendant le bouquet de fleurs.

— Merci, mon oncle, répliqua-t-elle. Mais que faites-vous ici ? Je croyais que vous m'attendiez au cottage.

Harry l'embrassa sur le front.

— T'as l'air en pleine forme, Lucifer, maugréa-t-il entre ses dents, sans répondre à sa question. Caine devrait mettre mes vêtements aujourd'hui.

— Pour quelle raison ? questionna-t-elle, de plus en plus intriguée par le comportement de son oncle.

Il semblait à la fois nerveux et inquiet.

— Parce que ma chemise est de la même couleur que ta robe, fit Harry.

— Et en quoi cela...

— Je t'expliquerai tout cela en temps voulu, dit-il.

Il pressa sa nièce sur sa poitrine, écrasant les fleurs par la même occasion, puis recula d'un pas.

— Caine m'a demandé ta main, fillette, annonça-t-il de but en blanc.

Craignant, après cette déclaration, une violente réaction de la part de sa nièce, Harry jugea plus prudent de reculer d'un pas supplémentaire. Mais elle se contenta de hausser légèrement les épaules. En revanche, il remarqua qu'elle serrait plus fort les fleurs dans ses bras.

— Attention aux épines, fillette, lança-t-il.

— Que lui avez-vous répondu, mon oncle ?

— Tu sais, mon petit, s'empressa-t-il de dire, il a fait sa demande dans les règles. Certes, il ne s'est pas agenouillé devant moi, mais il s'est déclaré prêt à le faire s'il fallait en passer par là pour obtenir mon autorisation. Il l'a affirmé haut et fort devant mes hommes.

— Que lui avez-vous répondu ? insista-t-elle.

— J'ai répondu oui.

Sur ce, Harry recula une fois de plus et Jade haussa une fois de plus les épaules. Puis la jeune femme alla s'asseoir sur le lit et posa le bouquet de fleurs à côté d'elle.

— Eh bien, fillette, qu'est-ce qui se passe, tu ne te mets pas en rogne ? questionna Harry.

Il observait sa nièce en se frottant la joue avec perplexité.

— Caine était persuadé que tu f'rais un tas d'histoires, ajouta-t-il. T'es pas en colère ?

— Non.

— Ça alors, j'en r'viens pas !

Il croisa les mains dans le dos et essaya de deviner les raisons de ce comportement si étrange.

— Tu tiens à lui, hein, c'est ça ?

— Oui.

— Et puis ?

— J'ai peur, mon oncle, murmura-t-elle d'une voix à peine audible.

Harry fut si interloqué par cet aveu inattendu qu'il ne sut que balbutier :

— Mais non, c'est pas possible, t'as pas peur.

— Si.

— Voyons, Jade, t'as jamais eu peur de rien, jusqu'à présent, la rabroua-t-il gentiment, puis il alla s'asseoir à côté d'elle, en plein sur le bouquet de fleurs, et passa son bras autour des épaules de la jeune femme : Qu'y a-t-il donc de changé ?

« Oh si, j'ai déjà eu peur, eut-elle envie de crier. Et pas seulement une fois, non, souvent, très souvent même... » Mais comment le lui dire, sans qu'il pense immédiatement qu'il avait manqué à ses devoirs envers elle ?

— Ce qu'il y a de changé, répondit-elle à la place, c'est que je vais devoir renoncer à mes activités.

— Oh, de toute façon, le moment était venu d'arrêter, surtout que je n'aurais pas pu continuer longtemps. Je l'ai caché à mes hommes, fillette, mais tu sais, mes yeux... enfin, je ne vois plus aussi bien qu'avant. Ils refuseront d'obéir à un pirate aveugle.

— A qui obéiront-ils alors ?

— A Nathan.

— A Nathan ?

— Oui, répondit Harry, Il veut l'*Émeraude*. Ce navire appartenait à son père, après tout, et il a toujours cette petite affaire à régler, tu t'en souviens, non ? Il fera un excellent pirate, j'en suis absolument convaincu. Il a été à bonne école.

— Oui, vous avez raison, oncle Harry, il fera sans doute un bon pirate, reconnut Jade. Mais moi, je ne suis pas la femme qu'il faut à Caine.

— Quelle idée ! Tu es exactement la femme qu'il lui faut, rétorqua Harry.

— Je serai une très mauvaise épouse, j'en suis sûre et certaine.

Elle était au bord des larmes et s'efforçait vaillamment de contenir l'émotion qui lui serrait la gorge.

— Je ne sais rien faire de ce qu'une maîtresse de maison est censée savoir faire, poursuivit-elle. Je ne sais même pas tenir une aiguille, Harry.

— Ah ça c'est vrai, reconnut Harry qui se souvenait du jour où sa nièce avait essayé de raccommoder une de ses chaussettes et l'avait cousue à sa robe.

— Je ne sais pas danser non plus, ajouta-t-elle.

Elle avait l'air si désespérée que Harry la pressa affectueusement contre lui.

— Toutes les dames de la haute société savent danser, gémit-elle.

— Tu apprendras, dit Harry. Si tu veux, bien sûr.

— Oh oui, fit-elle. Je voudrais tellement...

Il y avait dans la voix de la jeune femme un accent de regret qui n'échappa pas à Harry.

— Que voudrais-tu, mon petit ? demanda-t-il.

— Appartenir à quelqu'un.

A en juger par l'expression de son visage, Harry ne comprenait pas ce qu'elle entendait par là.

— T'aurais voulu que j'te confie à Lady Briars, c'est ça ? Elle t'aurait arrachée à moi, fillette. Tu sais, elle s'est drôlement démenée pour t'avoir. C'est à cause d'elle que nous avons dû filer aussitôt après les obsèques de ton père. J'ai craint qu'elle ne rapplique avec les autorités et ne t'emmène avec elle. Je n'étais pas ton tuteur légal, souviens-toi. Je n'avais aucun droit sur toi, Jade, mais ton père avait insisté pour que je te fasse quitter l'Angleterre.

— Vous avez tenu parole, mon oncle. Vous vous êtes conduit en homme d'honneur.

— T'aurais peut-être préféré que j'me conduise pas en homme d'honneur ?

La réaction de ce grand gaillard avait quelque chose de pathétique. Jamais Jade n'avait soupçonné que sous ses dehors bourrus se cachait un être aussi vulnérable.

— Je ne peux pas imaginer ma vie sans vous, Harry. Je ne regrette rien du tout. Que pouvais-je souhaiter de plus ? Vous m'avez traitée comme votre propre fille.

Le bras de Harry retomba le long de son corps. Il avait l'air découragé. Jade lui entoura les épaules pour le réconforter.

— Mon oncle, Lady Briars m'aurait appris toutes les règles du savoir-vivre, ça c'est sûr, mais elle ne m'aurait pas aimée autant que vous. Et puis, vous m'avez appris des règles beaucoup plus importantes. Vous m'avez appris à me débrouiller en toute circonstance.

A ces mots, le visage de Harry se rasséréna.

— Ah ça c'est vrai, reconnut-il avec un grand sourire. Encore que j'aie pas eu grand-chose à t'apprendre. J'ai rarement vu quelqu'un d'aussi doué que toi pour le cambriolage ou le mensonge. Je suis fier de toi, fillette.

— Merci, mon oncle.

Elle rougit. Harry n'était pas du genre à faire des compliments en l'air — elle savait qu'il parlait du fond du cœur.

Mais le front de Harry s'assombrit quand il repensa à la remarque de Jade.

— Et pourtant, tu te sentais seule. Tu as bien dit tout à l'heure que tu voudrais appartenir à quelqu'un, non ?

— Je voudrais appartenir à un homme, devenir une bonne épouse, expliqua-t-elle.

— T'aurais dû t'exprimer plus clairement, mon petit, déclara Harry d'un air soulagé. Quant à moi, tu vois, j'ai toujours rêvé d'être grand-père.

— Je ne sais pas non plus comment on s'y prend pour avoir des bébés, se lamenta-t-elle.

Harry avait lancé ces mots comme une boutade, pour lui remonter le moral, en quelque sorte. Il se rendit compte qu'il avait choisi la mauvaise méthode.

— T'en fais pas pour ça, cela s'apprend vite, va ! rétorqua-t-il. Mais est-ce que tu aimes Caine ? Il prétend que oui, lui.

Elle esquiva la question.

— Et s'il se lasse de moi, Harry ? Il me quittera, n'est-ce pas ? Je suis sûre qu'il le fera.

— Non, il ne le fera pas.

— Il lui faudra du temps avant de s'apercevoir...

Elle s'arrêta au beau milieu de sa phrase.

— Ça y est, Harry, j'ai une idée ! s'écria-t-elle. Imagine qu'il me fasse la cour longtemps, peut-être s'apercevra-t-il alors qu'il a commis une erreur.

Elle sourit, puis poursuivit son raisonnement :

— Mais au cas où il n'aurait pas commis d'erreur, cela me laissera le temps d'apprendre tout ce qu'une épouse a besoin de savoir. Jusqu'à présent, Caine s'est conduit en galant homme, et il n'a...

— Si tu veux mon avis, fillette, l'interrompit Harry, ce plan me paraît...

— C'est la seule solution, Harry. Je vais lui demander de patienter un an. Je suis persuadée qu'il n'y verra aucun inconvénient.

Elle était si contente de sa décision qu'elle sortit de la pièce en courant, résolue à mettre son projet à exécution. Harry chaussa ses besicles, prit le bouquet de fleurs, le fourra sous son bras et se précipita derrière elle.

— Attends !

— Je dois parler à Caine tout de suite, répondit-elle par-dessus son épaule. Je suis sûre qu'il sera d'accord.

— Quant à moi, je suis sûr du contraire, grommela Harry. Enfin, courage, fillette. Il me restait quelque chose à te dire, mais tant pis.

Elle était déjà en bas de l'escalier quand son oncle arriva sur le palier.

— Ils sont au salon, cria-t-il en commençant à descendre les marches d'un pas pesant.

Lorsqu'elle ouvrit la porte et vit la foule qu'il y avait à l'intérieur, Jade s'arrêta net. Harry courut derrière elle et la rattrapa par le bras.

— Nous allons faire les choses dans les règles, fillette.

— Pourquoi ces gens sont-ils là ? demanda-t-elle.

Parmi les personnes présentes, elle reconnut tout le monde sauf le petit homme au crâne dégarni qui se tenait devant l'une des deux portes-fenêtres du salon. Il avait un livre à la main et était en grande conversation avec le duc et la duchesse de Williamshire.

Caine était près de la cheminée et discutait avec Lyon. Il devait avoir senti sa présence car il leva brusquement la tête vers elle. Son visage était grave.

Il devina au regard de Jade qu'elle ne comprenait rien à ce qui se passait. Caine se pencha en avant pour remuer les braises, puis il vint vers elle, prêt à affronter la jeune femme.

— J'ai pas eu le temps de lui expliquer, dit Harry, tentant de se justifier aux yeux de Caine.

— Je m'en suis aperçu, lança celui-ci. Jade, ma chérie, nous allons...

— C'est à moi d'lui dire, insista Harry.

Il prit la main de Jade dans la sienne et annonça :

— Il ne t'fera pas la cour pendant un an, fillette.

Elle le regarda avec cet air innocent et angélique dont elle avait le secret. Harry pressa sa main avec plus de force.

— Le mariage aura lieu bien avant, ajouta-t-il.

Lorsque Harry vit les yeux de Jade briller d'un éclat plus sombre, il se douta qu'elle commençait à comprendre.

Elle tenta d'enlever sa main, mais Harry resserra son étreinte.

— Et quand aura-t-il lieu ? demanda-t-elle dans un souffle.

— Maintenant, répondit Harry.

Au moment où elle ouvrait la bouche pour crier son indignation, Caine s'approcha tout près d'elle, lui bouchant complètement la vue.

— Écoutez, Jade, il y a deux façons de faire les choses : ce que j'appellerai la « manière douce » et la « manière forte ». A vous de choisir.

Elle referma la bouche et lui décocha un regard furibond. Caine vit alors qu'elle avait peur. Tout son corps était secoué de légers tremblements.

— La « manière douce » consisterait pour vous à aller trouver le prêtre pour prêter serment, ajouta-t-il.

— Et la « manière forte » ?

— Eh bien, c'est moi qui vous conduirais jusqu'à lui en vous traînant par les cheveux, répondit Caine.

Il prit son air le plus féroce, afin qu'elle soit bien convaincue qu'il était prêt à mettre sa menace à exécution, puis lança :

— De toute façon, dans un cas comme dans l'autre, vous n'y couperez pas — je vous épouserai.

— Caine...

La voix angoissée de Jade lui serra le cœur.

— Allez, choisissez, dit-il. La manière douce ou la manière forte ?

— Je ne vous laisserai pas me quitter, murmura-t-elle. Ça, jamais ! C'est moi qui vous quitterai la première.

— Qu'est-ce que tu racontes, fillette ? demanda Harry.

— Alors, Jade ? laquelle ? insista Caine, sans s'occuper de Harry.

— La manière douce, soupira-t-elle avec résignation.

— Je vais lui donner le bras, déclara Harry. Nathan, appela-t-il, mets-toi derrière nous.

— Attendez une minute, fit Caine.

Et abandonnant Jade, plus tremblante que jamais, entre les mains de son oncle qui, lui, ne cessait de couler des regards lascifs en direction de la duchesse, il alla dire deux mots au prêtre et lui tendit une feuille de papier.

La cérémonie put enfin commencer.

Colin se tenait à la gauche de Caine, s'appuyant sur son bras, et Jade à sa droite. La jeune femme se sentait si faible sur ses jambes que Harry dut la soutenir.

Elle prêta serment la première. C'était une entorse à la tradition, mais Caine insista pour que les choses se passent ainsi. Quand ce fut son tour, il prononça ses vœux sans quitter des yeux sa nouvelle épouse, qui, elle, garda la tête obstinément baissée. A la fin, il lui releva le menton et l'obligea à le regarder.

Elle avait l'air tellement effrayée, tellement vulnérable... Ses merveilleux yeux verts étaient brillants de larmes. Comme il l'aimait ! Il se sentait prêt à tout pour elle, mais il devait commencer par gagner sa confiance.

Le prêtre referma sa Bible, déplia la feuille de papier et se mit à lire à haute voix.

— Vous engagez-vous à demeurer aux côtés de votre épouse aussi longtemps que vous vivrez ? Jurez-vous devant Dieu et les témoins ici présents que vous ne la quitterez jamais ?

En entendant les questions du prêtre, Jade ouvrit des yeux ronds. Elle regarda alors l'homme d'Église et vit le papier qu'il tenait à la main.

— Je le jure, dit Caine après qu'elle se fut à nouveau tournée vers lui. Et maintenant, mon père, la dernière, dit-il.

— C'est contre toutes les règles en usage, observa le prêtre, puis il s'adressa à Jade : Jurez-vous de dire à votre époux que vous l'aimez avant la tombée du jour ?

Un sourire radieux éclaira son visage.

— Je le jure.

— Maintenant, vous pouvez embrasser votre épouse, annonça le prêtre.

Caine s'exécuta avec plaisir.

— Vous êtes à moi, désormais, déclara-t-il en relevant la tête.

Il la prit dans ses bras et la serra contre lui.

— Je ne commets jamais la même erreur deux fois de suite, mon ange, chuchota-t-il.

— Je ne comprends pas, Caine...

Elle était au bord des larmes et s'efforçait de ne pas céder à l'émotion.

— Pourquoi ne m'avez-vous pas fait jurer de ne pas vous quitter ? Vous ne me croyez pas capable de respecter mes engagements ?

— Oh si, je sais que vous ne revenez jamais sur votre parole, mais je veux que cela vienne de vous. Vous me le direz quand vous vous sentirez prête.

Il n'eut pas la possibilité de prolonger la discussion car les invités se précipitèrent vers eux pour les féliciter.

Harry, qui se tenait à l'écart avec ses hommes, se tamponnait le coin des yeux avec l'extrémité de sa ceinture. La mère de Caine, quant à elle, avait l'air ravie que Jade fasse désormais partie de sa famille. Peut-être l'aurait-elle été moins si elle avait su que sa nouvelle bru n'était qu'une vulgaire cambrioleuse, songea Jade.

— Est-ce que votre oncle vous rendra souvent visite ? demanda Gwendoline en jetant un coup d'œil furtif à Harry.

— Il ne vit pas en Angleterre, dit la jeune femme. Cela lui sera difficile de venir plus d'une fois par an.

Quand il vit l'expression de soulagement qui se peignait sur le visage de sa belle-mère, Caine éclata de rire.

— Votre oncle rend ma mère un peu nerveuse.

— Oh, il n'y a pas de quoi, répliqua Jade. Harry est très gentil. Quand vous le connaîtrez mieux...

La mère de Caine parut terrifiée par une telle perspective. Jade ne savait pas quoi penser.

— C'est justement l'idée qu'avait eue Harry au départ, expliqua Caine. Il brûlait d'envie de mieux connaître ma mère.

Comme Jade n'avait pas assisté à la tentative de rapt à laquelle s'était livré Harry sur la personne de la pauvre duchesse, elle ne comprenait pas pourquoi celle-ci semblait si épouvantée. Pas plus qu'elle ne comprenait la réaction amusée de Caine.

— Voyons, mon fils, ce n'est pas le moment de...

— Vous l'appelez « mon fils » ? s'étonna Jade. Et vous, Caine, vous l'appelez « mère », alors ?

— Mais c'est mon fils, se récria Gwendoline. Comment pourrais-je l'appeler autrement ?

Jade était aux anges.

— Je m'étais trompée, dit-elle, je croyais qu'il vous appelait uniquement « madame » et que vous, vous ne l'appeliez jamais « mon fils ». Cela me faisait de la peine. Je craignais tellement qu'il ne se sente... comment dire... exclu... enfin, je m'étais trompée.

Ni Caine ni sa mère ne cherchèrent à rectifier les choses. Tous deux échangèrent un sourire de connivence.

— Où est Henry ? demanda soudain Gwendoline. Voilà Harry.

La duchesse rassembla ses jupes et s'enfuit en courant, plantant là les deux jeunes époux.

— Vous étiez inquiète à mon sujet ? demanda Caine, quand il fut seul avec Jade.

Elle semblait embarrassée.

— Oh non, pas inquiète, simplement vous me donniez l'impression d'être un peu solitaire. Tout le monde doit appartenir à quelqu'un, même vous, Caine, ajouta-t-elle avec un petit sourire en coin.

L'arrivée de Harry mit fin à la discussion. Il fourra le bouquet de fleurs dans les mains de Jade.

— Ce sont les dernières roses que Jeff ira te chercher, fillette, alors j'espère que tu les apprécieras, déclara-t-il.

Jugeant qu'il s'était montré un peu trop bourru, il embrassa affectueusement la jeune femme. Puis il se tourna vers Caine :

— J'ai deux mots à vous dire à propos de l'incendie du navire. Il faut absolument que la peinture soit terminée avant demain matin.

— Je vous prie de m'excuser, mais je vais rejoindre mon frère, fit Jade après avoir aperçu Nathan, tout seul sur la terrasse.

Caine écouta Harry lui expliquer les grandes lignes de son plan, sans toutefois quitter des yeux sa jeune épouse. Jade resta un bon moment à parler avec son frère. Nathan hocha la tête plusieurs fois de suite. Son visage était grave. Quand Jade prit une rose de son bouquet de fleurs et la lui tendit, il parut extrêmement surpris. Il esquissa d'abord un geste de refus. Mais elle insista. Alors il sourit à Jade, accepta la rose et étreignit sa sœur.

C'était la première fois qu'il voyait Nathan tel qu'il était vraiment, débarrassé de cette cuirasse de froideur et de cynisme qu'il endossait pour se protéger d'autrui. Le regard qu'il portait sur sa sœur était un regard plein d'amour.

Caine ne voulut pas jouer les importuns. Il attendit que Jade se soit éloignée de Nathan pour s'approcher de lui.

Harry et ses hommes avaient les yeux braqués sur Nathan. Lorsque le frère de Jade leva la rose en l'air, ils l'acclamèrent et se précipitèrent aussitôt vers lui. Jeff et Matthew lui assenèrent une grande tape dans le dos.

— Qu'est-ce qui se passe ? demanda Caine à Jade.

— J'ai fait un cadeau à Nathan.

Les yeux de Jade étincelaient de bonheur. Caine eut soudain envie de l'embrasser.

— Eh bien ? fit-elle, voyant qu'il la dévisageait sans rien dire. Vous ne voulez pas savoir ce que je lui ai offert ?

— Une rose, murmura-t-il, puis il se pencha et déposa un baiser sur le nez de Jade. Venez en haut avec moi, ma chérie, nous redescendrons dans quelques minutes.

Il y avait tant d'insistance dans sa voix et son regard

était si ardent qu'elle dut faire appel à toute sa raison pour ne pas le suivre sur-le-champ.

— Ce n'est pas possible, chuchota-t-elle. Nous avons des invités. Sans compter que nous partons bientôt pour Londres.

Caine poussa un long soupir.

— Alors cessez de me regarder ainsi, dit-il.

— Comment ?

— Comme si vous brûliez d'envie de monter, vous aussi.

Sur ces mots, il s'empara de ses lèvres, oubliant pour un instant qu'ils n'étaient pas seuls au monde. Quand il releva la tête, Jade tenait à peine sur ses jambes.

C'est alors qu'il se souvint de la promesse qu'elle avait faite au prêtre.

— Vous n'avez rien d'autre à me dire, Jade ? fit-il une fois que la jeune femme eut repris ses esprits.

— Si. Je voulais vous dire que j'ai offert à Nathan une rose blanche.

Elle avait l'air si sincère qu'il comprit tout de suite qu'elle ne plaisantait pas. Il décida d'attendre qu'ils soient en tête à tête pour la forcer à lui avouer son amour. Comme il lui tardait d'entendre ces mots de sa bouche !...

— Est-ce que vous comprenez le sens de ce geste, Caine ?

Il fit signe que non.

— Je lui ai donné mon nom, expliqua-t-elle.

Il ne comprenait toujours pas.

— De quoi aura-t-il l'air, mon cœur, avec un nom pareil ?

— Il se fera appeler Lucifer, pas Jade.

— Quoi ? s'écria-t-il en écarquillant les yeux.

— A partir d'aujourd'hui, Nathan est Lucifer, déclara-t-elle. C'est ça mon cadeau.

Elle semblait si contente qu'il s'en voulut de lui gâcher son plaisir en soulevant des objections.

— Mais souvenez-vous, Jade, tout le monde doit croire Lucifer mort.

— Pendant quelque temps seulement. Mes hommes ont un nouveau chef, Caine, et Nathan a besoin de l'*Émeraude*. Il a une affaire à régler.

— Quel genre d'affaire ?

— Il doit aller chercher sa jeune épouse.

A cette nouvelle, Caine faillit tomber à la renverse.

— Quoi ! s'écria-t-il. Nathan est marié ?

— Depuis l'âge de quatorze ans, répondit Jade. Sur ordre du roi.

— Et où est sa femme ?

Jade se mit à rire. La stupéfaction de Caine l'amusait.

— C'est justement là où est le problème, Caine.

Cette histoire lui semblait si abracadabrante qu'il éclata de rire à son tour.

— Vous voulez dire que Nathan a perdu sa femme ?

— Pas exactement, répliqua-t-elle. Elle s'est enfuie. Vous comprenez maintenant pourquoi il est si grincheux.

Caine hocha la tête.

— Vous avez encore beaucoup de choses de ce genre à m'apprendre, mon ange ? demanda-t-il.

Elle n'eut pas le loisir de répondre à cette question, car Sir Richards vint les prévenir qu'il était temps de partir pour Londres.

— Jade, vous devriez aller mettre votre tenue de cheval, suggéra Caine. Nous ne prenons pas la calèche.

Elle monta se changer, pendant que Stern faisait préparer les chevaux.

Caine était en train d'enfiler sa veste quand Jade entra dans sa chambre. Il avait troqué ses vêtements de ville contre une culotte de cheval très ajustée et de hautes bottes cavalières, mais il avait gardé sa chemise blanche sur laquelle il portait une lavallière noire.

— Je suis prête, annonça Jade depuis la porte.

— Notre mariage commence d'une drôle de façon, grommela Caine.

— Nous aurions pu attendre.

— Non, nous n'aurions pas pu attendre.

— Caine ? Pourquoi ne voyageons-nous pas en calèche ?

— Parce que nous avons décidé d'éviter la grand-route et de passer à travers bois en faisant de nombreux détours avant d'atteindre Londres. Nous nous faufilerons à l'intérieur de la ville, mon ange. En catimini.

Elle sourit.

— Exactement comme McKindry, nota-t-elle.

Caine se pencha pour glisser son couteau dans sa botte.

— Qui est ce McKindry ?

— L'homme qui m'a frappée avec son fouet. N'oubliez pas votre pistolet, Caine.

— Ne vous inquiétez pas, je ne l'oublierai pas.

Il releva la tête.

— McKindry est donc cet ignoble individu qui vous a laissé ces marques que vous avez dans le dos ?

— Ne prenez pas cet air courroucé, Caine. C'est de l'histoire ancienne.

— Cela remonte à quand, exactement ?

— Oh, j'avais huit ou neuf ans à l'époque. Harry a eu vite fait de régler le compte de McKindry. Finalement, cela a été une bonne leçon pour moi, ajouta-t-elle en voyant l'expression de Caine.

— Pourquoi ?

— McKindry m'avait attaquée par-derrière, expliqua-t-elle, si bien qu'ensuite, à chaque fois que Harry me laissait seule, il me quittait sur ces mots : « Souviens-toi de McKindry. » C'était une façon de me dire de rester sur mes gardes, voyez-vous.

Quelle drôle de vie pour une enfant de cet âge, songea Caine, en s'efforçant de dissimuler sa colère.

— Et Harry vous laissait souvent seule ?

— Oh, tout le temps ! Jusqu'à ce que je sois en âge de l'aider, bien sûr. A partir de ce moment-là, il m'a emmenée avec lui. Mais, Caine, vous devriez vous dépêcher. Sir Richards va commencer à s'impatienter. Je descends...

— Venez ici, Jade.

La voix de Caine était légèrement voilée et il arborait

un visage grave. Jade ne savait pas comment interpréter son attitude. Elle s'avança vers lui.

— Oui, qu'y a-t-il, Caine ?

— Je voudrais que vous vous souveniez d'autre chose que de ce sinistre McKindry.

— De quoi ?

— Que je vous aime.

— Comment pourrais-je l'oublier ?

A ces mots, elle tendit la main vers lui et lui caressa la joue du bout des doigts. Quand elle voulut l'embrasser, il secoua la tête en signe de refus.

— Il y a autre chose dont je voudrais que vous vous souveniez : de votre promesse de ne plus jamais reprendre la mer.

Elle écarquilla les yeux.

— Mais je ne vous ai pas promis...

— Alors faites-le, ordonna-t-il.

— Je le promets.

Elle avait l'air abasourdie. Caine était satisfait de cette réaction.

— Je dirai à Harry qu'il faudra qu'il vienne en Angleterre s'il veut vous voir. Nous n'irons pas là-bas. J'ajouterai que c'est moi qui vous l'ai fait promettre. Il n'insistera pas.

— Depuis quand le savez-vous, Caine ? demanda-t-elle.

— Que vous avez peur de l'eau ?

Elle hocha timidement la tête.

— Depuis votre premier cauchemar, répondit-il en l'attirant contre lui. Vous deviez être inquiète, n'est-ce pas ?

— Un peu, reconnut-elle, puis elle se reprit : Oh non, c'est faux, je n'étais pas inquiète, j'étais complètement terrifiée. Harry n'aurait pas compris.

Après un long moment de silence, elle reprit :

— Ce n'est pas très courageux d'avoir peur de l'eau, non ? Dans votre for intérieur, vous devez me prendre pour une poule mouillée. N'est-ce pas, Caine ?

— Vous croyez vraiment que je pense cela de vous, Jade ?

Elle sourit.

— Non, vous ne le pensez pas. Excusez-moi d'avoir dit cela, Caine. Mais j'ai du mal à admettre...

— Mon cœur, Poséidon en personne ne voudrait pour rien au monde remettre les pieds dans l'eau s'il avait vécu ce que vous avez vécu.

Elle se mit à rire et à pleurer en même temps. Elle était si soulagée qu'il lui ait ôté ce fardeau de ses épaules qu'elle se sentait tout étourdie.

— Nathan est bien plus solide que moi, déclara-t-elle enfin. Il reprendra la mer, lui.

— Nathan ne compte pas, ce n'est pas un être humain, Jade.

— Oh si, c'est un être humain. Je vais vous révéler un secret, mais jurez-moi de le garder pour vous et de ne pas tourmenter mon frère avec...

— Je vous le jure.

— Eh bien, Nathan a le mal de mer.

Caine éclata de rire.

— Il fera un fameux pirate ! s'exclama-t-il.

— Je vous aime.

Elle laissa échapper cet aveu la tête enfouie dans le creux de son épaule.

Il cessa aussitôt de rire.

— Vous avez dit quelque chose ? demanda-t-il, feignant de ne pas avoir entendu.

Il prit le visage de la jeune femme entre ses mains et la regarda droit dans les yeux. Il fallut à Jade beaucoup de temps, et encore plus de courage, pour se résoudre à répéter ces trois mots. Elle avait la gorge serrée et son cœur battait à tout rompre. En vérité, elle aurait été incapable de les prononcer s'il ne lui était venu en aide. Le regard de Caine était tellement débordant d'amour que cela lui redonna confiance. La fossette fit le reste.

— Je vous aime, murmura-t-elle.

Puis elle fondit en larmes.

— Était-ce donc si difficile à dire ?

— Oui, avoua-t-elle pendant que Caine essuyait les larmes de Jade avec des baisers. Je n'ai pas l'habitude de dire ce que je ressens au fond de moi. Ce n'est pas dans ma nature.

Jade était si émouvante qu'il ne put résister à l'envie de l'embrasser sur la bouche.

Quand leurs lèvres se séparèrent, ils tremblaient tous les deux. Caine aurait volontiers entraîné la jeune femme vers le lit mais Sir Richards les appela juste à ce moment-là.

Ils soupirèrent en chœur.

— Venez, ma chérie. Il est temps de partir, fit-il en la prenant par la main.

Lyon et Sir Richards les attendaient dans l'entrée. Après avoir échangé quelques mots, ils sortirent tous ensemble de la maison et gagnèrent le couvert des arbres où se trouvaient Jeff et Matthew avec les chevaux.

Caine prit la tête de la petite troupe. Jade venait en deuxième position, escortée par Lyon, qui était chargé de protéger ses arrières. Sir Richards fermait la marche.

Caine se montra d'une prudence extrême, presque excessive. Il ne leur permit de s'arrêter pour se reposer qu'au moment où lui-même rebroussa chemin pour s'assurer qu'ils n'étaient pas suivis. Durant son absence, Lyon tint compagnie à Jade et lui parla de son dossier. Apparemment, il craignait que quelqu'un ne s'en empare.

Jade lui suggéra de le dérober pour avoir l'esprit tranquille. Lyon refusa en arguant que ce ne serait pas honnête. Et puis surtout, ajouta-t-il, voler ou détruire le dossier serait la dernière des choses à faire dans son cas, car si jamais on s'avisait d'enquêter sur son passé, la vérité serait encore sa meilleure protection.

Jade n'insista pas, mais elle ne put s'empêcher de penser que le dossier serait plus à l'abri chez lui qu'au ministère de la Guerre et elle décida aussitôt d'en faire son affaire.

Le temps qu'ils atteignent les faubourgs de Londres, le jour était déjà levé. Jade était si exténuée que lorsque Caine la prit sur ses genoux, elle n'émit pas la moindre protestation. Elle fit le reste du trajet serrée contre lui.

Elle commençait à s'assoupir lorsqu'ils arrivèrent devant la demeure de Caine. Il entra le premier, congédia courtoisement ses domestiques pour la nuit, puis emmena Jade dans la bibliothèque. L'air était encore imprégné d'une odeur de fumée et les murs étaient encore noirs de suie mais le personnel avait fait de son mieux pour réparer les dégâts et la maison était prête à les accueillir.

Lyon et Sir Richards les rejoignirent.

— Nous partirons dès que le jour sera tombé, annonça le chef des services secrets.

— Ce serait plus prudent d'attendre minuit, rétorqua Jade. Jusqu'à cette heure-là, il y a deux gardiens.

— Et après ? demanda Sir Richards.

— Il n'y en a plus qu'un, expliqua-t-elle. Il s'appelle Peter Kently et il est toujours à moitié soûl quand il prend son tour de garde. Si nous nous pointons vers minuit et demi, il aura vidé sa bouteille et dormira comme une souche.

Sir Richards fixait la jeune femme avec des yeux ronds.

— Comment est-ce que vous...

— Monsieur, il faut penser à tout si l'on veut avoir la chance de son côté, déclara-t-elle sentencieusement.

Pendant que Sir Richards pestait contre le relâchement de la discipline parmi les employés du ministère, Lyon questionna Jade sur les serrures.

— La porte de derrière est coriace, annonça-t-elle.

Ses yeux brillaient d'excitation. Visiblement, cette expédition l'enthousiasmait.

— Coriace ? répéta-t-il, en souriant de l'excitation de Jade.

— Difficile à crocheter, si vous préférez, précisat-elle.

A ces mots, Sir Richards se sentit tout ragaillardi.

— Dieu soit loué, voilà au moins quelque chose qui marche.

Elle lui lança un regard compatissant.

— Difficile, Sir Richards, mais pas impossible. J'ai réussi à entrer à l'intérieur, ne l'oubliez pas.

Il arbora soudain un air si désespéré qu'elle se hâta d'ajouter :

— Cela m'a quand même pris beaucoup de temps la première fois. Les serrures de sécurité sont assez compliquées, en général.

— Mais pas impossibles, lança Lyon. Dites-moi, Jade, combien de temps vous a-t-il fallu pour en venir à bout ?

— Oh, cinq minutes... peut-être même six, à la réflexion.

Sir Richards cacha son visage dans ses mains. Jade essaya de le consoler.

— Voyons, Sir Richards, il n'y a pas de quoi en faire un drame. Vous savez, j'ai mis une bonne heure pour pénétrer à l'intérieur de la salle où sont conservés les dossiers.

Ces paroles apaisantes restèrent sans effet. Jade jugea inutile d'insister et en profita pour aller à la cuisine chercher de quoi manger. Elle revint au bout de quelques minutes avec de la viande froide, du fromage, des pommes et de la bière brune. Pendant que les trois hommes se restauraient tout en discutant de leur plan d'action, la jeune femme s'installa dans un fauteuil et, après avoir enlevé ses bottes et ramené ses jambes sous elle, elle s'endormit comme une masse.

Lorsqu'elle se réveilla quelques heures plus tard, Caine était en train de relire les lettres qu'elle avait copiées.

Il fronçait les sourcils d'un air perplexe. Soudain, Jade le vit s'enfoncer dans son fauteuil en lui adressant un large sourire. Elle en conclut qu'il venait sans doute de résoudre le problème qui le tracassait.

— Vous avez découvert quelque chose, Caine ?

— Je crois que je tiens le bon bout, répondit-il, tout content de lui.

— Cela ne m'étonne pas avec votre esprit logique et méthodique.

— Vous savez, Jade, dans cette affaire, il faut avancer pas à pas.

— C'est quelqu'un d'excessivement logique, dit-elle à Lyon et à Sir Richards, comme s'il s'agissait d'un défaut pour lequel elle avait toutes les indulgences. Que voulez-vous, c'est dans sa nature. Mais c'est aussi quelqu'un qui sait faire confiance à autrui.

— Lui ? s'exclama Lyon en s'esclaffant. Vous ne parlez pas sérieusement, Jade ? Caine est un des hommes les plus cyniques de toute l'Angleterre.

— C'est à votre contact que je suis devenu comme ça, lança Caine.

Jade était stupéfaite de la remarque de Lyon. Il avait l'air si sûr de lui qu'il n'y avait pas de raison de ne pas le croire, d'autant que Sir Richards hochait la tête en signe d'approbation. Elle se tourna vers Caine et lui sourit.

— Je suis très flattée que vous m'ayez fait confiance, déclara-t-elle.

— Je vous ai fait confiance autant que vous m'avez fait confiance, mon cœur.

Elle fronça les sourcils.

— Qu'est-ce que cela signifie au juste ? Vous m'insultez, ou quoi ?

Il rit. Jade s'adressa à Lyon.

— Est-ce que vous savez à quel point c'est exaspérant d'être mariée à quelqu'un d'aussi implacablement logique ?

Ce fut Caine qui répondit à la place de Lyon.

— Je n'en ai pas la moindre idée, quant à moi.

La jeune femme décida de changer de sujet. Elle reposa les pieds par terre. Ce simple mouvement lui arracha une grimace de douleur. Elle avait des courbatures partout. Si elle avait été toute seule, elle aurait lâché un juron, mais elle n'osa pas le faire en public.

— Je ne suis pas habituée à parcourir tant de kilomètres à cheval, dit-elle.

— Vous vous êtes fort bien débrouillée, la complimenta Lyon, puis il se tourna vers Caine : Quand cette affaire sera terminée, nous vous inviterons tous les deux chez nous, Christina et moi.

— C'est une excellente idée, dit Caine. Vous savez, Lyon, Jade et Christina sont exactement pareilles.

— C'est une cambrioleuse, alors ? s'écria Jade d'une voix pleine d'enthousiasme. Je comprends maintenant pourquoi nous avons sympathisé tout de suite.

— Désolé de vous décevoir, ma chérie, mais Christina n'est pas une cambrioleuse, dit Caine.

Devant l'air soudain penaud de la jeune femme, Lyon éclata de rire.

— Christina n'est pas non plus très logique, Jade. Voyez-vous, elle est issue d'une famille... disons originale... et je suis sûre qu'elle aurait des tas de choses à vous apprendre.

— Ah mon Dieu ! s'exclama Caine, qui n'ignorait rien des antécédents de Christina.

L'épouse de Lyon, qui avait passé toute son enfance sur le lointain continent américain, avait été élevée dans une tribu indienne.

Jade se méprit sur la réaction de Caine.

— Je suis certaine que j'apprendrai vite si je m'applique, rétorqua-t-elle, et sans lui laisser le temps de s'expliquer, elle annonça : Je vais me changer, c'est bientôt l'heure de partir.

En quittant la pièce, elle remarqua que Caine regardait Lyon de travers. Elle enfila prestement une robe noire et emporta avec elle une cape, dont la capuche lui servirait à dissimuler ses cheveux.

Bien que le ministère de la Guerre fût à l'autre bout de la ville, ils ne firent que la moitié du chemin en fiacre et continuèrent à pied. Une fois arrivés dans la ruelle située derrière le bâtiment, Jade leva la tête vers le dernier étage de la bâtisse en brique et saisit la main de Caine.

— Il y a quelque chose d'anormal, Caine.

— Quoi ? demanda Sir Richards dans son dos. C'est votre instinct, mon petit, ou...

— La troisième fenêtre à partir de la droite est éclairée, expliqua-t-elle. Tout devrait être éteint.

— Le gardien qui est de faction dans le vestibule est peut-être...

— Le vestibule est de l'autre côté, l'interrompit Jade. Et je suis sûre que la lumière vient du bureau.

Caine se tourna vers Lyon.

— S'il y a quelqu'un à l'intérieur en train de fouiller dans les dossiers, il s'en ira obligatoirement par la porte de derrière.

— Nous n'avons qu'à le laisser tranquillement sortir, suggéra Sir Richards. Je le prendrai en filature.

— Voulez-vous que je vous accompagne ? proposa Lyon. On ne sait jamais, ils sont peut-être plusieurs.

Sir Richards secoua la tête.

— Non, une fois que j'aurai vu qui est le chef, je le suivrai. Il vaut mieux que vous restiez ici. Nous nous retrouverons chez Caine.

Ils s'approchèrent de la porte de derrière tout en restant à distance respectable, puis attendirent patiemment. Caine passa son bras autour de Jade et la serra très fort contre lui.

— Cela ne vous plaît pas que je sois ici avec vous, n'est-ce pas, Caine ? murmura-t-elle.

— Non, pas du tout. Imaginez un peu que les choses tournent mal...

— Lyon s'occupera de cela. S'il faut tuer quelqu'un — j'espère que ce ne sera pas nécessaire —, Lyon le fera. Il a l'habitude.

A ces mots, Lyon dressa l'oreille. Il se demanda si Jade avait bien lu le dossier de Caine, car celui-ci avait suffisamment prouvé par le passé qu'il était aussi doué que lui pour ce genre de besognes.

Caine et Jade cessèrent leurs chuchotements dès qu'ils entendirent la porte grincer. Ils virent alors deux hommes se faufiler à l'extérieur. A la clarté de la lune, Jade réussit à distinguer nettement leur visage. Elle laissa échapper un petit « oh » de stupéfaction. Caine lui plaqua aussitôt la main sur la bouche.

Le deuxième homme ferma la porte à clé. Comment diable se l'était-il procurée ? se demanda Jade. Elle garda le silence jusqu'à ce que les deux individus aient disparu à l'angle du bâtiment. Sir Richards se mit aussitôt à leurs trousses.

Jade se tourna vers Caine.

— Le dispositif de sécurité est déplorable, souffla-t-elle.

— Oui, approuva-t-il. Vous les avez reconnus, n'est-ce pas ?

Elle hocha la tête.

— Ce sont deux des trois hommes qui ont attaqué la calèche de Nathan. Le plus grand est celui qui a tiré sur moi.

L'expression qui se peignit alors sur le visage de Caine fit peur à Jade. Si elle ne le retenait pas, il était fort capable de courir après les deux malfrats pour leur régler leur compte.

— Caine, soyez raisonnable, le supplia-t-elle. Ce serait de la folie de se lancer à leur poursuite maintenant.

— D'accord, grommela-t-il, mais ils ne perdent rien pour attendre. Je vous jure que quand tout cela sera terminé...

Caine n'acheva pas sa phrase. Il prit la jeune femme par la main et la conduisit jusqu'à la porte du bâtiment. Grâce à un outil spécial que Harry avait offert à Jade pour son dixième anniversaire, aucune serrure ne pouvait lui résister. Celle-ci céda au bout de quelques minutes à peine.

Lyon entra le premier. Jade lui emboîta le pas, suivie par Caine. Une fois à l'intérieur, elle passa devant Lyon. Puis ils empruntèrent l'escalier de secours pour monter au troisième étage. Ils venaient de quitter le palier du deuxième étage quand elle se souvint soudain que la quatrième marche grinçait. Elle fit signe aux deux hommes de l'éviter. C'est alors qu'elle sentit les mains de Lyon se poser sur sa taille. Il la souleva par-dessus la marche puis la reposa à terre. Elle lui adressa un sourire de gratitude avant de continuer.

Le gardien de faction devant la porte ne dormait pas derrière son bureau. Il était mort. Il avait un poignard planté dans le dos. Dès qu'elle le vit, Jade recula. Craignant qu'elle ne crie, Caine lui plaqua à nouveau la main sur la bouche.

A travers la porte vitrée, ils aperçurent deux ombres. Caine poussa Jade dans un coin et lui intima, avec l'index, l'ordre de ne pas bouger. Puis il suivit Lyon dans le bureau. Ils feraient tous les deux d'excellents cambrioleurs, songea-t-elle.

Mais ils étaient beaucoup trop longs. Debout contre le mur glacé, elle les attendait en s'étreignant nerveusement les mains. Si quelque chose arrivait à Caine, elle ne savait pas ce qu'elle deviendrait. Bien sûr, un jour, elle serait obligée de le quitter, mais pour l'instant, elle avait tellement besoin de lui...

Ce n'est que lorsqu'elle sentit la main de Caine lui presser l'épaule que Jade se rendit compte qu'elle avait les yeux fermés.

— Venez, la voie est libre, à présent.

— Où sont passés les hommes qui étaient à l'intérieur ? murmura-t-elle. Et pour l'amour du ciel, parlez moins fort.

Il ne répondit pas. Jade le suivit à l'intérieur de la salle des archives, lança sa cape sur la première table venue pendant que Lyon allumait une bougie supplémentaire.

C'est alors qu'elle aperçut les deux hommes étendus par terre dans un coin de la pièce. Elle ne put retenir un cri.

— Ils sont morts ?

Elle n'arrivait pas à détacher les yeux des deux corps allongés l'un sur l'autre. Caine fit un pas de côté pour lui cacher ce spectacle.

— Non, dit-il.

Elle eut l'air soulagée.

— Jade, aucun de vos hommes n'a jamais eu à...

— Jamais de la vie, l'interrompit-elle. Sinon, ils auraient eu affaire à moi. Tuer leur était strictement interdit. Mais ce n'est pas le moment de discuter,

Caine, il faut vous presser. S'ils se réveillent, ils donneront l'alerte.

— Ne vous inquiétez pas, ils ne s'éveilleront pas de sitôt, répliqua Caine.

Puis il prit une chaise et força Jade à s'asseoir dessus.

— Reposez-vous. Nous en avons encore pour un bon bout de temps.

— Vous voulez que je me repose pendant que nous sommes en plein travail ? se récria-t-elle avec indignation. Pas question.

— Le dossier de Terrance n'est pas là, annonça soudain Lyon.

Il était penché au-dessus d'un tiroir grand ouvert et arborait un large sourire.

— Intéressant, non ? fit-il.

— C'est sans doute ce que pensent nos deux rôdeurs, lança Jade. Je vous en prie, Lyon, baissez la voix.

— Oui, c'est très intéressant, chuchota Caine en réponse à la remarque de son ami.

— Alors, nous pouvons partir, maintenant ? demanda Jade en jetant un coup d'œil aux deux hommes étendus par terre.

— Pourquoi êtes-vous si nerveuse ? questionna Caine. Ce n'est pourtant pas la première fois que vous venez ici.

— Peut-être, mais les fois précédentes, j'étais avec des professionnels, riposta-t-elle.

Lyon et Caine échangèrent un sourire.

— Elle s'inquiète à notre sujet, déclara Lyon.

— Non, rétorqua Caine. Ce serait nous insulter que de...

Jade trouva que le moment était vraiment mal choisi pour plaisanter.

— Bien sûr que je m'inquiète, répliqua-t-elle vertement. Regardez-vous. Vous vous conduisez comme des irresponsables. Le premier imbécile venu comprendrait que l'heure n'est pas au badinage. Allez, au travail !

— Mais c'est qu'elle nous insulte pour de bon ! s'écria Lyon.

Il éclata de rire, mais le regard furibond que lui décocha Jade le fit s'arrêter net.

Les deux hommes retrouvèrent alors leur sérieux et passèrent deux longues heures à éplucher les dossiers qui leur semblaient les plus instructifs. Jade les laissa travailler tranquillement, mais elle refusa de se reposer, jugeant de son devoir de monter la garde au cas où ils auraient de la visite.

— Eh bien, voilà, nous avons fini, annonça Caine en refermant le dernier dossier.

Jade se leva et se dirigea vers le meuble de rangement. Elle prit la chemise des mains de Caine et la remit à sa place dans le tiroir. Elle avait le dos tourné, si bien que cela fut pour elle un jeu d'enfant de subtiliser leurs dossiers.

Puis elle fit demi-tour, bien décidée à leur tenir tête s'ils émettaient la moindre protestation. La chance était avec elle : Caine et Lyon avaient déjà quitté la pièce.

— Vous ne fouillez pas leurs poches ? s'écria-t-elle en désignant du doigt les deux hommes endormis.

— C'est fait, répondit Caine.

Jade dissimula les dossiers sous sa cape et suivit Caine et Lyon dans l'escalier. Sachant qu'il n'y avait personne d'autre dans le bâtiment, ceux-ci ne jugeaient pas nécessaire de se taire et n'arrêtaient pas de lancer des jurons. Caine, nota Jade, se montrait d'ailleurs tout aussi imaginatif que son ami.

— C'est la dernière fois que je vous emmène en expédition avec moi, ronchonna-t-elle. Avec le bruit que vous faites, je ne serais pas étonnée si les autorités nous attendaient dehors.

Voyant que Lyon et Caine ne l'écoutaient pas, elle en eut très vite assez de parler dans le vide et se tut.

Sir Richards faisait le pied de grue dans la ruelle.

— Un fiacre est garé à deux pas d'ici, annonça-t-il en leur montrant le chemin.

Ils venaient de tourner à l'angle du bâtiment quand

Jade trébucha sur un pavé disjoint. Lyon la rattrapa aussitôt par la taille. Elle craignit un instant qu'il n'ait senti les dossiers dissimulés sous sa cape, mais elle comprit à son sourire qu'il n'en était rien.

Elle s'endormit dans le fiacre confortablement enroulée dans sa cape. C'était si agréable de savoir qu'elle n'avait rien à redouter. Lorsque Caine était à ses côtés, elle se sentait parfaitement en sécurité. Pour la première fois depuis une éternité, elle n'avait pas besoin de se remémorer son expérience avec le sinistre McKindry. Caine veillait au grain. Certes, il ferait un piètre cambrioleur, mais tous les McKindry du monde n'avaient qu'à bien se tenir, il ne les laisserait jamais toucher à un seul de ses cheveux.

Elle se réveilla dans le lit de Caine. Il essayait de lui enlever sa cape.

— Ils vous attendent au rez-de-chaussée ? murmura-t-elle d'une voix ensommeillée.

— Oui, répondit-il. Laissez-moi vous aider...

— Je peux me déshabiller toute seule, dit-elle. Avez-vous besoin...

Elle allait lui demander s'il avait besoin d'elle en bas, mais il l'interrompit.

— J'ai toujours besoin de vous, ma chérie. Je vous aime.

Il se pencha au-dessus d'elle et l'embrassa.

— Dormez, mon amour. Je vous rejoindrai dès que nous aurons fini.

— Je ne veux pas avoir besoin de vous, avoua-t-elle dans un souffle.

Elle avait prononcé ces mots sur un ton angoissé qui trahissait la peur qui l'habitait. Caine lui adressa un sourire plein de compréhension.

— Je sais, ma chérie, pourtant le fait est là, vous avez besoin de moi. Dormez, maintenant.

Pour des raisons qui lui échappèrent, ces paroles la réconfortèrent. Il était si sûr de lui, si confiant. C'était un trait de caractère qu'elle ne pouvait pas s'empêcher d'admirer chez lui.

Jade poussa un profond soupir. Elle était beaucoup

trop fatiguée pour penser à l'avenir. Elle cacha les précieux dossiers, ôta ses vêtements et retourna se coucher. Étendue dans l'obscurité, elle se dit que l'horrible cauchemar qui hantait ses nuits risquait de venir une fois de plus troubler son sommeil, mais elle s'aperçut que cette perspective la terrifiait beaucoup moins qu'auparavant.

Elle s'endormit en songeant au serment de Caine. Jamais plus elle n'aurait à affronter l'océan.

16

Lorsque Caine vint se coucher, il était près de sept heures du matin. Jade ouvrit les yeux assez longtemps pour le voir rabattre les couvertures et s'allonger à ses côtés. Il l'attira contre lui, enroula son bras autour de sa taille et se mit aussitôt à ronfler comme un ivrogne.

Elle descendit vers midi, alla aussitôt se présenter aux domestiques, puis se rendit dans la salle à manger pour y prendre son petit déjeuner.

Quelques minutes plus tard, Caine apparut à la porte, torse nu. Il avait l'air fatigué et de mauvaise humeur, si bien que lorsqu'il lui fit signe de s'approcher, elle préféra ne pas discuter.

— Venez ici, Jade.

— Vous vous êtes levé du pied gauche, lui demanda-t-elle en s'avançant vers lui, ou bien avez-vous le réveil toujours aussi grincheux ?

— Je croyais que vous étiez partie.

Elle ouvrit de grands yeux ébahis, mais n'eut guère le temps de réfléchir à cette étrange confession, car il la souleva dans ses bras et la porta immédiatement dans sa chambre. Les muscles de sa mâchoire tressaillaient, indiquant à quel point il était en colère.

Elle tendit la main pour lui caresser la joue.

— Vous avez besoin de vous raser, mon époux, observa-t-elle en souriant.

— En effet, je suis votre époux. Et j'aimerais bien que vous en soyez convaincue.

Puis il la déposa sur le lit, enleva ses hauts-de-chausses et s'étendit à plat ventre, en la tenant fermement par la taille. Elle était tout habillée, et lui tout nu.

Elle aurait ri de la situation si elle n'avait pas parfaitement saisi les insinuations de Caine. Comment osait-il ne pas lui faire confiance ? Elle était furieuse contre lui. Elle fut à deux doigts de le secouer pour lui dire le fond de sa pensée, mais il dormait si paisiblement qu'elle n'eut pas le cœur de le réveiller et décida de remettre la discussion à plus tard.

Elle ferma les paupières, choisit un livre dans sa mémoire et se le récita entièrement en attendant de pouvoir déverser sa rancœur sur Caine.

Il n'émergea du sommeil qu'à deux heures de l'après-midi. Il semblait de meilleure humeur. Dès qu'il ouvrit l'œil, il lui sourit.

Jade lui répondit par un regard furibond.

— Pourquoi n'avez-vous pas confiance en moi ?

Caine se tourna sur le dos, croisa les mains derrière sa tête et bâilla bruyamment.

— Enlevez vos vêtements, mon cœur. Nous discuterons de tout cela après.

Jade baissa les yeux et constata que les sens de Caine étaient aussi réveillés que lui. Ses joues s'empourprèrent.

— Je crois que ce serait mieux d'en discuter tout de suite, Caine, bredouilla-t-elle.

Il la fit rouler sur lui, prit ses lèvres avec passion, puis lui ordonna à nouveau d'ôter ses vêtements. Cette fois, elle obtempéra sans sourciller avant de s'abandonner, vibrante de désir, entre les bras de Caine.

Quand leurs corps se séparèrent enfin, c'est à peine si elle pouvait bouger.

— Eh bien, de quoi vouliez-vous discuter ? s'enquit Caine.

Elle ne se le rappelait plus. Il leur fallut plus d'une heure pour s'habiller car ils ne cessaient de s'embrasser et de se caresser. Ce n'est qu'en descendant l'escalier qu'elle se souvint des reproches qu'elle lui destinait.

— Vous trouvez que je n'ai pas fait suffisamment mes preuves à vos yeux pour avoir aussi peu confiance en moi ? demanda-t-elle soudain.

— Et vous, vous avez confiance en moi ? Vous savez, Jade, la confiance, cela doit être réciproque. Ne m'avez-vous pas signifié clairement votre intention de me quitter à la première occasion ? Vous avez oublié, ma chérie ?

Il s'arrêta sur la première marche et se retourna vers elle. Les yeux de Jade étaient voilés de larmes.

— Je n'ai pas envie de parler de cela maintenant, déclara-t-elle, en s'efforçant de ne pas céder à l'émotion qui lui étreignait la gorge. J'ai faim et je...

— C'est insupportable, n'est-ce pas ?

— Je ne comprends pas ce que vous voulez dire, répondit-elle avec des tremblements dans la voix.

— Quelque part dans un coin de votre esprit, vous vous demandez si je ne vous quitterai pas un jour, comme Nathan et Harry. Vous avez peur, voilà tout.

— J'ai peur ? balbutia-t-elle.

— Parfaitement. Vous avez peur de moi.

Il s'attendait qu'elle proteste énergiquement, mais à sa grande surprise, elle hocha la tête.

— Oui, vous me faites très peur, avoua-t-elle. Et je déteste avoir peur. Cela me rend...

— Vulnérable ?

Elle hocha de nouveau la tête. Il poussa un soupir résigné.

— Bon, d'accord, dit-il. Combien de temps va-t-il vous falloir pour vous débarrasser de cette peur, à votre avis ?

Si la voix de Caine était douce, l'expression de son visage était froide, presque sévère.

— Et vous, combien de temps va-t-il vous falloir pour vous lasser de moi ? demanda-t-elle avec anxiété.

— Vous le faites exprès de poser des questions idiotes ?

378

— Non.

— Alors, sachez que je ne me lasserai jamais de vous. Et maintenant, répondez-moi : combien de temps vous faudra-t-il pour avoir confiance en moi ?

Sa voix n'était plus douce du tout, elle était devenue aussi dure que l'expression de son visage.

— Je vous ai dit que je vous aimais, protesta Jade.

— En effet.

— J'ai prêté serment devant Dieu, ajouta-t-elle.

Elle avait haussé le ton et la panique se lisait dans ses yeux.

— Que voulez-vous de plus, Caine ?

A présent, elle criait et semblait au bord de la crise de nerfs. Pourtant, Caine jugea qu'elle n'était pas encore tout à fait prête à rendre les armes.

Il avait l'air d'un fauve s'acharnant sur sa proie.

— Jade...

— Caine, je n'ai aucune envie de vous quitter, déclara-t-elle. J'ai confiance en vous. Je sais que vous me protégerez, je sais que vous m'aimez, mais il y a une partie de moi...

Elle s'interrompit dans ses explications et baissa les yeux d'un air accablé.

— Voyez-vous, Caine, reprit-elle au bout de quelques instants de silence, ce sont des sentiments irrationnels, qui remontent à l'enfance. C'est idiot mais je n'y peux rien.

Il l'attira contre lui et la serra dans ses bras. Il ne supportait plus de voir cette détresse dans les yeux de Jade.

— J'ai quelque chose à vous avouer, mon ange. La première fois que vous êtes partie... quand Harry m'a annoncé que vous m'aviez quitté, j'ai été pris de panique. Jamais encore je n'avais éprouvé un sentiment pareil et cela a été pour moi un moment atroce. Et je suis en train de réaliser que cet enfer, vous l'avez vécu pendant des années entières. N'est-ce pas, Jade ?

Elle se tamponna les yeux avec la chemise de Caine avant de répondre en reniflant :

— Peut-être...

— Et vous avez dû apprendre à vous débrouiller toute seule, continua-t-il. A ne dépendre de personne. J'ai raison, non ?

Elle haussa les épaules.

— Je n'aime pas parler de cela. Je vous aime sincèrement, Caine, ajouta-t-elle quand il la pressa sur son cœur. Et je sais que vous m'aimez, vous aussi. J'en suis sûre, à présent.

Aucun des deux n'ouvrit la bouche pendant un long moment. Jade tentait de calmer les battements de son cœur et Caine cherchait un moyen de dissiper les craintes de la jeune femme.

— Et si nous ne nous engagions que pour une courte période ? suggéra-t-il soudain.

— Quoi ?

Elle s'écarta brusquement de Caine pour voir son visage. Nul doute qu'il plaisantait.

Elle eut tôt fait de constater son erreur. Il avait l'air tout ce qu'il y a de plus sérieux.

— Vous pensez déjà à rompre notre union, s'indigna-t-elle, alors que vous venez de me dire que vous m'aimiez. Comment pouvez-vous...

— Vous ne m'avez pas compris, Jade. Si nous limitons à six mois la durée pendant laquelle nous nous promettons mutuellement de ne pas nous quitter, votre peur se dissipera au moins pendant ce temps.

Il semblait si content de lui qu'elle ne douta pas un seul instant de sa sincérité.

— Vous m'avez juré vos grands dieux que vous ne m'abandonneriez jamais et maintenant vous parlez de me quitter au bout de six mois ?

— Je ne vous abandonnerai jamais, aboya-t-il, visiblement contrarié qu'elle ne partage pas son enthousiasme pour ce plan dont il était si fier. Mais vous refusez de me croire. Voilà pourquoi je ne vous demande de tenir votre promesse que pendant six mois.

— Et vous ? Cette promesse est-elle valable pour vous aussi ?

— Évidemment, répondit-il.

A ces mots, elle se jeta dans ses bras, si bien qu'il ne vit pas le sourire radieux qui illumina soudain le visage de la jeune femme. Elle ne voulait surtout pas qu'il pense qu'elle se moquait de lui. Jade se sentait soulagée, comme si on venait de lui ôter un poids de la poitrine. Elle pouvait à nouveau respirer. Toute trace de peur avait disparu.

— Donnez-moi votre parole, ordonna-t-il.

— Je vous la donne.

— Non, grommela-t-il, cela n'ira pas. Six mois, c'est trop court. Si jamais j'oubliais la date, vous seriez capable de vous en aller avant que... non, non, je veux une année entière, Jade. Nous prendrons pour point de départ le jour de notre mariage. C'est une date que je ne risque pas d'oublier.

Comme il trouvait qu'elle ne lui répondait pas assez vite, il exerça une légère pression sur ses épaules.

— Alors ? Me promettez-vous de ne pas me quitter pendant un an ?

— Je vous le promets.

Caine eut envie de pousser un cri de soulagement. Il avait fini par apaiser les angoisses de Jade, tout en s'arrangeant pour lui donner l'impression que c'était lui qu'elle rassurait.

— Je veux que vous le disiez clairement, exigea-t-il d'une voix bourrue. Je ne veux pas de malentendu entre nous.

Il aurait pu faire un excellent avocat, songea-t-elle. Il avait l'esprit si logique et si clair.

— Je resterai auprès de vous pendant un an, déclara-t-elle. Et maintenant, à vous.

— Je ne vous quitterai pas pendant un an, promit-il à son tour.

Il souleva le menton de Jade avec le pouce.

— Vous me croyez, n'est-ce pas ?

— Oui, je vous crois.

— Et vous êtes soulagée, hein, avouez-le ?

Elle ne répondit rien. Pourtant, la vérité ne fut pas longue à se frayer un chemin en elle. Cela fut comme un trait de lumière frappant au même instant son esprit et son cœur. Il ne la quitterait jamais... et elle ne pourrait jamais le quitter. Tous les sentiments qu'elle avait éprouvés durant ces longues années de solitude et qui étaient restés enfouis au fond d'elle-même s'évanouirent d'un seul coup.

— Vous êtes soulagée, n'est-ce pas, ma chérie ? insista Caine.

— J'ai confiance en vous. Une confiance sans réserve.

— Vous n'avez plus peur, maintenant ?

Elle secoua la tête.

— Caine, j'aimerais vous dire...

— J'ai réussi à vous débarrasser de votre peur, hein ?

Il avait l'air si content de lui qu'elle ne voulut pas le contredire de crainte de le froisser. Elle venait de se rappeler qu'il valait mieux ménager sa fierté.

— Vous m'avez aidée à voir clair en moi, admit-elle. Et vous avez raison, vous m'avez débarrassée de ma peur. Je vous en suis très reconnaissante, Caine.

Ils s'embrassèrent tendrement. Lorsque Caine la lâcha, Jade tremblait comme une feuille. Il mit cela sur le compte du baiser qu'ils venaient d'échanger.

— Vous voulez remonter en haut, mon ange ? demanda-t-il.

— Venez d'abord déjeuner, Caine. Je meurs de faim.

Il la prit par la main et la conduisit dans la salle à manger.

— Savez-vous que j'éprouve quelque chose d'extrêmement bizarre ? fit-elle soudain.

— Quoi donc ?

— Je me sens... comment dire... libre, expliqua-t-elle. Oui, libre. Est-ce que vous comprenez, Caine ? C'est comme si j'avais été enfermée dans une pièce et qu'on venait juste de m'en faire sortir. C'est ridicule, bien sûr.

Caine avança un siège à Jade puis prit place en face d'elle.

— En quoi est-ce ridicule ?

Elle se rembrunit aussitôt.

— Mais parce qu'il n'y a aucune pièce au monde d'où je ne puisse sortir toute seule, rétorqua-t-elle sèchement.

Caine sonna la servante pour qu'elle leur apporte le petit déjeuner et une fois que celle-ci eut regagné la cuisine, il demanda à Jade de lui raconter ses folles équipées.

— Je veux tout savoir de votre passé, déclara-t-il.

— Cela ne servira à rien, sinon à vous mettre en colère.

— Non, Jade, je vous promets que je ne me mettrai pas en colère. Allez, je vous écoute.

— Eh bien, sans me vanter, commença-t-elle, je crois être douée d'un certain talent pour me tirer des situations les plus délicates. Oncle Harry dit que je suis une cambrioleuse et une menteuse-née.

— Cela m'étonnerait que ce soit une critique dans sa bouche.

— Bien sûr que non. C'est un compliment, et qui me va d'autant plus droit au cœur qu'oncle Harry en est avare, en général. Il prétend que ce n'est pas dans sa nature d'exprimer ses sentiments. En fait, il redoute qu'on ne découvre la vérité sur lui.

— Et quelle serait cette vérité ? Que Harry, somme toute, est un être plus civilisé qu'il n'y paraît ?

— Comment l'avez-vous deviné ? s'écria-t-elle.

— A ce qu'il a fait de vous. Si c'était vraiment un barbare, vous ne seriez pas devenue la délicieuse jeune femme que vous êtes.

Le visage de Jade s'épanouit en un large sourire.

— Je suis contente que vous l'ayez remarqué. Vous savez, ajouta-t-elle, oncle Harry est quelqu'un de très intelligent.

— C'est lui qui vous a appris à lire ?

Elle hocha la tête.

— Heureusement, d'ailleurs, car sa vue commençait déjà à donner des signes de défaillance. Le soir, après le dîner, je lui lisais des romans.

— Vous les lui récitiez de mémoire ?

— Uniquement lorsque notre stock de livres était

épuisé. Harry avait beau essayer d'en voler le maximum, cela ne suffisait pas à assouvir sa soif de lecture.

— Dites-moi, Jade, sa façon de s'exprimer ne serait-
elle pas due à cette espèce de comédie qu'il joue ?

— Si, reconnut-elle. Les *apparences*, voilà le maître
mot d'oncle Harry. Voyez-vous, même lorsqu'il est seul
avec moi, il s'obstine à faire des fautes de grammaire,
de crainte qu'une fois devant ses hommes, il ne se
laisse aller à employer un langage trop châtié pour un
pirate.

Caine eut l'air étonné.

— Il semblerait que votre oncle tienne à sa position
de chef comme à la prunelle de ses yeux.

— Absolument pas. Ne vous méprenez pas sur son
compte, Caine : il adore jouer la comédie, voilà tout.

Elle continua à parler de son oncle pendant quelques
minutes encore, puis changea de sujet et se mit à
raconter certaines de ses équipées les plus mémora-
bles. Caine tint sa promesse et ne se mit pas en colère.
Mais quand Jade eut fini de lui relater un épisode particulièrement éprouvant, ses mains tremblaient, tellement l'envie de tordre le cou de ce brave oncle Harry
le démangeait.

Il se dit que, finalement, il ne souhaitait pas en
savoir davantage sur le passé.

— Je crois que je préfère que vous me racontiez toutes ces histoires au fur et à mesure, déclara-t-il.

— Mais c'est ce que je fais.

Elle adressa un sourire de remerciement à la servante qui était en train de poser devant elle un plateau
avec des petits pains dorés et de la confiture, puis se
retourna vers Caine.

— Non, vous m'avez mal compris, Jade. Je veux dire
une tous les deux mois, ou quelque chose comme ça.
C'est le maximum de ce qu'un homme normalement
constitué peut endurer. Je vous jure que l'histoire que
vous venez de me raconter va me trotter dans la tête
un bon bout de temps. Je ne tiens pas à me réveiller
demain matin avec des cheveux blancs. Sacré nom de
Dieu ! vous auriez pu vous faire tuer. Imaginez que...

— Attention, Caine ! Vous m'avez promis de ne pas vous mettre en colère.

Caine se laissa aller en arrière sur son siège.

— Je pense que nous ferions mieux de changer de sujet, dit-il fermement. Dites-moi donc quand vous vous êtes aperçue que vous m'aimiez. Est-ce que je vous ai forcée ?

Elle rit.

— Personne ne peut forcer quelqu'un d'autre à l'aimer. En tout cas, je crois que c'est à la lecture de votre dossier que je suis tombée amoureuse de vous.

Devant l'air éberlué de Caine, la jeune femme eut un sourire.

— C'est vrai.

— Jade, il y a dans mon passé des choses dont je ne suis pas très fier. Vous avez lu mon dossier intégralement, n'est-ce pas ?

— Oui, reconnut-elle. Vous vous êtes conduit en homme déterminé et méthodique, mais jamais comme quelqu'un d'inhumain. Dans chacune des missions dont vous avez été chargé, vous vous êtes illustré par votre sens des responsabilités. A chaque fois, vous vous êtes montré digne de la confiance que les gens travaillant sous vos ordres vous portaient. C'est une qualité qui m'a plu d'emblée. Après cela, j'ai décidé de vous rencontrer. Vous connaissez la suite. Vous avez fait comme McKindry, finalement : vous m'avez attaquée par surprise. Et vous m'avez dérobé mon cœur avant même que je ne me sois rendu compte de ce qui m'arrivait. Et maintenant, dites-moi quand vous vous êtes aperçu que vous m'aimiez ?

— Pendant l'une des nombreuses discussions animées que nous avons eues.

Ce fut au tour de Jade d'être surprise.

— Nous n'avons jamais discuté ensemble. Nous nous lancions des injures à la figure. C'étaient des disputes, plutôt.

— Non, des discussions, soutint-il. Des discussions orageuses, mais des discussions tout de même.

— Dois-je comprendre que vous êtes d'abord tombé amoureux de mon esprit logique ?

— Ah ça non !

Elle rit de la franchise de Caine.

— A propos, Caine, comment se fait-il que votre bras droit ne soit pas avec nous, en ce moment ? demanda-t-elle, en sautant brusquement du coq à l'âne. Cela ne risque-t-il pas de paraître suspect qu'il soit resté à la campagne ?

— Stern ne vient jamais ici, expliqua-t-il. Tout le monde le sait. Il déteste Londres — il y étouffe. C'est du moins ce qu'il prétend.

— Il me manque, avoua-t-elle. Il me fait penser à vous, avec ses manières tranchantes et parfois même un brin arrogantes.

— Personne ne comprend comment je peux le supporter. Mais si les gens connaissaient la vérité, ils se demanderaient plutôt comment lui peut me supporter depuis tant d'années. Il m'a toujours protégé, surtout lorsque j'étais enfant. J'étais un sacré garnement à qui il arrivait toujours les pires mésaventures et Stern survenait toujours à temps pour me tirer du pétrin. Si vous saviez le nombre de fois où il m'a carrément sauvé la vie...

Caine se mit alors à raconter comment il avait failli se noyer lors d'un accident de canotage et comment Stern, aussitôt après l'avoir repêché, l'avait jeté à l'eau pour lui apprendre à nager. A la fin du récit, Jade et Caine se tordaient littéralement de rire tellement le tableau du majordome au visage impassible, nageant tout habillé à côté de son petit protégé, était comique.

Jade fut la première à reprendre son sérieux.

— Caine, vos amis et vous êtes-vous parvenus à certaines conclusions la nuit dernière, quand je suis montée me coucher ?

— Naturellement. L'homme que Richards a suivi n'était autre que Wilburn. Vous vous souvenez, Colin nous a dit l'autre jour que ce Wilburn était son supérieur et qu'il s'était confié à lui ?

— En effet, je me souviens. Et Nathan a aussitôt

ajouté que Wilburn ne lui avait jamais inspiré la moindre confiance. Mais cela n'a rien d'étonnant de la part de mon frère, il ne fait confiance à personne, à part Harry et Colin bien sûr.

— Colin avait tort, Jade. Wilburn travaillait pour le Tribunal. Et actuellement, il est à la solde du seul et unique membre de ce maudit Tribunal qui soit encore en vie. Nous avons maintenant la quasi-certitude que William Terrance était le deuxième homme. Comme lui et votre père sont morts, il ne reste plus que le troisième, c'est-à-dire le Roc ; en effet, Richards est convaincu que le Prince était le surnom de Terrance.

— Comment allons-nous pouvoir retrouver le Roc, avec le peu d'indices que nous avons en notre possession ? Les lettres ne contiennent pratiquement pas de renseignements personnels.

— Ne soyez pas pessimiste, mon ange, nous sommes sur la bonne voie. L'une de ces lettres signale que le Roc n'a jamais été inscrit à Oxford et que le Prince et le Renard ont été tous les deux extrêmement surpris lorsqu'ils ont fait la connaissance du Roc.

— Comment en êtes-vous arrivé à cette conclusion ?

— A partir d'une remarque de votre père au Prince. Dans la troisième... non, la quatrième lettre.

— Ah oui, je me le rappelle, fit Jade. Mais cela ne m'a pas paru important, sur le coup.

— Richards pense que le Roc pourrait bien être un étranger.

— Et vous ?

— Je n'en suis pas persuadé. Voyez-vous, Jade, ces lettres fourmillent d'informations précieuses et j'ai besoin d'un peu de temps pour essayer d'y voir clair.

Elle avait confiance en Caine et savait qu'il finirait par élucider toute cette affaire, si complexe fût-elle. Quand il se penchait sur un problème, la solution n'était pas loin.

— Richards a chargé des agents de la sécurité de surveiller Wilburn, ajouta Caine. Il croit dur comme fer qu'il va nous conduire jusqu'au Roc. Quant à moi, je n'en mettrais pas ma main au feu. Heureusement, nous avons d'autres pistes. Quoi qu'il en soit, mon ange, pour l'instant vous ne devez sous aucun prétexte quitter cette maison. N'est-ce pas ?

— Dans ce cas, vous non plus, rétorqua-t-elle. D'accord ?

— D'accord.

— Qu'allons-nous faire pour occuper notre temps ? demanda Jade en prenant son air le plus innocent.

— Nous pourrions lire, par exemple ?

Elle se leva et alla se placer derrière lui.

— Oui, c'est une bonne idée, approuva-t-elle en passant ses bras autour des larges épaules de Caine.

Elle glissa les doigts sous le col de sa chemise.

— Je pourrais également apprendre à broder, poursuivit-elle. Cela m'a toujours tentée.

Elle se pencha pour lui mordiller l'oreille.

— Mais savez-vous ce que j'aimerais faire par-dessus tout, Caine ?

— Je crois en avoir une petite idée, répondit-il d'une voix étranglée.

— C'est vrai ? Vous m'apprendrez alors ?

— Oui, mon amour, je vous apprendrai tout ce que vous voudrez, promit-il.

Il se leva à son tour et la prit dans ses bras.

— Comment ferons-nous pour la musique ? demanda-t-elle.

S'il trouva cette question étrange, en tout cas il n'en laissa rien paraître.

— Nous la composerons nous-mêmes, ma chérie, dit-il.

Puis il l'entraîna dans le couloir et prit l'escalier.

— De quelle façon ?

— Vous mêlerez vos gémissements aux miens, expliqua-t-il.

— Ne trouvez-vous pas que le salon conviendrait mieux ?

— Non, je vous assure, le lit est beaucoup plus approprié. Mais si vous insistez pour...

— Apprendre à danser, le coupa-t-elle. C'est bien ce dont nous sommes en train de discuter, non ?

Elle accompagna ce mensonge d'un sourire charmeur et attendit la réaction de Caine. Persuadée qu'il avait mordu à l'hameçon, elle savourait sa victoire.

Cependant, si Jade était rusée, Caine le fut encore plus qu'elle, et surtout, il s'avéra infiniment plus imaginatif. Il la suivit dans le salon, ferma la porte à double tour et entreprit de lui apprendre à danser.

Hélas, jamais elle ne pourrait faire étalage de ses nouveaux talents en société, car la manière dont Caine lui enseignait la valse ne manquerait pas de scandaliser le beau monde. Et il avait beau se montrer extrêmement convaincant dans ses explications, elle refusait de croire que les gentilshommes et leurs élégantes cavalières ôtaient leurs vêtements avant de commencer à danser.

Caine passa tout le reste de la journée à distraire sa jeune épouse, mais le soir même, ils eurent leur première dispute.

— Quoi ? Vous partez ? s'écria-t-elle quand elle le vit enfiler sa veste. Nous étions tous les deux d'accord pour ne pas quitter cette maison et...

— Je serai prudent, promit Caine.

Il l'embrassa sur le front et ajouta :

— Je dois rejoindre Lyon et Richards, ma colombe. Vous savez, tant que cette affaire ne sera pas terminée, je crains d'être obligé de sortir chaque soir. Allons, cessez de vous tracasser et promettez-moi de ne pas m'attendre pour dormir.

— Je vous attendrai, ça, vous pouvez en être sûr.

— Je sais, répliqua-t-il en soupirant, mais promettez-moi au moins de ne pas rester debout.

Elle ne chercha pas à dissimuler son exaspération et déclara en martelant ses mots :

— Caine, s'il vous arrive quoi que ce soit, je serai très en colère contre vous, mettez-vous bien ça dans la tête.

— Je serai prudent, répéta-t-il en s'éloignant.

Jade courut après lui jusqu'à la porte.

— Vous vous souvenez de McKindry ?

Il se retourna, la main sur la poignée.

— C'est un conseil qui ne vaut que pour vous, mon ange, pas pour moi, observa-t-il.

— Pas si sûr, marmonna-t-elle entre ses doigts. Il pourrait bien vous servir aussi.

— Bon, je me souviendrai de McKindry, dit-il pour ne pas la contrarier davantage.

Puis il ouvrit la porte.

— Jade ! appela-t-il en se tournant une dernière fois vers elle.

— Oui ?

— Vous serez là quand je rentrerai, n'est-ce pas ?

Jade fut étonnée et vexée de cette question. Elle aurait proprement remis Caine à sa place s'il n'avait pas eu l'air aussi inquiet.

— Comment pouvez-vous en douter un seul instant ?

— Répondez-moi, ordonna-t-il.

— Je serai là quand vous rentrerez, Caine.

Ces formules d'adieu devinrent très vite entre eux une sorte de rite. Chaque soir avant de partir, Caine promettait à Jade de se souvenir de McKindry et la jeune femme promettait à son époux de ne pas bouger de la maison.

Cette nuit-là, pendant qu'elle attendait le retour de son mari, elle réfléchit à l'inquiétude de Caine. Elle crut d'abord qu'elle en était la cause. Ne lui avait-elle pas donné en de multiples occasions des raisons de se faire du souci ? Mais cela ne suffisait pas à expliquer une telle vulnérabilité. Il fallait remonter plus loin, dans le passé de Caine, sans doute. Elle avait du mal à imaginer ce qu'avait pu être son enfance. Le Dr Harwick avait qualifié sa mère de véritable mégère. A l'entendre, elle s'était toujours ingéniée à monter le fils contre le père.

Nul doute que ces années avaient dû marquer le jeune garçon.

Plus elle y pensait, plus elle était convaincue que son époux avait autant besoin d'elle qu'elle de lui. Cette constatation la réconforta.

Jade reçut de Lady Briars plusieurs billets l'invitant à lui rendre visite. Mais Caine ne voulait pas qu'elle sorte de la maison, aussi renvoya-t-il un petit mot disant que sa femme était souffrante.

Finalement, ce fut Lady Briars qui se déplaça. Jade avait gardé de l'amie de son père un souvenir très vague et c'est à peine si elle la reconnut sous les traits de la vieille dame frêle et cassée par les ans qui s'avançait vers elle. Lady Briars était encore belle pour son âge, avec ses grands yeux clairs et ses cheveux argentés. Quant à son esprit, il semblait ne rien avoir perdu de sa vivacité.

Jade servit le thé au salon, puis s'assit sur le sofa à côté de Caine. Celui-ci n'avait pas l'air d'avoir envie de partir.

Les deux époux écoutèrent sans broncher Lady Briars présenter ses condoléances à Jade et lui faire part de la douleur qu'elle avait éprouvée en apprenant la mort tragique de Nathan. La jeune femme joua à la perfection le rôle de la sœur éplorée, mais elle s'en voulut d'abuser de la crédulité de la vieille dame, dont le chagrin paraissait si sincère.

— Lorsque j'ai lu ce que disaient les journaux à propos de ce drame, je suis tombée des nues, déclara Lady Briars. Jamais je n'aurais pu imaginer que Nathan était un agent secret au service du gouvernement. Et j'ai été très peinée de savoir que votre frère à vous aussi, Caine, avait été tué par cet ignoble pirate. Je ne connaissais pas ce pauvre garçon, bien sûr, mais je suis certaine qu'il avait un cœur d'or.

— Moi non plus, je ne connaissais pas Colin, répondit Jade, mais Caine m'a beaucoup parlé de lui. C'était quelqu'un de bien, madame, et il est mort pour son pays.

— Comment Lucifer s'est-il retrouvé mêlé à tout cela ? demanda la vieille dame à Jade. J'ai peu de détails là-dessus, mon enfant.

Ce fut Caine qui répondit.

— D'après ce que le ministère de la Guerre a pu établir, Nathan et Colin ont été attaqués alors qu'ils enquêtaient sur une affaire extrêmement délicate.

— C'est quand même un curieux hasard que vous

ayez décidé tous les deux d'unir vos destinées, non ? fit Lady Briars avec un sourire.

— Pas vraiment, répliqua Caine. Ni l'un ni l'autre n'avions assisté à la cérémonie organisée à la mémoire de nos frères. Quelque temps après, Jade est venue me voir. Elle voulait parler de Nathan et je crois que moi, j'avais besoin de parler de Colin. Nous nous sommes aussitôt plu.

Il s'interrompit pour faire un clin d'œil à Jade, puis ajouta :

— Un vrai coup de foudre.

— Il n'y a rien de surprenant à cela, rétorqua Lady Briars en se tournant vers Jade. Vous êtes devenue une si ravissante jeune femme que le contraire eût été étonnant.

Elle secoua la tête en soupirant.

— Je n'ai jamais compris pourquoi l'ami de votre père vous avait pour ainsi dire enlevée après les obsèques de ce cher comte de Wakerfield, poursuivit-elle. Certes, j'avais l'intention d'engager des démarches pour obtenir votre garde. J'aurais tellement voulu avoir une fille. En outre, je me croyais plus qualifiée que cet homme pour m'occuper de votre éducation. Mais maintenant que je vous vois, je suis obligée de reconnaître qu'il s'est fort bien acquitté de cette tâche.

— Oncle Harry a insisté pour que nous partions tout de suite, expliqua Jade. Il n'était pas notre tuteur légal et était persuadé que vous feriez tout ce qui était en votre pouvoir pour nous arracher à lui.

— C'est vrai, reconnut Lady Briars. Vous savez, je me sens en partie responsable de la mort de Nathan. S'il était venu vivre avec moi, je ne l'aurais jamais laissé entreprendre ces voyages en mer. C'est beaucoup trop dangereux.

— Quand Nathan a décidé de se mettre au service de l'Angleterre, c'était un adulte, fit observer Caine. Je doute fort que vous eussiez réussi à le retenir à la maison, madame.

— Peut-être, répliqua Lady Briars. Toujours est-il

que je ne comprends toujours pas pourquoi votre père ne m'a pas confié votre garde, mon enfant.

— Je crois le savoir, répondit Jade. Harry m'a expliqué que père s'était retourné contre son propre pays.

— Pour quelle raison ?

La jeune femme haussa les épaules.

— Nous ne connaîtrons jamais ses véritables motivations. Harry pense que père a cédé à ses mauvais démons, tout simplement.

— Sans doute, dit Lady Briars. Mais assez parlé de votre père et venons-en à vous, Jade, et à toutes ces années. Nous avons tellement de choses à nous dire, mon enfant. Comment était la vie sur cette petite île ? Comment avez-vous appris à lire et à écrire ? A quoi occupiez-vous votre temps ? Donnait-on beaucoup de réceptions ?

Jade rit.

— Non, pas vraiment. La plupart des habitants de l'île ne portaient même pas de chaussures. Je n'ai d'ailleurs jamais pu apprendre à lire et à écrire car Harry n'a trouvé personne à qui confier mon instruction.

Jade avait menti à Lady Briars pour se conformer aux directives de Caine. En effet, celui-ci tenait absolument à ce que nul ne soit au courant des talents de la jeune femme. Le moindre élément d'information risquait d'être exploité par leur ennemi, avait-il expliqué. Si tout le monde était persuadé qu'elle ne savait pas lire, il ne viendrait à l'idée de personne qu'elle ait pu prendre connaissance des fameuses lettres.

Bien que Jade ne fût pas entièrement d'accord avec ce raisonnement, elle appliqua les consignes de son époux à la lettre. Elle raconta plusieurs anecdotes sur son enfance pour satisfaire la curiosité de Lady Briars. Pour conclure, elle avoua que cette période de sa vie, si paisible et heureuse fût-elle, avait été un peu ennuyeuse aussi.

La conversation revint ensuite à leur mariage. Caine répondit à toutes les questions de la vieille dame. Jade fut stupéfaite de voir avec quelle facilité il mentait. Il était très doué.

Lady Briars avait l'air vivement intéressée par le sujet.

— Pourquoi ne vous êtes-vous jamais mariée? demanda Jade. Belle comme vous l'êtes, vous avez dû faire des ravages lorsque vous étiez jeune.

Ces compliments ne laissèrent pas Lady Briars indifférente. Elle se troubla et tapota ses cheveux avant de répondre. La jeune femme remarqua alors que sa main tremblait légèrement et mit cela sur le compte de l'âge.

— J'ai longtemps placé tous mes espoirs sur votre père, mon petit — il avait tellement d'allure. Hélas, il n'y a jamais eu entre nous cette étincelle qui embrase les cœurs. Finalement, nous sommes devenus amis. Certes, je pense toujours à lui avec infiniment de tendresse et de temps en temps, il m'arrive de sortir les cadeaux qu'il m'a offerts pour ressusciter le passé. Vous reste-t-il des objets qui lui ont appartenu, Jade?

— Non, répondit la jeune femme. Tout a disparu dans l'incendie.

— L'incendie?

— Cela va sans doute vous désoler, mais la charmante maison que Nathan avait si joliment arrangée avec votre aide a pris feu. Elle a été entièrement détruite.

— Ô ma pauvre enfant! s'écria Lady Briars. Vous avez dû passer des moments affreux.

Jade acquiesça.

— Caine m'a beaucoup soutenue. Je ne crois pas que j'aurais été capable de surmonter ces épreuves toute seule.

— C'est une chance que vous l'ayez rencontré, déclara la vieille femme. Vous disiez donc qu'il ne vous restait plus aucun objet ayant appartenu à votre père? Plus rien du tout? Pas même une Bible, une montre ou une lettre?

Jade fit signe que non. Caine lui saisit la main.

— Vous oubliez le coffre, ma chérie, lança-t-il d'une voix doucereuse.

Elle se retourna aussitôt vers lui. Elle se demanda

quel jeu il jouait, mais ne laissa rien paraître de sa perplexité.

— Ah oui, c'est vrai, le coffre ! s'exclama-t-elle le plus naturellement du monde.

— Eh bien, vous voyez qu'il vous reste quelque chose, déclara Lady Briars d'un air satisfait. Sitôt rentrée chez moi, je vais essayer de trouver dans mes affaires une babiole pour vous. Je me souviens en particulier d'une ravissante statuette en porcelaine que votre père m'avait offerte pour mes seize ans.

— Oh, pour rien au monde je ne voudrais vous priver de ce souvenir, répliqua la jeune femme.

— D'autant plus qu'elle a le coffre, ajouta Caine. Évidemment, nous n'avons pas encore eu l'occasion de regarder ce qu'il y avait à l'intérieur. Jade nous a donné tellement d'inquiétudes ces dernières semaines, avec cette maudite fièvre qui ne voulait pas baisser. Ma chérie, ajouta-t-il en se tournant vers Jade, que diriez-vous de faire un saut au domicile de Nathan, la semaine prochaine ? Il faut que nous mettions un peu d'ordre dans les affaires de son frère, expliqua-t-il à Lady Briars.

Jade crut que Caine avait perdu la raison. Elle sourit pour dissimuler son embarras. Elle se demandait quelle surprise il lui réservait encore.

Elle n'eut pas longtemps à attendre.

— Cela vous plairait-il de nous accompagner là-bas pour jeter un coup d'œil à ce coffre ? proposa-t-il à Lady Briars.

Celle-ci déclina poliment l'invitation, puis elle proposa à Jade de venir lui rendre visite aussitôt qu'elle serait remise et prit congé. Caine reconduisit la vieille dame jusqu'à sa voiture.

Jade arpenta le salon jusqu'au retour de son mari.

— A quoi tout cela rime-t-il ? demanda-t-elle dès que Caine revint dans la pièce.

Avant de répondre, il referma soigneusement la porte derrière lui. Jade remarqua qu'il arborait un large sourire. Il avait l'air tout content de lui.

— Je m'en veux d'avoir menti à cette femme charmante, Caine, s'écria-t-elle. Et puis, dans cette famille, c'est moi la menteuse, pas vous. Qu'est-ce qui vous a pris d'aller lui raconter qu'il y avait un coffre ? Vous vous imaginiez qu'elle renoncerait plus facilement à se défaire de ses petits trésors ? Vous savez, Caine, je n'aime pas que vous mentiez. Pas du tout. Eh bien, qu'avez-vous à dire pour votre défense ?

— Ce mensonge était nécessaire, commença Caine.

Jade ne le laissa pas continuer.

— Aucun mensonge n'est nécessaire. C'est vous-même qui me l'avez affirmé il y a deux jours à peine. Vous avez déjà oublié ?

— C'est vraiment à cause de ce mensonge que vous êtes en colère, ma chérie ? demanda-t-il.

Il avait l'air abasourdi.

— Parfaitement, rétorqua-t-elle. J'avais fini par avoir confiance en vous, Caine. Mais si vous m'assurez que ce mensonge était nécessaire, alors cela signifie sans doute que vous avez une idée derrière la tête. Vous pensez que Lady Briars pourrait aller raconter cette histoire de coffre à quelqu'un d'autre ? C'est ça ?

Elle croyait avoir tout deviné.

— Non, répondit-il.

Jade fronça les sourcils, ce qui fit sourire Caine.

— Non ? Mais alors, vous devriez avoir honte d'avoir menti à cette adorable vieille dame.

— Si vous me laissiez seulement vous expliquer.

Elle croisa les bras sur sa poitrine.

— C'est ce que vous avez d'mieux à faire si vous n'voulez pas passer un mauvais quart d'heure, lança-t-elle en roulant des yeux furibonds.

Elle avait adopté la même façon de parler que son oncle Harry. Manifestement, elle cherchait à intimider Caine. Il se mit à rire et la prit dans ses bras.

— Eh bien ? bougonna-t-elle. Allez-vous enfin m'expliquer pourquoi vous avez menti à l'amie de mon père ?

— Ce n'était pas une amie.

— Mais si, voyons ! se récria Jade. Vous l'avez

entendue comme moi. Elle a gardé tous les cadeaux qu'il lui avait offerts. Elle l'aimait !

— Elle l'a tué.

Jade ne réagit pas tout de suite. Elle resta un long moment silencieuse, puis leva les yeux vers son époux.

Elle secoua la tête de droite à gauche.

Caine secoua la tête de haut en bas.

La jeune femme sentit soudain ses genoux se dérober sous elle et Caine dut la soutenir pour l'empêcher de tomber.

— Dois-je comprendre..., commença-t-elle d'une voix à peine audible, dois-je comprendre que Lady Briars est...

— Le Roc.

— Le Roc ? fit-elle en secouant de nouveau la tête. Voyons, Caine, ce n'est pas possible. C'est une femme.

— Et les femmes ne peuvent pas être des assassins ?

— Non. Enfin si. Je suppose que...

Elle avait l'esprit si troublé qu'elle ne savait plus ce qu'elle disait. Caine eut pitié d'elle.

— Tout concorde, Jade. Et maintenant, venez vous asseoir. Je vais tenter de vous expliquer.

La jeune femme était incapable de bouger. Caine la conduisit jusqu'au sofa, la poussa doucement, puis prit place à côté d'elle.

— Il n'y a rien de plus logique, en fait, déclara-t-il en passant son bras autour de la taille de sa femme.

Un petit sourire naquit au coin des lèvres de Jade. Elle se remettait tout doucement de ses émotions.

— Je n'en doute pas, dit-elle.

— J'ai commencé à avoir des soupçons quand j'ai relu les lettres. Et je ne fais jamais la même erreur deux fois de suite. Vous vous souvenez, ma chérie ?

— Je me souviens que c'est quelque chose dont vous aimez vous vanter, en tout cas, rétorqua-t-elle. Et à présent, dites-moi un peu en quoi consistait cette erreur que vous avez su éviter.

— Rappelez-vous, j'ai cru que Lucifer était un homme. Jamais il ne m'était venu à l'esprit qu'il pouvait s'agir d'une femme. Je me suis bien gardé de refaire la même erreur avec le Roc.

— Vous êtes vraiment certain que Lady Briars est le Roc ? Comment en êtes-vous arrivé à cette conclusion ?

Caine était décidé à ne pas laisser la conversation dévier vers un autre sujet.

— Sincèrement, Jade, vous n'avez jamais pensé que le Roc pouvait être une femme ? Répondez-moi franchement, ordonna-t-il de ce ton arrogant qu'elle affectionnait tant.

Elle poussa un soupir.

— Vous allez sauter de joie, dit-elle.

— Sûrement.

Ils échangèrent un sourire.

— Eh bien non, voyez-vous, jamais je n'avais envisagé une telle éventualité. Alors, vous êtes content ?

— Énormément.

— Quoi qu'il en soit, vous ne m'avez toujours pas convaincue, Caine. J'ai beaucoup de mal à croire ce que vous avancez. Le Roc a tué des gens et a menacé de nous tuer, Nathan et moi. Souvenez-vous de ces lignes où il prévenait mon père qu'il n'hésiterait pas à s'en prendre à nos vies s'il ne lui rendait pas les lettres.

— Ce n'est pas « lui » qu'il faut dire, ma chérie, mais « elle ». Il y a des femmes qui sont capables de tuer.

— Oh, je sais, répliqua-t-elle. Ce n'est pourtant pas très féminin.

— Est-ce que vous vous rappelez que dans une des toutes premières lettres, quand on leur a donné leurs noms de code, le Roc a protesté contre ce pseudonyme ? Cette réaction m'a semblé curieuse. Rares sont les hommes qui auraient attaché de l'importance à ce genre de détails. En revanche, une femme y aurait été sensible, n'est-ce pas ?

— Certaines.

— Mais il y a d'autres indices beaucoup plus probants, poursuivit Caine. C'est Lady Briars qui a engagé les domestiques de Nathan, dans sa maison de campagne. Ils étaient à l'entière dévotion de cette femme. Le fait que le manoir ait été pillé indique qu'ils étaient à la recherche de quelque chose. Et devinez où Hudson, le majordome de votre frère, se trouve en ce moment ?

— A Londres, au domicile de Nathan ? Il garde la maison jusqu'à ce que nous l'ayons complètement fermée.

— Non, actuellement il est chez Lady Briars. Je pense que nous découvrirons bientôt que la maison de votre frère a été fouillée de fond en comble.

— Je n'ai jamais eu confiance en cet homme, dit Jade. Il n'arrêtait pas de me forcer à boire du thé. Je parie qu'il était empoisonné.

— Allons, Jade, ne vous laissez pas entraîner par votre imagination. Soit dit en passant, il a joué un rôle décisif dans tous les incidents mystérieux qui se sont produits ces derniers temps ; c'est lui qui a été chargé de retourner les tombes de vos parents au cas où les lettres y auraient été cachées, puis de tout remettre en ordre.

— Est-ce que c'est Hudson qui a tiré sur le cheval de Nathan ?

— Non, c'est Wilburn.

— Je vais le dire à Nathan.

Caine hocha la tête.

— Hudson était responsable de la partie « évacuation » de l'opération. Mais vous aviez raison, Jade, ils ont utilisé un chariot pour emmener le cheval. Pour soulever un tel poids, il leur a fallu faire appel à des hommes drôlement costauds.

— Comment savez-vous tout cela ?

— Vous êtes impressionnée, n'est-ce pas ?

Il lui donna un petit coup de coude pour la presser de répondre.

— Oui, vraiment, je suis impressionnée. Racontez-moi vite la suite.

— En vérité, c'est à mes hommes que revient le mérite d'avoir découvert ces faits qui, mis bout à bout, ont permis à notre enquête d'avancer. Le cheval a été retrouvé dans un ravin à trois kilomètres de la grand-route.

— Je vais tout de suite aller raconter cela à Nathan, déclara-t-elle, en faisant mine de se lever.

Caine lui tapota l'épaule.

— Attendez au moins que j'aie terminé.

Elle se renfonça dans le sofa.

— Quand mes soupçons se sont portés sur Lady Briars, reprit-il, je me suis mis à fouiller dans son passé. Tout semblait normal, à première vue, mais à force de creuser, j'ai fini par trouver des choses extrêmement troublantes.

— Par exemple ?

— Elle a énormément voyagé. A ma connaissance, elle est allée en France au moins sept fois, et...

— Vous trouvez cela étrange ? Elle a peut-être des parents là-bas ?

— Non, repartit-il. Qui plus est, elle a fait la plupart de ces voyages alors que nous étions en guerre avec la France. Mais ce n'était pas le seul élément bizarre, il y en avait bien d'autres encore, tout aussi révélateurs que celui-là.

— Je crois que j'ai épousé l'homme le plus intelligent de la terre, déclara Jade. Savez-vous, Caine, que je commence tout juste à comprendre ? Qu'est-ce que Sir Richards et Lyon pensent de votre découverte ?

— Je ne leur ai encore rien dit. Je voulais d'abord être absolument sûr de moi. Après avoir entendu les questions de Lady Briars, je n'ai plus aucun doute. Je leur en parlerai ce soir, quand nous nous retrouverons tous les trois à la Colombe d'Or.

— Quelle est la question qui vous a mis la puce à l'oreille ?

— Elle vous a demandé si vous aviez appris à lire, vous vous souvenez ? Étant donné qu'en Angleterre la plupart des jeunes filles de la bonne société savent lire, cette question m'a aussitôt paru suspecte.

— Mais il n'y avait rien de suspect dans cette question, Caine. Elle essayait tout simplement de savoir si mon éducation n'avait pas trop souffert de ces années passées sur une île perdue au milieu de l'océan.

— Elle essayait aussi de savoir ce que votre père vous avait laissé. Cela semblait diablement l'intéresser. Un peu trop, même.

— Et moi qui la croyais sincère..., soupira Jade.

— Nous allons devoir renforcer la surveillance autour de la maison de Nathan. Il n'y a que deux hommes qui montent la garde, actuellement.

Il s'interrompit pour sourire à Jade et ajouta :

— Lady Briars semble avoir un faible pour les incendies. C'est très féminin, d'ailleurs.

— Je ne vois pas ce qu'il y a de drôle là-dedans, lança-t-elle en fronçant les sourcils. D'autre part, je vous signale que Hudson a dû avoir largement le temps de s'apercevoir que cette histoire de coffre était entièrement inventée. Encore autre chose qui va vous décevoir, Caine : Lady Briars ne m'a pas crue un seul instant quand je lui ai dit que je n'avais pas appris à lire. Je suis intimement persuadée qu'elle n'a posé cette question que pour savoir si nous étions sur sa piste. Tout est fichu, maintenant, je le crains.

Le sourire de Caine s'effaça.

— Qu'est-ce que vous racontez là ? Pourquoi Lady Briars ne vous aurait-elle pas crue ?

— Hudson m'a vue lire pratiquement tous les soirs, expliqua Jade. Après le dîner, j'avais l'habitude de me retirer dans la bibliothèque de Nathan et je lisais jusqu'à ce que je tombe de sommeil. Hudson venait allumer le feu dans la cheminée. Il a dû en parler à Lady Briars.

La jeune femme tapota la main de son époux pour le réconforter.

— Qu'allons-nous faire, maintenant ? lui demanda-t-elle, convaincue qu'il avait déjà trouvé un nouveau plan d'action.

— Une fois que nous aurons récupéré les lettres sur l'*Émeraude*, il nous sera possible de comparer l'écriture.

— N'oubliez pas que nous avons à notre disposition les deux petits mots qu'elle m'a envoyés récemment. Et au risque de vous décevoir de nouveau, je suis obligée de vous dire que je ne reconnais absolument pas l'écriture.

— Je doute qu'elle n'ait écrit ces billets de sa main, Jade, répliqua-t-il. Elle a beau être âgée, elle a encore toute sa tête et elle a dû penser à les dicter à son secrétaire.

— Voulez-vous que je dérobe...

— Je veux que vous restiez ici vingt-quatre heures sur vingt-quatre, lui intima-t-il. Nous n'avons pas encore gagné, Jade, et il faut s'attendre à des moments difficiles. Toutes les preuves que j'ai accumulées contre eux sont accablantes, mais j'ai encore un détail à régler. Alors promettez-moi ne pas bouger de cette maison.

— Je vous le promets, répondit-elle. Et ayez un peu confiance en moi. Vous savez bien que je ne reviens jamais sur ma parole. A présent, expliquez-moi quel est votre plan.

— Lyon brûle d'envie d'aller voir Wilburn et de lui mettre le couteau sous la gorge. Je crois qu'il est temps de le laisser agir à sa guise. Wilburn ne nous a pas été d'une grande aide, jusqu'à présent. Nous espérions qu'il nous conduirait au Roc, mais il reste calfeutré chez lui toute la journée. Oui, c'est vraiment le moment d'avoir un petit entretien avec lui.

— Je n'aime pas du tout que vous sortiez tous les soirs, Caine. Tant que le navire n'a pas été incendié et que la nouvelle de la mort de Lucifer n'est pas parvenue à Londres, il vaudrait mieux éviter de vous montrer. Entre parenthèses, je serais extrêmement déçue si les gens se réjouissaient de ma disparition.

Caine sourit gentiment.

— Ils vous regretteraient peut-être. En tout cas, nous n'en saurons jamais rien, car nous n'avons plus besoin de mettre le feu au navire. C'est devenu inutile.

— Pourquoi ?

— Parce que nous avons découvert qui est le Roc, expliqua-t-il. Ce n'est pas maintenant que la Briars va nous laisser tranquilles. N'oubliez pas qu'elle a acquis la certitude que nous sommes sur sa piste.

— Ah oui, et à qui la faute ? s'écria Jade. Si vous ne m'aviez pas forcée à lui cacher que je savais lire, elle ignorerait que nous l'avons percée à jour. Pas vrai ? Ce mensonge, c'était vraiment une riche idée !

— Allons, ma chérie, ne prenez pas cet air supérieur.

— Harry va être soulagé de ne pas avoir à incendier de bateau. Vous allez le prévenir, n'est-ce pas ?

— Oui, je vais envoyer quelqu'un à Shallow's Wharf. Mais vous allez devoir m'expliquer où c'est, Jade.

Jade se pelotonna contre son mari.

— D'accord, mais vous me promettez d'être prudent quand vous sortirez tout à l'heure, n'est-ce pas ? Et surtout, surveillez vos arrières. Je compte sur vous, Caine.

— Et moi aussi je compte sur vous, répliqua-t-il avec un grand sourire. Nous sommes à égalité.

— Il ne faudrait pas que cela blesse votre amour-propre.

Pour toute réponse, Caine l'embrassa dans le cou. Jade frissonna.

— Que diriez-vous d'une nouvelle leçon de danse, ma chérie ? lui susurra-t-il à l'oreille.

— Je devrai me mettre encore à genoux ?

— Cela vous a déplu ? Vous vous êtes fort bien débrouillée, pourtant. Vos lèvres étaient si douces, si...

— J'ai beaucoup aimé, avoua-t-elle en rougissant.

— Voulez-vous que nous recommencions, alors ?

— Oh oui, murmura-t-elle dans un souffle.

— Ici ou en haut ?

— En haut.

Elle se leva et le tira par la main.

— Mais cette fois, Caine, c'est moi qui mènerai la danse.

Ils passèrent le reste de la journée dans les bras l'un de l'autre. Mais les meilleures choses ont une fin et ils durent se résigner à se séparer. Jade rappela alors à son mari de se souvenir de McKindry et Caine demanda à sa femme de promettre de ne pas quitter la maison.

Jade était si épuisée qu'elle s'endormit comme une masse. Au petit matin, elle se réveilla en sursaut et se retourna vers Caine.

Il n'était pas là. Elle se précipita aussitôt dans l'escalier et courut voir dans la bibliothèque. Il n'était pas rentré. Elle commença à s'inquiéter.

Au bout d'une heure d'attente interminable, elle crut qu'elle allait devenir folle.

Son instinct lui disait qu'il était arrivé quelque chose à Caine. Elle éprouvait la même douleur à l'estomac qu'autrefois lorsqu'une de leurs expéditions tournait mal.

Il fallait faire vite. Elle s'habilla à la hâte, glissa un poignard dans sa poche, attacha ses cheveux avec une épingle qui s'avérait parfois extrêmement utile, puis elle se mit en route.

Caine avait engagé deux hommes pour assurer la protection de Jade. Le premier, tapi dans l'ombre, surveillait la porte de devant, tandis que le deuxième gardait celle de derrière.

Jade décida d'aller voir Cyril, celui qui était posté devant l'entrée principale, et de lui faire part de ses craintes. Peut-être savait-il quelque chose... Elle ouvrit la porte juste à temps pour voir un homme tendre à Cyril un morceau de papier et s'enfuir en courant.

Cyril monta les marches quatre à quatre.

— Voici une lettre pour vous, madame, annonça-t-il. A cette heure de la nuit, ajouta-t-il d'une voix sinistre, ce sont rarement de bonnes nouvelles qu'on reçoit.

— Pourvu que ce soit une lettre de Caine, dit-elle. Entrez, Cyril, et fermez la porte à clé. Il se passe quelque chose d'anormal, ajouta-t-elle en déchirant l'enveloppe. Caine devrait être de retour depuis longtemps.

Dès qu'elle eut déplié la feuille de papier, elle blêmit. Elle avait reconnu l'écriture. C'était celle du Roc.

— Qu'y a-t-il, madame ? demanda Cyril.

Il avait prononcé ces mots d'une voix douce qui tranchait avec sa carrure redoutable.

— Caine a des ennuis, murmura Jade. J'ai une heure pour me rendre dans un immeuble de la rue Lathrop. Vous voyez où c'est ?

— Oui, je ne vois qu'un entrepôt dans cette rue-là, répondit Cyril. Cela ne me plaît pas du tout. Qu'arrivera-t-il si vous n'y allez pas ?

— Ils tueront mon mari.

— Je vais aller chercher Alden, annonça Cyril.

Il se dirigeait vers l'arrière de la maison quand Jade le rappela.

— Je n'y vais pas, déclara-t-elle.

— Mais...

— Il m'est impossible de partir. Je dois rester ici, Cyril. Il pourrait s'agir d'un traquenard et j'ai donné ma parole à Caine. Je dois absolument rester ici. Savez-vous jusqu'à quelle heure la Colombe d'Or est ouverte, le soir ?

— Oh, c'est fermé depuis longtemps.

— Je suis en train de me demander si Caine n'est pas allé voir un certain Wilburn. Vous ne connaîtriez pas son adresse, par hasard ?

— Si, répondit Cyril. Il habite à cinq ou six cents mètres d'ici.

— Envoyez Alden là-bas. Caine et Lyon pourraient bien se trouver en fâcheuse posture...

— Et s'ils ne sont pas là ?

— Pendant qu'Alden court chez Wilburn, je veux que vous alliez chez Lyon. S'il est absent, alors vous irez chez Sir Richards. Vous savez où ils demeurent ?

— Oui, répondit Cyril. Mais pendant ce temps-là, qui assurera votre protection ? Vous serez toute seule.

— Je m'enfermerai à double tour. Il faut absolument que, d'ici une heure, nous ayons retrouvé Caine.

— Nous ferons le plus vite possible, déclara Cyril en s'éloignant.

Jade resta un long moment plantée au milieu de l'entrée, en retournant la lettre dans tous les sens, puis elle monta dans sa chambre et s'enferma à double tour, ainsi qu'elle l'avait promis à Cyril.

Quelques minutes plus tard, elle entendit quelqu'un frapper à la porte d'entrée. Ce n'était pas Caine, car il avait la clé. Aussitôt après, il y eut un grand fracas de vitre brisée.

S'était-elle laissé prendre à leur piège sans le savoir ? Étaient-ils persuadés qu'elle avait envoyé ses deux gardes du corps à la recherche de Caine ? Jade se raccrocha à cette idée, car cela signifiait que Caine n'était pas entre leurs mains.

Elle pria Dieu pour que son hypothèse se vérifie et en appela à la miséricorde divine. Elle risquait d'en avoir besoin car elle allait sans doute se voir obligée de tuer quelqu'un — et dans un délai extrêmement bref, à en juger par les bruits de pas dans l'escalier.

Jade prit le pistolet de Caine qui était rangé dans le tiroir de la table de nuit, recula jusqu'au fond de la pièce et visa. Elle décida d'attendre qu'ils aient fracturé la serrure puis de tirer sur le premier homme qui pénétrerait dans la pièce.

Elle était prête.

C'est alors que la porte s'ouvrit d'un seul coup. Une forme sombre apparut.

Jade attendit quelques instants de plus. Elle voulait être sûre que c'était bien son ennemi et pas un des hommes engagés par Caine.

— Allumez une bougie, cria la voix. Je ne vois rien.

Jade pressa sur la détente. Elle avait dû toucher son adversaire au ventre car il se plia en deux en poussant un hurlement de douleur, puis s'écroula par terre.

Elle avait gagné la première manche, se dit-elle, bien que ce fût le Roc qui ait engagé le combat.

Jade fut tout de suite entourée par trois hommes. Quand le premier tendit le bras vers elle pour l'empoigner, elle lui planta son couteau dans la main. Le deuxième se précipita alors sur elle pour lui prendre son arme tandis que le troisième lui assenait un coup de poing dans la mâchoire qui l'envoya rouler à terre sans connaissance.

Lorsque Jade reprit ses esprits, on était en train de la transporter dans un bâtiment humide et sombre. Il n'y avait que quelques bougies pour éclairer cet endroit sinistre, mais elles suffirent largement à Jade pour voir les rangées de caisses empilées le long des murs de pierre. Au bout du long corridor se tenait une femme habillée tout en blanc : Lady Briars.

Une fois arrivé devant elle, l'homme qui avait porté Jade jusqu'ici la lâcha brutalement. Elle se releva en chancelant et fixa son adversaire.

Le regard de Lady Briars lui fit froid dans le dos.

— Je comprends maintenant pourquoi on vous a surnommée le Roc, s'entendit-elle dire. Vous avez un cœur de pierre.

Avant qu'elle ait eu le temps de l'esquiver, une gifle retentissante s'abattit sur sa joue.

— Où sont les lettres ? demanda Lady Briars.

— En sûreté. Croyez-vous vraiment que cela vous servirait à quelque chose de les avoir ? Trop de gens savent ce que vous avez fait. Trop de gens...

— Taisez-vous, espèce d'idiote ! vociféra la Briars.

Il y avait tant de violence, tant de cruauté dans sa voix que Jade eut soudain l'impression qu'elle avait en face d'elle le diable en personne. Il s'en fallut de peu qu'elle ne se signe.

— Vous me rendrez ces lettres, Jade. Elles sont la preuve matérielle des exploits dont je suis l'auteur. Personne ne pourra m'en contester la paternité. Vous m'entendez ? Personne ! Dans quelques années, le monde entier reconnaîtra la valeur de ce que *mon* Tribunal a accompli. Nous aurions pu gouverner l'Angleterre, si j'avais décidé de poursuivre mon œuvre. Oui, Jade, vous me rendrez ces lettres. Elles resteront en lieu sûr jusqu'à ce que le moment soit venu de faire éclater mon génie à la face de l'univers.

Elle était folle. Jade en eut la chair de poule.

— Si je vous rends ces lettres, laisserez-vous Caine en paix ? demanda-t-elle.

Lady Briars poussa un petit hennissement.

— Hein ? Savez-vous au moins qui je suis ?

— Ah ça oui ! Vous êtes la femme qui a tué mon père. Vous êtes la femme qui a trahi son pays. Vous êtes une créature malfaisante tout droit sortie de l'enfer. Vous êtes un monstre...

Lady Briars s'approcha pour la frapper à nouveau. Jade recula d'un pas puis redressa les épaules et lança :

— Laissez Caine tranquille et je vous rends les lettres !

— Je vais me servir de vous comme d'appât pour attirer Caine ici, ma chère enfant. Il mourra dès qu'il m'aura remis ces lettres. Ensuite je vous tuerai vous aussi, ma petite Jade. C'est votre père le véritable traître, car il s'est retourné contre moi. Parfaitement ! Ah, comme je regrette de ne pas avoir été là quand son fils est mort. Heureusement que je vous ai, ma belle, pour me consoler. Cette fois, je ne me priverai pas du plaisir de vous faire mourir de ma propre main... Emmenez-la ! s'écria soudain Lady Briars, les yeux injectés de sang.

Jade eut envie de pleurer de soulagement. Ils n'avaient pas capturé Caine. Il viendrait la chercher, elle le savait, et tout danger n'était pas écarté... mais pour le moment, il était en sécurité.

Lorsque ses geôliers la conduisirent jusqu'à sa prison provisoire, Jade se dit qu'il fallait à tout prix éviter qu'ils ne lui attachent les mains. Pour cela, le meilleur moyen était de simuler la crise de nerfs. Elle se mit alors à gémir et, dès qu'ils ouvrirent la porte, se précipita à l'intérieur, avant de s'écrouler sur le sol en sanglotant.

La porte claqua derrière elle, ébranlant les murs de son cachot. Jade continua de se lamenter jusqu'à ce que le bruit de pas ait disparu dans le lointain. Puis elle inspecta les lieux. La lune filtrait à travers le carreau recouvert de toile grise. La lucarne était à plus de trois mètres du sol. Il n'y avait pour tout meuble qu'un vieux bureau auquel il manquait un pied et ces gredins savaient que même en montant sur le bureau, jamais elle ne pourrait atteindre la fenêtre.

Ils s'imaginaient qu'elle était leur prisonnière. A cette pensée, Jade laissa échapper un petit soupir de jubilation. Elle enleva l'épingle à cheveux avec laquelle elle était venue à bout de plus d'une serrure et se mit aussitôt au travail.

Elle était si pressée de retrouver Caine qu'elle fut moins rapide qu'elle ne l'eût été en d'autres circonstances. Il lui fallut un peu plus de dix minutes pour crocheter la serrure.

Il faisait nuit noire dans l'entrepôt. Bien que Jade fût absolument certaine que la Briars avait emmené avec elle tous ses hommes, elle sortit du bâtiment le plus discrètement possible.

Une fois dans la rue, elle se sentit complètement désorientée. Elle courut droit devant elle pendant cinq bonnes minutes avant de s'apercevoir qu'elle avait pris la mauvaise direction.

Ce retard risquait d'être fatal à Caine, songea-t-elle, affolée. Il fallait compter encore un quart d'heure pour arriver à la maison. Durant le trajet, elle en appela au Tout-Puissant et lui fit moult promesses. En premier lieu, elle lui jura de ne plus jamais mentir ni voler si Caine avait la vie sauve.

— Et je vous promets aussi de ne pas suivre les traces de mon père, ajouta-t-elle. Simplement, laissez-moi vivre assez longtemps pour que je puisse faire mes preuves. Je vous en supplie, Seigneur, Caine a besoin de moi.

Un point de côté l'obligea soudain à s'arrêter.

— Si vous me donnez la force d'aller jusqu'au bout, Seigneur, je m'engage à ne plus blasphémer non plus.

Son point de côté disparut comme par enchantement et elle reprit haleine. Cette dernière promesse était sans doute celle qu'attendait le Tout-Puissant.

Elle se remit à courir jusqu'à ce qu'elle arrive à deux pas de la maison. Elle ralentit alors l'allure et s'approcha en rasant les murs pour ne pas être vue. Il y avait trois individus étendus sur le perron. Jade monta les marches quatre à quatre. Ces misérables n'avaient pas l'air en état de l'attaquer. Plongés dans un sommeil forcé, ils semblaient paisiblement endormis.

Apparemment, Caine était rentré.

Jade ne savait pas combien la Briars avait d'hommes avec elle. La jeune femme commença à s'affoler un peu. Elle se demanda si elle devait se faufiler dans la maison par l'arrière ou bien entrer par la porte principale et affronter Lady Briars.

La question cessa de se poser dès que Jade entendit la voix de Caine à travers la porte.

— Où est-elle ? criait-il.

Le ton angoissé de son mari lui serra le cœur. Elle tourna la poignée et se précipita à l'intérieur.

Ils étaient tous dans le salon. Lyon, nota Jade, avait la main posée sur l'épaule de Caine. La Briars, à côté de laquelle se tenait Sir Richards, faisait face aux deux hommes. Quant à Cyril et à Alden, ils étaient en retrait, derrière le chef des services secrets.

— Elle sera morte de faim quand vous la retrouverez, ricana Lady Briars. Vous ne la reverrez jamais. Jamais.

— Oh si, il la reverra !

Quand la voix de Jade retentit à ses oreilles, Lady Briars poussa un cri. Caine et Lyon se retournèrent brusquement.

Caine sourit. Jade vit des larmes briller dans ses yeux et se dit qu'elle devait avoir l'air tout aussi émue que lui. La même stupéfaction se lisait sur le visage de Sir Richards et sur celui de Lyon.

— Jade... comment avez-vous...

Elle répondit à la question de Lyon en regardant Caine.

— Ils m'avaient enfermée à clé.

Personne ne réagit pendant un long moment. Puis Lyon éclata de rire.

— Ah ça, c'est la meilleure ! s'exclama-t-il, hilare. Ils l'avaient enfermée à clé !

Jade se mit à rire mais lorsque Caine vint vers elle et lui effleura la joue du bout des doigts, elle fondit en larmes et s'élança dans l'escalier.

Elle entra dans la première chambre, claqua la porte et se jeta sur le lit en sanglotant. Une seconde plus tard, Caine fit irruption dans la pièce et la prit dans ses bras.

— Je n'ai pas bougé d'ici, Caine, bredouilla-t-elle. C'est eux qui se sont introduits dans la maison et m'ont emmenée de force. Je n'ai pas manqué à ma parole.

— Chut, mon ange, chut, jamais je n'ai pensé...

— J'ai eu si peur, Caine, gémit-elle contre la poitrine de son mari.

— Moi aussi, chuchota-t-il en la pressant sur son cœur. Quand Cyril m'a dit... j'ai tout de suite cru... ah, nom de Dieu ! ce que j'ai pu avoir peur...

Elle s'essuya les yeux avec le dos de la main et déclara :

— Il ne faudra plus jamais dire « nom de Dieu ». A partir d'aujourd'hui, nous n'avons plus le droit de blasphémer, Caine. Je l'ai promis au Tout-Puissant.

Il eut un sourire plein de tendresse.

— Je vois...

— J'aurais promis n'importe quoi pour que vous ayez la vie sauve. J'ai tellement besoin de vous.

— Moi aussi, j'ai besoin de vous, mon amour.

— Nous ne pourrons plus ni voler ni mentir non plus, ajouta-t-elle. Je l'ai également promis.

Caine leva les yeux au ciel.

— Et vos promesses sont aussi les miennes ? lui demanda-t-il sans préciser qu'il n'avait jamais volé de sa vie.

— Bien sûr. Ne sommes-nous pas censés tout partager ? Nous sommes à égalité, Caine, ne l'oubliez pas. C'est vous-même qui l'avez affirmé.

— C'est vrai.

Il s'écarta brusquement d'elle. Son visage exprimait l'inquiétude.

— Vous n'avez pas renoncé à autre chose, j'espère ? fit-il d'une voix anxieuse.

Elle devina immédiatement à quoi il pensait.

— A la danse par exemple ?

— Non, à faire l'amour.

Elle rit d'un grand rire joyeux.

— Mais je croyais que c'était la même chose.

— Ce n'est pas le moment de plaisanter, Jade.

— Non, Caine, je n'ai pas renoncé à faire l'amour. Je ne fais jamais de promesses que je suis incapable de tenir, ajouta-t-elle en citant de mémoire une des formules favorites de son époux.

Caine eut soudain envie de se jeter sur elle et de lui arracher ses vêtements. Mais c'était impossible, on avait encore besoin de lui, en bas.

Il ne consacra guère de temps à sa jeune épouse, les jours suivants. Lyon et lui passaient l'essentiel de leurs journées à rédiger des rapports destinés à leurs supérieurs hiérarchiques.

Lady Briars fut d'abord incarcérée à la prison de Newgate, puis, la Cour ayant jugé qu'elle n'avait pas toute sa raison, on décida de la transférer dans un asile d'aliénés. Jade se rangea à cet avis.

Après tant d'épreuves traversées ensemble, Caine put enfin apporter à sa femme ce bonheur tranquille qu'il lui avait tant promis et dont elle avait tant douté qu'il fût possible.

Jade eût été comblée si son mari n'avait pas eu l'air extrêmement soucieux. Cela l'inquiétait d'autant plus qu'elle ne voyait pas de raison à cela.

Le matin de leur premier anniversaire de mariage, il lui demanda de s'engager à rester avec lui pendant encore un an.

Jade trouva la question complètement déplacée, dans la mesure où elle commençait à sentir les douleurs de l'enfantement.

— Caine, notre bébé va arriver, articula-t-elle d'une voix faible.

— Je sais, mon amour, répondit-il. Je l'ai remarqué depuis quelque temps déjà, ajouta-t-il pour la taquiner, puis il se pencha et posa un baiser sur son front en sueur. Vous avez trop chaud, Jade ?

— Non, je...

— Donnez-moi votre parole, l'interrompit-il en repoussant les couvertures au pied du lit. Je vous laisserai vous rendormir ensuite. Vous avez eu une nuit agitée. Vous n'auriez pas dû rester à bavarder aussi longtemps avec Lyon et Christina, hier soir. J'ai été content de les voir, bien sûr, et je suis ravi que Christina vous propose d'être à vos côtés au moment de la délivrance, mais je tiens absolument à ce qu'un médecin soit également présent.

Jade était trop fatiguée pour discuter. Elle avait eu des contractions une bonne partie de la nuit, mais n'avait pas voulu réveiller Caine. Elle avait suivi les conseils de son amie, qui pensait qu'il valait mieux tenir son mari en dehors de tout cela jusqu'à la dernière minute. Les hommes, avait expliqué Christina, avaient tendance à s'affoler dans ces moments-là.

Christina considérait Jade comme sa sœur, très exactement depuis le jour où celle-ci était venue lui apporter le dossier de Lyon en lui demandant de le mettre à l'abri. Les deux jeunes femmes avaient une confiance absolue l'une envers l'autre et passaient des heures entières à se raconter leur passé.

Caine secoua doucement l'épaule de son épouse pour la presser de répondre.

— Alors, ma chérie, vous me le promettez ?

Celle-ci attendit la fin d'une contraction pour répondre.

— Oui, je vous le promets, gémit-elle. Ô Caine, je crois que notre bébé arrive. Allez vite réveiller Christina.

En réalité, le bébé mit trois bonnes heures à venir. Pendant le travail, Caine fit preuve d'un remarquable sang-froid. La jeune femme se dit que son amie avait tort d'affirmer que tous les maris s'affolaient en pareilles circonstances. Le sien avait supporté le choc.

Quand les contractions devinrent très rapprochées, Christina expédia Caine dans son bureau pour lui éviter de voir souffrir sa femme. Mais au bout de cinq minutes à peine, il était de retour. Quand il vit le visage de son cher ange crispé de douleur, il prit la main de Jade et la supplia de lui pardonner d'être la cause d'un tel supplice.

Sa présence s'avéra dans les faits plus gênante qu'utile, mais il ne céda pourtant pas à la panique durant l'accouchement et, quelques minutes plus tard, il tenait sa fille dans ses bras.

Dès qu'il entendit les cris du nouveau-né, Stern accourut dans la chambre. Il arracha le bébé des bras de Caine et s'écria qu'il était magnifique, puis lui donna son premier bain.

Christina s'occupa alors de la jeune mère. Caine l'aida à changer les draps et la chemise de nuit de Jade. Lorsque la jeune femme le félicita d'avoir tenu bon, il esquissa un sourire timide.

Il était blanc comme un linge, il avait les mains tremblantes, le front en sueur et ne pouvait pas articuler un seul mot, mais il avait tenu bon.

Christina était partie prévenir son mari de l'heureux événement, Stern berçait le nourrisson dans ses bras et Jade était trop faible pour venir en aide à son mari.

— Il va bien ? demanda-t-elle à Stern, incapable de redresser la tête pour regarder par-dessus le lit.

— Il s'est évanoui, répondit le majordome.

— Je sais qu'il s'est évanoui, rétorqua-t-elle. Mais il ne s'est pas fait mal ? Il ne s'est pas cogné la tête contre quelque chose de dur, au moins ?

— Non, non, il n'a rien, confirma Stern sans avoir pris la peine de jeter un coup d'œil à son maître.

En vérité, il n'arrivait pas à s'arracher à la contemplation de l'adorable créature qu'il tenait dans ses bras.

— Aidez-le à se relever, murmura la jeune femme.

Elle se mordait la lèvre pour s'empêcher de rire.

— Je ne suis pas sûr qu'il soit en état de tenir debout. Et le bébé a besoin de moi, pour l'instant. Vous vous êtes bien débrouillée, madame, vraiment très bien, ajouta-t-il. Je suis certain que M. le marquis dira la même chose que moi quand il aura repris connaissance.

A ces mots, le visage de Jade s'épanouit, mais son sourire s'effaça aussitôt.

— Vous ne lui parlerez jamais de cet... comment dire... de cet incident, n'est-ce pas, Stern ? Personne ne doit savoir qu'il s'est évanoui. Il en mourrait de honte.

— Ne vous inquiétez pas, madame, je garderai le secret. Je vous le promets.

Elle aurait dû se douter à la lueur qui se mit à briller dans ses yeux qu'il ne tiendrait pas parole. Trois jours plus tard, elle lut dans la presse que Caine avait été « victime d'un léger malaise ».

Ce maudit majordome avait fait paraître un communiqué dans tous les journaux de la ville.

Le marquis de Cainewood prit la chose du bon côté. Les plaisanteries dont il fut l'objet le laissèrent parfaitement indifférent.

D'ailleurs, rien n'aurait pu altérer sa bonne humeur. Sa mission était maintenant accomplie et il avait toutes les raisons d'être fier de lui. Il avait atteint son but avec brio. Non seulement il avait réussi à mettre la main sur l'infâme pirate, mais elle lui appartenait pour toujours.

Le chasseur était content.

3092

Achevé d'imprimer en France (La Flèche)
par Brodard et Taupin
le 6 juin 2006. 36042
Dépôt légal juin 2006. ISBN 2-290-35259-4

Éditions J'ai lu
87, quai Panhard-et-Levassor, 75013 Paris
Diffusion France et étranger : Flammarion